Excalibur

Fantasy by Knaur

herausgegeben
von Kai Lindberg
und Sophie Loewen

Fred Saberhagens große Trilogie *Die Bücher der Schwerter*
bei *Excalibur*

Das erste Buch der Schwerter
Das zweite Buch der Schwerter
Das dritte Buch der Schwerter

Über den Autor:

Fred Saberhagen wurde 1930 in Chicago geboren. Mit dreißig Jahren begann er, sich zunächst der Science-Fiction- und später immer stärker der Fantasy-Literatur zu widmen. Seine Trilogie »Die Bücher der Schwerter« gilt als ein Meilenstein des Genres.

Fred Saberhagen

DAS ERSTE BUCH DER SCHWERTER

Aus dem Amerikanischen
von Rainer Schmidt

Knaur

Die amerikanische Originalausgabe erschien 1983 unter dem Titel *The First Book of Swords*. Diese Ausgabe beruht auf der 1984 erschienenen deutschen Erstausgabe des Romans, erschienen in der Reihe *Knaur Science Fiction Fantasy*, herausgegeben von Werner Fuchs.

Besuchen Sie uns im Internet:
www.knaur.de
www.knaur-fantasy.de

Neuausgabe 2003

Für diese Ausgabe durchgesehen von Marie-Sophie Kasten.
Umschlaggestaltung: Becker Illustrators, Hamburg / Ertugul Edirne
Satz: Ventura Publisher im Verlag
Druck und Bindung: Nørhaven Paperback A/S
Printed in Denmark
ISBN 3-426-70269-X

2 4 5 3 1

PROLOG

An einem Morgen, der ihm wie der erste kalte Tag der Welt erschien, suchte er nach Feuer.

Der Ort, an dem er suchte, lag hoch, ein lebloser, windgepeitschter Platz, ein raues, abweisendes Plateau von schwarzem, zersplittertem Felsgestein. Eiskalte Windböen trieben den Schnee vor sich her, wie weißes Pulver wehte er über den schwarzen Fels und bildete weiße, flatternde Schleier über grauen, uralten Eisschichten, die beinahe ebenso hart waren wie der Felsen selbst. Am Himmel ließ sich die Dämmerung erahnen, doch noch war sie hunderte von Kilometern entfernt, ebenso weit weg wie die winzigen Sägezähne des Horizonts im Nordwesten. Die Schnee- und Eisfelder an jenem fernen Rand der Welt begannen in rosigem Widerschein zu glühen.

Ohne auf den eisigen Wind zu achten, schritt der Suchende in immer weiteren Kreisen den hohen, schroffen Felsenort ab und murmelte dabei vor sich hin. Das eine seiner kräftigen Beine war verwachsen, so dass er hinkte. Er suchte nach Wärme und dem Geruch von Schwefel in der Luft, nach allem, was ihn zu dem Feuer, das er brauchte, führen könnte. Aber seine Füße in den Sandalen waren zu ledrig und zu fühllos, um die Wärme durch den Felsen hindurch spüren zu können, und vereinzelte Spuren vulkanischer Dünste riss der Wind sofort davon. Jetzt richtete der Suchende seine Aufmerksamkeit auf die Stellen, an denen das Felsgestein durch die raue Eishaut ragte. Als er einen brauchbaren freien Fleck fand, trat und stampfte er mit seinen harten Fersen auf den Eisrand ringsum und beobachtete prüfend, wie das Eis zerbarst. Ja, hier war eine Stelle, wo der Frost um einen Hauch weniger hart, der Griff der Kälte um eine Spur schwächer war. Irgendwo dort in der Tiefe war Wärme. Und Wärme bedeutete letztendlich Feuer.

Rasch hinkend bewegte sich der Suchende an der Bergflanke entlang und hielt Ausschau nach einem Weg hinab zum Herzen des Berges. Er hatte richtig vermutet: Bald schon klaffte vor ihm eine mächtige Spalte, die leicht schweflige Schwaden ausdünstete. Zwischen zwei schützenden Felsen ging es dort abwärts. Er lief geradewegs zu den harten Lippen dieses Mundes, doch bevor er hineinstieg, hielt er noch einmal inne, blickte zum Himmel hinauf und murmelte leise vor sich hin. Der Himmel, den das erste Licht des nahenden Morgens erhellte, war fast klar und nur in der Ferne von vereinzelten Wolken gesprenkelt. Im Augenblick war nichts von ihm abzulesen.

Der Suchende stapfte durch den Felsenspalt hinunter. Rasch verengte sich der Schlund, bis er nur noch wenige Schritte breit war. Der Suchende grunzte und stöhnte, während er sich in stetem Abstieg voranzwängte. Er war jetzt sicher, dass das Feuer, das er brauchte, hier unten war, nicht weit von ihm entfernt. Kaum war er nur ein Stück in die Tiefe vorgedrungen, vernahm er das Gebrüll der feurigen Drachenstimme, das hitzig durch einen natürlichen Kamin ganz in der Nähe emporhallte, um schließlich irgendwo ins Freie zu gelangen. Und so arbeitete er sich weiter auf diesen Klang zu. Sein Weg führte ihn durch einen Irrgarten aus haushohen Felsblöcken, die vor einer Ewigkeit, als irgendwo ein Gipfel dieses Berges eingestürzt war, hierher geschleudert worden waren wie die Bauklötze eines Kindes.

Endlich fand der Suchende den tosenden Kamin, und er zwängte sich dicht an ihn heran, damit er eine Hand hineinschieben und das Feuer fühlen konnte, wenn der nächste Schwall heraufloderte. Die Flamme war gut, und ihr Ursprung lag noch tiefer in der Erde, als er gehofft hatte. Es war ein besseres Feuer, als er realistischerweise hatte erwarten können, selbst für eine so feine Arbeit, wie er sie jetzt erledigen musste.

Nachdem er sein Feuer gefunden hatte, kletterte er zurück

an die windgepeinigte Oberfläche und hinaus in die Morgendämmerung. An der Rückseite des hohen Felsplateaus, dicht vor der Flanke der nächsten steil aufsteigenden Klippe, gab es eine Stelle, die ein wenig Schutz vor dem Wind bot. Er beschloss, hier seine Schmiede einzurichten. Der auserwählte Platz war eine Nische, fast eine Höhle, eine natürliche Grotte in der Felswand, die darüber noch zu Schwindel erregenden Höhen aufragte. Vor dieser Höhle und rings um sie herum klafften weitere Kaminspalte im schwarzen Basalt der Felswand, Kamine, in denen jetzt nichts weiter aufstieg als kalter, heulender Wind, der ein wenig Schnee emporwirbelte. Die nächste Aufgabe des Suchenden war es nun, das Erdfeuer auf irgendeine Weise herzubringen, in einer Form, die physikalisch wie magisch bearbeitet werden konnte. Die Arbeit, für die er das Feuer benötigte, würde ihn tief in diese beiden Aspekte der Welt vordringen lassen. Er sah schon, dass er das Feuer in erdgewachsenem Holz herbeischaffen und neu würde entfachen müssen – und dies bedeutete eine weitere Verzögerung, hier auf dem baumlosen Dach der Welt. Aber geringfügige Verzögerungen fielen nicht ins Gewicht, verglichen mit der Notwendigkeit, die Arbeit richtig zu machen.

Während er an der für seine Schmiede auserwählten Stelle stand und nachdachte, sah er aus dem Augenwinkel Mächte, die am entlegenen Rand des Morgengrauens durch die Luft rasten. Er wandte den Kopf und sah, wie Farben über den fernen Himmel flackerten. Lichter, die mal böse und mal sanft erstrahlten. Wahrscheinlich, dachte er sich, treiben sie ein Spiel, das überhaupt nichts mit mir oder mit meiner Arbeit zu tun hat. Dennoch blieb er regungslos stehen, beobachtete die Himmelsfarben und murmelte etwas, bis die fliegenden Mächte verschwunden waren und er wieder absolut allein war.

Er begann, an der steilen Flanke des öden Berges hinabzusteigen. Er bewegte sich methodisch, schnell und geschickt, trotz des verwachsenen Beines. Beinahe tausend Meter kletterte er so hinunter, bis dorthin, wo die ersten richtigen Bäume wuchsen. Auf dieser Höhe angelangt, gönnte er sich eine kurze Pause, und noch einmal betrachtete er den Himmel und durchforschte ihn nach Botschaften, die nicht kamen. Der Wind, eingekreist und zwischen den Bergen gefangen, zerzauste sein Haar und seinen Bart, die dicht und struppig wie ein Pelz waren, und geißelte sein Gewand aus Fell und Leder, dass die schmückenden Drachenschuppen rasselten.

Und da, plötzlich, begannen Namen in seinem Bewusstsein aufzutauchen. Es war, als flackerten sie vor seinen Augen wie jene magischen Kräfte, die über den Himmel geflogen waren. Er dachte: *Man nennt mich Vulkan. Ich bin der Schmied.* Und er erkannte, dass schon dieser verhältnismäßig kurze Abstieg von den höchsten Höhen, ihn nun dazu brachte, in menschlicher Sprache zu denken.

Um Holzscheite von der Größe und Zahl zu finden, die er für sein Feuer benötigte, musste er den Hang noch ein wenig weiter hinuntersteigen, doch immer noch lagen die höchsten menschlichen Ansiedlungen ein gutes Stück unter ihm. Bauernhöfe und Dörfer, die sich wie auf einer Landkarte vor ihm ausbreiteten, der Anblick einer fernen Burg auf einem Hügel – dies alles nahmen seine Augen wahr, aber nur als Hintergrundszenerie ohne unmittelbare Bedeutung. Seine Gedanken kreisten um die Aufgabe des Holzsammelns. Hier, wo der eigentliche Wald begann, war es nicht schwierig, Holz zu finden, doch das meiste stammte von verkrüppelten Bäumen und war deshalb unhandlich geformt. Der Schmied sah, dass eine Axt oder sonst irgendein Hackwerkzeug für diesen Teil seiner Arbeit nützlich wäre, aber die einzigen greifbaren Werkzeuge, über die er – abgesehen von seinen Händen – verfügte, waren diejenigen, welche er für sein eigentliches Handwerk benötigte, und sie lagen alle an der Stelle, die er für seine Schmiede ausgesucht hatte. Doch im Grunde brauchte er nichts weiter als seine Hände, so unbeholfen sie im Umgang mit Holz auch manchmal sein mochten. Wenn ein Ast zu sperrig war, zerbrach er ihn einfach. Schließlich machte er sich mit einem mächtigen Bündel, das selbst seine Arme kaum umfangen konnten, auf den Rückweg. Er hinkte jetzt stärker als vorher.

Während seiner Abwesenheit waren sein Amboss und alle seine anderen Werkzeuge, mit denen er Metall bearbeitete, am Platz der Schmiede eingetroffen und lagen dort in wilder Unordnung auf einem Haufen. Vulkan legte sein Feuerholz ab und ordnete alles Werkzeug säuberlich um den Punkt, an dem das Feuer brennen sollte. Als er damit fertig war, verschwand die Sonne hinter der Ostflanke des Berges, der über ihm emporragte.

Er hielt kurz inne, um zu betrachten, was er bisher getan hatte. Sein Atem ging ein wenig stoßweise, als müsse er sich ausruhen. Jetzt also würde er in die Erde hinabsteigen und das Feuer heraufschaffen. Allmählich wünschte er sich, er hätte ein paar Sklaven bei der Hand, einige Helfer, die ihm einen Teil dieser langwierigen Einzelunternehmungen abnehmen könnten. Es dauerte nicht mehr lange, bis er sich beinahe ausschließlich auf seine eigene Arbeit würde konzentrieren müssen. Er sehnte sich danach, das glühende Metall auf dem Amboss zu sehen und den Hammer in der Hand zu spüren.

Stattdessen aber nahm er einen fünf Meter langen Balken wie einen Speer unter den Arm und stieg zum zweiten Mal hinunter in das Labyrinth der Felsspalten, die das Innere des Berges durchzogen. Durch dieses Gewirr tastete er sich zurück an die Stelle, wo Feuer und Donner immer wieder durch gewundene Kamine emporstiegen. Diesmal näherte er sich dem Ort auf einem etwas anderen Weg, und bald sah er den Widerschein des rot glühenden Erdfeuers, der ihm grüßend entgegenleuchtete. Das Glühen schien zu blinzeln, wenn es ans Tageslicht geriet, als sei es verblüfft darüber, dass dieser luftige Ort sich so anders zeigte als die Höllentiefen, in denen es geboren war. An einem Engpass in diesem Spalt rückten die Felsen zu beiden Seiten so eng zusammen, dass der Schmied und sein Holzbalken nicht gleichzeitig hindurchkonnten. Er legte das Holz ab, drückte die Hände an den Fels und spannte wütend seine Muskeln an. Auch dies war eine Arbeit, bei der seine Hände unbeholfen waren. Die riesigen, haarlosen Finger waren gespreizt und, wie seine Füße in ihren Sandalen, hart wie Leder. Seine Haut war überall grau. Sie hatte die Farbe des alten Rauches aus Millionen von Schmiedefeuern. Nun, als er sich gegen die Felsen stemmte, pressten die Sandalen an seinen mächtigen Füßen gegen andere Felsen unter ihm, gruben sich in Mulden von altem, verwehtem Schnee und zermalmten knirschend uraltes Eis. Nicht lange, und die Felsen, die den Spalt verengt hatten, gaben unter dem Druck seiner Hände nach, sie splitterten dröhnend, und Gestein prasselte herab.

Mit einem zufriedenen Grunzen hob Vulkan, der Schmied, sein Holz vom Boden auf. Ein letztes Mal hielt er inne und schaute zu dem schmalen, klaren Himmelsstreifen hoch, den er von hier aus sehen konnte. Es war nicht mehr als ein feiner, blauer Strich. Dann setzte er seinen Weg eilig fort.

Als er das Ende seines Balkens in den tosenden Kamin schob, fraß sich das Erdfeuer unverzüglich tief ins Holz. Der Balken war zu einer lodernden Fackel geworden, als der Schmied ihn aus dem infernalischen Spalt zog und wirbelnd hoch über sich in die Schatten schleuderte. Das harzige Holz knallte und knackte in heißen, aromatischen Explosionen. Vulkan lachte, zufrieden mit dem Schmiedefeuer, das er eingefangen hatte, dann klemmte er sich das Scheit unter den Arm und stieg rasch wieder aufwärts.

Bald schon flackerte das Schmiedefeuer an der Stelle, die er dafür vorbereitet hatte. Nun musste sein Amboss, ein glatter

Tisch aus altem, magischem Eisen, gerade und fest am richtigen Platz neben dem Feuer aufgestellt werden. Das erforderte Zeit. Während er mit dem Amboss arbeitete und ihn um Haaresbreite hin- und herrückte, entschied der Schmied, dass er noch mindestens einmal bergab klettern würde, um Feuerholz zu holen, ehe er mit seiner eigentlichen Arbeit anfangen konnte. Denn wenn er sich darin erst einmal vertieft hätte, würde er keine Unterbrechung mehr gebrauchen können.

Sein Blick fiel auf den wartenden Blasebalg. Er runzelte die Stirn. *Ja, es wäre wirklich gut, vielleicht sogar notwendig, ein paar Helfer zu haben.*

Je mehr er darüber nachdachte, desto klarer wurde es ihm. Ja, in einem bestimmten Augenblick würde angesichts der besonderen Natur seiner Arbeit menschliche Hilfe notwendig sein. Er hatte jetzt ein Erdfeuer, das in erdgewachsenem Holz brannte, und die saubere Höhenluft der Erde verlieh der Flamme ihren Geist. Dagegen stand, in gewisser Weise, das unirdische Metall, das er bearbeiten wollte. An einer Wand der Grotte lag Himmelseisen, ein Klumpen von der Größe eines Schubkarrens. Es war so schwer, dass der Schmied grunzte, als er es mit den Armen umschlang und in die Höhe hob, um es sorgfältig zu untersuchen: Er spürte, wie die inneren Energien, in kristallinen Schichten unter Spannung, eifrig darauf warteten, von seiner Kunst geformt zu werden. Er spürte die ätherische, unirdische Magie des Stoffes – ja, so grob es jetzt auch aussehen mochte, schlackig und zernarbt an allen Seiten von der sanften Faust der Luft, die seinen irrwitzigen Fall aufgefangen und allmählich verlangsamt hatte, bis die Masse schließlich mit einem bloßen Krach und nicht verdampfend auf irdisches Felsgestein geprallt war. Ja, das Metall selbst würde genug, vielleicht sogar mehr als genug Unirdisches zu diesem Unternehmen beitragen.

Menschenschweiß und Menschenschmerz waren unerlässliche Zutaten. Und Menschenangst würde ein Katalysator sein, an dem die Magie sich noch weiter verfeinern könnte. Selbst Menschenfreude würde sich vielleicht nutzbar machen lassen, falls der Schmied einen Weg finden konnte, diese rare Essenz zu extrahieren.

Und wenn er die zwölf Klingen erst geschmiedet hatte, wenn er sie, gerade und glühend, vom Amboss genommen hatte – nun, dann wäre Menschenblut gewiss das beste, ihren heißen Durst zu löschen ...

Der kühle Nachtwind trug schrille Pfeifenmusik und langsames Trommeln an Malas Ohren, schon lange bevor die wenigen trüben Lichter des Dorfes Treefall zwischen den Bäumen vor ihr auftauchten. Der Klang der Trauerweisen sagte ihr, dass die entsetzliche Geschichte, die sie zu Hause gehört hatte, vermutlich stimmte. Noch einmal murmelte sie geistesabwesend ein Gebet zu Ardneh, und noch einmal peitschte sie ungeduldig mit den Enden ihrer Zügel die Flanken des alten Reittiers, auf dessen Rücken sie saß. Das Geschöpf war schon ein wenig alt und solch barsche Behandlung nicht gewohnt. Überhaupt waren ihm lange Reisen während der Nacht fremd. Als es den scharfen Hieb der Zügel spürte, stolperte es einmal und verlangsamte dann empört seinen Schritt. In ihrer Ungeduld überlegte Mala, von seinem Rücken zu springen und allein auf der lichtlosen, ungepflasterten Straße vorauszulaufen. Aber sie hatte ihr Ziel schon fast erreicht. Sie hörte jetzt das leise Gackern der Hühner im Dorf, die ihr Herannahen spürten. Und bald sah sie auch die ersten erleuchteten Fenster zwischen den Bäumen schimmern.

Auf der Hauptstraße, die genauso eng und schmal war wie die einzige Straße in ihrem Heimatort, stieg Mala ab. Über ihr leuchteten eine Million Sterne, deren Licht die Ludusberge, die wenige Kilometer weit im Osten aufragten, wie graue, gespenstische Riesen erscheinen ließ. Die Herbstnächte hier im

Hochland waren schon kalt, und so trug sie ein Tuch über ihrer gewöhnlichen Kleidung, der selbst gesponnenen Hose und dem weiten Hemd einer Arbeiterin.

Die Trauermusik kam aus einem Gebäude, welches das Rathaus des Dorfes sein musste, denn ringsum war kein größeres Haus zu sehen, und es war eines der wenigen, in denen Licht brannte. Mala band ihr Tier an einen öffentlichen Pfosten, an dem sich schon viele andere drängten. Leichtfüßig, obwohl ihre Gelenke vom langen Ritt noch steif waren, trabte sie die wenigen Stufen zum Rathaus hinauf. Ihr Haar war lang, dunkel und lockig, das Hübscheste an ihrer körperlichen Erscheinung. Ihr Gesicht war ein wenig zu breit, als dass man es nach allgemeinen Maßstäben schön hätte nennen können. Auch ihre Gestalt war breit und kräftig, und sie strotzte von Jugend und Gesundheit.

Schnellen Schritts gelangte sie auf die überschattete Veranda vor dem Eingang des Gebäudes, und erst jetzt bemerkte sie, dass dort ein Mann stand. Er hielt sich im Schatten auf, nicht weit vom Vorhang des Eingangs, durch den Kerzenschein und Musik sowie das Murmeln vieler Stimmen und das sanfte Stampfen tanzender Füße drangen. Das bärtige Gesicht des Mannes war Mala unbekannt, aber in seiner Erscheinung lag eine gewisse Bedeutsamkeit. Er muss einer der Ältesten des Dorfes sein, dachte sie.

An einem Ältesten einfach vorbeizuhasten, ohne seine Anwesenheit zur Kenntnis zu nehmen, wäre unhöflich gewesen, und so blieb Mala mit einem Fuß im Schatten, den der aufgehende Mond über die Veranda warf, stehen. »Herr, bitte, könnt Ihr mir sagen, wo ich Jord, den Schmied, finde?« Da die Höflichkeit erforderte, dass sie den Mann anredete, wollte sie zumindest ihre Worte nicht vergeuden, sondern sie für ihre dringliche Suche nutzen.

Der Mann antwortete nicht gleich. Stattdessen schaute er

nur in ihre Richtung, als habe er sie nicht deutlich gehört oder verstanden. Als er ihr das Gesicht zuwandte, sah Mala, dass er von großem Schmerz oder Gram wie betäubt war.

Noch einmal sprach sie ihn an. »Ich suche Jord, den Schmied. Wir sollten – wir sollen heiraten.«

Verstehen zog über das gequälte Gesicht. »Jord? Er atmet noch, Kind. Nicht wie mein Sohn – aber sie sind beide dort drinnen.« Mala schob den Vorhang aus Häuten, der die Tür halb verdeckte, beiseite und trat ein. In den siebzehn Jahren ihres Lebens hatte sie noch keine größere Menschenmenge in einem Raum versammelt gesehen. Nach ihrer groben Schätzung drängten sich vierzig Leute, vielleicht mehr, in dieser Nacht hier zusammen. Dennoch bot die Halle genügend Raum für eine solche Menge. Sie war sogar groß genug, dass in der Mitte eine beträchtliche Fläche frei blieb. In diesem mittleren Bereich standen fünf roh zusammengezimmerte Bahren. Jede von ihnen war mit schwarzem Tuch bedeckt, und an den Kopf- und Fußenden brannten kostbare Kerzen. Auf jeder Bahre lag ein toter Mann, bedeckt von rituellen Gewändern; bei mehr als einem der Leichname reichten die Gewänder aber nicht aus, um die Spuren von Gewalt an den Leibern zu verdecken.

Am Fußende der mittleren Bahre stand ein einzelner Stuhl. Darauf saß Jord. Kaum hatte sie einen Blick auf ihn geworfen, sog Mala erschrocken die Luft zwischen den Zähnen ein, denn jetzt sah sie, dass die schlimme Nachricht, die sie in ihrem Heimatdorf erreicht hatte, auch in dieser Hinsicht der Wahrheit entsprach: Der rechte Arm ihres Verlobten endete wenige Zentimeter unter der Schulter. Der Stumpf war eng mit einem frischen, sauberen Verband umwickelt; hier und da leuchteten rote Flecken, wo die Blutung hindurchgesickert war. Jords stoppelbärtiges Gesicht erschien alt und eingefallen, und in Malas Augen sah er aus wie sein eigener Vater. Durch sein helles Haar zog sich eine graue Strähne, die sie noch nie bemerkt hatte. Seine blauen Augen waren niedergeschlagen, und sie starrten beinahe stumpfsinnig auf die Dielen des Fußbodens und die Füße der Tänzer, die einen oder zwei Schritte von ihm entfernt langsam darüber hinwegstampften. Der Ring der Dörflerinnen, die langsam zu dem Klagelied tanzten, umgab die Bahren und den Stuhl, und ihre Füße schlugen leise den Takt zu der Trommel, die im hinteren Teil der Halle feierlich dröhnte.

Und außerhalb des Tanzkreises drängten sich die übrigen Trauernden zusammen – ja, vierzig mochten es leicht sein: Sie weinten und scherzten, schwatzten, beteten, aßen und tranken, meditierten und jammerten schmerzerfüllt, ganz wie ihnen zumute war, jeder nach seinem Empfinden. Ein Priester Ardnehs, den man an seinem weißen Gewand erkennen konnte, tröstete eine alte Frau, deren gramvolles Kreischen alle anderen Geräusche übertönte. Die meisten Leute in der Menge sahen aus, als seien sie Bewohner dieses Dorfes, was nicht verwunderlich war – es hatte geheißen, dass die Toten, wie auch Jord, alle von hier stammten. Einige der Gesichter erkannte Mala von früheren Besuchen, die sie Jord und seiner Familie abgestattet hatte, wieder. Aber die meisten waren ihr unbekannt, und ein paar waren ausländisch gekleidet, so als kämen sie von weit her.

Mala stand noch immer dicht bei der Tür. Während sie über Schultern hinweg und zwischen den vielen Gestalten hindurchsah, hauchte sie ein Dankgebet an Ardneh, weil Jord noch am Leben war. Und dennoch spürte sie, wie mitten im Gebet ein neuer Schmerz sie durchzuckte. Der Mann, den sie heiraten würde, war drastisch und furchtbar verändert worden, noch bevor sie Gelegenheit gehabt hatte, ihn in seiner ganzen Gesundheit, Kraft und Jugend kennen zu lernen. Dann, als wolle sie diesen Gedanken beiseite schieben, versuchte sie weiterzugehen und zu Jord hinüberzueilen. Aber die dichte Menschenmenge hielt sie zurück.

In diesem Augenblick war ihr, als bliebe die Zeit stehen – doch es musste eine Sinnestäuschung gewesen sein. Sie war es nicht gewohnt, sich in Menschenmengen aufzuhalten, und als ihr Blick über die Gesichter ringsumher wanderte, sah sie, dass alle noch immer taten, was sie auch einen Augenblick zuvor getan hatten. Aber in jenem Augenblick der Pause hatte die Hand eines anderen den Vorhang aus Häuten, der vor den Ausgang drapiert war, beiseite geschoben. In all dem Lärm, der Musik, dem Gejammer und dem Geplauder, hatte sie das leise Rascheln nicht hören können, aber sie fühlte, wie sich der Hauch des kalten Windes verstärkte, der hier nachts von den Bergen herabwehte.

Und dann, im nächsten Moment, legte sich eine Männerhand auf Malas Arm – nicht sanft schmeichelnd und auch nicht grob, sondern einfach so, als habe sie ein Recht, dort zu ruhen, wie die Hand eines Vaters oder eines Onkels. Aber der Mann war nichts dergleichen. Sein Gesicht war vollständig hinter einer Maske verborgen, die aussah, als sei sie aus dunklem, gestanztem Leder gefertigt. Die Maske überraschte Mala, doch nur für einen Moment. Sie hatte schon früher ein paar Mal Männer mit Masken gesehen, bei Begräbnissen und Totenfeiern. Der Grund dafür war, dass Fehden verschlimmert, Freundschaften und Bündnisse mitunter auf harte Proben gestellt werden konnten, wenn ein Mann, dessen Meinung etwas galt, in der Öffentlichkeit dabei gesehen wurde, wie er um den Feind eines Freundes oder Bundesgenossen trauerte; gleichzeitig aber mochte eine im Widerspruch zu seinen sonstigen Vorlieben stehende Verhaltensregel ihn dazu zwingen. Eine Maske gestattete, dass die Identität ihres Trägers von denen ignoriert werden konnte, die sie nicht kennen wollten, auch wenn sie eigentlich kein Geheimnis war.

Der Maskierte war eher klein und schlicht, aber recht gut gekleidet. Mala hielt ihn für relativ jung. »Was ist geschehen,

Mala?« Seine Stimme, dicht bei ihrem Ohr, war fast ein Flüstern.

Er kannte sie. Also war er wahrscheinlich ein ferner Verwandter Jords. Oder, dachte Mala, als sie das kurze Schwert an seinem Gürtel erblickte, sogar ein niederer Lord oder Ritter, einer, der vielleicht irgendwann einmal Jords Dienste als Schmied oder Waffenmacher in Anspruch genommen hatte.

Außerdem musste der Maskierte aus einiger Entfernung hierher gekommen und eben erst eingetroffen sein, wenn er nicht wusste, was geschehen war. Angesichts solcher Ahnungslosigkeit stolperte Mala über ihre eigenen Worte, als sie versuchte, weniger die Geschichte, wie sie sie gehört hatte, zu wiederholen, als vielmehr eine vernünftige Erklärung für das grauenvolle Geschehen zu geben. Aber eine Erklärung ließ sich nicht so einfach finden. Sie versuchte es dennoch: »Sie ... alle sechs ... sie wurden von einem Gott gerufen, und er befahl ihnen, den Berg hinaufzusteigen. Dann ...«

»Welcher Gott war es, dessen Ruf sie folgten?« Die ruhige Stimme verriet keine Überraschung über die Erwähnung von Göttern. Sie fragte nach Tatsachen.

Einer der Männer, die vor Mala gestanden und ihr unabsichtlich den Weg zu Jord versperrt hatten, drehte sich bei diesen Worten um. »Es war Vulkan, der sie rief. Kein Zweifel, der Gott wählte sie selber aus. Ich habe ihn gehört, und nicht nur ich allein, sondern das halbe Dorf – oder mehr noch. Vulkan selbst kam in der Nacht vom Berg herunter und rief die sechs Männer bei ihren Namen. Wir anderen zogen uns die Bettdecke über den Kopf, das kannst du mir glauben. Am nächsten Tag, als noch keiner der sechs zurückgekehrt war, versammelten wir uns hier in der Ratshalle und besprachen uns. Die Frauen drängten uns herauszufinden, was geschehen war, und schließlich machten sich einige von uns an den Aufstieg ... Es war nicht schön, was wir fanden, das kann ich dir sagen.«

»Und was«, fragte der Maskierte, »wäre geschehen, wenn sie Vulkans Ruf nicht gefolgt wären?« Das Licht in der Halle war zu diffus, als dass Mala hätte erkennen können, ob seine Hände wie die eines Arbeiters oder eines Hochgeborenen aussahen. Das Haar, das unter der Kapuze seiner Jacke hervorquoll, war dunkel und ein wenig gelockt, und es verriet ihr nichts über seine gesellschaftliche Stellung. Vielleicht war es diese auffällige Unbestimmbarkeit seiner Erscheinung, die in Malas Gedanken einen Verdacht weckte, der aus dem Nichts zu kommen schien: *Ob dies wohl der Herzog selbst sein könnte?* Gesehen hatte Mala den Herzog noch nie, aber wie tausend andere seiner Untertanen, die ihn gleichfalls noch nie zu Gesicht bekommen hatten, wusste sie gewisse Dinge über ihn – oder glaubte zumindest, sie zu wissen. Eines der spannendsten davon war das Gerücht, dass er von Zeit zu Zeit verkleidet ausgehe, um bei seinem Volk zu spionieren und Abenteuer zu erleben. Anderen Berichten zufolge war er ein verhältnismäßig junger Mann, und es hieß auch, er sei von kleiner Statur.

Jord, dachte Mala, hatte vielleicht einmal für den Herzog gearbeitet, oder vielleicht auch einer der Toten auf den Bahren. Damit ließe sich erklären, weshalb der Herzog heute Nacht hier erschienen war ... Sie ermahnte sich selbst, dass sie dabei war, eine Geschichte zu erfinden, aber dennoch ... Gelegentlich erzählte man sich auch von der Grausamkeit des Herzogs, aber solche Gerüchte, vermutete Mala, kursierten wahrscheinlich über die meisten Mächtigen. Und selbst wenn sie der Wahrheit entsprachen, dachte sie, schloss dies die Möglichkeit nicht aus, dass Herzog Fraktin hin und wieder auch ein wohlwollendes Interesse an den armen, abgelegenen Dörfern seines Reiches zeigte.

Der Dorfbewohner, der sich umgedreht und zu ihnen gesprochen hatte, hegte offensichtlich keine solchen überspannten Vorstellungen bezüglich der Identität des Maskierten. Er musterte ihn, als sei er nicht sonderlich beeindruckt von dem, was er sah – Kurzschwert oder nicht. Die Frage des maskierten Mannes beantwortete er mit leisem Schnauben und schüttelte den Kopf. »Wer würde es wagen zu widersprechen, wenn ein Gott ruft? Wenn du mehr darüber wissen willst, solltest du Jord fragen.«

Jord hatte Mala noch nicht bemerkt. Der sehnige, junge alte Mann mit dem einen Arm und dem umwickelten Stumpf saß auf dem Stuhl, den das Ritual ihm zuwies, fast so, als sei er selbst einer der Toten.

Mala hörte, wie der Mann sagte: »Sein Arm liegt immer noch dort oben auf dem Berg, aber seinen Lohn dafür hat er mitgebracht.« Sie versuchte nicht erst zu verstehen, was damit gemeint sein mochte, sondern drängte sich zwischen den Umstehenden hindurch und rannte auf Jord zu. Im Kreis der langsam Tanzenden sank Mala vor dem Mann, den zu heiraten sie gelobt hatte, auf die Knie, umklammerte seine eine Hand und seine Beine und versuchte ihm zu sagen, wie sehr es sie schmerze, was mit ihm passiert sei, und dass sie sich so schnell sie konnte auf den Weg zu ihm gemacht habe, als die grauenhafte Nachricht sie erreichte.

Zuerst sprach Jord kein einziges Wort und blickte Mala nur wie aus weiter Ferne an. Dann kehrte allmählich das Leben in sein Gesicht zurück, und nach einigen Augenblicken begann er zu reden. Mala konnte sich später nie genau an die ersten Worte erinnern, die sie miteinander gewechselt hatten, aber danach konnte Jord um das Leben seiner Freunde und um seinen eigenen Verlust weinen, und Mala konnte ihn trösten. Der Tanz und das fieberhafte Festgetümmel gingen unterdessen weiter, unterbrochen nur durch gelegentliches lautes Jammern. Als Mala von ihrem Platz nahe der Hallenmitte zum Eingang zurückschaute, erhaschte sie zwischen den Trauernden noch einmal einen Blick auf den Mann mit der gestanzten Ledermaske.

»Es wird alles wieder gut werden, meine Liebe«, brachte Jord schließlich heraus. »Bei den Göttern – es tut gut, dich umarmen zu können.« Und er umschlang Mala, die neben ihm stand, leidenschaftlich mit dem einen starken Arm eines Schmiedes. »Ich bin noch nicht vernichtet. Ich habe darüber nachgedacht. Ich werde die Schmiede hier verkaufen und mir woanders eine Mühle suchen. In Arin steht eine, die ich bekommen könnte ... Und wenn ich einen oder zwei Gehilfen einstelle, kann ich eine Mühle auch mit einer Hand betreiben.«

Mala sprach ein paar zustimmende Worte und versuchte ermutigend zu klingen. Sie schloss die Augen und hoffte innig, dass es ihr gelingen möge. Wenn Jord erst genesen wäre, sagte sie sich, würde er wieder ein junger Mann sein und seine alte Kraft wenigstens teilweise wiedererlangen. Mit einem Einarmigen verheiratet zu sein, würde nicht so schrecklich sein, wenn es sich um einen Mann mit Besitz handelte ... Da lösten sich zwei kleine Kinder, die Kinder des Witwers Jord aus seiner ersten Ehe, aus der Menge, lehnten sich besitzergreifend an die Beine ihres Vaters und lenkten Mala von ihren Sorgen ab, indem sie sie anstarrten.

Die Hände des kleinen Jungen, Kenn, spielten planlos mit dem rauen Tuch, das einen langen, schmalen Gegenstand umhüllte, der an den Stuhl seines Vaters gelehnt war. Mala hatte diesen Gegenstand weiter keines Gedankens gewürdigt und hatte angenommen, es handele sich um irgendein Hilfsmittel, das man dem verkrüppelten Mann gebracht hatte – eine Krücke oder vielleicht gar eine Tragbahre. Jetzt aber, als sie sich das Bündel ein wenig genauer anschaute, sah sie, dass es dafür nicht lang genug war, und es bestand auch kein ersichtlicher Grund, eine Krücke oder eine Trage in ein Tuch zu hüllen. Zudem hatte es nicht den Anschein, als könne Jord aus einem dieser beiden Hilfsmittel irgendeinen Nutzen ziehen.

Jord sah, worauf ihr Blick ruhte. »Mein Lohn«, sagte er. Sanft schob er die kleinen Hände seines Sohnes von dem eingewickelten Gegenstand. »Noch gehört es nicht dir, Kenn. Alles zu seiner Zeit. Und du brauchst dir den Kopf darüber nicht zu zerbrechen, Marian.« Mit seinem kräftigen Zeigefinger streichelte er seiner zierlichen Tochter über die Wange. Dann schloss sich seine Faust fest um das obere Ende des Bündels, und er hob es in die Luft und schüttelte es, so dass die raue Umhüllung herunterfiel, wo sie nicht von seiner Hand gehalten wurde. Die Leute in der Runde wandten sich um und schauten herüber. Es war eine Klinge, einen ganzen Meter lang und so gerade wie ein Pfeil. Die Seiten waren leicht geriffelt, und beide Schneiden waren zu makellosen Linien geschliffen, so scharf, dass sie fast unsichtbar waren.

»Was? Wer ...?«, stotterte Mala ratlos.

»Vulkan hat es mit eigener Hand gefertigt.« Jords Stimme klang rau und verbittert. »Es ist für mich, und später dann für meinen Sohn. Es ist mein Lohn.«

Mala staunte stumm. Die Berichte, die sie in ihrem Heimatdorf gehört hatte, waren offensichtlich unvollständig gewesen. Von einem Schwert hatte niemand etwas gesagt ... Jords Lohn? Selbst in dem ziemlich trüben Kerzenlicht schimmerte der polierte Stahl. Malas scharfe Augen erkannten ein feines, zart geflecktes Muster auf der flachen Seite der Klinge, das sich bis tief ins Metall hinein fortzusetzen schien, wenngleich die Oberfläche makellos glatt war.

Die Reihe der Tanzenden stand beinahe still. Die Mienen der Leute waren unterschiedlich, aber alle hatten sich, wie auch viele im Gedränge dahinter, umgedreht und starrten auf die Klinge.

»Mein Lohn«, wiederholte Jord, und immer noch war seine Stimme rau. Man hörte ihn überall, denn plötzlich war es recht still geworden. »Das hat Vulkan gesagt, als er mir den

Arm abgeschlagen hatte.« Er schüttelte das Schwert in seiner ungeübten Hand. »Dies für meinen Arm. Das waren die Worte des Gottes. Er nannte es ›Stadtretter‹.« Große Bitterkeit lag in Jords Stimme, doch es war eine Bitterkeit von unpersönlicher Art, ein Zorn, wie ihn wohl ein Mann gegen ein Gewitter äußern mochte, das ihm die Ernte vernichtet hatte. Seine Hand begann vor Schwäche zu zittern, und er ließ das Schwert sinken und versuchte es wieder einzuwickeln. Mala musste ihm dabei helfen.

»Ich muss etwas Feineres besorgen als dieses Tuch, um es darin aufzubewahren«, murmelte er.

Mala wusste immer noch nicht, was sie sagen oder denken sollte. Das Schwert hatte sie ratlos gemacht, und sie begriff nicht, was es bedeuten konnte. Jords Lohn, von Vulkan? Lohn wofür? Warum hätte der Gott den rechten Arm eines Menschen haben wollen? Und warum ein Schwert? Was sollte ein Schmied – oder sonst irgendein gewöhnlicher Bürger – mit einer solchen Waffe anfangen?

Später würde sie dies alles im Einzelnen mit Jord besprechen müssen. Dies war nicht die Zeit und nicht der Ort dafür. Tanz und Lärm ringsumher waren wieder erwacht, ein wenig gedämpfter allerdings als zuvor.

»Mala?« Ein neuer, anderer Klang erfüllte Jords Stimme.

»Ja?«

»Der Tanz wird bald vorbei sein. Ich muss hier bleiben, denn man wird noch weiteren Heilzauber und zusätzliche Rituale an mir vollziehen. Aber du solltest jetzt vielleicht besser aufbrechen.« Er ließ sich matt auf seinem Stuhl zurücksinken und schloss die Augen.

Mala verstand. Wenn ein Trauertanz wie dieser zu Ende war, folgte meistens noch ein letzter Akt gemeinsamen Treibens: Die Trauernden, denen es gestattet war, gingen paarweise auseinander, Mann mit Frau, Junge mit Mädchen. Sie wanderten hinaus in die fruchtbaren Felder, die das Haus oder das Dorf umgaben, und dort vereinigten sie sich auf dem Boden, von dem sie ernteten. Der Tod wurde so, wenn nicht verhöhnt, so doch in gewisser Weise aufgehoben durch jene andere, ebenso alte Macht der Schöpfung neuen Lebens. Noch war Mala eine unverheiratete Frau und somit, wollte man die Regeln streng auslegen, frei, am letzten Ritual der Nacht teilzunehmen. Aber da es bis zu ihrer Vermählung nur noch zwei Tage waren, wäre es unschicklich gewesen, dies mit einem anderen als ihrem Bräutigam zu tun. Aus Jords Armstumpf aber quoll noch Blut, und er konnte sich kaum aufrecht auf seinem Stuhl halten.

So antwortete sie: »Ja, ich werde mich aufmachen. Morgen, Jord, sehen wir uns wieder.« Jetzt würde sie sich auf den weiten Ritt zurück in ihr Dorf begeben oder hier einen Platz finden müssen, wo sie den Rest der Nacht verbringen konnte. Zu Jords Familie hatte sie kein Zutrauen, sie wusste nicht, ob diese Leute sie mochten und ob sie in ihren Häusern willkommen sein würde. Vielleicht wussten sie – mit Ausnahme der beiden Kinder – noch gar nicht, dass sie hier war. Dem Brauch entsprechend hatten die Familienältesten beider Seiten die Heirat vorbereitet, und die Familien waren noch nicht lange miteinander bekannt.

Mala hatte Jord gleich beim ersten Zusammentreffen gemocht. Sie hatte keine Einwände erhoben, als die Verbindung beschlossen worden war, und sie fand auch jetzt keinen ernsthaften Einwand dagegen, die Vereinbarung aufrechtzuerhalten. Tatsächlich bewirkte seine Verstümmelung, dass sie sich noch stärker an ihn gebunden fühlte. Gleichzeitig aber ...

Die Mitte der Halle, in der Tod und Verwundung ihren Platz einnahmen, schien ihr nach Sterben, Leid und Niederlage zu riechen. Mala ergriff noch einmal Jords verbliebene Hand und seine Schulter, dann wandte sie sich von ihm ab. Andere, die wie Mala nicht bleiben wollten oder konnten, brachen gleichfalls auf. Mit einer kleinen Gruppe von Leuten drängte sie sich zwischen den Häuten vor der Tür hindurch. Rasch löste die Gruppe sich auf, und als sie bei dem Pfosten angelangt war, wo die Reittiere standen, war sie allein auf der dunklen Straße. Sie ergriff die Zügel ihres Tieres, um es loszubinden.

»Es ist noch nicht vorüber«, sagte die ruhige, leise Stimme des maskierten Mannes ganz in ihrer Nähe.

Mala drehte sich langsam um. Nur das Licht unzähliger Sterne beleuchtete ihn, denn der Mond war hinter einer Wolke verschwunden. Auch er war allein, und er streckte Mala eine Hand entgegen, die sie ergreifen konnte, wenn sie es wollte. Um sie herum gingen andere Paare die Straße hinunter und strebten unerkannt den Feldern zu.

Es vergingen fast neun Monate, bis Mala die dunkle Ledermaske und ihren Träger wiedersah, allerdings auch da nur zwischen anderen Bildern eines rauschhaften Traumes. Sie war mit Jord unterwegs zu einem anderen Begräbnis (zu dem eines Mannes, der zweifellos ihr bedeutendster Verwandter gewesen war, eines niederen Priesters im Blauen Tempel) und gerade bei dem großen Tempel Ardnehs angelangt, der ungefähr zweihundert Kilometer weit von der Mühle und ihrem Zuhause entfernt war, als die Wehen einsetzten.

Da dies ihre erste Geburt war, wusste Mala die warnenden Vorzeichen nicht zu deuten. Trotzdem hätte sie sich kaum einen besseren Ort für ihre Niederkunft auswählen können, auch wenn sie sie noch so sorgfältig geplant hätte. In den Ardneh-Tempeln gab es allgemein die besten Hospitäler auf dem ganzen Kontinent – und für die meisten Menschen waren es auch die einzigen, die ihnen offen standen. Viele Priester und Priesterinnen Ardnehs waren heilkundig und verstanden sich auf Geburtshilfe und auf die Komplikationen, die bei einer Entbindung auftreten konnten. Sie kannten viele Arzneimittel und ein wenig Heilzauber, und einige von ihnen hatten sogar Zugang zu gewissen überlieferten Technologien der Alten Welt – genug, um die geheimnisumwobene Kunst wirksamer Chirurgie ausüben zu können.

Es war kurz vor Sonnenuntergang, als Malas Wehen ernstlich einsetzten. Und als die Sonne hinter dem Horizont verschwand, drang aus dem Tempel eine Musik, die sich zufälligerweise nicht sonderlich von derjenigen unterschied, die achteinhalb Monate zuvor bei der Trauerfeier im Dorf gespielt worden war. Vielleicht war es dieser ähnliche Trommelklang, der dazu beitrug, das maskierte Gesicht in ihren Träumen wieder auftauchen zu lassen, der Trommelklang – und natürlich Malas glühender, aber bislang streng geheim gehaltener Verdacht, dass nicht Jord, sondern der Mann, dessen Gesicht sie nie ohne Maske gesehen hatte, der Vater ihres Erstgeborenen sein könne. Im Laufe der vergangenen Monate hatte sie versucht, über Herzog Fraktin herauszufinden, was sie konnte, aber abgesehen davon, dass die Gerüchte über seine gelegentliche Grausamkeit und über die Ausflüge, die er in Verkleidung unter das gemeine Volk machte, über seinen Reichtum und seine magischen Kräfte bestätigt wurden, wusste sie jetzt nicht viel mehr über ihn als vorher.

In dieser Nacht nun, als sie in einer Entbindungskammer auf halber Höhe des mächtigen, pyramidenförmigen Tempels lag, wurde Mala in den Augenblicken der Klarheit zwischen Schmerz und Betäubung über ihre Träume befragt. Die Hebammen-Priesterin hatte Jord mit einem vorgetäuschten Auftrag davongeschickt, und jetzt fragte sie Mala mit knappem, berufsmäßigem Interesse – aber auch mit fühlbarer Warmherzigkeit – ausführlich nach den Träumen, die sie während der letzten Wehen gehabt hatte. Heilmittel und Zaubersprüche wirkten sich unmittelbar auf die Schmerzen aus und verwandelten sie in Träume, mal gute und mal schlechte.

Mala beschrieb der Priesterin den maskierten Mann so gut sie konnte. Seine Gestalt, sein Haar, seine Kleidung, sein kurzes Schwert und die Maske, allerdings ohne zu erwähnen, wann, wo oder wie sie ihm im wirklichen Leben schon einmal begegnet war. Sie fügte hinzu: »Ich glaube ... ich bin mir nicht sicher, und ich weiß nicht genau, weshalb, aber ich glaube, es könnte Herzog Fraktin sein. Er herrscht über das Gebiet, in dem wir leben.« Und Malas Herz war von einem geheimen Stolz erfüllt, einem Stolz, der vielleicht in ihrer Stimme mitschwang.

»Ah, dann vermute ich, dass dieser Traum ein gutes Omen ist.« Aber die Priesterin klang etwas amüsiert, als sie dies sagte.

»Glaubt Ihr nicht, dass es der Herzog war?« Mala war plötzlich beunruhigt.

»Du weißt darüber mehr als ich, meine Liebe. Es war dein Traum. Nach allem, was ich weiß, kann es ebenso gut der Kaiser gewesen sein.«

»O nein, so sah er nicht aus. Macht Euch nicht über mich lustig.« Mala hielt inne. Ihr berauschter Verstand arbeitete nur langsam. Jeder hatte schon vom Kaiser gehört, in Scherzen, Anekdoten und Redensarten. Mala konnte sich nicht erinnern, ihn jemals gesehen zu haben, aber sie wusste, dass er angeblich die Maske eines Narren trug, nicht die eines Herrn. Als die Priesterin diesen uralten Titel erwähnt hatte, waren ihr all die Stadtstreicher und die vagabundierenden Witzbolde, die sie jemals irgendwo zu Gesicht bekommen hatte, in den Sinn gekommen. Und dann war ihr ein bestimmter, ein wirklicher Clown eingefallen, der jahrelang auf jedem Jahrmarkt, auf jedem Fest erschienen war und der ein trauriges, groteskes Gesicht über seine eigenen Züge gemalt hatte. Nicht dass ihr jemals der Gedanke gekommen wäre, einer dieser Männer könne tatsächlich der Kaiser sein. In Anekdoten und Witzen war der Kaiser ein uralter Mann, der unablässig den absurden Anspruch vertrat, ein gewaltiges Reich zu regieren, und der von Baronen und Herzögen, von Großherzögen und Tyrannen, ja, von Königen und Königinnen Tribut forderte. Einige dieser Geschichten handelten von der Vorliebe des Kaisers für sinnlose Rätselfragen *(»Und was wäre geschehen, wenn sie Vulkans Ruf nicht gefolgt wären?«*, hallte es plötzlich unangenehm durch Malas wirbelnde Gedanken). Andere Geschichten erzählten, wie er Streiche spielte, die manche Leute, denen so etwas gefiel, recht raffiniert fanden. Und es gab eine sprichwörtliche Redensart, die besagte, dass ein uneheliches Kind von einem unbekannten Vater – oder jemand, der vom Pech verfolgt war – ein Kind des Kaisers sei.

Mala hatte niemals Grund zu der Annahme gehabt, ein wirklicher Mann, der die wirkliche Welt durchstreifte, könne diesen Titel tragen, geschweige denn, dass dieser Mann am Ende mit ihr ... Nein, sie war von Schmerzmitteln benebelt und konnte nicht klar denken. Der Herzog – oder wer immer es gewesen sein mochte – war sehr jung gewesen, und er hatte ganz gewiss nicht die Clownsmaske des Kaisers getragen.

Durch den Dunst der Halluzinationen, die mit den nächsten Wehen über sie hereinbrachen, hörte Mala, wie Jord zurückkam. Vielleicht, dachte sie jetzt voller Hoffnung, war Jord ja doch der Vater des Kindes. Sie konnte ihn nicht sehr deutlich erkennen, aber sie hörte, wie er atemlos vom hastigen Aufstieg über die zahllosen Tempeltreppen keuchte und mit beinahe kindischem Stolz verkündete, erfolgreich aufgespürt zu haben, wonach die Priesterin ihn geschickt hatte. Und dann fühlte Mala, wie er ihre beiden Hände mit seiner riesigen Pranke umfasste, und sie hörte, wie er voller Besorgnis anfing, der Priesterin zu erzählen, wie seine erste Frau im Kindbett bei der Geburt des dritten Kindes gestorben sei. Was würde Jord jetzt denken, wenn er wüsste, dass es vielleicht der Herzog war ...?

Und dann übermannte sie der Traum, in den der letzte Schmerz der Geburtswehen verwandelt wurde. Neue Stimmen erhoben sich in schrillem, magischem Singsang. Es waren die Stimmen unsichtbarer Wesen, die um Malas Bett herummarschierten. Jord, die Priesterin und alle anderen Menschen waren verschwunden, aber Mala hatte keine Zeit, sich deswegen zu beunruhigen, denn zu viele wunderbare Dinge fesselten ihre Aufmerksamkeit, hier in diesem Blumengarten, in dem sie ruhte ...

Der Gesang nahm zu, aber andere Stimmen, unmelodisch streitend, drangen hindurch, zu laut, als dass irgendeine Musik sie hätte übertönen können. Sie klangen erzürnt, so, als sei es ein ernsthafter Streit ...

Blumen häuften sich zu allen Seiten, und rings um Mala verstreut lagen gewaltige Massen von Blüten in verschwenderischer Fülle, darunter Arten, die sie weder in Wirklichkeit noch in ihrer Phantasie jemals gesehen hatte. Sie lag auf dem Rücken auf einem – ja, was war es? Ein Bett? Eine Bahre? Ein Tisch? Um sie herum, hinter Bergen von Blumen, waren die Götter selbst in wütendem Streit miteinander entbrannt.

Sie verstand gerade genug von dem, was sie sagten, um zu begreifen, dass einige Götter und Göttinnen erbost und unzufrieden über gewisse Dinge waren, die Ardneh unternommen hatte, um ihr zu helfen – was immer es gewesen sein mochte. Von ihrem Platz aus sah Mala von Ardneh nicht mehr als seinen Kopf und seine Schultern, aber es genügte, um zu erkennen, dass er größer war als die übrigen Gottheiten. Das Antlitz Ardnehs, des Dämonentöters, des Krankenheilers, des Trägers tausender anderer Namen, war unmenschlich breit und riesig, und es ließ Mala an das Mahlwerk einer Mühle denken, dem größten und kompliziertesten Mechanismus, den sie kannte.

Auch einige der anderen in diesen Streit Verwickelten glaubte sie zu kennen. Vor allem den Schmied erkannte sie – an dem mächtigen Hammer, den er in der Hand trug, an seinem versengten Lederschurz und nicht zuletzt an seinem verkrüppelten Bein. Um Jords willen fürchtete und hasste sie Vulkan. In diesem Augenblick natürlich war sie zu benommen, um irgendwelche starken Empfindungen zu haben. Aber der Schmied würdigte sie ohnehin keines Blickes, wenn er auch Ardneh erbittert widersprach. Der Streit zwischen den beiden Gruppen von Göttern ging weiter, aber Malas berauschte Sinne nahmen die Einzelheiten immer verschwommener wahr.

Und dann war ihr, als sei ihr Kind bereits geboren, als liege es schon gewaschen und gewickelt vor ihr, sein wunder Bauch sauber verbunden. Ardnehs Seite hatte obsiegt, zumindest vorläufig. Die blauen Augen des Kindes waren geöffnet, und seine kleinen, makellosen Hände griffen nach Malas Brust. Die maskierte Gestalt seines Vaters stand im Hintergrund und verkündete stolz: »Mein Sohn, Mark.« Es war einer der Namen, die Mala mit Jord erwogen hatte, einer, der in ihren beiden Familien bereits vorkam.

»Wenn die Zeit kommt«, rief Ardneh, und seine Stimme übertönte jedes andere Geräusch (ihr Klang erinnerte Mala irgendwie an die Stimme ihres toten Vaters), »wenn die Zeit kommt, wird dein Erstgeborener das Schwert ergreifen. Und du musst ihn damit gehen lassen, wohin er will.«

»Sein Name ist Mark«, sagte die Gestalt des Maskierten im Traum. »Meine Markierung, mein Zeichen ist auf ihm, und er ist mein.«

Mala schrie laut auf. Langsam erwachte sie aus ihrem rauschhaften Zaubertraum und hörte, dass es ihrem erstgeborenen Sohn gut ging.

1

Eines Tages, in der Mitte seines dreizehnten Sommers, als Mark mit seinem älteren Bruder Kenn von der Kaninchenjagd zurückkehrte, sah er, dass Besucher ins Dorf gekommen waren. Ihren Reittieren nach zu urteilen waren es Besucher, wie Mark sie noch nie zuvor gesehen hatte.

Kenn, der fünf Jahre älter war als sein Bruder, blieb auf dem schmalen Pfad am Flussufer so plötzlich stehen, dass Mark, der gedankenverloren hinter ihm hertrottete, beinahe gegen ihn geprallt wäre. Es war an der Stelle, wo der Pfad aus dem wilden Unterholz entlang des steilen Flussufers hervorkam und sich in die Anfänge der einzigen Straße des Dorfes verwandelte. Von hier aus konnte man die vier fremden Reittiere sehen. Zwei von ihnen waren wie Kavalleriepferde in Kettenpanzer gehüllt, die beiden anderen trugen Schabracken aus kostbarem Tuch. Alle vier waren vor dem Haus des Dorfältesten angebunden. Der Balken, vor dem sie standen, war immer noch einen Bogenschuss weit entfernt. Die Hauptstraße des Dorfes Arin am Aldan war länger als die Straßen in anderen kleinen Dörfern, weil der Ort sich schmal am Flussufer dahinzog.

»Sieh mal«, sagte Mark unnötigerweise.

»Wer sie wohl sind?«, fragte Kenn und sog seine Unterlippe zwischen die Zähne, was er immer tat, wenn er nervös war. Bisher war es kein guter Tag für ihn gewesen. Im Köcher auf seinem Rücken steckte kein einziger Pfeil mehr, aber in der Jagdtasche an seiner Seite trug er nur ein mittelgroßes Kaninchen. Und jetzt diese hochgeborenen Besucher. Beim letzten Mal, als die Brüder von der Jagd gekommen waren und das Reittier einer bedeutenden Person vor dem Hause des Ältesten hatten stehen sehen, war es Sir Sharfa gewesen, der ins Dorf gekommen war. Der Ritter war von seinem Landhaus heruntergekommen, um Berichten auf den Grund zu gehen, denen zufolge Kenn und Mark dabei beobachtet worden waren, wie sie in seinem Jagdrevier gewildert oder dies zumindest versucht hatten. Wertvolle Wesen lebten in seinem Revier, hybride Züchtungen, die vielleicht eines Tages dem Herzog als Geschenk dargebracht werden sollten, exotische Geschöpfe, deren Tod für einen Gemeinen, der sie zur Strecke gebracht hatte, leicht die Hinrichtung bedeuten konnte. Am Ende hatte Sir Sharfa den anonymen, falschen Anschuldigungen keinen Glauben geschenkt, aber Angst hatten die beiden Brüder dennoch gehabt.

Mark war mit seinen zwölf Jahren ein wenig größer als andere Jungen seines Alters, wenn er auch längst noch nicht so schlaksig und hoch aufgeschossen war wie Kenn. Er zeigte zwar keine auffällige Ähnlichkeit mit Jord, dem Mann, den man seinen Vater nannte; aber zur heimlichen, großen Erleichterung seiner Mutter war auch keine augenfällige Unähnlichkeit zu erkennen. Marks Gesicht war noch kindlich rund, seine Gestalt von kindlicher Unbestimmtheit. Seine Augen waren bläulich grau und sein Haar glatt und blond, aber es hatte begonnen, allmählich dunkler zu werden, und man sah schon jetzt, dass es dunkelbraun sein würde, wenn er erwachsen war.

»Diesmal ist es niemand vom Rittergut«, meinte Kenn, als er die Ausstattung der vier Tiere aus der Ferne betrachtete. Ein wenig zuversichtlicher und mit wachsendem Interesse an den ungewöhnlichen Besuchern trat er auf die freie Dorfstraße hinaus.

»Sir Sharfa ist sowieso nicht da«, warf Mark ein, der hinter ihm hertrabte. »Die Leute sagen, er ist in Geschäften für den Herzog unterwegs.« Die Dorfbewohner sahen den Herrn ihres Rittergutes, Sir Sharfa, meist nicht öfter als ein- oder zweimal im Jahr, und den Herzog bekam mancher sein Leben lang nicht zu Gesicht. Dennoch sorgten sie dafür, dass sie stets auf dem Laufenden waren, zumindest im Hinblick auf Ereignisse, die eine Gefahr für ihren Besitz oder für ihr Leben mit sich bringen konnten.

Das erste Haus des Dorfes, hier am westlichen Ende der Straße, war das des Lederschneiders Falkener. Falkener hatte nichts übrig für Jord, den Müller, und auch nicht für dessen Familie – irgendein alter Streit war fast zu einer Fehde geworden –, und Mark argwöhnte, dass er derjenige gewesen war, der mit der falschen Anschuldigung des Wilderns zu Sir Sharfa gegangen war.

Falkener saß hinter seiner halb geöffneten Haustür bei der Arbeit. Er sah auf, als die beiden Jungen vorübergingen. Wenn er bereits erfahren hatte, was die Anwesenheit der Besucher bedeutete, dann ließ sein Gesichtsausdruck es nicht erkennen. Mark blickte wieder geradeaus.

Langsam näherten sich die Jungen dem Balken, an dem die Reittiere angebunden standen, und das Haus des Ältesten Kyril war jetzt ganz zu sehen. Rechts und links vor der Haustür standen als Wächter zwei bewaffnete Männer. Es waren Fremde. Die beiden Wachtposten erwiderten die Blicke der jungen Kaninchenjäger mit hölzernen Mienen, in denen ein leicht hochmütiger Ausdruck lag. Es waren harte, zäh wirkende Männer mit Schnurrbärten, die das Haar auf fremde Weise hochgebunden trugen. Ihre leichten Kettenhemden waren mit den Farben des Herzogs verziert: Blau und Weiß. Die beiden waren ähnlich ausgerüstet, aber der eine war groß, der andere klein, und die Haut des einen war fast so schwarz wie Teer, die des anderen dagegen hell.

Mark und Kenn gingen immer noch auf das Haus zu, als die Tür des Ältesten sich öffnete und drei Männer heraustraten, die leise, aber eindringlich aufeinander einredeten. Einer der Männer war Kyril. Die zwei anderen waren kostbar und fremdartig gekleidet, und sie strahlten eine Bedeutung aus, wie Mark sie in seinem jungen Leben noch nie gesehen hatte.

»Ibn Gauthier.« Kenn flüsterte den Namen kaum hörbar. Die beiden Brüder gingen jetzt sehr langsam, und ihre in weichen Stiefeln steckenden Füße schlurften durch den sommerlichen Straßenstaub, als sie etwa zwanzig Schritte weit entfernt am Haus des Ältesten vorbeischlenderten. »Der Cousin des Herzogs. Er ist der Seneschall des Schlosses.«

Seneschall war ein neues Wort für Mark – beim Dorftratsch, der sich um Tagesereignisse drehte, hatte er es noch nie gehört –, aber wenn Kenn es beeindruckend fand, dann beeindruckte es ihn auch.

Der dritte Mann in der Gruppe, graubärtig wie der Älteste, trug ein blaues Gewand: »Und ein Zauberer«, fügte Kenn hinzu, und Mark musste sich anstrengen, um ihn zu verstehen.

Ein *echter* Zauberer?, dachte er. Er war nicht sicher, ob Kenn einen echten Zauberer erkennen würde, wenn er einen zu Gesicht bekäme ... aber was in diesem Augenblick tatsächlich großen Eindruck auf Mark machte, war das Benehmen des Ältesten Kyril. Der Älteste behandelte seine Besucher wahrhaft unterwürfig. Er führte sich auf wie ein armer, landloser Leibeigener, wenn dieser vor einem Ältesten erscheinen musste. Mark hatte noch nie gesehen, dass der alte Mann sich so benommen hätte. Selbst wenn Sir Sharfa zu Besuch kam, pflegte der Ritter, der doch der Herr im Ort war, voller Hochachtung mit dem alten Mann zu sprechen und ihm aufmerksam zuzuhören, wenn Angelegenheiten des Dorfes zu erörtern waren. Auch die heutigen Besucher hörten aufmerksam zu – so viel konnte Mark sehen, wenn er auch nicht verstand, was gesprochen wurde –, aber sie ließen nicht erkennen, dass sie dem Ältesten Hochachtung entgegenbrachten.

Jetzt fiel der Blick des Ältesten zufällig auf die beiden Knaben, die sich gaffend an seinem Hause vorbeidrückten. Unvermittelt runzelte er die Stirn und rief Kenn beim Namen, dabei winkte er ihn mit einer hastigen Handbewegung zu sich heran. Mark konnte sich nicht erinnern, den Ältesten jemals so aufgeregt gestikulieren gesehen zu haben.

Als Kenn mit vor Staunen geöffnetem Mund vor ihm stand, befahl Kyril: »Lauf und nimm das Schwert herunter, das bei deinem Vater an der Wand hängt. Bring es schnell hierher.« Als Kenn, immer noch glotzend, einen Moment lang zögerte, schnaufte der Alte: »Lauf zu! Unsere Gäste warten.«

Auf einen solchen Befehl hin gab es für einen Dorfjungen nur eine mögliche Reaktion. Kenn rannte augenblicklich davon, die lange Dorfstraße hinunter auf das Mühlhaus am anderen Ende zu. Seine Beine, lang und flink, wenn auch nicht sonderlich anmutig, wirbelten in unbeholfener Eckigkeit. Mark setzte an, ihm nachzulaufen, doch dann hielt er inne. Er wusste aus Erfahrung, dass er seinen Bruder nicht würde einholen können. Er wollte lieber hier bleiben und sehen, was als Nächstes geschähe. Und wenn er darüber nachdachte, wollte er auch nichts damit zu tun haben, das Schwert ohne die Erlaubnis des Vaters einfach von der Wand zu nehmen, wo es immer gehangen hatte ...

Die drei bedeutenden Männer warteten. Sie starrten Kenn nach und beachteten Mark nicht, der noch immer zwanzig Meter weit entfernt dastand und sie beobachtete. Der blau gekleidete Zauberer – wenn er denn wirklich ein Zauberer war – trat von einem Fuß auf den anderen, warf Mark mit leichtem Stirnrunzeln einen kurzen Blick zu, wandte sich aber gleich wieder ab.

Mit etwas lauterer Stimme sagte Kyril: »So geht es schneller, Euer Ehren, und wir müssen nicht alle zum Mühlhaus gehen.« Dann verneigte er sich in einer nervösen kleinen Verbeugung vor demjenigen, den Kenn flüsternd als Cousin des Herzogs bezeichnet hatte. Es war eine steife Bewegung, die für die Gelenke des Ältesten sicher recht ungewohnt war.

Jetzt bemerkte Mark, dass auch ein paar andere Dörfler,

unter ihnen Falkener, hier und dort aus ihren Häusern kamen. Langsam strömten die Menschen um das Haus des Ältesten zusammen. Sie alle wollten wissen, was hier vor sich ging, aber noch sollte ihre Anwesenheit auf der Straße eher zufällig erscheinen.

Der Mann, zu dem Kyril gesprochen hatte – wer immer er sein mochte –, übersah die Leute, wie er wohl einen Schwarm Spatzen übersehen würde. Seine Haltung ließ erkennen, dass er bereit war, ein wenig zu warten und sich davon überzeugen zu lassen, dass die Sache tatsächlich so, wie es der Älteste vorgeschlagen hatte, am schnellsten und zufriedenstellendsten erledigt würde. Er fragte Kyril: »Du sagst, der Mann, der das Schwert jetzt hat, sei vor dreizehn Jahren hierher gekommen. Woher kam er damals?«

»Ja, so ist es, Euer Ehren. Vor dreizehn Jahren. Damals kaufte er die Mühle. Ich bin sicher, er hatte die Erlaubnis für den Umzug. Alles hatte seine Ordnung. Er brachte Kinder mit und eine neue Braut, und er kam aus einem Dorf oben in den Bergen.« Kyril deutete nach Osten. »Ja, Herr, von dort oben.«

Der Seneschall wollte eine weitere Frage stellen, doch dann hielt er inne, denn Kenn kam bereits zurück. Bei sich trug er das Schwert. Es war eingewickelt und verschnürt wie immer, so wie es an der Wand im großen Wohnraum des Hauses hing. Kenn ging jetzt, er rannte nicht. Und er kam nicht allein. Jord, dessen kräftige Gestalt noch höher aufragte als die seines aufgeschossenen Sohnes, war bei ihm. Er näherte sich mit festem Schritt, während sein Sohn immer wieder in nervösen Trab verfiel.

Jords Arbeitskleider waren staubig, wie sie es oft waren, wenn er die üblichen Wartungsarbeiten an den mächtigen hölzernen Getrieben und Achsen vornahm, aus denen das Herz der Mühlenmaschinerie bestand. Er schaute kurz zu Mark herüber – Mark konnte seinem Blick nichts weiter entnehmen –, dann richtete er seine Aufmerksamkeit auf die wichtigen Besucher. Es schien, als nähere er sich ihnen widerwillig, doch er schritt trotzdem mit Entschlossenheit voran. Im letzten Augenblick legte er Kenn seine große Hand auf die Schulter und drängte den Jungen sanft in den Hintergrund. Dann trat er selbst vor die hohen Herren.

Jord verneigte sich vor den Besuchern, wie die Höflichkeit es verlangte. Dennoch aber war es Kyril, der Älteste, an den er sich dann wandte. »Wo ist Sir Sharfa? Ihm gegenüber sind wir hier im Dorf verantwortlich, denn was immer wir tun, wenn andere hochgeborene Herren herkommen und ...«

Der Mann, der Seneschall genannt worden war, fiel ihm wirkungsvoll, doch mit unerschütterlicher Ruhe ins Wort. »Sir Sharfa steht uns im Augenblick nicht zur Verfügung, Mann. Dass du deinem Gutsherrn so treu ergeben bist, ist löblich, in diesem Fall aber nicht angebracht. Sir Sharfa ist, wie du wissen solltest, ein Vasall meines Cousins, des Herzogs. Und es ist Herzog Fraktin, der das Schwert zu sehen wünscht, das du an deine Wand gehängt hast.«

Jord schien nicht sonderlich überrascht zu sein, vom Interesse des Herzogs zu hören. »Man hat mir befohlen, Euer Ehren, dieses Schwert bei mir zu behalten, bis die Zeit kommt, da ich es an meinen ältesten Sohn weitergebe.«

»Oh? Befohlen? Und wer hat dir das befohlen?«

»Vulkan, Euer Ehren.« Jord sprach diese Worte einfach und unerschrocken. Seine ruhige Selbstsicherheit stand hinter der des Mannes, der ihn befragte, nicht zurück.

Der Seneschall hielt inne. Was immer er als Nächstes hatte sagen wollen, es kam nicht über seine Lippen. Trotzdem hatte er nicht die Absicht, sich durch eine Antwort, die ein einfacher Müller ihm gab, beeindruckt zu zeigen. Ibn Gauthier streckte Kenn seinen Arm entgegen, die Hand geöffnet. Der Ärmel seines reichen Gewandes hing tief herab. Der Junge stand noch immer im Hintergrund, wo sein Vater ihn platziert hatte, und noch immer hielt er die eingewickelte Klinge umklammert.

»Wir werden es uns jetzt ansehen«, sagte der Seneschall zu ihm.

Kenn blickte nervös zu seinem Vater. Offenbar hatte Jord ihm ein Zeichen gegeben, zu gehorchen, denn der Junge zerrte an der Umhüllung des Schwertes – einer sauber gewebten, aber schmucklosen Decke –, als beabsichtige er, den Besuchern seinen Schatz aus sicherer Entfernung zu zeigen.

Die Umhüllung des Schwertes fiel herunter.

Der Seneschall starrte die Klinge einen Augenblick an. Dann schnippte er mit den Fingern. »Gib her!«

Was im nächsten Augenblick geschah, sollte Mark für den Rest seines Lebens im Traum immer wieder sehen. Und jedes Mal würde er in diesem Traum den letzten Augenblick seiner Kindheit von neuem durchleben, einen Augenblick, in dem er dachte: Seltsam. Woher kommt dieses Geräusch in der Luft? Das klingt ja wie schwirrende Pfeile!

Der Älteste Kyril stürzte zu Boden, das gefiederte Ende eines langen Schaftes ragte aus seiner Brust. Im selben Augenblick brach auch einer der beiden bewaffneten Wächter zusammen. Rücken und Seite von Pfeilen durchbohrt, sein halb gezogenes Schwert schimmerte stählern in der Scheide. Der zweite Wächter wurde am Oberschenkel getroffen. Er hob seinen Speer, doch mehr konnte er nicht tun. Gleich darauf fiel der Zauberer, und seine blauen Gewänder flatterten um ihn her zu Boden wie ein losgerissenes Zelt. Der Seneschall, noch unversehrt, wirbelte herum, zog sein eigenes Kurzschwert und stellte sich mit dem Rücken gegen die Wand. Sein Gesicht war teigig weiß geworden.

Die Pfeilsalve war rechts von Mark aus dem Dickicht gekommen, dort, wo Bäume und Büsche dicht und verfilzt am diesseitigen Ufer des Aldan wuchsen. Die Angreifer, wer immer sie sein mochten, hatten sich unentdeckt auf Pfeilschussweite heranschleichen können. Aber jetzt verließen sie ihre Deckung und rannten zwischen den Häusern am Flussufer heran. Ein halbes Dutzend heulender, Waffen schwenkender Männer stürmte auf den Vorhof des Ältestenhauses zu, wo die Opfer ihrer Salve getroffen am Boden lagen. Zwei große Kampftiere sprangen dicht hinter den angreifenden Männern aus dem Schutz des Dickichts, aber sie überholten sie mit Leichtigkeit und hetzten vor ihnen her. Die eine Bestie hatte orangegelbes Fell, die andere war getigert, und beide waren, wie auch die bewaffneten Männer, teilweise gepanzert. Sie waren beinahe so anmutig wie die Katzen, von denen die Hälfte ihrer Vorfahren abstammte.

Mark hatte noch nie zuvor echte Kampftiere gesehen, aber er erkannte sie sofort, denn in hundert Geschichten hatte man sie ihm schon beschrieben. Er sah, wie das orangefarbene Ungeheuer seinen Vater mit einem schrecklichen Satz zu Boden schleuderte. Jord hatte sich eben umgedreht, um seinem ältesten Sohn einen Befehl oder eine Warnung zuzurufen.

Der Seneschall war das eigentliche Ziel der Bestien. Sie sprangen ihn an, doch nicht, um ihn zu töten. Offenbar waren sie für dieses Unternehmen gründlich ausgebildet worden. Sie drängten den Cousin des Herzogs rückwärts gegen die Wand von Kyrils Haus. Sie berührten ihn nicht, aber sie drangen immer wieder auf ihn ein, knurrend und wachsam darauf achtend, dass sie nicht in die Reichweite seines Schwertes gerieten, das er in schützenden Bögen hin- und hersausen ließ. Immer wenn er sein angebundenes Reittier erreichen wollte, zwangen sie ihn zurück. Die vier Tiere, die dort am Balken standen, schlugen aus und bockten, und mit beinahe menschlichem Kreischen machten sie ihrer Angst und Aufregung Luft.

Im ersten Augenblick des Überfalls hatte Kenn fortlaufen wollen. Aber dann hatte er gesehen, wie sein Vater zu Boden ging, und war umgekehrt. Bleich stand er jetzt über seinem Vater und hielt unbeholfen die Klinge des ausgewickelten Schwerts über den Mann am Boden, als könne sie so auch als Schild dienen.

Mark, der zwei Schritte weit gerannt war, hatte sich nach seinem Vater und seinem Bruder umgesehen und innegehalten. Jetzt zog er mit zitternden Fingern den vorletzten seiner kleinen Jagdpfeile aus dem Köcher auf seinem Rücken. Den Kaninchenbogen hielt er in der Linken. Sein Kopf war vollständig leer. Ohne etwas zu fühlen begriff er, dass ein Mann, der Soldat mit dem Pfeil im Schenkel, der zu Boden gestürzt war, vor seinen Augen erstochen wurde. Die Angreifer – Banditen oder was sie sonst sein mochten – hatten ihre Kampfbestien erreicht und umstanden den belagerten Seneschall im Halbkreis. Sie riefen ihm zu, er solle sein Schwert fortwerfen und sich ergeben.

Aber einer aus der Zahl der Angreifer hatte diesem wichtigen Geschäft den Rücken zugewandt und machte sich bereit, den Bauernlümmel zu beseitigen, der da noch immer ein Schwert in der Hand hielt. Der Bandit grinste, vermutlich deshalb, weil Kenn die Waffe so ungeschickt hielt, und näherte sich Marks Bruder mit zum Stoß erhobenem Kurzspeer.

In diesem Augenblick verloren Marks zitternde Finger den Pfeil, den er eben in die Kerbe des Bogens gelegt hatte. In einer fahrigen, unkontrollierten Bewegung kniete er nieder und tastete mit der rechten Hand im Staub der Straße nach seinem Pfeil. Er war unfähig, seinen Blick von dem abzuwenden, was seinem Bruder drohte. Ein stöhnender Laut lag seit einigen Augenblicken in der Luft, anschwellend jetzt, der Klang einer Stimme, die nicht menschlich, ja vielleicht nicht einmal lebendig war. Der Ton steigerte sich rasch zu einem bösen, atemlosen Kreischen.

Er kam, wie Mark feststellte, von dem Schwert in den

Händen seines Bruders. In der Luft, die das Schwert umgab, war ein sichtbares Gebilde entstanden. Es war nicht ganz so, als rauche die Klinge, aber so, als habe die Luft ringsumher zu brennen begonnen und als sauge der Stahl den Rauch aus der Luft in sich ein.

Dann kam der Speerstoß. Der Ton in der Luft schwoll abrupt an, als der Speer in den verwischten Schimmer eindrang, in dem das Schwert seitwärts parierte. Mark sah, wie die Speerspitze wirbelnd durch die Luft flog und mit ihr ein handbreites Stück des sauber durchtrennnten Schaftes. Noch bevor die Spitze zu Boden fiel, hatte Stadtretter im Rückschwung das Kettenhemd von der Brust des Speerträgers gerissen, dass die feinen Stahlglieder umherflogen wie eine Hand voll sommerlicher Blütenfedern. Derselbe Schwung der Schwertspitze traf den kleinen Parierschild, der an den linken Arm des Mannes geschnallt war. Knackend brach ein Knochen, und mit einem Aufschrei taumelte der Mann dem Bogen der Schwertspitze nach. Er fiel und rollte durch den Staub.

Jetzt hatten Marks Finger den verlorenen Pfeil gefunden und griffen danach. Er stand auf und spürte, wie sein Körper sich mit scheinbar entsetzlicher Langsamkeit bewegte.

Stadtretter war wieder in die Grundstellung zurückgegangen, und der Ton, der von ihm ausging, war zu einem schnurrenden Dröhnen abgeklungen. Kenns Gesicht war schmerzlich verzerrt, seine Augen starrten erstaunt auf die Klinge, die aus seinen Händen wuchs, als sei sie etwas, das er noch nie zuvor gesehen hatte. Ein Vibrieren ging durch seine Arme, als halte er etwas fest, das er nicht beherrschte, aber das er auch nicht fallen lassen konnte oder wagte.

Einer der Angreifer, augenscheinlich der Herr der Kampfbestien, deutete auf Kenn. Gehorsam wandte sich das orange behaarte Tier um und sprang. Im selben Augenblick schoss Mark seinen Pfeil ab. Aber er hatte noch nicht gelernt, die

Geschwindigkeit des Tieres zu berücksichtigen, und die lang gestreckte, pelzige Gestalt hatte die Flugbahn des kleinen Pfeiles bereits durchquert, als das Geschoss die Entfernung zurückgelegt hatte. Wie von einem entsetzlichen Fluch gesteuert, flog Marks Pfeil geradeaus zwischen den Rücken zweier Banditen hindurch und traf den umzingelten Seneschall mitten in die Kehle. Lautlos ließ der Cousin des Herzogs sein Schwert fallen und stürzte zu Boden.

Das Schwert in Kenns Händen kreischte fast so wie eine rasende Mühlensäge, wenn sie sich in einen harten Baumstamm schnitt. Wieder schwang es in rauchendem Bogen durch die Luft, dem springenden Tier entgegen. Eine orangegelbe Pranke flog abgetrennt in fein aufsprühendem Blut durch die Luft. Derselbe Hieb traf den gepanzerten Rumpf der Bestie, die schwerer war als ein Mensch. Das Tier ging krachend zu Boden, wie Mark schon ein Kaninchen hatte fallen sehen, wenn es mitten im Sprung von einer Steinschleuder getroffen worden war. Mark zerrte hastig seinen letzten Pfeil hervor, während das pelzige Untier auf den Rücken rollte, die Beine in die Luft streckte und mit seinen Pranken in reflexartigen Krämpfen die Luft über seinem Bauch zerharkte.

Jetzt hatten drei Männer Kenn umringt. Mark hatte seinen letzten Pfeil auf die Sehne gelegt, aber er wagte nicht mehr, auf einen von ihnen zu schießen, da er fürchtete, seinen Bruder in ihrer Mitte zu treffen. Er sah, wie blitzende Klingen gegen seinen Bruder zuckten, doch dieser fiel nicht. Seine Augen waren vor Verblüffung immer noch weit aufgerissen, und sein Gesicht drückte Angst und Grauen aus. Stadtretter kreiste böse singend durch die Luft um ihn herum und schlug die gezückten Waffen zur Linken und zur Rechten beiseite. Das Schwert schien Kenn hinter sich herzuziehen, so dass er in die Höhe springen, sich in der Luft drehen und dann, in die entgegengesetzte Richtung gewandt, mit den Füßen wieder den Boden berühren musste.

Das Schwert zerrte ihn voran und riss ihn zum Angriff, und er folgte mit weiten, steifbeinigen Schritten. Das Kreischen des Schwertes wurde schriller und schriller.

Die Klinge fuhr so blitzschnell umher, dass Marks Augen ihr nicht folgen konnten. Er sah, wie ein anderer Angreifer sich rückwärts taumelnd aus dem Gefecht zurückzog. Die Füße des Mannes bewegten sich in reflexartigen Bemühungen, um das Gleichgewicht zurückzuerlangen, bis er mit dem Rücken gegen die Hauswand prallte, vornüber fiel und still liegen blieb. Wieder hörte Mark jemanden schreien; es war ein gurgelnder Ruf um Hilfe und Erbarmen. Mark sah nicht, wie die getigerte Kampfbestie Kenn ansprang, aber er sah, wie das Ungeheuer zum Flussufer hinunterjagte, humpelnd, doch immer noch unglaublich schnell, und während es floh, heulte es gepeinigt vom Schmerz seiner Wunden so laut, dass Mark es trotz des grässlichen, kreissägenhaften Kreischens des Schwertes hören konnte. Jetzt ergriffen zwei der Angreifer ebenfalls die Flucht. Sie hatten die Waffen weggeworfen und rannten in verschiedene Richtungen aus dem Dorf hinaus. Mark konnte das Gesicht des einen deutlich sehen: weit aufgerissene Augen, ein offener Mund und ein Gesichtsausdruck, der sich auf die Flucht wie auf ein Problem konzentrierte.

Die übrigen Eindringlinge lagen auf der Straße. Vier, fünf – es schien unmöglich zu sein, sie genau zu zählen.

Mark schaute die Straße hinauf und hinunter, nach Westen und nach Osten. Nur er selbst und sein Bruder standen noch auf den Beinen.

Leichter Sommerstaub hing in der Luft, und eine sanfte Brise brachte ihn in Bewegung. Sonst regte sich lange Zeit gar nichts. Dann begannen Kenns bebende Arme langsam herabzusinken. Noch immer hielt er das Schwert in den Händen. Das maschinenartige Sirren, das noch immer von der roten

Klinge ausging, schwoll ab und verstummte allmählich. Die Luft rund um das Schwert rauchte nicht mehr.

Die Schwertspitze berührte den Boden. Einen Augenblick später fiel die Waffe aus Kenns sich lockernden Fingern. Kenn setzte sich in den Staub der Straße. Jetzt sah Mark, dass das Blut seines Bruders den hausgewebten Stoff seines Hemdes durchtränkte.

Mit mechanischen Bewegungen schob er seinen letzten, unbenutzten Pfeil in den Köcher zurück und stürzte zu seinem Bruder. Hinter Kenn lag Jord, blutverschmiert und regungslos. Die Kampfbestie hatte ihm im Vorüberhetzen mit einem Prankenhieb den Kopf übel zugerichtet. Mark weigerte sich zu verstehen, was er sah.

Noch weiter hinten erhob sich der blau gewandete Zauberer, anscheinend unverletzt. In jeder Hand hielt er einen kleinen Gegenstand, zweifellos magische Werkzeuge. Seine Hände bewegten sich rings um seinen Körper und wischten durch die Luft.

Mark kauerte neben seinem Bruder und hielt ihn in seinen Armen. Er wusste nicht, was er sonst tun sollte. Hilflos sah er zu, wie das Blut unter Kenns zerschnittenen Kleidern hervorströmte. Die Schwerter der Angreifer hatten ihn also doch erreicht, und nicht nur einmal. Kenns Jagdhemd bot einen grässlichen Anblick. »Mark.« Kenns Stimme klang verloren, leise, angstvoll und beängstigend zugleich. »Ich bin verwundet.«

»Vater!«, schrie Mark Hilfe suchend. Er konnte nicht begreifen, dass sein Vater sich nicht rührte, nicht aufsprang, ihm half und ihm sagte, was nun zu tun war. Vielleicht sollte er, Mark, nach Hause laufen und seine Mutter und seine Schwester zu Hilfe holen. Aber er konnte Kenn einfach nicht loslassen, dessen Hand seinen Arm umklammerte.

Vor Kenn, so nah, dass er ihn fast hätte berühren können, kauerte ein toter Bandit, als bezeuge er einem überlegenen

Gegner seine Unterwerfung. Stadtretter hatte ihm einen Teil des Gesichtes abgeschlagen, und vor ihm lagen seine Hände und seine Waffen wie eine Opfergabe. Es half nichts, den Blick abzuwenden. Ein ähnliches Bild war überall zu sehen, wohin Mark auch schaute.

Das Schwert selbst lag auf der Straße, und jetzt sah es nicht gefährlicher aus als ein Gartenmesser. Staub hatte sich auf die rote Feuchtigkeit an der Klinge gelegt, so dass sie nicht länger glänzte.

Mark stieß einen unartikulierten Hilferuf aus. Irgendjemand sollte kommen, irgendwoher. Er fühlte, wie Kenns Leben davonlief, wie es ihm beinahe wie Wasser durch die Finger rann. Irgendwo in der Ferne weinten Frauen.

Jemand näherte sich mit langsamen Schritten. Es war Falkener. »Du hast den Seneschall erschossen«, sagte der Lederschneider. »Ich hab's gesehen.«

»Was?« Einen Augenblick lang verstand Mark nicht, wovon der Mann redete. Und jetzt kam der Zauberer, der sich über den Leichnam Ibn Gauthiers gebeugt hatte, heran. Er schwankte wie vor Angst oder Schwäche. Trotz seines grauen Bartes wirkte er nicht besonders alt. Die kleinen Gegenstände, mit denen er hantiert hatte, waren verschwunden. Mit einer Ruhe, die Mark unnatürlich erschien, legte er die Hand auf Jords blutüberströmten Kopf und murmelte ein paar Worte. Dann tat er das Gleiche bei dem Ältesten Kyril und bei Kenn. Dabei wirkte er völlig unbeteiligt.

Die Stimmen der weinenden Frauen kamen rasch näher, man hörte das Geräusch hastiger Schritte. Mark hatte nicht gewusst, dass seine Mutter noch so schnell laufen konnte. Mala und Marian, beide staubig von der Arbeit in der Mühle, sanken auf ihn herab, beugten sich über ihre gefallenen Männer und machten sich daran, die schrecklichen Wunden zu untersuchen.

»Du hast den Seneschall erschossen«, wiederholte Falkener. Diesmal nahm der kauernde Zauberer die Anschuldigung zur Kenntnis. Mit einem Fluch riss er den letzten Pfeil aus Marks Köcher und ging hinüber, um ihn mit dem Schaft zu vergleichen, der dem Cousin des Herzogs noch aus der Kehle ragte. Die Straße füllte sich mit anderen Dorfbewohnern, die sich um die Gefallenen sammelten. Sie kamen aus ihren Häusern, erst einzeln, dann zu zweit und zu dritt. Einige hielten Ackerwerkzeuge in den Händen. Anscheinend hatten sie in der Nähe gearbeitet und waren sogleich herbeigerannt. Der Älteste war tot, das Dorf führerlos. Der Aufruhr schwoll an, die Verwirrung wuchs. Es hieß, jemand solle eilends zum Herrenhaus laufen und dort von dem Überfall berichten, aber noch machte sich niemand auf den Weg. Man redete auch davon, eine Miliz zusammenzustellen, die die Angreifer verfolgen sollte, wer immer sie gewesen und wohin sie auch verschwunden sein mochten. Wilde Worte von Krieg, von Aufruhr und von Überfällen flogen hin und her.

»Ja, sie haben versucht, den Seneschall zu entführen. Ich habe sie gesehen. Ich habe sie gehört.«

»Wen? Wen wollten sie entführen?«

»Kyril ist auch tot. Und Jord.«

»Aber der Pfeil des Jungen hat ihn niedergestreckt.«

»Wen? Seinen eigenen Vater? Unfug!«

»... nein ...«

»... stimmt alles nicht. Ein solches Gemetzel – es müssen Berittene gewesen sein.«

»... kein Zweifel, dass es sein Pfeil ist. Ich habe sie auf meinem Land gefunden, bei meinen Wolltieren ...«

Mala und Marian hatten unterdessen Kenns Hemd ausgezogen und versuchten seine Wunden zu verbinden. Doch es schien ein hoffnungsloses Unterfangen zu sein. Kenns Augen waren fast geschlossen. Zwischen schmalen Schlitzen schimmerten weiß die Augäpfel. Mala beugte sich über Jords leblose Gestalt, und unter Tränen versuchte sie, ihrem Mann eine Antwort zu entlocken, ihn aufzuwecken, damit er wieder teilnähme an dem, was um ihn herum vorging. »Mann, dein ältester Sohn stirbt! Mann, wach auf ... Jord ... oh, Ardneh! Doch nicht auch du!«

Eine Nachbarsfrau beugte sich über Mala und versuchte, ihr zu helfen. Mit vereinten Kräften schoben sie eine zusammengerollte Wolldecke unter Jords Kopf, als könne dies irgendetwas nützen.

Mark wandte sich ab und starrte auf das Schwert. Dieser Anblick war weniger grässlich. Es war, als wehten unaufhörlich Gedanken durch seinen Kopf. Sie kamen und gingen, doch er konnte keinen von ihnen festhalten. Er konnte nur immer auf das Schwert schauen. Nur schauen ...

Er merkte, dass seine Mutter ihn fest am Arm gepackt hatte und ihn aus seinem Schockzustand wachrüttelte. Ihre Stimme war leise, doch es lag eine schreckliche Kraft darin, als sie ihn drängte: »Sohn, hör mir zu. Du musst fortlaufen. Lauf schnell und lauf weit und sage weder mir noch sonst jemandem, wohin du gehst. Versteck dich, sage niemandem, wie du heißt, und versuche zu erfahren, was hier in Arin geschieht. Komm erst wieder zurück, wenn du weißt, dass du es gefahrlos tun kannst. Es ist dein Pfeil, der im Hals des Seneschalls steckt – ganz gleich, wie er dort hingekommen ist. Wenn der Herzog dich in die Hand bekommt, lässt er dir die Augen ausstechen oder tut Schlimmeres.«

»Aber ...« Marks Geist wollte protestieren, wollte herausschreien, dass nichts von alledem wirklich sei, dass die Welt nicht so verrückt sein könne. Sein Körper wusste es allerdings wohl besser, denn er war schon aufgestanden. Die dunklen Augen seiner Mutter betrachteten ihn forschend. Seine Schwester Marian sah zu ihm auf. Sie hockte am Boden und hielt Kenns leblosen Kopf auf ihren Schoß gebettet, und ihr offenes, hellblondes Haar umrahmte ihre blauen, von Grauen erfüllten Augen. Ringsherum standen die Dorfbewohner, sie stritten und zankten, und die Verwirrung war größer als je zuvor. Falkeners heisere Stimme durchdrang das Gewirr und verstummte wieder, übertönt von der unvertrauten Stimme des Zauberers.

Getrieben von einem plötzlichen Gefühl der Dringlichkeit, setzte Mark sich rasch in Bewegung. Es war, als beobachte er sich selbst von außerhalb seines Körpers. Er sah, wie er sich niederbeugte und die Umhüllung des Schwertes aufhob, wo Kenn sie fallen gelassen hatte. Er warf die Wolldecke über das Schwert und nahm die Klinge damit auf.

Von allen Leuten, die sich auf der Straße drängten, schienen nur seine Mutter und seine Schwester zu sehen, was er tat. Mala nickte und Tränen rannen ihr über das Gesicht. Marian wisperte ihm zu: »Geh langsam bis zu unserem Haus, und dann renne. Lauf zu, wir werden uns selbst helfen können.«

Mark murmelte eine Antwort – er wusste selbst nicht, was er sagte – und ging davon. Er wusste wie jeder im Dorf, was Herzog Fraktin in der Vergangenheit mit Leuten getan hatte, die das Unglück gehabt hatten, einen seiner Verwandten zu verletzen, und sei es bei einem Unfall. Deshalb ging Mark Schritt für Schritt die einst vertraute Dorfstraße hinunter, die Straße, die nun nie wieder dieselbe sein würde, und er hoffte, dass das Bündel, das er bei sich trug, niemandem auffallen würde. Er ging, ohne sich umzusehen, und aus irgendeinem Grund erhob sich hinter ihm kein Aufschrei.

Als er das Mühlenhaus erreicht hatte, ging er, anstatt loszulaufen, hinein, gesteuert von dem praktischen Einfall, dass er etwas zu essen brauchen würde, wenn er für lange Zeit fortginge. In der Speisekammer fand er ein wenig Dörrfleisch, ein paar Trockenfrüchte und einen Laib Brot. Ohne darüber nachzudenken, leerte er seine Jagdtasche aus und ließ die am Vormittag erlegten Kaninchen dafür zurück. Von seiner Schlafstatt holte er sich die wenigen Pfeile, die ihm gehörten. Unbewusst hatte er sich auf der Straße daran erinnert, den Bogen wieder umzuhängen.

Wenige Augenblicke, nachdem er das Mühlenhaus betreten hatte, kam er wieder heraus, diesmal durch die Hintertür, die sich an der östlichen, flussaufwärts gewandten Seite des Hauses befand. So stand die Mühle jetzt zwischen ihm und der Dorfstraße. Von hier aus führte ein Pfad an das befestigte Ufer neben dem Wasserrad, das jetzt still stand, und dann weiter, am bewaldeten Flussufer entlang aus dem Dorf hinaus. Auf den ersten paar Metern begegnete Mark keinem Menschen. Leute, die hier gefischt, und Dorfkinder, die am Flussufer gespielt haben mochten, hatte der Trubel auf der Straße fortgelockt.

Jetzt begann Mark zu rennen, aber kaum hatte er ein paar Schritte zurückgelegt, spürte er, wie Angst, die eingebildete Gewissheit, verfolgt zu werden, in ihm wuchs. Um sie niederzukämpfen, musste er seinen Schritt verlangsamen. Aufmerksam lauschend und mit rasendem Herzen ging er weiter, aber von einer Verfolgung war nichts zu hören, und niemand schrie hinter ihm her.

Er war dem vertrauten Pfad etwa einen halben Kilometer weit flussaufwärts gefolgt, als er auf den Kadaver des getigerten Kampftieres stieß. Offensichtlich hatte die Bestie versucht, sich ins Dickicht zu verkriechen, als sie verendete, aber die eingerissenen Ränder ihres zerfetzten Kettenpanzers hatten sich im Geäst verfangen und sie festgehalten. Mark blieb stehen und starrte das Tier mit ausdruckslosem Gesicht an. Es war ein Weibchen – das heißt, es war eines gewesen, vor diesem Kampf. Jetzt ... wie war es der Kreatur gelungen, so weit vorzudringen? Es sah aus wie ein Beispiel für die Rache eines Gottes.

2

Von der Stelle, an der er die tote Kampfbestie gefunden hatte, wanderte Mark immer weiter flussaufwärts. Eine ganze Stunde ging er am Ufer entlang, ohne dass ihm jemand begegnete. Inzwischen war ihm das getrocknete Blut an seinen Kleidern und Händen brennend bewusst geworden, und so hielt er schließlich kurz an, um sich selbst, seine Kleider und dann auch das Schwert so gut es ging zu säubern. Er tat es mit begrenztem Erfolg, denn inzwischen war das Blut seines Bruders an seinem Hemd eingetrocknet, und durch Reiben und Ausspülen mit Wasser waren die Flecken nicht zu entfernen. Das Schwert hingegen ließ sich leicht abspülen. Staub und getrocknetes Blut tropften mit dem Wasser herunter, und der glatte Stahl glänzte, als sei er nie benutzt worden. Trotz der zerfetzten Kettenhemden und der zerspaltenen Schilde waren die Schneiden weder schartig noch stumpf.

Ja, Mark hatte sein Leben lang gewusst, dass Vulkan dieses Schwert, das den Namen Stadtretter trug, selbst geschmiedet hatte. Er hatte es gewusst, aber erst jetzt dämmerte ihm die ganze Bedeutung dieser Tatsache. Doch vielleicht würde das Schwert ja rosten ...

Mark zog seine nassen Kleider wieder an und hastete weiter. Er hatte nicht bewusst entschieden, wohin er gehen wollte. Der Pfad war ihm so vertraut, dass seine Füße ihn automatisch vorwärts trugen. Auf diese Weise legte er eine stetig wachsende Entfernung zwischen sich und sein Zuhause, ohne dass er den Weg hätte planen müssen. Von seinen Jagd- und Angelausflügen her kannte er den Pfad so gut, dass er glaubte, auch nach Anbruch der Dunkelheit zuversichtlich weiterwandern zu können. Hin und wieder watete er in den seichten Flusslauf hinaus, überquerte ihn mehrmals und stapfte über weite Strecken durch das Wasser. Falls die Männer des Herzogs mit spürsicheren Jagdtieren hinter ihm her wären, würde das vielleicht helfen ...

Er fürchtete, dass man ihn verfolgen könnte, und so lauschte er ständig hinter sich. Aber wenn er versuchte, das genaue Bild einer Verfolgergruppe vor seinem geistigen Auge heraufzubeschwören, dann sah er immer eine Truppe wie die Miliz, zu deren Übungen Kenn in regelmäßigen Abständen hatte ausrücken müssen. Dieses Bild war nicht sonderlich Furcht einflößend. Aber natürlich würden die Verfolger in Wirklichkeit nicht so aussehen. Vielleicht würden sie Jagdtiere bei sich haben, fliegende Kundschafter und Kavallerie – und Kampfbestien ... Wieder sah Mark in den lebhaften Farben einer frischen Erinnerung den zerfleischten Kadaver der katzenartigen Kreatur, die wie ein verletztes Schoßtier versucht hatte, sich zu verkriechen ...

Seine Gedanken entfernten sich nie sehr weit von der Bürde, die er trug, dem sperrigen Bündel, das er sich jetzt unter den rechten Arm geklemmt hatte, eingehüllt in die frisch besudelte Decke. Stadtretter – mochten die Götter die Klinge nennen, wie sie wollten – hatte die Stadt ganz und gar nicht gerettet. Es war ja nicht das Dorf gewesen, dem der Überfall der Eindringlinge gegolten hatte. Sie hatten es auf den hohen Besucher abgesehen und auf niemanden sonst. (Und Mark fragte sich zum dutzendsten Mal, was ein »Seneschall« sein mochte.)

Mark hielt die Eindringlinge für Banditen, die eine Entführung geplant hatten, um ein Lösegeld herauszuschlagen. Jeder wusste, dass den Reichen hin und wieder so etwas zustieß. Natürlich hatten Verwandte des Herzogs in der Regel nichts zu befürchten. Aber vielleicht hatten die Banditen gar nicht gewusst, wen sie sich da zum Opfer auserkoren hatten. Vielleicht hatten sie nur gesehen, dass er reich sein musste.

Und das Opfer war überhaupt nur des Schwertes wegen ins Dorf gekommen. Das Schwert hatte er sehen und in die Hand nehmen wollen, und wahrscheinlich hätte er es mitgenommen, wenn es ihm möglich gewesen wäre. Wenn er es doch nur getan hätte ... Der Mord an Jord und an Kyril war sicher nicht beabsichtigt gewesen. Sie hatten den Banditen einfach im Weg gestanden. Und Kenn hatten sie nur angegriffen, weil er das Schwert in der Hand gehalten und nicht losgelassen hatte. Mark kämpfte mit den Tränen, als er daran dachte, wie sein Bruder ausgesehen hatte, als wollte er die Waffe fortwerfen und könnte es nicht. Das Schwert hatte die Herrschaft übernommen, und als das einmal geschehen war, hatte Kenn nichts mehr dagegen tun können.

Wenn also das Schwert nicht gewesen wäre, hätten Marks Vater und sein Bruder nicht sterben müssen. Auch der Älteste, Kyril, wäre noch am Leben gewesen. Wahrscheinlich wäre sogar der Cousin des Herzogs bei bester Gesundheit und wohl versorgt in den Händen seiner Entführer, die ihn nach Hause entlassen hätten, sobald das Lösegeld bezahlt worden wäre – oder, was wahrscheinlicher war, ihn mit demütigsten Entschuldigungen freigelassen hätten, sobald sie erfahren hätten, wer ihr Opfer war. Sicher, das Schwert hatte Kampfbestien und Banditen niedergemetzelt. Aber es hatte auch Unheil über das Dorf und seine Menschen gebracht, die es, wollte man seinem Namen vertrauen, hätte retten müssen ... Zusätzlich zu all diesen tieferen und schrecklichen Problemen, die es verursacht hatte, war es auch noch eine verdammt lästige Bürde, die er mit sich herumschleppen musste. Und je mehr Zeit darüber hinging, desto ärgerlicher empfand Mark diese vergleichsweise geringfügige Schwierigkeit. Unablässig suchte er nach einer gefahrlosen und bequemen Weise, wie er das Ding beim Gehen halten konnte – eine Herausforderung, die seinem Geist in gewisser Weise willkommen war, denn sie bot ihm die Möglichkeit, dem Grübeln über unendlich viel schlimmere Schwierigkeiten zu entrinnen.

Nachdem er das Schwert abgewaschen hatte, versuchte er ein Weilchen, es ausgewickelt zu tragen, aber auch das wurde bald unbequem. Ein blankes Schwert – vor allem eines, das so scharf war wie dieses – konnte man nur auf eine Art vernünftig halten: so, als wolle man damit kämpfen. Mark wollte aber nicht damit kämpfen, und er wollte auch nicht den Anschein erwecken. Und was noch wichtiger war: Das Gewicht, auf diese Weise getragen, ließ bald seine Handgelenke und Finger schmerzen.

Eine vorsichtige Prüfung erwies, dass die Schneiden noch immer schärfer waren als die jedes anderen Schwertes, Messers oder Rasiermessers, das er je in Händen gehabt hatte. Wenn er die Waffe in den Gürtel schob, würde ihm die Hose bald auf die Fußknöchel rutschen. Und mit einer unvernünftigen Enttäuschung erkannte Mark auch, dass das Schwert wohl nicht rosten würde, obwohl es vom Flusswasser nass geworden war. Der schimmernde Stahl trocknete rasch, und unter seiner Fingerspitze fühlte er sich sogar ein wenig ölig an. In einer Mischung aus Verzweiflung und Bewunderung starrte er auf das zart gefleckte Muster, das unter der poliert schimmernden Oberfläche tiefer und immer tiefer in das Metall zu dringen schien.

Nur kurz nach seiner Reinigungsaktion blieb er wieder stehen, um das Schwert erneut in das noch nasse Tuch einzuwickeln. Er verschnürte das Bündel und band die Schnur zu einer Schlinge, die ihm als Griff dienen sollte. Dann trottete er weiter und schleppte seine Last mal auf diese, mal auf jene Weise. Wenn er das Bündel an der Hand baumeln ließ, schlug es ihm gegen die Beine. Legte er es wie eine Schaufel über die Schulter, spürte er, dass es ihn trotz der umhüllenden Decke und seines Hemdes zu schneiden drohte. Natürlich würde er das Schwert, solange es so verschnürt war, nicht schnell zur Hand haben, falls es nötig war. Aber dies bereitete ihm kein besonderes Kopfzerbrechen. Er hatte ohnehin keine Lust, es zu benutzen.

Mark kämpfte gegen die Erinnerung, wie Kenn das Schwert benutzt hatte – oder, besser gesagt, das Schwert ihn, denn Kenn hatte ebenso wenig Erfahrung im Umgang mit einer solchen Waffe gehabt wie Mark. Bei seinen Milizübungen hatte Kenn immer die Waffe der gemeinen Infanterie getragen, einen billigen Speer. Schwerter, selbst der gewöhnlichsten Sorte, ganz zu schweigen von einer Wunderklinge wie dieser hier, gebührten den Leuten, die in Herrenhäusern und Burgen wohnten.

Und doch ... dieses hier war ohne jeden Zweifel Marks Vater gegeben worden, und zwar mit Bedacht und von einem Wesen, das ganz gewiss von höherem Rang war als jeder menschliche Fürst.

Götter und Göttinnen waren ... ja, was waren sie? Schlagartig wurde Mark klar, dass er außer seinem Vater keinen Menschen kannte, der überzeugend hätte behaupten können, je mit irgendeinem Gott direkten Kontakt gehabt zu haben. Gleichzeitig fiel ihm ein, dass niemand Jord wegen dieses Prunkstücks beneidet hatte, denn allen war klar gewesen, welchen Preis sein Vater dafür gezahlt hatte.

Solche und viele andere Gedanken rasten ungestüm durch Marks Kopf, während er an der Uferböschung entlangstapfte oder durch das Wasser watete und zwischendurch immer wieder nach etwaigen Verfolgern lauschte. Seit er denken konnte, hatten das Schwert und die Art, wie sein Vater es erworben hatte, zu den selbstverständlichen Tatsachen seines Lebens gehört. Bis zu diesem Tage war ihm das Wundersame und Geheimnisvolle dieser Tatsachen niemals in seinem ganzen Ausmaß bewusst gewesen. Das Schwert – mit seiner Geschichte – hatte einfach immer an der Wand gehangen wie ein Kerzenleuchter oder ein gewöhnlicher Teller, bis jeder, der im Haus wohnte, sich so sehr daran gewöhnt hatte, dass man es beinahe nicht mehr bemerkte. Besucher, die sich erkundigten, was es mit dem seltsamen Bündel auf sich habe, hatten eine nüchterne Antwort erhalten, die sie vielleicht nicht immer geglaubt hatten. Und wenn die Besucher diese Geschichte anderswo weitererzählten, so vermutete Mark jetzt, wurde sie wahrscheinlich noch weniger für wahr gehalten.

Und Vulkan hatte gesagt, es heiße Stadtretter ... Aber als Mark daran dachte, wie es das Dorf gerettet hatte, musste er erneut die Tränen niederkämpfen. Jetzt hatte sich, wie in einem bösen Traum oder einem grausamen Märchen, die verfluchte Bürde dieses Schwertes offenbart: Es war wahrhaftig ein Fluch, und jetzt hatte er es geerbt. Denn er war der Erbe, der einzige überlebende Sohn, jetzt, da Kenn tot war ... Er wusste, dass Kenn tot war. Das Schwert gehörte Mark, und Mark musste mit ihm fliehen, um wenigstens seine Mutter und seine Schwester von der Bürde zu befreien.

Noch wollte Mark nicht darüber nachdenken, wohin er eigentlich gehen sollte.

Wieder schwammen seine Augen in Tränen. Das war nicht gut, denn jetzt wurde es dunkel, und er war müde, so müde, dass seine Füße nur noch schlurften und stolperten, selbst wenn er deutlich sehen konnte, wohin er sie setzte.

Um sich auszuruhen, ließ Mark sich nur wenige Schritte neben dem Pfad, der am Flussufer entlangführte, auf einer kleinen Lichtung nieder. Hier verzehrte er den größten Teil der Lebensmittel, die er mitgenommen hatte, dann ging er zu der nahe gelegenen Stromschnelle, um zu trinken. Er war schon so weit flussaufwärts gewandert, dass er die ersten Stromschnellen erreicht hatte. Die Erkenntnis dieser Tatsache machte ihn noch müder. Er kehrte zurück zu seiner kleinen Lichtung und setzte sich wieder auf den Boden. Er war einfach zu erschöpft, um weiterzugehen. Erst musste er sich ein wenig ausruhen ...

Mark schreckte aus dem Schlaf, als die ersten Sonnenstrahlen durch das Blätterdach flimmerten und über sein Gesicht tanzten. Sofort begann er, Kenns Namen zu rufen, denn er war mit dem verschwommenen Gedanken aufgewacht, er sei mit Kenn auf einem Jagd- oder Angelausflug hergekommen. Aber die Realität kehrte zurück, als Marks Blick auf das Schwert fiel, das in seiner grausam befleckten Hülle neben ihm lag. Mit steifen Muskeln sprang er auf, und ein paar Vögel in der Nähe flatterten hoch. Als sie sich beruhigt hatten, hörte man nichts als das Murmeln der Stromschnellen. Nichts deutete darauf hin, dass er verfolgt wurde.

Mark aß, was von seinem Proviant übrig war, und trank noch einmal in tiefen Zügen aus dem Fluss. Er wollte weiterziehen, doch dann zögerte er, und ohne zu wissen, warum, wickelte er noch einmal das Schwert aus seiner Umhüllung. Ein Teil von ihm wollte es noch einmal betrachten, als könne das Licht der Morgensonne auf dem Schwert etwas offenbaren, das die grauenhaften Ereignisse des vergangenen Tages ungeschehen machte oder wenigstens erklärte.

Noch immer war keine Spur von Rost zu entdecken. Schwert und Wolldecke waren völlig trocken. Wie sollte er das Ding heute schleppen? Als Mark die Waffe aufrecht und mit der Spitze nach unten auf den Weg stellte, reichte ihm der Knauf bis zum Brustkorb. Das Schwert war einfach zu lang, als dass er es bequem hätte tragen können. Und viel zu scharf ... Mark versank für einen Augenblick in der Betrachtung der Verzierungen, die, weiß auf schwarz, Heft und Griff umschlangen. Er erinnerte sich an schläfrige Abende zu Hause, in den Wohnräumen neben der knarrenden Mühle. Jord hatte den Kindern manchmal erlaubt, das Schwert von der Wand zu nehmen und in seiner Gegenwart die Verzierungen anzuschauen. Manchmal hatten die Kinder und die Mutter, die auch mit Interesse dabei gewesen war, gerätselt, was das

Muster der Verzierungen für eine Bedeutung haben könnte. Marks Vater hatte sich nie an diesem Rätselraten beteiligt. Er hatte überhaupt nie viel über das Schwert gesprochen, nicht einmal an solchen geruhsamen Abenden. Ebenso wenig hatte Jord je – zumindest in Marks Gegenwart – etwas Genaueres über jene große Heimsuchung erzählt, die ihn in den Besitz des Schwertes gebracht hatte, nichts darüber, wie oder mit welchem Werkzeug Vulkan ihm den Arm genommen und welche Erklärung der Gott ihm für das, was er tat, gegeben hatte – falls er überhaupt etwas erklärt hatte. Mark hatte seiner eigenen Phantasie immer verboten, sich diese Szene vorzustellen.

Die Einlegearbeiten, weiß auf schwarzem Grund, die sich um den Griff des Schwertes zogen, ließen Mark immer an eine zinnenbewehrte Burgmauer denken. Vielleicht war es auch die Mauer einer befestigten Stadt. Mark hatte von Städten und großen Ortschaften gehört, die solche Verteidigungsmauern besaßen. Aus der Nähe hatte er so etwas allerdings noch nicht gesehen. Mit Burgen war es natürlich anders. Eine Burg bekam jeder einmal zu Gesicht, zumindest hin und wieder.

Der Name stand natürlich auch da: Stadtretter. Und an einer Stelle des Griffes, gleich oberhalb der abgebildeten Mauer, sah man ein kleines Bild, das durchaus ein Schwert darstellen konnte. Es sah aus, als recke eine unsichtbare Hand in der Stadt oder der Burg ein Schwert empor ...

Erschrocken kam Mark wieder zu sich. Wie lange hatte er hier auf dem Pfad gestanden und dieses Ding angestarrt? Auch wenn die Waffe das magische Werk eines Gottes war, konnte er sich nicht leisten, sie den ganzen Tag über anzuglotzen. Hastig wickelte er die Klinge wieder in ihre raue Umhüllung und machte sich auf den Weg weiter flussaufwärts.

Mehrmals an diesem Vormittag drohte die unhandliche Last Mark beim Waten durch das Wasser aus dem Gleichgewicht zu bringen. Und immer wieder verhedderten sich Tuch oder Schnur in den Büschen rechts oder links des Weges. An diesem Vormittag kam Mark zum ersten Mal der Gedanke, er könne das Schwert vielleicht loswerden, damit er es nicht länger tragen müsste. Vielleicht fand er irgendwo einen tiefen Tümpel, in dem er es versenken konnte, oder eine Felsenspalte hinter einem Wasserfall – er war jetzt so weit flussaufwärts gekommen, dass es Wasserfälle gab. In gewisser Weise war diese Idee verführerisch. Aber Mark verwarf sie bald. Er konnte und würde dieses Schwert nicht so einfach loswerden, wie man ein zerbrochenes Messer fortwarf. Noch wusste er nicht – vielleicht wollte er es sich auch noch nicht eingestehen –, was er am Ende mit dem Schwert anfangen würde. Aber er wusste, von ihm wurde mehr verlangt, als es einfach wegzuwerfen. Außerdem hatte er oft genug die erfolgreiche Wirkung eines Findezaubers erlebt, mit dem ein Freizeitmagier im Dorf angegeben hatte. Wenn dieser Dorfzauberer in der Lage war, in der Tiefe eines Brunnens einen Trauring ausfindig zu machen und eine verlorene Münze aus einem Heuhaufen zu fischen, wie wollte Mark dann ein Schwert von dieser Größe vor den echten Magiern verbergen, die dem Herzog zur Verfügung stehen mussten?

Gegen Mittag verließ Mark vorsichtig das Dickicht des Flussufers und streifte durch hoch gelegenes Weideland, bis er ein Kaninchen aufgespürt und erlegt hatte. Er war stolz auf sein Geschick als Jäger: Ein einziger Schuss hatte das Tier sauber zur Strecke gebracht. Aber als er die Bogensehne losließ, sah er einen schrecklichen Augenblick lang den fallenden Seneschall vor sich ...

Das Essen, ein vertrauter Jägerschmaus, geröstet über einem kleinen Feuer, tat ihm gut. Es stärkte ihn gegen die sinnlosen Streiche, die seine schreckgepeinigte Phantasie ihm spielte, und gegen den Aufruhr in seinen Gedanken, ausgelöst durch Ereignisse, die zu steuern gegenwärtig nicht in seiner

Macht stand. Und dann sagte er sich mit Nachdruck, dass er sich besser entscheiden sollte, wohin er gehen wollte, anstatt trüben Gedanken nachzuhängen.

Aber er hatte immer noch keine Entscheidung getroffen, als er sein Mahl beendet und das kleine Feuer gelöscht hatte und weiterzog. Er wusste, wenn er noch einen Tag lang flussaufwärts wanderte, würde er in die Nähe des Dorfes gelangen, in dem sein Vater aufgewachsen war ... Dort hatte Jord mit zwei Armen als Schmied gearbeitet, und dort hatte ihn in einer finsteren Nacht ein Gott gerufen, damit er ihm den rechten Arm für diese verfluchte Waffe gebe. Mark fühlte deutlich, dass ihn nichts in dieses Dorf zog.

Nun gut, er würde in Ruhe darüber nachdenken und zunächst einfach weiterwandern. Wenn er wirklich einen Plan brauchte, müsste der eben von selbst entstehen.

Als der Himmel sich am zweiten Abend seiner Wanderschaft zu verdunkeln begann, schaute Mark durch das schützende Laub der Bäume am Fluss und sah, wie das Leuchten der untergehenden Sonne die immer näher rückenden Berge schimmern ließ. Die Berge waren schon so nah, dass er sehen konnte, wie steil und unwegsam ihre Hänge waren. Vor allem in der Nähe der Gipfel, dort oben, wo angeblich Götter und Göttinnen – oder wenigstens einige von ihnen – hausten. Die Finsternis des Himmels vertiefte sich, und das rosige Glühen verblasste schließlich auch auf den höchsten Gipfeln. Dann sah Mark, was er in seinem ganzen Leben erst ein- oder zweimal gesehen hatte: matte, rot glimmende Punkte unterhalb der Gipfel, die als Feuer Vulkans bezeichnet wurden. Als er sie jetzt vor sich sah, waren sie so weit weg, als seien sie ein Teil einer anderen Welt.

Als es ganz dunkel geworden war, verkroch Mark sich in einem Dickicht und baute sich dort eine Art Nest, um darin zu schlafen. An diesem Abend – er war schon fast eingeschlummert – war ihm, als höre er die Stimme seines Vaters, der offenbar eine dringende Botschaft für ihn hatte ...

Während des ganzen nächsten Tages stapfte Mark weiter flussaufwärts. Der Weg wurde steiler, und er kam nur langsam voran. Der Boden war felsiger und rauer, das Land milder, die Bäume rar und die Menschen ebenso. Mark spähte an diesem Tag schon mutiger als zuvor aus dem Flussdickicht hervor, aber er entdeckte nur ein einziges Mal ein paar Arbeiter auf einem Feld in der Ferne und außer ihnen niemanden bis auf einen einsamen Fischer. Den Fischer bemerkte er rechtzeitig und umging ihn in weitem Bogen, ohne dass der Mann seine Anwesenheit bemerkte.

An diesem Nachmittag – zwei volle Tage waren vergangen, seit er aus seinem Heimatdorf geflohen war – sah Mark bestimmte Wegzeichen, darunter einen fernen Bacchus-Tempel und einen vereinzelten Tafelberg, die ihm die Nähe des Dorfes ankündigten, in dem sein Vater geboren war. Ein paar Verwandte seines Vaters lebten noch immer dort, und Mark musste an sie denken. Es war leicht möglich, dass die zornigen Reiter des Herzogs bereits bei ihnen angekommen waren. Vielleicht bewachten sie jedes Haus im ganzen Land, in dem der Flüchtling möglicherweise Hilfe suchen könnte. Und jetzt erwachte in Marks Gedanken zum ersten Mal eine klare Vorstellung von seinem Ziel: Sicherheit gab es für ihn nur außerhalb des Reiches, in dem der Herzog herrschte, in jener fremden Außenwelt, die er noch nie betreten hatte.

Aber nicht nur Ferne und Gefahr lagen zwischen ihm und der Sicherheit, sondern noch etwas anderes: Er verspürte eine schreckliche Verpflichtung, die mit dem Schwert verknüpft war. Die Art dieser Verpflichtung war ihm noch unklar, aber dass sie existierte, war sicher.

Mark setzte seinen Weg längs des Flusses fort. Dem alten Dorf seines Vaters kam er nicht nahe genug, um sehen zu können, was dort vor sich ging. Auf den nahe gelegenen Straßen konnte er weder schnelle Reiter noch irgendwelche Anzeichen für eine militärische Suchaktion entdecken, und obwohl er mehrmals den Himmel absuchte, sah er keine fliegenden Bestien, die nach ihm Ausschau hielten. Dennoch hielt er sich zumeist im schützenden Dickicht und wanderte zügig weiter.

Als die letzten Sonnenstrahlen am dritten Abend seiner Flucht verglimmt waren, starrte er wieder zu den Bergen vor ihm empor. Und wieder sah er, deutlicher als je zuvor, die winzigen, zuckenden Funken von Vulkans Feuern.

In dieser dritten Nacht war die Luft des Hochlandes bereits so kalt, dass Mark nur schlecht schlief. Er wickelte sich in die Schwertdecke, doch aus Furcht vor möglichen Verfolgern wagte er nicht, ein Feuer anzuzünden. Am nächsten Morgen stand er, von einem leichten Sprühregen durchnässt, auf und stieg müde weiter bergan. Die Landschaft um ihn herum wurde immer wilder und fremdartiger als alles, was er bisher gekannt hatte. Er folgte dem Fluss, dessen Bett sich durch eine Hochebene schnitt, und kam dann durch zerklüftetes Hügelland. Marks Kopf war leicht und sein Magen schmerzhaft leer. Auf jeder Schulter hatte er einen roten, wunden Fleck, den die Tragschnur des Schwertes aufgescheuert hatte.

Gegen Mittag, als in scheinbar geringer Entfernung über ihm die Baumgrenze sichtbar geworden war, stieß Mark auf einen kleinen Schrein, der einem Gott geweiht war, den er nicht kannte. Er raubte die einfachen Opfergaben – getrocknete Beeren und altes Brot. Während er aß, versuchte er, ein Gebet für den unbekannten Gott des Schreines zu formulieren, indem er erklärte, warum er den Mundraub begangen hatte und in welcher Notlage er sich befand. Wahrscheinlich hätte er sich dieser Mühe nicht unterzogen, wenn er dem hoch gelegenen Wohnsitz der Götter nicht so nahe gewesen wäre.

Aber auch hier, ganz in ihrer Nähe, war er nicht sicher, ob die Götter Zeit oder Lust hatten, kleine Schreine zu beobachten oder kleinen Gebeten Gehör zu schenken.

Vielleicht wäre er morgen hoch genug, um ein wenig göttliche Aufmerksamkeit auf sich zu ziehen. Früher hätte ihm eine solche Aussicht in jedem Fall große Angst gemacht. Jetzt aber bewahrte ihn der Schock, der ihn aus seiner Heimat vertrieben hatte, vor der Furcht vor den theoretischen Gefahren, die womöglich morgen auf ihn warteten.

Nicht weit oberhalb des Schreines entsprang der Aldan im Zusammenfluss zweier Bäche, die beide aus nördlicher Richtung heranplätscherten. Wo sie ineinander strömten, versuchte Mark sein Glück beim Fischen, doch ohne Erfolg. Er wühlte im Boden nach essbaren Wurzeln und fand keine. Er suchte nach Beeren, die frischer waren als die, welche er im Schrein gefunden hatte, und ergatterte ein paar, die von den Vögeln übersehen worden waren. Wenn eine menschliche Behausung in Sicht gewesen wäre, hätte er sein Geschick als Einbrecher oder Bettler auf die Probe gestellt, um etwas zu essen zu bekommen. Aber auf keinem der Hügel unter dem endlosen Himmel war ein Haus oder eine Hütte zu sehen, und Mark wollte jetzt nicht von seinem Weg abweichen, um danach zu suchen.

Die vierte Nacht seiner Reise verbrachte er zwischen einigen mächtigen Felsblöcken in Höhe der Baumgrenze. Er schlief wenig. Vulkans Schmiedefeuer schienen in dieser Nacht beinahe über ihm zu leuchten, erschreckend nah und zugleich entmutigend hoch. Gegen Mitternacht schlich irgendein großes Tier in der Nähe herum. Es hielt sich dicht außerhalb des Lichtkreises eines kleinen Feuers, das Mark in einem schützenden Felsenspalt entfacht hatte. Als er das hungrige Schnüffeln der Bestie hörte, wickelte er Stadtretter aus seiner Umhüllung und umklammerte den Griff mit beiden Händen. Kein Laut drang aus der Klinge, und die Luft, die sie umgab, blieb klar und still. Mark fühlte keinen magischen Schutz, der von diesem Stahl hätte ausgehen können, aber in seiner Lage bot schon das Gewicht der rasiermesserscharfen Klinge einen Trost, der nicht gering zu schätzen war.

Als der Morgen graute, war nirgends ein Tier zu sehen, und Mark konnte auch keine verräterischen Spuren entdecken. Die Luft war bitterkalt, aber beinahe windstill. Während der Nacht hatte Mark sich in die Schwertdecke gehüllt, aber jetzt wickelte er die Waffe wieder ein und verschnürte sie, damit er sie tragen konnte. Dann machte er sich wieder an den Aufstieg durch die Ausläufer des Gebirges. Er folgte einem trockenen Bachbett, und inzwischen ließ der Hunger seine Knie zittern. Gleich nach seinem Aufbruch wusste er nicht mehr genau, wie er die Nacht, die eben vergangen war, verbracht hatte. Ob er überhaupt geschlafen hatte oder nicht. Es schien ihm nicht ausgeschlossen, dass er seit gestern ohne Unterbrechung gewandert sei. Nach einer Weile gelangte er an eine kleine Quelle, die ihm gutes Trinkwasser bot. Er nahm diese Entdeckung als ein gutes Omen, trank in tiefen Zügen und kletterte weiter.

So weit er sehen konnte, lagen nun alle Wasserläufe hinter ihm. Was sich durch die Klamm den Berg hinaufzog, sah aus wie ein kaum erkennbarer Fußpfad, und manchmal war Mark nicht sicher, ob er überhaupt einem Weg folgte. Inzwischen befand er sich unverkennbar auf dem Hang des Berges selbst, aber bislang war der Aufstieg längst nicht so schwierig, wie er befürchtet hatte. Es gab keine schroffen Felswände oder tückische, schräge Platten, denen nicht auszuweichen war. Dennoch wurde die Anstrengung allmählich mörderisch, denn er war körperlich völlig erschöpft.

In Gedanken suchte Mark nach einer Möglichkeit, die Last, die er mit sich schleppte, zu verkleinern. Aber sie bestand nur aus wenigen Dingen, und keines davon wollte er freiwillig zurücklassen. Den Gedanken, er könne sich irgendwo unterwegs des Schwertes entledigen, hatte er verworfen. Das Schwert war mit seinem eigenen Ziel verknüpft, und es würde mit ihm gehen bis ans Ende seiner Reise. Einmal, als sich in seinem Kopf alles drehte, entschloss er sich, Bogen und Köcher fortzuwerfen. Aber noch ehe er zehn Schritte gegangen war, besann er sich und kehrte zurück, um sie wieder aufzuheben.

Der Aufstieg verschwamm in Mattigkeit und Hunger. Irgendwann, zu einer zeitlosen hellen Stunde um die Mitte des Tages, wurde Mark sich seiner Umgebung jäh wieder bewusst, als er sah, dass er vor einem Hindernis angelangt war. Er stand am Fuße einer Felswand, die sich beinahe senkrecht vor ihm erhob, einer Wand, die er niemals würde erklimmen können ... Langsam dämmerte ihm, dass er es gar nicht erst zu versuchen brauchte.

Er stand auf einer hohen, unebenen Platte aus schwarzem Fels, der Wind heulte um ihn herum. Aber der Tag war noch klar, und die Nachmittagssonne brannte ihm behaglich warm auf den Rücken. Die Sonne hatte auch den schwarzen Felsboden merklich aufgewärmt, wenn auch in den tieferen Schatten Schnee zu sehen war und der Wind einen eisigen Hauch in sich trug, den er von seinen endlosen Spielen in den phantastischen Felskaminen der Bergflanke mitgebracht hatte. Eine Zeit lang stand Mark regungslos und gebeugt unter der Last des Schwertes und seines übrigen Gepäcks da. Nach dem langen Aufstieg kam er nur allmählich wieder zu Atem. In einigen der Felskamine hörte er ein Brüllen, das tiefer klang als das Heulen des Windes, ein Tosen, das aus den Tiefen des Berges zu dringen schien.

Mark fragte sich, welcher der Kamine wohl Feuer enthalten mochte, als eine Stelle seine Aufmerksamkeit erregte, die er am hinteren Ende der Felsplatte entdeckte, dort, wo die steile Wand sich aufwärts schwang. Mark erkannte dort Spuren einstiger Tätigkeit. Verstreut lagen kopfgroße Klumpen einer schwarzen, knorrigen Substanz herum. Die Klumpen waren seltsam geformt, nicht ganz rund. Er ging hin und stieß mit der weichen Spitze seines Jagdstiefels gegen einen davon. Der Klumpen war schwer und für seine Größe äußerst massiv. Mark begriff langsam, dass er aus Metall oder Erz bestehen musste, das einst geschmolzen und zu groben Kugeln geformt worden war.

Er stand jetzt ganz hinten in einer halb höhlenartigen Nische in der Steilwand. Die Sonne schien herein, und der Wind drang nicht bis hierher. Mark fand alte, kalte Asche; ein mächtiges Holzfeuer musste hier gebrannt haben. Die Asche war zweifellos zu alt, um mit den Feuern, die er an den vergangenen Abenden von den Hügeln aus hier oben hatte brennen sehen, etwas zu tun zu haben, dachte Mark. Nach den Geschichten, die er gehört hatte, hatte er ohnehin vermutet, dass das, was die Leute für den Schein von Vulkans Schmiede hielten, vulkanisches Erdfeuer sei, ob es nun der Gott persönlich war, der es heraufbeschwor und nährte, oder nicht. Aber ganz offensichtlich hatte einst jemand mit Absicht hier in dieser weiten Mulde im Steinboden vor der Felswand ein gewaltiges Feuer entfacht. Noch immer war der natürliche Kamin darüber vom Rauch geschwärzt. Das Schwarz dieser alten Rußflecken war anders als das der Felswand selbst.

Mark ließ sich vor der verlassenen Feuerstelle auf die Knie sinken und fiel dann rückwärts in eine sitzende Stellung. Die Luft hier oben war dünn, sie stank nach Schwefel. Sie ließ die Lunge frieren und gab ihr nur wenig Nahrung. Aber wenigstens sein Magen hatte jetzt aufgehört, nach Essen zu schreien. Er hatte ein inneres Gleichgewicht mit dem Hunger erreicht, beinahe einen Zustand des Behagens ... Jäh wurde er ins Bewusstsein zurückgerissen, und er merkte, dass er auf dem Felsboden saß. War er etwa eben eingeschlafen?

Er sah eigentlich keinen Grund, warum er hier nicht ein Weilchen schlummern könnte, um zu Kräften zu kommen. Doch nein – es gab etwas zu tun, etwas zu entscheiden, jetzt, da er hier war. Darum musste er sich zuerst kümmern, zumindest ein wenig darüber nachdenken. Er war aus einem wichtigen Grund heraufgekommen ... ah ja, das Schwert. Wenn er sich ein wenig aufgewärmt hätte, würde er darüber nachdenken. Während er an seinem hoch gelegenen, geschützten Platz in der milden Sonnenwärme hockte, bemerkte Mark, wie viel unverbranntes Holz ringsum noch lag. Er sah große Späne und abgebrochene Äste sowie halb verbrannte Enden von Balken, die einmal zu schwer gewesen sein mussten, um von einem Menschen transportiert zu werden. Ihm wurde klar, dass er Wärme brauchte. Er brauchte ein Feuer, deshalb begann er an der alten Feuerstelle Holz zu sammeln und zu stapeln.

Mit dem Brennmaterial, das ihm zur Verfügung stand, hätte er eigentlich leicht ein Feuer entzünden können, aber seine Mattigkeit machte es ihm schwer. Mark zog sein Jagdmesser heraus und versuchte, Zunder und feine Späne vom Holz zu schaben, aber seine Hände zitterten, und die Klinge glitt von dem halb gefrorenen Holz ab. Er versuchte es mit dem Schwert und stellte fest, dass es trotz des Gewichtes und der Größe der Klinge damit viel leichter ging. Ohne es zu bewegen, ließ er das Schwert mit der Spitze auf dem Boden und mit dem Heft auf seinem gebeugten Knie ruhen. Jetzt konnte er Holzstücke an der Klinge vorbeiziehen und damit so dünne und feine Späne abhobeln, wie er nur wollte. Als er Zunder und Späne vorbereitet hatte, schlug er mit seinem Feuerstein einen blitzenden Funken von der rauen Bördelung am stählernen Griff des Schwertes.

Schon der erste Funke setzte den Zunder in Brand. Die Späne brannten gut – beinahe magisch, dachte Mark. Größere

Scheite brachten das Feuer bald auf beachtliche Größe und zu knisternder Kraft. Als er sich ein wenig ausgeruht und aufgewärmt hatte, nahm er seinen Jagdbecher und sammelte etwas Schnee aus einem schattigen Felsenspalt, den er schmolz und über dem Feuer erhitzte, bevor er davon trank. Wenn er jetzt nur noch etwas zu essen hätte ... aber Mark schob diesen Gedanken beiseite, weil er fürchtete, der beißende Hunger könnte wieder einsetzen.

Er saß auf dem Felsboden, das ausgewickelte Schwert neben sich, und nippte an seinem heißen Wasser. Dann merkte er, dass er auf große Symbole starrte, Zeichnungen, die so schwach waren, dass er sie zuerst gar nicht gesehen hatte. Sie waren auf die felsige Rückwand der Nische gemalt oder sonst wie umrissen. Einige dieser Zeichen waren unter den alten Rußflecken teilweise verschwunden. Alles in allem war es ein ganzes Dutzend. Ihre Seiten waren alle mit unnatürlich geraden, geometrisch angeordneten Linien gezeichnet, und eines von ihnen, erkannte Mark, ähnelte dem Muster auf dem Schwertgriff. Er nahm das Schwert vom Boden auf und betrachtete es noch einmal sorgfältig.

Dann starrte er wieder auf die Zeichen an der Wand. Er spürte gerade, dass er kurz davor stand, eine wichtige Bedeutung aus ihnen herauszulesen, als ein Geräusch ihn ablenkte. Es war nicht der Wind oder sein eigenes Feuer, sondern das tiefe Tosen im Felskamin, lauter jetzt als zuvor, das immer mehr anschwoll und das nie ganz verstummende Heulen des Windes übertönte. Es war zu lang gezogen, um vom Atem eines Tieres oder eines Menschen zu stammen. Die Essen Vulkans, dachte Mark. Die Schmiedefeuer. Was sie auch in Wirklichkeit sein mochten, sie brannten noch immer, und zwar ganz in der Nähe seines Rastplatzes. Und diese alte Holzfeuerstelle vor ihm war ... doch der Gedanke wollte sich nicht vollenden lassen.

Marks Schatten kroch vor ihm an der Felswand hinauf, und

er wusste, hinter ihm ging die Sonne unter. Diese Nacht hier oben werde ich nicht überleben, dachte er. Die Kälte wird mich töten, sie oder etwas anderes. Aber trotz des nahen Todes – oder vielleicht gerade deshalb – empfand er eine starke und immer noch wachsende Überzeugung, dass er Vulkan sehen würde, und zwar bald. Aber irgendwie war weder der Gedanke an den Tod noch der an die Götter schrecklich. Marks Fähigkeit zum Entsetzen war noch immer betäubt von dem Schock, seinen Bruder und seinen Vater sterben gesehen zu haben. Seit er das Schwert von der Dorfstraße aufgehoben hatte, dessen war er sich nun sicher, hatte er Vulkan damit entgegentreten wollen. Er wollte ihm entgegentreten, und ... vielleicht kam das seinem Ende gleich.

Mark versuchte Kraft zu gewinnen. Er entfachte sein Feuer zu neuen Flammen und legte größere Scheite nach. Dann rollte er sich vor der Glut zusammen, als könnte er die strahlende Energie aufnehmen wie eine Speise. Wieder hatte er die Schwerthülle als Decke um seinen Körper gewickelt.

Als er wieder erwachte, war er kalt und steif und die Welt um ihn herum völlig finster bis auf die Millionen von Sternen und die hell glimmende Asche des Feuers. Langsam und mühsam drehte Mark sich auf seinem Felsenbett um, damit seine halb erfrorene Körperhälfte ein wenig von der Wärme der Glut abbekäme. Sein Gesicht und seine Handrücken fühlten sich zart und warm an, als hätten die hoch lodernden Flammen sie beinahe versengt. Aber kaum hatte er sie von der Restwärme abgewandt, begann er an diesen Stellen zu frieren. Wenn er das Feuer wieder in Gang bringen wollte, musste er aufstehen, umhergehen und die Arme bewegen. Er wusste es, aber er konnte sich nicht in Bewegung setzen. Tief im Mittelpunkt seines Körpers fühlte er eine ganz neue Art von Schauder, und jetzt war er beinahe fest davon überzeugt, noch in dieser Nacht sterben zu müssen. Aber diese Tatsache war ohne große Bedeutung.

Steh auf. Kümmere dich um das Feuer. Es wird dich retten. Erschrocken hob Mark den Kopf und krächzte eine wortlose Frage. Die Aufforderung schien von einer fremden Stimme zu kommen, nachdrücklich wie ein Befehl. Er kannte diese Stimme nicht, aber sie wirkte machtvoll. Jetzt, da er den Kopf bewegt hatte, war auch der Rest plötzlich möglich. Er setzte sich auf, rieb seine Arme und bereitete sich auf die nächste Anstrengung vor. Er konnte die Arme nun schon leichter bewegen. Dann zwang er sich zum Aufstehen. Er schwankte mit steifen Knien, aber er bewegte seine Beine, seinen Körper, alles. Noch immer halb gelähmt vor Kälte und Starre, sammelte er Holz und nährte die Flammen, als er sie blasend zum Leben erweckt hatte.

Dann legte er sich vor dem neu entfachten Feuer nieder und rollte sich erneut in die Decke. Er rieb sich das Gesicht. Als er die Hände von den Augen nahm, erblickte er einen Kreis hoher, schweigender Gestalten, die ihn und das Feuer umstanden. Für Menschen waren sie zu groß ... Mark war so betäubt, dass er keinen sonderlichen Schrecken verspürte, und er schaute hoch in das, was er von den Gesichtern der Götter sehen konnte. Er fragte sich, weshalb er Ardneh, zu dem seine Mutter so oft betete, unter ihnen nicht erkennen konnte.

Eine der Göttinnen – Mark wusste nicht, wer sie war – redete ihn an: »Weshalb hast du dieses Schwert wieder heraufgebracht, Sterblicher? Wir wollen es hier nicht haben.«

»Ich habe es wegen meines Vaters hergebracht«, gab Mark furchtlos zur Antwort, ohne sich den Kopf zu zerbrechen, was er sagen sollte. »Dieses Schwert hat ihn vor Jahren zum Krüppel gemacht. Jetzt hat es ihn getötet. Es hat auch meinen Bruder getötet. Es hat mich aus meiner Heimat vertrieben. Es hat genug getan. Ich will es loswerden.«

Unruhiges Gemurmel durchlief den Kreis. Die Gesichter der Götter, schattendunkel und kaum zu erkennen, wandten sich einander beratend zu. Dann erhob sich die Stimme einer anderen Gottheit und schalt: »Es war ohnehin längst an der Zeit, dass du dein Elternhaus verlässt. Oder willst du dein Leben lang ein Müllerknecht und Hasenjäger bleiben?«

»Ja«, antwortete Mark sofort. Aber im selben Augenblick fragte er sich, ob es tatsächlich so war.

Eine andere Götterstimme hielt ihm vor: »Das Schwert neben dir hat, gemessen an seinen Möglichkeiten, noch nichts getan. Und überhaupt – wer bist du, dass du so etwas beurteilst?«

Eine neue Stimme erklang glockenklar. »In der Tat. Dieses Schwert wurde Jord dem Schmied gegeben, später Jord dem Müller, bis du, Sterblicher, oder dein Bruder es von ihm erben solltet. Jetzt gehört es dir. Aber du kannst es nicht einfach hierher zurückbringen und dich auf diese Weise seiner entledigen. O nein. Selbst wenn man die Frage der Manieren einmal beiseite lässt, können wir ...«

»... können wir es nicht einfach zurücknehmen, jetzt, da es einmal benutzt worden ist. Ein Geschenk, das man benutzt hat, gibt man nicht einfach zurück.«

»Ein Geschenk?« Bei diesem Wort war Mark plötzlich so wach, als sei es helllichter Tag. Beinahe wäre er aufgesprungen. »Ein Geschenk nennt ihr das? Wenn ihr meinem Vater den Arm als Bezahlung dafür nehmt?«

Ein Arm, so lang wie der Ast eines Baumes, deutete auf einen der Umstehenden. »Dieser hier ist dafür verantwortlich, dass deinem Vater der Arm genommen wurde. Wir haben es ihm nicht vorgeschlagen.« Und die turmhohe Gestalt neben Vulkan (Mark erkannte Vulkan erst, als der andere auf ihn zeigte) schlug dem Schmied auf den Rücken. Es war ein kräftiger, grober Hieb, der Vulkan auf seinem Spielbein taumeln ließ, dass er knurrte. Dann fuhr der Sprecher, dessen eigene Identität noch immer unklar war, fort: »Glaubst du denn, junger Sterblicher, dass wir uns die Mühe gemacht haben,

Klumpfuß hier die Schwerter für unser Spiel schmieden zu lassen, alle zwölf, um dann niemals zu sehen, wie sie richtig benutzt werden? Es war sehr schwierig, sie machen zu lassen.«

Für ein Spiel ... *ein Spiel?* Wütend und empört schrie Mark: »Ich glaube, ich träume euch alle!«

Keiner der Götter und Göttinnen im Kreis hielt diese Feststellung einer Antwort für würdig.

Mark schrie: »Was werdet ihr mit dem Schwert anfangen? Wenn ich mich weigere, es zu behalten?«

»Das geht dich nichts an«, erwiderte eine Stimme kurz.

»Ich nehme an, wir würden es einem anderen geben.«

»Und überhaupt, in einem solchen Ton spricht man nicht mit den Göttern.«

»Wieso soll ich nicht reden, wie ich will, wenn ich euch nur träume? Und es geht mich sehr wohl etwas an, was ...«

»Träumst du nie von wirklichen Personen, von wirklichen Dingen?«

Rauch aus dem Feuer wehte Mark ins Gesicht. Er hustete und musste die Augen schließen. Als er sie wieder öffnete, umringten ihn die großen Wesen noch immer.

»Und dann – wenn es uns Göttern beliebt, ein Spiel zu spielen, wer bist denn du, Sterblicher, dass du Einwände erhebst?« Ein allgemeines Raunen der Zustimmung ging durch die Runde. Mark war noch immer empört, aber seine Energie ließ nach. Seine Muskeln schienen sich ganz von allein zu entspannen. Matt sank er auf den Felsboden zurück, halb gewärmt vom Feuer. So sehr er sich auch dagegen wehrte, seine Lider fielen müde zu. Er wisperte: »Ein Spiel ...?«

Eine weibliche Stimme, die einer Göttin, die noch nichts gesagt hatte, erklärte leise: »Ich sage, dass dieser Mark, störrischer Sohn eines störrischen Müllers, den Tod verdient für das, was er getan hat. Für die Missachtung, die er uns erweist, für seine verantwortungslose Einmischung.«

»Sohn eines Müllers? Der Sohn eines *Müllers,* sagst du?« Aus irgendeinem Grunde rief diese Äußerung großes Gelächter hervor. »Ah, hahahaaa! ... Wie auch immer, hier ist er geschützt durch das Feuer, das er entfacht hat, denn er hat magisches Brennmaterial und magisches Werkzeug dazu benutzt. Nicht dass er die leiseste Ahnung gehabt hätte, was er tat, als er es tat ...«

»Was ist daran so amüsant? Ich bin der Meinung, er muss sterben. Heute Nacht. Er muss. Denn sonst sehe ich Schwierigkeiten voraus, im Spiel und auch sonst, für uns alle.«

»Schwierigkeiten für dich, meinst du wohl.«

Und eine neue Stimme schaltete sich ein: »Hah, wenn du sagst, er muss sterben, dann sage *ich,* er muss leben. Welche Position du auch einnimmst, ich muss das Gegenteil vertreten.«

Sie sind genau wie Menschen, dachte Mark, und sein nächster Gedanke war: Ich bin beinahe verschwunden. Ich sterbe. Und jetzt war diese Vorstellung nicht nur annehmbar, sondern rief sogar ein Gefühl der Erleichterung in ihm hervor.

Im Laufe der Nacht – sein sanftes Sterben zog sich lange, lange hin – revidierte Mark immer wieder seine Meinung über die zänkische Schar der Götter, die sein Sterbebett umstand. Manchmal kam es ihm so vor, als führten sie die Erörterung auf einer hohen Ebene mit überaus weisen Worten. Bei diesen Gelegenheiten mühte er sich nach Kräften, alles im Kopf zu behalten, was sie sagten, aber irgendwie wollte es ihm nie gelingen. Dann wiederum erschien ihm das, was sie sagten, wie das dümmste Geschwätz, das er jemals gehört hatte. Aber auch ihre Torheiten wollten ihm nicht im Gedächtnis bleiben.

Auf jeden Fall aber verpasste er ganz den Schluss ihrer Streiterei, denn statt zu sterben, wachte er schließlich auf und sah, wie der ganze weite Himmel sich über der gewaltigen Felsenschüssel, welche die Erde war, hell färbte. Der nächstgelegene Teil des Schüsselrandes befand sich sehr nah im Osten, beinahe über ihm, während der nordwestliche Abschnitt weit, weit weg in der Ferne lag – nicht mehr als eine rosig überhauchte Zackenlinie am Horizont. Und im Südwesten war der Rand so weit entfernt, dass man ihn überhaupt nicht sehen konnte.

Als Mark aufwachte, zitterte er wieder – oder immer noch. Jetzt war er auf beiden Seiten kalt, das Feuer fast erloschen. Sogleich machte er sich daran, es wieder anzufachen. Mit einiger Überraschung fühlte er, dass seine Glieder sich leicht bewegen ließen. Aus irgendeinem Grunde war er mit dem Gefühl aufgewacht, etwas erreicht zu haben, so, als sei etwas Wichtiges bewerkstelligt worden, während er vor seinem Feuer lag. Nun, zunächst einmal war sein Leben gerettet, sei es nun durch Zufall, sei es durch das Wohlwollen bestimmter Götter. Er war sich nicht sicher, ob die Wesen, die er gesehen hatte, wirklich da gewesen waren. Jetzt war von den Göttern ringsumher keine Spur zu sehen. Da war nichts als der Berg und der Himmel und der schrille, scharfe Wind.

Und die geheimnisvollen Symbole an der Steinwand. Und die Überreste des großen, alten Feuers.

Das Bedürfnis nach Nahrung saß jetzt tief in seinen Knochen, und mit erwachender Angst dachte er daran, dass er womöglich bald zu schwach sein würde, um wieder hinunterzuklettern. Bevor es soweit wäre, würde er seine Entscheidung bezüglich des Schwertes in die Tat umsetzen müssen. Sobald er sich also so weit aufgewärmt hatte, dass er nicht mehr zitterte, wandte er dem neu erwachten Feuer und dem Schmiedeplatz der Götter den Rücken zu. Er behielt die Decke an seinem Körper, schlang sich Bogen und Köcher über die Schulter und hob Stadtretter auf. Er trug die Klinge vor sich her, als wolle er in den Kampf ziehen.

Er hielt die Nase in den Wind und versuchte dem Schwefelgeruch bis dahin zu folgen, wo er am stärksten war. Es dauerte nur wenige Augenblicke, dann stolperte er über das, was er suchte: eine brusthohe, abgebrochene Säule aus schwarzem Felsgestein. In der Mitte war der breite, schwarze Stumpf ausgehöhlt, als sei es ein vermodernder Baumstumpf, und aus dieser Höhlung wehten beißende Dünste und kaum sichtbarer Rauch empor. Von Zeit zu Zeit strahlte ein rötliches Glühen von unten in den Rauch, das auf diese kurze Entfernung sogar im hellen Tageslicht sichtbar war. Ein warmer Hauch drang aus dem Erdkamin und mit ihm etwas, das schlimmer roch als Schwefel, faul wie der Atem eines phantastischen Ungeheuers. Irgendwo in den Tiefen seufzte der Berg, und für einen Augenblick quoll große Hitze herauf.

Mark hob das Schwert. Er hielt es mit beiden Händen am Griff, so wie sein Bruder Kenn es während des Kampfes mit zwei Händen umklammert hatte. Aber jetzt entströmte der Waffe keine Kraft, und Mark konnte mit ihr anstellen, was er wollte. Ohne zu zögern und den Göttern Zeit zu lassen, etwas zu unternehmen, senkte er das Schwert hinunter in den aufsteigenden Rauch und ließ es fallen.

Vater, Kenn, ich habe es getan.

Das Schwert war augenblicklich verschwunden. Mark hörte einen scharfen Klang, als es in geringer Tiefe gegen einen Felsen prallte. Dann klirrte es weiter unten noch einmal. Er hielt den Atem an und lauschte lange auf den letzten Aufschlag, auf ein Klatschen vielleicht, wenn die Klinge in dem geschmolzenen Gestein versank, das auf dem Grund dieser Feuerlöcher brodelte, wie ein Ältester ihm einmal erzählt hatte. Aber obwohl er lauschte, bis er den Atem nicht länger anhalten konnte, hörte er nichts mehr von dem fallenden Schwert.

Mark schaute hoch in den Morgenhimmel, der bis auf wenige Wölkchen klar war. Es waren einfache Wolken, ohne jede besondere Eigenart. Er merkte plötzlich, dass er auf eine Reaktion wartete, auf einen Blitz, auf irgendetwas, das den sicheren Zorn der Götter über das, was er getan hatte, verkörperte. Er wartete darauf, erschlagen zu werden. Aber es kam kein Schlag.

Was stattdessen kam, war in gewisser Weise noch schlimmer. Es war das zarte Aufkeimen eines Übelkeit erregenden Argwohns, er könnte einen schrecklichen Fehler begangen haben, als er das Schwert in den Vulkan warf. Jetzt hatte er seine Geste vollzogen, er hatte die Götter für das geschlagen, was sie ihm angetan hatten. Und welchen Schaden hatte er ihnen damit zugefügt? Welchen Nutzen hatte er selbst daraus gewonnen? In dreizehn Jahren hatte Jord diese furchtbare Wanderung nicht unternommen, nie hatte er den Göttern den Lohn für seinen rechten Arm in den Rachen zurückgeschleudert. Ganz gleich, aus welchem Grunde – Marks Vater hatte den Preis für seinen Arm zu Hause an die Wand gehängt. Er hatte nie versucht, ihn zu benutzen, nie versucht, ihn zu verkaufen, nie damit geprahlt – aber er hatte ihn behalten. Bis zu diesem Augenblick hatte Mark noch niemals versucht, den Grund dafür auszuloten.

Eines stand fest: Marks Vater hätte niemals versucht, sich des Schwertes zu entledigen.

Der Bann des Schocks, der sich durch den bösen Zauber der Gewalt auf der Dorfstraße über Marks Sinne gelegt hatte, begann zu verfliegen. Er begriff, dass er allein in einer öden Bergwand stand, beinahe zu erschöpft, um sich von der Stelle zu rühren, und viele Kilometer von dem Zuhause entfernt, in das er nicht zurückzukehren wagte. Er fühlte, dass er eben etwas Furchtbares und Unbegreifliches getan hatte und seine wahnsinnige Geste ihn zum Feind der Götter wie der Menschen machen würde.

Kraftlos hing er über den Rand des qualmenden, stinkenden Steinstumpfes, und von Minute zu Minute wurde ihm elender und angstvoller zu Mute, bis er sich einbildete, die Stimmen der Götter zu hören, die mit dem sinnenumwölkenden Rauch aus der Tiefe des Berges heraufkamen. Ja, die Götter waren erzürnt. Immer stärker spürte Mark, dass er einen gewaltigen Fehler begangen hatte, und allmählich verdichtete sich dieses Gefühl zu schwarzem Grauen.

Nur der Mangel an Energie bewahrte ihn davor, vollends in Panik zu verfallen. Er tat, was er konnte, um dem Zorn der Götter zu entfliehen. Zittrig stützte er sich auf den schwarzen Felsenstumpf und ging um ihn herum zur gegenüberliegenden Seite, wo die Bergwand ziemlich steil abfiel. Je weiter Mark sich um den Stumpf herum bergab bewegte, desto höher ragte dieser neben ihm auf, eine knorrige Säule, gesäumt von einem steil abwärts führenden Pfad.

Mark war diesem Pfad vielleicht zwanzig Schritte weit gefolgt, als er das Schwert wiederfand. Es lag mitten auf seinem Weg, unter einem zerklüfteten Loch in der Seite der Kaminsäule. Offensichtlich war es hier herausgefallen. Es war einmal am Felsen abgeprallt – das erste Klirren, das er gehört hatte – und dann hier aufgeschlagen. Alles in allem war das Schwert nur so tief gefallen, als hätte er es vom Dach der Mühle geworfen.

Aber schon in dieser kurzen Zeit war es mit einer solchen Hitze in Berührung gekommen, dass es fast glühte. Mark verbrannte sich die Finger, als er es aufheben wollte, und musste es gleich wieder fallen lassen. So stand er zitternd in der Schattenkühle des Morgens am Berghang, blies sich in die Hände und wartete, bis der unversehrte Stahl wieder so weit abgekühlt war, dass er ihn berühren konnte.

3

Ich staune noch immer über das Ausmaß deines jüngsten Versagens, Blaumantel«, sagte Herzog Fraktin. »Wahrhaftig, je länger ich darüber nachdenke, desto größer wird meine Verblüffung.«

Der wirkliche Name des blau gekleideten Zauberers war nicht der, den der Herzog benutzt hatte. Aber seinen wirklichen Namen sprach man nicht leichtfertig aus, nicht einmal, wenn man ein Herzog war. Der Zauberer war es gewohnt, bei unterschiedlichen Namen gerufen zu werden.

Jetzt verneigte er sich, ohne allerdings aufzustehen, und gab damit beherrscht zu erkennen, dass er den Tadel zur Kenntnis genommen hatte. Er hatte die sorgfältig kultivierte Gewohnheit, niemals Furcht zu zeigen, und dies veranlasste auch einen äußerst selbstsicheren Herrn, im Umgang mit ihm Wachsamkeit an den Tag zu legen.

»Ich habe Euer Gnaden bereits alles gesagt, was ich zu meiner Verteidigung anführen kann«, gab der Blaugewandete jetzt zur Antwort.

In einem steinernen Deckenbogen nicht weit über dem Kopf des Magiers hing ein kleiner, goldener Käfig, und darin saß ein Mönchsvogel, der plötzlich zu kreischen anfing, als wolle er sich über diese Erwiderung lustig machen. Die nutzlosen Flügel dieser hybriden Züchtung flatterten irisierend zu beiden Seiten des kleinen, pelzigen Körpers. Aber das Gehirn des Vogels war zu klein, als dass wirkliche Gedanken darin Platz gefunden hätten, daher schenkte keiner der beiden Männer dem Kommentar des Tieres auch nur die geringste Beachtung.

Abgesehen von dem Sklavenmädchen, das eben Wein hereingebracht hatte, waren die beiden Männer allein. Sie saßen in einem der kleineren Privatgemächer der recht düsteren und zugigen Burg, die dem Herzog als Hauptwohnsitz diente und als Familiensitz gegolten hätte, wenn eine der Herzoginnen, mit denen er es bisher versucht hatte, ihm Nachkommen geschenkt hätte. Der Urgroßvater des gegenwärtigen Herzogs hatte den Aufstieg des Klans zu seiner jetzigen Vormachtstellung begonnen, indem er den Beruf des Räuberbarons ergriffen hatte. Er war es auch gewesen, der mit dem Bau dieses Schlosses angefangen hatte. Seit jenen Tagen aber war es um einiges vergrößert worden. Es klammerte sich an eine bescheidene, aber strategisch günstig gelegene Felswand, die die Kreuzung zweier bedeutender Handelsstraßen überragte. Der Verkehr auf diesen beiden Überlandstraßen war seit den Tagen der Grundsteinlegung merklich zurückgegangen, aber seit langem schon betrieb die Familie andere Spiele als einfachen Straßenraub und den Verkauf von Lebens-, Gesundheits- und Geschäftsversicherungen.

Kostbare Wandbehänge in den Familienfarben Blau und Weiß kräuselten sich seidig, als eine sanfte Brise durch die schmalen Fenster in den dicken Steinmauern hereinwehte. In den Tagen des Vaters des jetzigen Herzogs hatten die Frauen im Haushalt bei der Einrichtung auf einem gewissen Maß an Eleganz bestanden, und die Wandbehänge stammten aus jener Zeit. An diesem Tage nun ließen die leise wehenden Stoffe dem Herzog einen Augenblick lang brennend bewusst werden, wie rasch die Zeit verstrich – all die Mühen seiner Vorfahren hatten ihm die Möglichkeit gegeben, sein eigenes Leben unter äußerst vorteilhaften Bedingungen zu beginnen, aber irgendwie waren die Jahrzehnte unwiederbringlich an ihm vorbeigeflossen, und heute war sein Reich nur wenig größer oder stärker als damals, als sein Vater es ihm vererbt hatte – ein Geschenk, das dieser nur widerwillig aus der Hand gegeben hatte. Immer noch war der Herzog erpicht darauf, eines Tages König des ganzen Kontinents zu sein, aber Jahre waren vergangen, seit er dergleichen selbst seinen engsten Beratern gegenüber laut erwähnt hatte. Er erwartete und befürchtete, dass sie mit Spott reagieren würden, denn es bestand so wenig Hoffnung.

Das heißt, bis vor kurzem hatte wenig Hoffnung bestanden. Mit einer kleinen Gebärde entließ er die Sklavin, die sich flink und anmutig von den Knien erhob und auf lautlosen Sohlen davonhuschte, dass ihre schleierartigen Gewänder hinter ihr herflatterten. Ja, auch in Frauendingen war ihm, so fand er, das Glück nicht hold gewesen. Die Zeit verging, Frauen tauchten auf, erwiesen sich aus dem einen oder anderen Grunde als unbefriedigend und verschwanden wieder. Die Pflicht, die er sich selbst gegenüber empfand, nämlich einen Erben für sein Herzogtum zu zeugen, hatte er immer noch nicht erfüllt.

Der Herzog goss sich Wein in einen kleinen Becher. »Ich glaube«, sagte er zu seinem Zauberer, »wenn du nur versuchen wolltest, könntest du mir noch ein paar Worte mehr über diese Angelegenheit sagen.« Als habe er sich besonnen, goss er Wein in einen zweiten goldenen Becher und reichte ihn hinüber. Dabei nickte er, als sehe er einen Gedanken bestätigt. Seine Gnaden war eher klein zu nennen, drahtig und allmählich ergrauend, und sein Stirnhaar war noch leicht gelockt. Was Bärte und Schnurrbärte betraf, so hatte er sich hier, wie in vielen anderen Dingen, niemals endgültig entscheiden können. Gegenwärtig jedenfalls war er glatt rasiert, abgesehen von einem maßvollen Backenbart. Die herzogliche Gesichtsfarbe war recht dunkel, vor allem um die Augen, und so wirkte er ein wenig hohläugig, was ihm gelegentlich ein hungriges Aussehen verlieh.

Er versuchte, seinen Zauberer zum Reden zu bringen: »Wenn du mir die Folge der Ereignisse richtig beschrieben hast, dann hat dieser Knabe zuerst meinen Cousin erschossen, dann einfach das Schwert vom Boden aufgehoben – das Schwert, das zu holen ich dich geschickt hatte – und ist damit verschwunden. Niemand hat ihn seither gesehen, soweit wir feststellen konnten. Und du hast keinen Versuch unternommen, ihn am Fortgehen zu hindern. Du sagst, du habest es nicht bemerkt.«

Der Zauberer, der sich davon offenbar nicht aus der Ruhe bringen ließ, wiederholte die sparsame Verneigung im Sitzen. »Euer Gnaden, gleich nach dem Kampf strömte eine Menschenmenge auf der Straße zusammen. Es herrschte ein großes Durcheinander. Die Leute schrien allerlei Absurdes über Kavallerie und Invasionstruppen – die Szene war alles andere als geordnet, und überall liefen Menschen durcheinander. Meine erste Sorge galt natürlich dem Leben Eures Cousins, und ich tat, was ich konnte, um ihn zu retten – aber leider reichten meine Kräfte nicht aus. In diesen ersten Augenblicken wusste ich ja nicht einmal, wessen Pfeil ihn zu Boden gestreckt hatte. Ich nahm – aus gutem Grund, finde ich – an, er stamme vom Bogen eines der Angreifer.«

»Und als der Kampf vorüber war, dachtest du natürlich nicht mehr an das Schwert. Obwohl du doch gerade erst gesehen hattest, was es kann.«

»Ich bitte um Vergebung, Euer Gnaden, aber das habe ich nicht gesehen. Als der Kampf losging, ließ ich mich sofort zu Boden fallen, zog den Kopf ein und rührte mich nicht mehr. Euer Gnaden wissen sehr wohl, dass die meisten Zauber nur geringe Wirkung haben, wenn erst Schwerter gezogen sind und Blut vergossen wird. Natürlich war mir bewusst, dass ganz in der Nähe ein überaus starker Zauber am Werk war, und jetzt weiß ich auch, dass die Magie, die ich spürte, von dem Schwert ausging. Aber solange der Kampf andauerte, gab es nichts, was ich hätte tun können. Kaum war es still geworden, da sprang ich auch schon auf und ...«

»... tatest, was du konntest, ja. Was, wie sich herausstellte, nicht sehr viel war. Nun, wir werden sehen, was Sharfa uns über seine Dörfler erzählen kann, wenn er zurückkehrt.«

»Habt Ihr ihn inzwischen zurückgerufen, Euer Gnaden?«

»Ja, ich habe ihm sagen lassen, er solle sich beeilen, obwohl es mir widerstrebt, seine andere Mission deshalb abzubrechen ... Nun, er soll tun, was er für das Beste hält, wenn er meine Botschaft bekommt. Das müssen wir alle. Jetzt aber wollen wir uns den Müller und sein Weib vornehmen.«

»Unbedingt, Sire. Ich halte es für eine äußerst weise Entscheidung, dass Ihr die beiden selbst verhören wollt.«

»Ich will, dass du dabei bleibst.«

Der Magier nickte schweigend. Herzog Fraktin hob die Hand und machte eine knappe Geste. Obgleich die beiden allem Anschein nach allein waren, reichte diese Geste doch aus, den Willen des Herzogs jenseits der Zimmermauern bekannt werden zu lassen. Innerhalb einer Frist, die vielleicht für einen tiefen, ruhigen Atemzug genügt hätte, erschien ein Wächter mit einem Speer, der zwei Leute in der abgetragenen Tracht des einfachen Volkes hereinführte.

Der Mann war groß und kräftig, der Herzog schätzte sein Alter auf fünfunddreißig bis vierzig Jahre. Hellblondes Haar hing ihm über die sauber verbundenen Schläfen. Er hatte nur einen Arm, den er jetzt um die Hüften der Frau an seiner Seite gelegt hatte. Sie war rundlich, doch für eine Frau ihrer Klasse und ihres Alters immer noch anziehend und ein paar Jahre jünger als ihr Mann. Im Augenblick hatte die dunkelhaarige Frau große Angst, dachte der Herzog, aber sie wusste sich recht gut zu beherrschen. Der Mann wirkte eher benommen als verängstigt. Erst heute, also drei Tage nach seiner Verwundung, war er wieder zu sich gekommen, wie die Ärzte berichtet hatten.

Herzog Fraktin winkte dem Wächter, sich zu entfernen, dann erhob er sich zur Überraschung der beiden aus seinem Sessel und kam ihnen entgegen, um sie zu begrüßen, was bedeutete, dass er von dem flachen Podium herabsteigen musste, auf dem er und der Zauberer saßen. Der Zauberer indessen war nicht mehr zu sehen. Lächelnd nahm der Herzog den Mann kurz bei der Hand, als sei dies eine Zeremonie zur Verleihung von Ehrenzeichen. Dann berührte er in einer unterschwellig besitzergreifenden Geste den Kopf der Frau, die sich aufgeregt vor ihm verneigte. »Du also bist Jord, und du bist Mala. Hat man euch gut behandelt? Ich meine die Männer, die euch hergebracht haben.«

»Sie haben uns sehr gut behandelt, Euer Ehren.« Die Stimme des Mannes verriet, wie sein Gesichtsausdruck, Benommenheit. »Ich danke Euch für die Sorge, die Ihr mir zukommen ließet. Die Heilung.«

Der Herzog wischte die Dankesbezeugung mit einer Handbewegung beiseite. Wann immer schnelle medizinische Versorgung notwendig war, weil eine wichtige Persönlichkeit in Lebensgefahr schwebte, hatte er eine Priesterin Ardnehs bei der Hand, und die Priesterin hatte Gründe, unverzüglich und eifrig zur Stelle zu sein, wenn er sie rufen ließ. »Ich wünschte, wir hätten deinen ältesten Sohn retten können. Er fiel als wahrer Held«, sagte der Herzog und fügte taktvoll einen Seufzer hinzu. »Aber es ist euer jüngerer Sohn, der mir heute mehr am Herzen liegt.«

Die Eltern blickten ihn erschreckt an. »Hat man Mark gefunden?«, fragte der Mann hastig. Sie hätten anders reagiert, dachte der Herzog, wenn sie wüssten, wo ihr Kind sich aufhielt. Er gestattete sich einen neuerlichen Seufzer.

»Es tut mir leid«, antwortete er. »Mark wurde noch nicht gefunden. Und es scheint, als habe er einen gewissen, sehr wertvollen Gegenstand mitgenommen. Einen Gegenstand, an dem mir selbst sehr viel liegt.«

Die Frau sah den Herzog mit einem merkwürdigen Gesichtsausdruck an. Er fragte sich, ob sie versuchte, verführerisch auszusehen. Schon manche Frau hatte dies versucht, und nur wenige hatten so wunderschönes schwarzes Haar gehabt. Aber natürlich waren noch weniger fünfunddreißigjährige Müllersfrauen mit schwieligen Händen gewesen. Diese hier hatte offenbar eine hohe Meinung von ihrer eigenen Anziehungskraft. Oder aber es war etwas anderes, was ihr durch den Sinn ging ...

»Ist es nicht möglich, Herr«, fragte sie mit schüchterner Entschlossenheit, »dass jemand anders das Schwert genommen hat? Einer der Banditen?«

»Das glaube ich nicht, Mala. Wo hast du Mark zuletzt gesehen?«

»Auf der Straße, Herr. Auf unserer Dorfstraße, gleich nach dem Kampf. Meine Tochter und ich liefen aus der Mühle, als die Leute uns erzählten, dass Kenn da draußen mit dem Schwert kämpfte. Als ich hinkam, stand Mark ein wenig abseits. Ich nahm an, dass er nicht verletzt war, also lief ich sofort zu Kenn und zu ...« Sie wies auf den Ehemann zu ihrer Seite. »Als ich mich nach Mark umsah, war er nicht mehr da.«

Der Herzog nickte. Die Tochter hatte seinen Leuten einen ähnlichen Bericht gegeben. Ihr hatte man gestattet, im Dorf zu bleiben und sich um die Mühle zu kümmern. »Und als ihr auf die Straße hinausgelaufen seid, Mala, da war es Kenn, der das Schwert hielt?«

»Kenn lag schon am Boden, Euer Ehren. Was mit dem Schwert war, weiß ich nicht. Ich habe nicht darauf geachtet. Ich dachte nur daran, dass mein Mann und mein Sohn verletzt waren.« Ihre Augen funkelten den Herzog unter dem dichten, lockigen Haar an. *Vielleicht versuchte sie doch nicht, ihn zu verführen. Vielleicht wollte sie ihm irgendetwas mitteilen.* Nun, er würde es später aus ihr herausholen.

Die Frau redete weiter: »Euer Gnaden haben doch auch nahe Verwandte. Wenn Ihr wüsstet, dass sie in Gefahr schweben, würde Euer erster Gedanke doch auch ihnen gelten.«

Der Mann warf seiner Frau einen Seitenblick zu, als sei auch ihm ihr merkwürdiges Benehmen aufgefallen.

»Und schwebt ein anderer Verwandter von mir jetzt in Gefahr, wie du sagst?« fragte der Herzog.

»Das weiß ich nicht, Herr.« Was immer die Frau im Sinn hatte, sie würde jetzt nicht damit herausrücken.

»Nun gut«, sagte der Herzog geduldig. »Weiter. Was den jungen Mark betrifft, kann ich verstehen, dass er es nach einem solchen Erlebnis mit der Angst zu tun bekam und davonlief – obwohl ich ihm selbstverständlich kein Haar gekrümmt hätte, wenn er geblieben wäre. Ich kann seine Flucht verstehen – aber weshalb hat er das Schwert mitgenommen?«

»Ich denke ...«, sagte der Mann, doch dann verstummte er wieder.

»Ja? Übrigens, Jord – möchtest du ein wenig von diesem Wein? Er ist sehr gut.«

»Nein, vielen Dank, Herr. Mark hat uns wohl beide fallen sehen. Seinen älteren Bruder und mich, meine ich. Also denkt er wahrscheinlich, ich sei tot wie Kenn. Das würde bedeuten ... Ich habe meinen Söhnen immer gesagt, das Schwert werde eines Tages, wenn ich nicht mehr bin, ihnen gehören. Natürlich dachte ich dabei immer, dass Kenn derjenige sein würde, der es bekommt. Aber jetzt ist Kenn ...«

Der Herzog wartete, bis das Paar sich wieder gefasst hatte. Er wollte die beiden so huldvoll behandeln, als seien sie seinesgleichen. Höflichkeit und Sanftmut waren wichtige Werkzeuge für den Umgang mit Leuten jedes Standes. Manchmal fiel es ihm schwer, seinen Untergebenen diese Tatsache verständlich zu machen. Jedes Verhalten war ein Werkzeug, und es kam darauf an, für jede Situation das beste auszuwählen.

Dennoch wurde er allmählich ungeduldig. Er drängte den Müller: »Erzähl mir alles über das Schwert.«

»Ich habe es vor vielen Jahren bekommen, Euer Gnaden.« Es gelang dem Müller, sich zusammenzunehmen. »Das habe ich Euren Leuten bereits erzählt.«

»Ja, ja. Trotzdem – erzähle es mir noch einmal. Du hast es von Vulkan selbst bekommen? Wie sah er aus?«

Der Müller machte ein überraschtes Gesicht, als habe er eine andere Frage erwartet. »Wie er aussah? Es ist schwer, das zu beschreiben, Euer Ehren. Wie Ihr Euch vielleicht denken könnt, ist er der einzige Gott, den ich je gesehen habe. Wenn er ein Mann wäre, den ich beschreiben sollte, würde ich sagen: Er hatte ein lahmes Bein. Meistens hielt er einen Schmiedehammer in der Hand – einen mächtigen Schmiedehammer. Seine Kleidung bestand zum größten Teil aus Leder. Er trug ein Halsband, das aussah, als sei es aus Drachenschuppen. Ich weiß, das klingt verrückt, aber ... Und er war größer, als ein Mensch sein könnte. Und unendlich viel stärker.«

Offensichtlich, dachte der Herzog, war dies nicht das erste Mal, dass der Müller Worte suchte, mit denen sich schildern ließe, was er vor dreizehn Jahren erlebt hatte. Und ebenso offensichtlich war ihm dabei kein großer Erfolg beschieden.

»Er war mehr als ein Mensch«, fügte Jord schließlich hinzu, sichtlich befriedigt darüber, dass er wenigstens so viel zweifelsfrei hatte klarstellen können. »Euer Gnaden, ich hoffe, Ihr werdet nicht missverstehen, was ich jetzt sage.«

»Vermutlich nicht. Rede.«

»Seit dem Tag, an dem ich Vulkan begegnet bin, hat mich kein Mann – und auch keine Frau – jemals wieder in Angst versetzen können. Oh, natürlich, wenn man mich zum Tode verurteilen würde oder zur Folter – ich hätte Angst. Aber kein menschliches Wesen ... Ich glaube, nicht einmal, wenn ich dem Dunklen König unter die Augen treten müsste, wäre dies so schrecklich wie das, was ich damals tun musste. Euer Gnaden, Ihr müsst einen Gott gesehen haben, wenn Ihr verstehen wollt, was ich meine.«

Seine Gnaden hatten sehr wohl schon Göttern gegenübergestanden – wenn auch nur selten – und einmal sogar dem

Dunklen König. »Ich verstehe, was du meinst, Müller, und ich finde, du hast es in die richtigen Worte gefasst, was es bedeutet, die Gegenwart eines Gottes zu erfahren. Du standest also auf Vulkans Geheiß neben seinem Schmiedefeuer und halfst ihm dabei, die Schwerter zu machen?«

»Euer Gnaden wissen es also schon – ich meine, dass mehr als eines geschmiedet wurde.« Diese Erkenntnis schien den Müller mehr zu beeindrucken als der Herzog selbst oder der Reichtum und die Macht, die ihn umgaben. »Noch nie ist mir jemand begegnet, der davon wusste oder es nur ahnte. Ja, wir schmiedeten mehr als eines. Es waren zwölf. Und ich stand dabei und half. Das Schmiedehandwerk war damals mein Beruf. Dabei ging allerdings keine meiner Fertigkeiten in die Schwerter ein – nichts von dem, was ein Mensch vermag, ist mit ihnen vergleichbar. Und fünf andere Männer aus meinem Dorf wurden ebenfalls herbeibefohlen, damit sie dem Gott zur Hand gingen. Sie mussten den Blasebalg bedienen, das Feuer in Gang halten und dergleichen mehr. Uns blieb nichts anderes übrig, als zu helfen.«

An dieser Stelle überraschte die Frau den Herzog wieder, diesmal dadurch, dass sie die Rede ihres Mannes durch ein leises Räuspern unterbrach. »Können Euer Gnaden sich entsinnen, das Dorf einmal besucht zu haben? Es heißt Treefall und liegt dicht am Fuße der Berge.«

Herzog Fraktin sah die Frau an. *Ja, er würde auf jeden Fall noch einmal mit ihr sprechen müssen, allein, ohne ihren Mann. Sie hielt mit etwas hinter dem Berg.* »Nun, möglicherweise war ich schon einmal dort«, antwortete der Herzog. Der Name allerdings sagte ihm nichts.

Er wandte sich wieder dem Mann zu. »Nein, Jord, ich glaube, euch blieb keine andere Wahl, als Vulkan euch befahl, ihm zur Hand zu gehen. Wie ich hörte, haben die anderen fünf bedauerlicherweise nicht überlebt.«

»Vulkan hat sie verbraucht, Herr. Er hat ihre Körper und ihr Blut dazu benutzt, die Klingen abzukühlen – als wären sie Wassertröge.«

»Aber dich hat er verschont ... abgesehen von deinem fehlenden Arm. Weshalb, glaubst du, hat er das getan?«

»Ich kann mich daran nicht mehr besonders gut erinnern, Euer Gnaden ... Darf ich mich vielleicht setzen? Mein Kopf ...«

»Ja, ja. Hol einen dieser Stühle für ihn, Mala. Also, Jord. Sprich weiter. Wie hast du die Schwerter gemacht?«

»Nun, Herr, ich wurde ohnmächtig, und als ich wieder erwachte, war mein rechter Arm nicht mehr da. Es war eine saubere Wunde, und sie blutete fast nicht mehr. Mit der Linken hielt ich bereits Stadtretters Griff umklammert. Vulkan beugte sich über mich, als ich so dalag, und sagte ...«

»Ja? Ja?«

»Dass dieses Schwert jetzt mir gehören solle. Stadtretter. Das Schwert der Wut, so nannte er es außerdem. Ich solle es behalten und als Vermächtnis weitergeben. Ich verstand nicht ... ich hatte höllische Schmerzen ... und dann lachte er, als sei das alles nichts weiter als ein großartiger Witz. Wenn ein Gott lacht, klingt es wie ... wie sonst nichts auf der Welt. Aber für mich ist es nie ein Witz gewesen.«

»Nein, das denke ich mir.« Der Herzog wandte sich ab, stieg auf sein Podium hinauf und goss sich Wein in seinen Becher. Als sein Blick auf den juwelenbesetzten Griff des Dolches in seinem Gürtel fiel, juckte es ihn in den Fingern, damit zu spielen, aber er unterdrückte diesen Drang. In diesem Augenblick wollte er nichts tun oder sagen, was auch nur im Mindesten hätte bedrohlich erscheinen können. Milde fragte er: »Wie viele Schwerter, sagst du, hat Vulkan an diesem Tage geschmiedet?«

»Ich glaube nicht, dass ich es schon gesagt habe, Euer Gnaden, aber es waren zwölf.« Der Müller sah jetzt besser aus, als habe er sich besser in der Gewalt, nachdem er sich hingesetzt hatte. »Könnt Ihr das glauben?« Er lächelte fast.

»Ich kann es glauben, weil du es sagst und weil du ein ehrlicher Mann bist. Ich würde es wissen, wenn du lügst. Aber jetzt zu den anderen elf Schwertern. Es ist überaus wichtig, dass ihre Existenz geheim gehalten wird. Niemand außerhalb dieses Zimmers darf davon erfahren. Nun, meine guten Leute, was würdet ihr mir raten zu tun, damit ich mir dessen sicher sein kann?«

Der Mann machte ein ratloses Gesicht. Aber die Frau trat ruhig vor. »Ihr solltet uns vertrauen, Euer Gnaden. Wir werden kein Wort verraten. Bis heute hat Jord nie von diesen anderen Schwertern gesprochen, und er wird es weiterhin nicht tun. Und ich auch nicht.«

Der Herzog nickte langsam und wandte sich dann wieder dem Mann zu. »Nun, Schmied, Müller oder was du sonst bist – was ist aus den anderen elf Schwertern geworden?«

Ein hilfloses, einarmiges Achselzucken. »Darüber, Sire, weiß ich nicht das Geringste.«

»Hat Vulkan ihnen Namen gegeben, wie er deinem Schwert einen Namen gegeben hat? Wie sahen sie aus? Wo sind sie jetzt?«

Wieder machte Jord eine hilflose Gebärde. »Ich weiß nichts darüber, Euer Gnaden. Ich habe keines der anderen Schwerter genau gesehen, zumindest nicht nach den ersten Arbeitsgängen des Schmiedens. Ich sah zwölf weiß glühende Stahlstangen, die auf Vulkans Hammer warteten – da habe ich sie gezählt. Später hatte ich dann zu viel zu tun, um darüber nachzudenken oder mich darum kümmern zu können, und schließlich hatte ich den blutenden Armstumpf, der mich beschäftigte. Ich konnte gar nicht ...«

»Komm, komm, Jord. Du musst doch mehr gesehen haben als das. Du warst dabei, die ganze Zeit über, oder nicht?«

»Ja, schon, Herr, aber ... Euer Gnaden, ich würde Euch mehr erzählen, wenn ich könnte.« Jord wirkte verzweifelt.

»Nun gut, nun gut. Vielleicht fällt dir zu den Schwertern ja noch etwas mehr ein. Was hat Vulkan sonst noch zu dir gesagt?«

»Ich weiß nicht, was er alles gesagt haben könnte, Euer Gnaden. Er gab mir Befehle, sagte mir, was ich tun sollte – dessen bin ich sicher. Ich muss verstanden haben, was er sagte, aber ich konnte mich später nie daran erinnern.«

»Aber du erinnerst dich, die zwölf weiß glühenden Stahlstangen gesehen zu haben, nicht wahr? Waren sie alle gleich?«

»Ich vermute, sie sollten alle zu geraden Klingen geschmiedet werden, wahrscheinlich kaum anders als die, die ich bekam. Aber Waffen waren nie mein Fach.«

»Aha.« Der Herzog nahm einen kleinen Schluck Wein und ging im Raum auf und ab. Er dachte nach und überlegte, wie am klügsten vorzugehen sei. »Das Schwert, das du bekommen hast. Wie war es verziert?«

»Die Klinge überhaupt nicht, Herr. Oh, im Stahl selbst war ein überaus feines Muster, wie ich es nie zuvor gesehen hatte. Aber das war, wie gesagt, im Metall selbst. Dann kam ein Handschutz aus rohem Stahl, auch dieser ohne besondere Verzierungen. Der Griff war glatt und schwarz, aus einem Material, das ich nicht kannte. Ich habe mich schon oft gefragt, ob es nicht vielleicht aus der Alten Welt stammte. Und darauf war ein feines, weißes Ziermuster angebracht.«

»Was stellte es dar?«

»Darüber habe ich oft gerätselt, Herr. Vielleicht war es eine Zinnenmauer, wie bei einer Burg oder einer Stadt.« Die Frau nickte zustimmend bei den Worten ihres Mannes.

»Glaubst du«, fragte der Herzog, »dass du es für mich aufzeichnen könntest?«

»Ich werde es versuchen.« Der Mann klang ziemlich zuversichtlich.

»Später. Du warst selbst Schmied, ob Waffen nun zu deinem Fach gehörten oder nicht. Ich nehme an, dieses Schwert war von solcher Schönheit, dass du gewusst haben musst, es würde einen Batzen Geld wert sein, selbst wenn man die magischen Fähigkeiten, die es vielleicht hatte, einmal beiseite ließ. Ist dir nie der Gedanke gekommen, es zu verkaufen?«

Die Miene des Mannes verhärtete sich. »Ich bitte um Vergebung, Euer Gnaden, aber ich vermutete nicht, dass es mir gegeben worden war, damit ich es verkaufte.«

»Nein? Hat Vulkan nicht gesagt, es sei dein und du könntest damit anfangen, was du willst?«

»Er hat gesagt, es sei mein, Herr. Aber nur bis zu dem Tage, da ich es an meine Söhne weitergeben würde. Auch das hat er ausdrücklich gesagt.«

»Ich bin neugierig, Jord. Was, dachtest du, würde dein Sohn damit anfangen, wenn er es bekommen hätte? Dachtest du, er werde es wie du an der Wand hängen lassen?«

»Das weiß ich nicht, Herr.«

Der Herzog wartete einen Augenblick lang, aber Jord schwieg. Der Herzog seufzte. »Schade. Ich hätte dir einen hübschen Preis gezahlt, wenn du es mir gebracht hättest. Ich werde es natürlich immer noch tun, falls du die Waffe je wieder in die Hand bekommen solltest. Falls, beispielsweise, dein Sohn sie dir zurückbringt. Oder falls du dich in den Wäldern ein wenig umsiehst und sie findest, wo dein Sohn sie vielleicht verloren hat. Ich werde einen guten Preis zahlen und keine Fragen stellen.«

Der Mann und die Frau sahen einander an, als wünschten sie, von der Großzügigkeit des Herzogs Gebrauch machen zu können.

Der Herzog setzte sich und beugte sich vor. »Nur eines muss

euch klar sein: Früher oder später, auf die eine oder andere Weise, werde ich dieses Schwert bekommen.« Er lehnte sich zurück, und seine Miene hellte sich wieder auf. »Und ich will eurem Sohn gern eine beträchtliche Belohnung zukommen lassen, denn er hat sein Bestes getan, meinen Cousin zu verteidigen – wie übrigens auch euer ältester Sohn. Also, bevor ich es vergesse ...« Der Herzog griff in die Tasche und holte eine Goldmünze hervor. Mit geübter Bewegung ließ er sie durch die Luft wirbeln. Funkelnd flog sie auf Jord zu. Benommen oder nicht, Jord fing sie mit seiner großen Arbeiterhand geschickt auf. Er stand auf und verneigte sich zusammen mit seiner Frau dankbar.

Als habe er vorher nicht daran gedacht, danach zu fragen, erkundigte sich der Herzog: »Wo, glaubt ihr, hält Mark sich jetzt auf? Habt ihr vielleicht Verwandte in einem anderen Dorf, zu denen er gegangen sein könnte?«

»Wir haben Verwandte in Treefall, Euer Gnaden.« Es war die Frau, die antwortete. Wieder erwähnte sie dieses Dorf, und wieder tat sie es mit einer sonderbaren, unterschwelligen Betonung. Ja, er würde gleich mit ihr allein sprechen müssen.

»Wir haben Euren Leuten schon alles über unsere Familie erzählt, Sire ... Wann dürfen wir nach Hause, Euer Gnaden?«, fragte Jord. »Ich mache mir Sorgen um unsere Tochter. Sie ist allein zu Hause.«

»Es wird ihr gut gehen. Ich habe Leute in eurem Dorf, die alles im Auge behalten ... Andere lebende Kinder habt ihr nicht, außer dieser Tochter und Mark?«

»Keine, Herr«, antwortete die Frau. Die Kindersterblichkeit war ein verbreitetes Übel. »Euer Gnaden waren sehr gut zu uns«, fügte sie hinzu. »Erst die Heilung meines Mannes und jetzt das Geld ...«

»Ja, das stimmt. Aber warum nicht? Ihr seid brave Leute. Treue Untertanen. Und wenn euer Sohn gefunden wird, werde ich mit ihm genauso gnädig verfahren. Einer eurer Nachbarn verbreitet, wie ihr sicher wisst, die Geschichte, es sei Marks Pfeil gewesen, der meinen Cousin niedergestreckt hat. Selbst wenn es so wäre, würde Mark dafür nicht bestraft werden – versteht ihr mich? Denn wenn es sich so verhielte, dann wäre dieser böse Treffer zufällig zustande gekommen – möglicherweise auch durch den bösen Zauber eines Feindes. Meine Zauberer werden herausfinden, wer es war.« Bei diesen Worten warf er einen Blick auf den anscheinend leeren Sessel, der neben seinem auf dem Podium stand. »Aber ich hoffe, ich hoffe inständig, dass euer Jüngster mit diesem Schwert keine Dummheit begeht. Es besitzt Kräfte, die alles, was er zu beherrschen oder wenigstens zu verstehen hoffen könnte, bei weitem überschreiten. Ich würde ihn vor Unheil bewahren, wenn ich könnte. Aber natürlich kann ich ihn nicht schützen, wenn ich nicht weiß, wo er steckt.«

Die Gesichter beider Eltern – zu diesem Schluss kam der Herzog – waren noch immer die zweier hilflos leidender Menschen. Sie sahen nicht aus wie Ränkeschmiede, die sich überlegten, ob sie ein Geheimnis verraten sollten oder nicht. Er seufzte noch einmal, innerlich diesmal, und winkte Jord, sich zu entfernen. »Jord, geh und fertige die Zeichnung von den Verzierungen auf dem Schwert für mich an. Du kannst den Männern nebenan sagen, was du tun sollst, dann werden sie dir die nötigen Hilfsmittel beschaffen. Mala, du bleibst hier. Ich will deine Geschichte noch einmal hören.«

Der speertragende Wächter erschien wieder. Einen Augenblick später verabschiedete sich Jord mit einer unbeholfenen Verbeugung.

Die Frau stand abwartend da und schaute ihn unter dunklen Locken hinweg an.

»Nun, meine Liebe, du wolltest mir noch etwas anderes erzählen.«

Sie versuchte nicht, dies zu bestreiten, aber es schien, als wisse sie nicht genau, wie sie beginnen sollte. »Ich habe von diesem Dorf gesprochen, Sire. Treefall. Der Ort, aus dem mein Mann stammt.«

»Ja?«

»Euer Ehren, ich dachte, dass ich Euch dort schon einmal in der Nacht begegnet sein könnte. Vor dreizehn Jahren. Bei einer Bestattung. Es war in der Nacht der Totenfeier für die fünf Männer, die Vulkan getötet hatte, bei der auch für meinen Mann gebetet wurde – das heißt, mein Mann wurde er erst zwei Tage später. Man hatte einen Heilzauber beschworen, der ihm helfen sollte, sich von der schrecklichen Verwundung zu erholen ...«

»Ah.« Der Herzog deutete mit dem Finger auf sie. »Du sagst, du *denkst,* du *könntest* mir begegnet sein? Du weißt es nicht? Du erinnerst dich nicht?«

»Der Mann, dem ich begegnet bin, Herr, trug eine Maske. Ich weiß, dass die Mächtigen dergleichen mitunter tun, wenn sie einen Ort besuchen, der ihres Standes unwürdig ist.«

»So. Aber weshalb denkst du, ich sei dieser Maskierte gewesen? Hattest du mich denn schon einmal gesehen?«

»Nein, Herr. Ich hatte nur gehört ... Ihr wisst, wie solche Gerüchte im Volk umgehen ... ich hatte gehört, Ihr würdet Euch hin und wieder unter Euer Volk mischen und dabei eine Maske aus schwarzem Leder tragen ...« Mala merkte offenbar, dass ihre Worte wenig überzeugend klangen. »Ich hatte gehört, dass Ihr nicht sehr groß seid und dunkles Haar habt.« Sie hielt inne. »Ich hatte nur ein *Gefühl.«* Wieder machte sie eine Pause. »In jener Nacht wurden Bestattungsriten abgehalten. Ich ging mit einem maskierten Mann in die Felder. Neun Monate später kam mein Sohn Mark zur Welt.«

»Aha.« Der Herzog musterte Mala nachdenklich vom Scheitel bis zur Sohle. Er blinzelte ein wenig, als versuche er, sich an etwas zu erinnern. »Die Leute in den Dörfern erzählen sich also tatsächlich, dass ich manchmal unerkannt durch das Land reise?«

»Ja, Euer Gnaden, viele sagen das. Ich bin sicher, sie meinen es nicht böse, sie wollen nur ...«

»Aber dieses Mal irren sich die Leute. Verstanden?«

Mala senkte den Blick ihrer dunklen Augen. »Ich habe verstanden, Euer Gnaden.«

»Dein Mann – weiß er ...?«

»Oh nein, Herr. Ich habe ihm nie von dem maskierten Mann erzählt, weder ihm noch sonst jemandem.«

»Dann tu es auch weiterhin nicht«, befahl Herzog Fraktin. Er winkte auch ihr, sich zu entfernen.

Die Frau zögerte kaum merklich. Dann verschwand sie.

Der Herzog wandte sich dem Sessel neben seinem zu. Der Zauberer saß wieder unübersehbar da. Der Herzog wartete auf das, was der Blaugewandete zu sagen hatte.

»Die Folter habt Ihr nicht in Erwägung gezogen, Euer Gnaden?«, fragte der Zauberer.

»Zu diesem Zeitpunkt wäre es töricht, sie zu foltern. Ich verwette mein Land, dass im Augenblick keiner der beiden weiß, wo der Bengel oder das Schwert ist. Zumindest die Frau würde mir das Schwert augenblicklich übergeben, wenn sie es hätte. Ich glaube, auch der Mann würde es tun, wenn es darauf ankäme. Und wenn sie in ein oder zwei Tagen wieder sicher zu Hause sind und das Gold in ihren Händen halten, dann werden sie mehr davon wollen. Sie werden verbreiten lassen, dass ihr Sohn nach Hause kommen soll. Auf dem Lande sprechen sich die Dinge rasch herum, Blaumantel – ich war dort, und ich weiß es. Wenn der Junge hört, dass seine Eltern zu Hause sind, unbehelligt und sogar belohnt von mir, dann haben wir eine gute Chance, dass er mit dem Schwert nach Hause kommt – wenn er es noch hat und wenn wir ihn nicht vorher finden. Andererseits, wenn wir jetzt mit sinnlosen Folterungen beginnen, wird er auch das erfahren. Und dann wird er wohl kaum freiwillig heimkehren.«

»Euer Gnaden wissen es natürlich am besten. Aber hinter dem demutsvollen Gebaren dieses Mannes verbirgt sich ein halsstarriger Kerl. Ich hatte den Eindruck, dass er mit etwas hinter dem Berg hielt.«

»Du bist ein aufmerksamer Beobachter, Blaumantel. Ja, ich bin auch deiner Meinung, er hat uns etwas verheimlicht. Aber ich glaube nicht, dass es etwas war, das für unser Anliegen von Bedeutung sein könnte. Wahrscheinlich war es etwas, das sich vor vielen Jahren zwischen ihm und dem Gott abgespielt hat.«

»Und, Sire?«

»Und wieso habe ich es dann nicht aus ihm herausgeholt? In der Tat.« Herzog Fraktin seufzte in seiner feinfühligen Art. »Aber vielleicht ist es ihm nicht gestattet, darüber zu sprechen? Hast du diese Möglichkeit in Betracht gezogen?«

»Euer Gnaden?«

»Sind wir *sicher*, Blaumantel – ich meine, sind wir wirklich sicher, ob wir alles wissen wollen, auch wenn es auf Geheiß des Gottes geheim bleiben soll?«

»Ich muss gestehen, Sire, dass Euer Feinsinn für mich oft nicht mehr nachvollziehbar ist.«

»Du glaubst, ich habe unrecht. Nun, später lasse ich vielleicht die ganze Familie auf die Streckbank oder in die Stiefel spannen.« Der Herzog schwieg ein paar Augenblicke lang versonnen. »Jedenfalls ist er ein Mann mit Besitz. Er wird nicht in die Berge fliehen und seine Mühle der Beschlagnahmung überlassen. Es sei denn, wir würden ihn auf ungeschickte Weise in Angst und Schrecken versetzen.«

»Und die Frau, Sire?«

»Was ist mit ihr?«

»Das Ereignis, von dem sie sprach, das nun dreizehn Jahre

zurückliegt. Das war, bevor ich in Eure Dienste trat. Es beruht nicht auf Tatsachen, was sie sagte? Ich frage, weil es manchmal möglich ist, einen magischen Einfluss durch Intimität herzustellen.«

»Du hast gehört, was ich ihr geantwortet habe«, erwiderte der Herzog schroff.

Der Magier verneigte sich leicht. »Und was ist mit dem Knaben, Sire? Wenn er gefunden wird?«

Der Herzog sah seinen Berater an. »Nun, wir werden natürlich das Schwert von ihm bekommen, oder wir werden von ihm erfahren, wo es ist, oder zumindest, wo er es zuletzt gesehen hat.«

»Natürlich, Sire. Und dann – was geschieht mit ihm?«

»Und dann? Was soll das heißen – und dann? Er hat meinen Cousin getötet, oder etwa nicht?«

Der Zauberer verneigte sich noch einmal, ohne sich zu erheben. »Und das Dorf, Herr? Der Ort, in dem eine solche Gräueltat hat geschehen dürfen?«

»Dörfer, Blaumantel, sind wertvolle Besitztümer. Wir haben nicht unbegrenzt viele davon. Sie stellen uns die Mittel zur Verfügung, die wir brauchen. Die Rache darf niemals mehr als ein Werkzeug sein, das man in die Hand nimmt und wieder beiseite legt, wie es gerade notwendig ist. An einem Knaben kann man ein Exempel statuieren, und dazu ist er vielleicht besser geeignet als zu anderem. Aber ein ganzes Dorf ...« Herzog Fraktin schüttelte den Kopf.

»Ein Werkzeug, jawohl, Sire.«

»Und ein unendlich viel mächtigeres Werkzeug ist Wissen. Finde heraus, wo dieses Schwert ist. Selbst wenn wir in Erfahrung bringen könnten, von wem die Männer kamen, die meinen Cousin entführen wollten, wäre dies für uns von größerem Nutzen als bloße Rache.«

4

Von den hohen Bergen herabzusteigen war schwierig, wenn der Hunger die Beine immer matter werden ließ und der Kopf sich vor Hunger, vulkanischen Dünsten, Höhenluft und der Begegnung mit den Göttern drehte. Dennoch war der Abstieg nicht so schwierig, wie es der Aufstieg gewesen war. Selbst das Schwert trug sich jetzt leichter, als habe Mark sich irgendwie an die Last gewöhnt. Nein, mehr noch als das – so, als sei es auf irgendeine Weise ein Teil von ihm geworden. Er konnte das schwere Bündel jetzt auf der Schulter tragen, ohne das Gefühl zu haben, er würde sich daran schneiden, und er konnte es an seiner Seite baumeln lassen, ohne Gefahr zu laufen, darüber zu stolpern.

Er konnte jetzt sogar – mehr oder weniger ruhig – über die Tatsache nachdenken, dass sein Vater und sein Bruder tot und seine Mutter, seine Schwester und sein Zuhause vielleicht für immer unerreichbar waren. Sein altes Leben war vorbei, zumindest in dieser Hinsicht waren die Götter sich einig gewesen. Aber sein Leben hatte er noch, und der Weg vor ihm, der ihn in Sicherheit vor der Rache des Herzogs führen würde, war frei. Und er hatte das Schwert.

Beim Abstieg entschied sich Mark für den am unbeschwerlichsten erscheinenden Weg, und dieser Weg führte ihn immer weiter nach Süden. Mark hatte nichts gegen diese Richtung, denn er vermutete, so das Reich des Herzogs Fraktin am schnellsten hinter sich lassen zu können. Außerdem meinte er sich zu erinnern, dass das Land des Guten Sir Andrew, wie man ihn in den Erzählungen nannte, ebenfalls in dieser Richtung lag. Es gab eine ganze Reihe von Erzählungen über Sir Andrew, und sie waren ganz anders als die über den Herzog. Mark wäre ohnehin bereitwillig nach Süden gewandert, aber die Aussicht, in das Reich eines gütigen Herrschers zu gelangen, ließ es ihm leichter werden, die Heimat für immer hinter sich zu lassen. Seine augenblicklichen Probleme hinderten ihn ohnedies daran, sich über seine Zukunft den Kopf zu zerbrechen. Wenn er jetzt überleben wollte, musste er den Suchtrupps des Herzogs aus dem Weg gehen, die vermutlich unterwegs waren, und es galt auch, Nahrung zu finden. In letzterer Hinsicht zumindest hatte Marks Glück sich gewendet. Der erste Bach, den er bei seinem Abstieg entdeckte, ein glitzerndes, kleines Wildwasser, das in einer tiefen Klamm fast verschwand, schenkte ihm zu seiner Überraschung gleich beim ersten Versuch mit Schnur und Haken einen Fisch. Verdorrtes Strauchwerk am Ufer des Wasserlaufes lieferte genug Brennholz für ein kleines Feuer, und während der erste Fisch über der Glut brutzelte, fing Mark noch zwei weitere. Er verspeiste seine Beute nur oberflächlich gesäubert und halb gar; dann machte er sich erfrischt auf den Weg.

Unterdessen waren die Stunden des Tageslichtes beinahe verstrichen. Als er sich umblickte, sah Mark, dass die oberen zwei Drittel des Berges von Wolken verhüllt waren. Es sah so aus, als sei er gerade zur rechten Zeit heruntergekommen, um nicht ein Opfer von Sturm und Kälte zu werden. Die Finsternis senkte sich rasch herab, und als er zu einem kleinen Überhang am Ufer des Baches kam, beschloss er, hier für die Nacht Unterschlupf zu suchen. Noch einmal warf er seinen Angelhaken aus, doch diesmal ohne Erfolg. Aber er fand ein paar Beeren, und als es finster wurde, zündete er ein kleines Lagerfeuer an.

In der Nacht regnete es so heftig, dass sein Feuer erlosch. Der Überhang bot ihm nur wenig Schutz gegen die Witterung, doch die bittere Kälte der Hochlagen herrschte hier nicht. Mark fror, aber er erfror nicht. Langsam graute der Morgen, indirektes Licht erhellte den bedeckten Himmel. Mark empfand die Wolken als beruhigend – es hieß, die Menagerie des Herzogs enthalte fliegende Bestien von einiger Intelligenz, die dieser hin und wieder auf Erkundungsflüge durch sein Land schickte. Als es Morgen geworden war, versuchte Mark noch einmal sein Glück mit dem Angelhaken, doch er fing nichts. So brach er auf und pflückte und verzehrte unterwegs ein paar Beeren. Er folgte dem Bett des springenden, tosenden Wildbachs, bis ihm diese Route zu unwegsam wurde. Er verließ die Klamm und setzte seinen Abstieg über einen weniger schwierigen Hang fort.

Der Weg, für den er sich entschieden hatte, entpuppte sich nach und nach als richtiger Pfad. Erst war er kaum zu erkennen, aber nachdem er ihm eine weitere halbe Stunde gefolgt war, konnte man nicht mehr übersehen, dass es sich um einen ausgetretenen Weg handelte, der ihn, bergauf, bergab, über ein von großen Felsblöcken übersätes Geröllfeld zu einer primitiven Straße führte, die bergab und nach Süden verlief.

Die Doppelfurche der Straße ließ erkennen, dass hier einmal Fuhrwerke entlanggerollt waren. Aber zu Marks Beruhigung war auf der Straße nirgendwo ein Lebenszeichen zu entdecken, und so folgte er ihren Windungen durch die Klippen und Geröllfelder des Vorgebirges. Nach einigen Kilometern vereinigte sie sich mit einer von Norden nach Süden führenden Straße, die viel breiter, besser befestigt und offensichtlich künstlich angelegt war.

Mark wanderte auf dieser Landstraße in südlicher Richtung weiter. Bald traf er auf Anzeichen der Benutzung: Frisch ausgefahrene Wagenspuren und Tierkot, der höchstens einen Tag alt sein konnte. Seine Wachsamkeit verschärfte sich augenblicklich. Falls die Leute des Herzogs mit ihren Tieren tatsächlich nach ihm suchten, waren sie wahrscheinlich in der Nähe. Um nicht aufzufallen, verließ Mark die Straße und stapfte in einem Abstand von etwa fünfzig Metern neben ihr her. Aber das steinige Gelände verlangsamte nicht nur seinen Schritt, sondern es drohte auch seine Jagdstiefel vollends zu zerfetzen. Die weichen Sohlen waren von den rauen Felsen bereits übel zugerichtet. Um seine Füße zu retten, musste er bald auf die vergleichsweise glatte Straße zurückkehren.

Eine halbe Stunde wanderte er so dahin und hielt wachsam Ausschau nach allem, was essbar aussah oder roch; und er fragte sich, wann wohl der Regen aus den drohenden Wolken hervorbrechen würde. Immer wieder blickte er sich besorgt um. Waren ihm die Suchtrupps des Herzogs auf den Fersen?

Und dann wurde er plötzlich tatsächlich von zwei Reitern eingeholt. Offensichtlich hatten sie Mark längst gesehen, aber wenigstens waren es keine Soldaten. Ihre Reittiere trabten nur, und es sah nicht aus, als verfolgten sie jemanden. Dennoch hatten sie ihn rasch erreicht. Sie waren beide wie einfache Bürger gekleidet, kaum anders als Mark selber. Sie waren jung, hager und von drahtiger Gestalt. Beide trugen lange Messer in Scheiden an ihren Gürteln, was man hier draußen in der großen Welt vermutlich häufiger sah. Als sie näher kamen, sah er, dass ihre Gesichter beruhigend offen und freundlich wirkten. »Wohin, junger Freund?« Der Mann, der ihn ansprach, ritt dem zweiten ein Stück voraus. Er war auch größer als der andere und trug ein größeres Messer am Gürtel. Beide Männer lächelten Mark zu, und der hintere offenbarte dadurch, dass er eine beträchtliche Anzahl seiner Zähne verloren hatte.

Mark hatte sich schon vorher eine Antwort auf diese mögliche Frage zurechtgelegt. »Zu Sir Andrews Burgwiese«, sagte er. »Ich habe gehört, es soll dort einen Jahrmarkt geben.« Es war allgemein bekannt, dass Sir Andrew alljährlich einen Jahrmarkt abhalten ließ, sofern es die militärische und wirtschaftliche Lage gestattete.

Die beiden Männer sahen sich an. Sie hatten ihre Tiere gezügelt und ihre Geschwindigkeit an Marks gleichmäßigen Wanderschritt angepasst. »Ein Jahrmarkt ist lustig«, meinte der, der ihn angeredet hatte, zustimmend. »Und hinter Sir Andrews

Toren ist man in diesen unruhigen Zeiten gut aufgehoben.« Er musterte Mark. »Du hast Verwandte dort, vermute ich?«

»Ja, so ist es. Mein Onkel ist ein Waffenmeister im Schloss.«

Auch diese Antwort hatte er sich im Voraus überlegt. Mark hoffte, er könne sich damit unter den freundlichen Schutz des fernen Sir Andrew schmuggeln – was immer das wert sein mochte.

Es war immer noch derselbe Mann, der weiterredete. »Ein merkwürdiges Bündel, das du da unter dem Arm trägst, Junge. Ist es ein Schwert, das du zu deinem Onkel bringst, um etwas daran machen zu lassen?«

»Ja, so ist es.« War es einleuchtend, dass der Mann nach einem Blick auf das Bündel erraten hatte, was darin steckte? Oder war eine allgemeine Suche befohlen worden und winkte dem eine Belohnung, der einen flüchtigen Jungen mit einem Schwert ergriff? Mark wandte den Blick nach vorn und ging weiter.

Der Mann, der ihn angesprochen hatte, trieb sein Reittier jetzt voran, drehte es halb um, so dass es Mark den Weg versperrte, und zog die Zügel an. »Ich werde mir dein Schwert mal ansehen«, sagte er. Seine Stimme klang so gelassen und freundlich wie zuvor.

Wenn es je eine Frist gegeben hatte, in der ein Wortgeplänkel Mark etwas hätte nützen können, dann war sie jetzt vorüber. Er rannte los, ohne auf die Rufe der beiden zu achten. Gebückt lief er unter dem Bauch des Reittieres vor ihm hindurch. Das Tier heulte auf und stieg auf die Hinterläufe hoch. Sein Herr hatte einen Augenblick lang alle Hände voll zu tun, um im Sattel zu bleiben. Unterdessen hatte der Zweite sein Tier vorangetrieben, doch sein Gefährte versperrte ihm den Weg. Als die beiden sich wieder entwirrt hatten, war Mark ihnen bereits weit voraus und längst nicht mehr auf der Straße.

Der Gedanke, er könnte vielleicht schneller laufen, wenn er

das Schwert fortwürfe, kam ihm nicht, obwohl ihn die sperrige Last aus dem Gleichgewicht brachte und ihn behinderte. Er hatte sich das Bündel unter den Arm geklemmt und rannte, so schnell er nur konnte. Zwei mächtige Felsblöcke ragten vor ihm auf. Wenn er zwischen ihnen hindurchschlüpfte, würden die beiden Berittenen ihm nicht folgen können. Dumm war nur, dass sich hinter diesen Felsen offenes Land erstreckte, so weit das Auge reichte. Sie konnten leicht um das Hindernis herumreiten und ihn auf dem freien Gelände einfangen, noch bevor er weit gelaufen wäre.

Mark tat, als renne er zwischen den Felsen hindurch, aber dann warf er das Schwert auf den höheren der beiden und kletterte hinterher, mit Händen und Füßen winzige Felsvorsprünge nutzend. Der Block war mehr als zwei Meter hoch und oben, wo das Schwert gelandet war, flach und eben. Dort würde er guten Halt finden und genügend Platz, um zu stehen und das Schwert zu schwingen, aber auch nicht viel mehr. Als seine beiden Verfolger fluchend herangaloppiert kamen, sah Mark erleichtert, dass sein erster Eindruck richtig gewesen war: Sie trugen keine Schusswaffen bei sich, weder Schleudern noch Bogen. Und die Seite des Felsens, an der er heraufgeklettert war, schien, so steil sie auch war, die erklimmbarste zu sein. Es würde den beiden nicht leicht fallen, von zwei Seiten auf ihn einzudringen. Die Männer brüllten wütend zu ihm herauf. Obwohl sie im Sattel saßen, reichten ihre Köpfe gerade bis zu Marks Füßen. Er achtete nicht auf ihr Geschrei, sondern löste den Knoten an seinem Bündel. Es war fast, als springe das Schwert aus seiner Hülle und brenne darauf, benutzt zu werden. Noch aber ließ sich kein Laut hören, und kein Gefühl von Kraft strahlte von ihm aus. Es lag gut in Marks beidhändigem Griff, aber es blieb schwer und träge.

Die beiden Männer unter ihm verstummten, als er die Klinge emporhielt. Er war bereit, sie zu benutzen, wenn es sein musste, und sein Magen krampfte sich zusammen wie eine Faust, mit einem Gefühl, das schlimmer war als Hunger. Die Männer trieben ihre Tiere jetzt rückwärts und hielten ein wenig mehr Abstand. An ihren Gesichtern sah Mark, dass der Anblick des Schwertes sie beeindruckte, sie allerdings nicht überraschte.

»Leg es weg, Kleiner«, drängte der Mann, der die ganze Zeit über geredet hatte. Der andere gab zustimmend ein blökendes Geräusch von sich, und Mark erkannte, dass dieser offenbar irgendwie die Zunge verloren hatte. Mark hatte solche Laute schon einmal gehört, nämlich aus dem Munde eines Mannes, von dem es hieß, er habe niederträchtige Geschichten über den Vater des Herzogs und dessen Rücktritt verbreitet.

»Wirf es uns herunter, Junge«, sagte der Erste, und seine Stimme klang ermutigend. »Wir nehmen es und verziehen uns, und du kannst gehen, wohin du willst.« Der Mann lächelte. Es sah aus, als glaube er, was er sagte, zumindest während er es sagte.

Mark gab keine Antwort. Er hielt das Schwert umklammert und versuchte sich gegen das zu wappnen, was kommen mochte. Das Grauen, das er auf dem Berg empfunden hatte, als er das Schwert weggeworfen hatte, kehrte jetzt nicht zurück, obwohl die Waffe in seinen Händen noch immer völlig kraftlos zu sein schien.

Seine Gegner waren zu zweit, und sie waren erwachsene Männer. Beide hatten jetzt ihre Messer gezogen, zweckmäßig aussehende Waffen, abgeschliffen vom vielen Schärfen und Benutzen. Aber sie versuchten nicht sofort, auf den Felsen zu klettern. Stattdessen beobachteten sie das Schwert. Ohne von ihren Tieren abzusteigen, hielten sie sich in einiger Entfernung und besprachen sich flüsternd und mit flinken Gesten. Schließlich kam der, der sprechen konnte, wieder herangeritten. »Komm sofort herunter, Kleiner.« Jetzt klang seine

Stimme schroff und hart, ganz anders als bisher. »Wenn ich zu dir hinaufklettern muss, werde ich dich töten.«

Mark wartete.

Der Mann schwang sich geschmeidig und mit sichtlicher Zielstrebigkeit aus dem Sattel und näherte sich der Flanke des Felsens, an der Mark heraufgeklettert war. Aber als Mark mit erhobenem Schwert einen Schritt auf ihn zutat, sprang er hastig wieder auf den Boden hinunter und wich zurück.

Sie wissen, was für ein Schwert ich hier habe, dachte Mark. Sie wissen, was es kann. Der Herzog hat die Nachricht darüber verbreiten lassen, und er hat eine Belohnung ausgesetzt. Aber noch immer fühlte sich die Waffe in Marks Händen ganz und gar leblos an. Musste er eine Beschwörung sprechen oder etwas tun, um den Zauber zu wecken? Was hatte Kenn unmittelbar vor dem Kampf gesagt oder getan? Aber ein Mensch mit geringerer Zauberkraft als sein Bruder, dachte Mark, hatte vermutlich nie gelebt.

Wenn die beiden Männer auch nicht tapfer zu ihm heraufstürmten, so waren sie doch auch nicht bereit aufzugeben. Der eine bestieg wieder sein Tier, dann ritten beide Seite an Seite um die Felsen herum und erkundeten die Umgebung von Marks Standort. Sie nahmen sich Zeit und umrundeten die beiden Felsen vollständig. Hin und wieder hielten sie an und berieten sich flüsternd und nickend.

Mark beobachtete sie. Er wusste nicht, was er sonst tun sollte. Er hatte noch immer seinen Bogen auf dem Rücken, und ein paar Pfeile waren auch noch da, aber wenn er in die Gesichter der Männer schaute und beobachtete, wie ihre Blicke immer wieder zu dem Schwert zurückkehrten, wusste er, dass es ein grober Fehler sein würde, es aus der Hand zu legen. Es war die Angst vor dem Schwert, die sie zurückhielt.

Als habe er Marks Gedanken gelesen, rief der Sprechende

plötzlich: »Leg es hin, Junge, und lass uns miteinander reden. Wir wollen dir doch nichts tun.«

»Wenn es so ist, dann steckt eure Messer ein und reitet fort. Das Schwert gehört mir.«

Sofort schoben die beiden Männer ihre Messer in die Scheiden und ritten ein Stück weit auf die Straße zu. Mark begann neuen Mut zu schöpfen. Aber kaum waren die beiden außer Hörweite, hielten sie an und berieten sich aufs Neue. Ihre Besprechung dauerte mehrere Minuten. Mark sah die Gebärden des Stummen, aber er konnte sie nicht deuten. Sein Mut sank wieder, als die beiden abstiegen, ihre Tiere an einen Baum banden, als bereiteten sie sich auf einen längeren Aufenthalt vor, und dann zu ihm zurückgeschlendert kamen. Mit einer Beiläufigkeit, die Mark nicht einmal hätte täuschen können, wenn er halb so alt gewesen wäre, spazierte der Stumme an den beiden Felsen vorbei. Nach einigen weiteren Schritten drehte er sich überaus lässig um und befand sich nun auf der anderen Seite der hohen Felsen, während sein Freund auf der Seite blieb, die der Straße zugewandt war.

Unterdessen versuchte der Sprechende, Marks Aufmerksamkeit zu fesseln. »Junge, auf das Schwert, das du da hast, ist eine Belohnung ausgesetzt. Wir könnten uns einigen, sie zwischen uns zu teilen. Du weißt schon – eine Hälfte für dich, die andere Hälfte für uns. Und natürlich freier Abzug für dich.«

Der erste Stein, den der Stumme warf, verfehlte Mark weit. Ja, er traf beinahe den Sprechenden auf der anderen Seite des Felsens. Mark sah, wie er das Gesicht verzog, peinlich berührt von der Ungeschicklichkeit seines Gefährten. Mark musste sich halb umdrehen, um sicherzugehen, dass er dem zweiten Steinwurf ausweichen konnte. Dann aber musste er sich wieder der Straße zuwenden, denn der Mann, der mit ihm gesprochen hatte, versuchte jetzt, mit gezücktem Messer an dem Felsen emporzuklettern.

Als Mark vortrat, um dem Angriff von vorn zu begegnen, flog ein dritter Stein an seinem Kopf vorbei, etwas dichter als die beiden vorherigen. Als der Kletterer Stadtretter direkt über seinem Kopf schimmern sah, sprang er, wie schon einmal, von der Flanke des Felsens hinunter. Wieder fuhr Mark herum, eben noch rechtzeitig, um einem weiteren Wurfgeschoss auszuweichen.

Ein Geräusch, das schon seit einer Weile zu hören war, erregte jetzt seine Aufmerksamkeit und wurde lauter. Es war das Rumpeln eines Wagens, der mit beträchtlicher Geschwindigkeit heranrollte. Und da kam er auch in Sicht; er fuhr in südlicher Richtung die Straße entlang, gezogen von zwei Lasttieren, die in flottem Trab näher kamen. Die Seiten der Wagenplane waren mit großen Symbolen ungeschickt bemalt. Mark hatte schon Wagen von Kesselflickern, Priestern und Händlern gesehen, die mit Zeichen bemalt waren, die der Werbung oder auch magischen Zwecken dienten, aber Zeichen wie diese hier waren ihm noch nie zu Gesicht gekommen. Jetzt allerdings hatte er keine Zeit, über ihre Bedeutung nachzudenken. Er hüpfte auf seinem Felsen herum und schrie um Hilfe, so laut er konnte.

Vorn auf dem Wagen, auf einem offenen Sitz, saßen drei Menschen, von denen der mittlere eine junge Frau war. Alle drei schauten zu der Belagerung herüber. Einen Augenblick lang sah es so aus, als würde der Wagen vorüberfahren, doch er tat es nicht. Stattdessen rief der Kutscher, ein sehniger Mann, ein wenig älter als Marks Angreifer, seinen Tieren einen Befehl zu und riss die Zügel heftig zur Seite. Der Wagen war schon an den Felsen vorbei, aber jetzt wendete er scharf, kam zurück und verließ die Straße schleudernd und in engem Bogen.

Als der Mann am Fuße des Felsens das sah, begann er selbst zu schreien: »Hilfe! Wir haben hier einen Ausreißer und Dieb festgenagelt. Es gibt eine Belohnung – das ist eine gestohlene Waffe, die er da hält!«

Sein stimmloser Kumpan kam von der anderen Seite der Felsen herbeigerannt. Er grunzte und wedelte mit den Armen, doch er erregte nur kurz Aufmerksamkeit. Mark, dessen Wut einen Augenblick lang über seine Angst hinauswuchs, schrie unterdessen: »Das stimmt nicht! Sie gehört mir!«

Der Wagen war in einer Staubwolke zum Stehen gekommen, etwa einen Steinwurf weit von Mark entfernt. Der sehnige Mann, der die Zügel hielt, hatte den Blick prüfend zu Mark erhoben und überdachte, was er sah, bevor er etwas unternahm. Das Mädchen in der Mitte hatte glattes, dunkles, kurz geschnittenes Haar und ein rundes, stupsnasiges, irgendwie keckes Gesicht, das zwar nicht gerade hübsch, aber voller Lebendigkeit war. Neben ihr, auf der anderen Seite, bog sich die Sitzbank unter einem schweren jungen Burschen, der die gefiederte Mütze eines Barden auf dem Kopf trug und auf dessen beinahe kindlichem Gesicht ein Ausdruck von eher bescheidener Intelligenz lag. Der Bursche hielt behutsam eine Laute in seinen Wurstfingern, und jetzt legte er das Instrument langsam und vorsichtig in den gedeckten hinteren Teil des Wagens. In einem kurzen Augenblick der Stille erscholl von irgendwoher ein feines, sirrendes Geräusch, das ebenso unvermittelt verhallte, wie es begonnen hatte. Eine Sekunde lang wuchs Marks Hoffnung, doch das Geräusch, was immer es gewesen sein mochte, war nicht von dem Schwert ausgegangen.

Sein Verfolger redete noch immer auf den Kutscher ein. »Helft uns, ihn herunterzuholen, dann teilen wir uns die Belohnung.« Mark rief flehentlich: »Ich bin kein Ausreißer. Sie wollen mich berauben. Das Schwert gehört mir.«

»Eine Belohnung?«, fragte der sehnige Wagenführer. Er blinzelte von einem zum anderen.

Der Sprecher nickte. »Wir teilen sie uns – jeder bekommt die Hälfte.«

»Eine Belohnung von wem?«

»Von Herzog Fraktin selbst.«

Der Mann auf dem Kutschbock nickte langsam und fasste einen Entschluss. Er warf noch einen Blick auf den angsterfüllten Mark und schüttelte den Kopf. »Hol die Armbrust heraus, Ben. Los, mach schon, sage ich.«

Die Armbrust, die der große Bursche aus dem Planwagen hervorholte, war größer als alle ähnlichen Waffen, die Mark mit seinen begrenzten Erfahrungen je gesehen hatte. Er fühlte, wie seine Eingeweide sich bei ihrem bloßen Anblick zusammenzogen. Ben spannte sie, indem er die Sehne nach hinten zog, ohne Tretbügel oder Kurbel und dennoch ohne erkennbare Anstrengung. Er legte einen Bolzen auf die Rille und reichte dem Fahrer die Waffe.

»So«, sagte dieser mit immer noch ruhiger und sachlicher Stimme, und mit dem Anflug eines Lächelns legte er auf den Mann an, der dicht vor seinem Wagen stand. »Du und dein Kumpan – steigt auf eure Tiere und reitet davon.«

Der Mann, auf den die Armbrust zielte, wechselte die Farbe. Er machte eine unsichere Bewegung mit seinem Messer, dann schob er es in die Scheide. Stotternd wollte er einen Einwand vorbringen und gab dann fluchend auf. Sein stummer Gefährte stand derweil mit verdattertem Gesicht neben ihm.

Ben hielt plötzlich einen Furcht erregenden Knüppel in den Händen, auf seinem kindlichen Gesicht lag ein betrübter, aber entschlossener Ausdruck. Die junge Frau, deren ausdrucksvolle Züge sich grimmig gestrafft hatten, zog von irgendwoher eine kleine Hacke hervor.

»Wenn ihr natürlich eure Tiere nicht mehr haben wollt«, erklärte der Mann auf dem Kutschbock nachdenklich, »dann können wir sie gut gebrauchen.«

Die beiden Angeredeten wechselten einen Blick. Dann stolzierten sie zu ihren Tieren, die ein Stück weit abseits standen, und bestiegen sie. Sie schauten sich noch einmal um, und der eine murmelte einen Fluch, dann ritten sie die Straße hinunter nach Nordosten.

Der muskelbepackte Bursche namens Ben ließ einen gewaltigen Seufzer, ein Ächzen der Erleichterung, vernehmen und legte seinen Knüppel beiseite. Der Kutscher schaute den beiden Reitern wachsam nach, bis sie außer Sicht waren. Dann gab er Ben die Armbrust zurück. Dieser nahm behutsam den Bolzen herunter und löste die straffe Sehne.

Mark betrachtete jetzt den Wagenführer ein wenig genauer und fühlte sich unbestimmt an den Miliz-Ausbilder erinnert, dem er einmal zugehört hatte, als er Kenn und einhundert anderen Befehle zubrüllte. Aber in der Stimme des Mannes lag Güte, als er sagte: »Du kannst das Schwert jetzt hinlegen, mein Junge.«

»Es gehört mir.«

»Sicher. Wir bestreiten es nicht.« Der Fahrer hatte blaue Augen, die er zusammenzukneifen pflegte, eine Nase, die einmal gebrochen gewesen war, und dicht gelocktes, sandgelbes Haar. Der muskulöse junge Mann, der freundlich und ein wenig zu groß geraten wirkte, sah Mark gutmütig an, ebenso das dralle Mädchen, das die Hacke wieder beiseite gelegt hatte. Mark legte das Schwert vorsichtig auf den Felsen und rieb sich die Finger, die den Griff so verzweifelt umklammert hatten, dass sie jetzt steif und verkrampft waren. »Danke«, sagte er.

Der Wagenführer nickte beinahe förmlich. »Es ist uns ein Vergnügen. Mein Name ist Nestor, und ich jage Drachen, um mir mein Brot zu verdienen. Hier neben mir sitzt Barbara, und das ist Ben, mein Lehrling. Mir scheint, du hättest nichts dagegen, irgendwohin mitzufahren.«

Wieder ertönte leise dieser hohe, klagende Laut. Jetzt hatte

Mark den Eindruck, als käme es aus dem Wagen. Wahrscheinlich, dachte er, war drinnen ein gefangenes Tier oder ein Schoßtier.

»Mein Name ist Einar«, sagte er. Es war ein echter Name – sein Onkel hieß so – und auch eine Antwort, die er sich schon vorher zurechtgelegt hatte. Jetzt fingen seine Knie an zu zittern, schlimmer als je zuvor, und er setzte sich auf den Felsen. Erst jetzt bemerkte er, wie trocken sein Mund war.

Erst als er sich hingesetzt hatte, wurde ihm klar, was er da gehört hatte: *Ich jage Drachen ...*

»Wir können dich mitnehmen, wenn du nichts dagegen hast«, sagte Nestor eben. »Vielleicht isst du ein wenig, während wir fahren, eh? Das ist ein Vorteil eines Wagens: Man kann andere Dinge tun, während man sich voranbewegt.«

Mark riss sich zusammen und wickelte das Schwert wieder ein. Dann nahm er es mit einer Hand und rutschte von seinem Felsblock herunter.

»Kann ich dir das abnehmen?« Nestor streckte die Hand vom Kutschbock aus herunter. Mark hatte seine Entscheidung getroffen und reichte das Schwert hinauf. Nestor legte es nach hinten in den Wagen. Dann schloss sich eine von Bens dickfingrigen Händen um Marks Arm und hob ihn auf den Wagen, als sei er ein Säugling.

Barbara hatte ihm Platz gemacht und sich in das halbdunkle Innere des Wagens zurückgezogen. Dort machte sie sich an irgendetwas zu schaffen. Der Wagen war voll gestopft mit Kisten, Kästen und Ballen.

Nestor hatte die Zugtiere bereits wieder in Gang gesetzt. »Nach Süden – ist dir das recht, Einar?«

»Das ist meine Richtung.« Mark schloss die Augen, doch gleich öffnete er sie wieder, denn im Geiste sah er blitzende Messer vor sich. Er fühlte, wie sein Herz pochte. Doch dann ließ er alles geschehen und sich selbst davontragen.

5

Hoch auf dem schaukelnden Kutschbock schrak Mark aus dem beginnenden Halbschlaf, als das wimmernde Geräusch wieder erklang. Eindringlich ertönte es jetzt dicht hinter ihm. Rasch wandte er sich um. Barbara kauerte hinten im Wagen, sie hatte eben ein Tuch von einem kleinen, aber soliden Holzkäfig gezogen. In diesem Käfig – beim Hammer Vulkans und den Gebeinen Ardnehs! – saß ein wieselgroßes Geschöpf, das nur ein Drache sein konnte. Mark hatte noch nie zuvor einen gesehen, aber was sonst konnte so schuppig sein wie eine Schlange und zugleich Flügel haben?

Als Barbara sah, dass Mark sich umschaute, lächelte sie ihn an. Sie ließ von ihrer Beschäftigung mit dem Drachen ab und reichte Mark einen Krug mit Wasser und, als er getrunken hatte, ein Stück Obst. Während er sich darüber hermachte, fütterte sie den Drachen mit etwas, das sie aus einem bauchigen, irdenen Gefäß fischte. Kauend wandte Mark sich wieder nach vorn.

Ben hielt einen anderen, kleineren Krug in der Hand. »Branntwein?«

»Nein, danke.« Mark hatte noch nie so starke Getränke probiert, und er wusste nicht, welche Wirkung es auf ihn haben würde. Im Dorf hatte er ein oder zwei Männer gekannt, die sich durch ständiges Trinken ruiniert hatten. Ben, von Nestor mit einem Stirnrunzeln bedacht, verstaute den Krug wieder.

»Ist das Blut auf deinem Hemd, Einar?« fragte Barbara von hinten. »Bist du verletzt?«

»Nein, Madame. Ich meine – ja, es ist Blut, aber es ist alt. Ich bin nicht verletzt.«

Bens Neugier wuchs zusehends. »Ein tolles Schwert, das du da hast.«

»Ja«, stimmte Nestor zu, der jetzt flott traben ließ und sich auf die Straße vor ihnen konzentrierte, nicht ohne immer wieder einen Blick nach hinten zu werfen. »Wirklich eine schöne Klinge.«

»Ich habe es von meinem Vater.« Wenn seine Zuhörer ihm das glaubten, dann würden sie vermutlich die falschen Schlüsse daraus ziehen. Niemanden würde es überraschen, den Bastard eines Edelmannes auf der Landstraße zu treffen, als armen Wanderburschen, der irgendein Geschenk oder Erbstück mit sich herumschleppte, das sich nur schwer mit einem praktischen Nutzen verbinden ließ. Mark wiederholte die Geschichte von seinem Onkel, dem Waffenmeister in Sir Andrews Diensten. Wie viel ihm seine Zuhörer von alldem glaubten, wusste er nicht, auch wenn sie höflich nickten.

Ben wackelte voller Mitgefühl mit seinem großen Kopf. »Ich bin selber eine Waise, aber darüber mache ich mir jetzt keine Sorgen mehr.« Er zog die Laute, die er zu Anfang in den Händen gehalten hatte, hinter dem Sitz hervor und schlug die Saiten. Mark fand, dass sie ein wenig verstimmt klang. »Eigentlich bin ich ein Barde«, erzählte Ben weiter. »Ich lerne nur ein bisschen bei Nestor, bis ich irgendwo einen guten Anfang mit dem machen kann, was ich eigentlich tun will. Wir haben vereinbart, dass ich jederzeit aufhören kann, wenn ich soweit bin.«

Nestor nickte, wie um dies zu bestätigen. »Ein guter Arbeiter«, bemerkte er. »Wird mir nicht gefallen, wenn du gehst.« Ben schlug wieder die Saiten und begann zu singen.

Das Lied war ...
Nein, dieses Lied ist
Die Ballade vom tapferen jungen Einar,
Der wanderte durch die Welt, frei wie ein ...

Der Sänger brach ab. »Es ist schwer, einen Reim auf diesen Namen zu finden.« Er dachte einen Augenblick nach und versuchte es dann noch einmal.

Jung Einar, wie die Lerche so frei,
Wanderte einst durch die Welt.
Da kamen plötzlich zwei Männer herbei,
Die wollten ...

»Eigentlich sollte es ein bisschen anders gehen«, gab Ben nach kurzem Nachdenken bescheiden zu.

»Man kann ja auch kaum spielen, wenn der Wagen so holpert«, sagte Barbara verständnisvoll. Tatsächlich hatte man ein oder zwei unbestreitbar falsche Noten gehört.

Mark fand, dass Bens Singstimme auch nicht eben die beste war, die er je gehört hatte. Aber niemand äußerte eine Bemerkung dazu, und er würde ganz gewiss nicht als Erster das Gespräch in diese Richtung lenken.

Den ganzen Tag über ließ Nestor den Wagen stetig voranrollen. Sein Wunsch nach Tarnung zeigte sich, als er Zufriedenheit über eine Nebelbank äußerte, die sich einen Kilometer breit über die Straße gelegt hatte. Stets hielt er aufmerksam Ausschau, und er ließ Mark und Barbara abwechselnd hinten im Wagen neben dem Drachenkäfig sitzen, damit sie die Straße hinter ihnen im Auge behielten, für den Fall, dass Soldaten des Herzogs auftauchten – das vermutete Mark wenigstens, auch wenn Nestor nichts dergleichen gesagt hatte. Der kleine Drache in dem zugedeckten, schwankenden Käfig jammerte hin und wieder. Die Laute erinnerten Mark an die seltsamen Töne, die ein Kaninchen manchmal ausstieß, wenn es von einem Pfeil getroffen wurde. Neben dem Käfig stand ein irdenes Gefäß, das mit einem beschwerten Netz verschlossen war.

Es enthielt lebendige Frösche. Mark erfuhr, dass sie das Drachenfutter waren, und er gab dem Tier einen oder zwei. Sein feiner Atem – er war noch zu jung zum Feuerspeien – streifte dampfend über Marks Hand, und seine Spielzeugaugen funkelten dunkel wie die einer Puppe.

»Wann lassen wir Herzog Fraktins Land hinter uns?«, fragte Mark irgendwann am Nachmittag. Das Vorgebirge hatten sie mittlerweile hinter sich gelassen, und die Straße zog sich unter einem wolkigen Himmel durch gleichmäßig besiedeltes Land. Beinahe erntereife Felder wechselten mit Wäldern und Weiden, und Nestor war auch schon durch ein kleines Dorf gefahren.

»Morgen irgendwann«, antwortete Nestor jetzt knapp. »Vielleicht auch schon eher.« Der Nebel lag hinter ihnen, und er beobachtete die Gegend jetzt aufmerksamer als zuvor. Als Mark sich eingehender nach dem Drachen erkundigte, erfuhr er, dass sie mit dem kleinen Ungeheuer zu dem Jahrmarkt auf Sir Andrews Burgwiese unterwegs waren, wo es zur Schau gestellt werden und ein wenig Geld einbringen sollte. Außerdem würde er Nestors Fähigkeiten als Jäger unter Beweis stellen. Sir Andrew war ein Fennläufer; das bedeutete, dass ein Teil seiner Ländereien an den Großen Sumpf grenzte. Er und einige seiner Tributstädte, so erfuhr Mark, hatten chronische Probleme mit Drachen.

Mark dachte darüber nach, aber es fiel ihm schwer, sich vorzustellen, wie ein Mann – so stark, tüchtig und tapfer er auch sein mochte – auszog, um Drachen zu jagen, als wären es Kaninchen. Nach allem, was er bisher gehört hatte, war eine richtige Drachenjagd ein gewaltiges Unterfangen mit einer großen Zahl von ausgebildeten Tieren und Menschen. Nestor war vielleicht tapfer und tüchtig, aber besonders stark sah er nicht aus. Ben war natürlich offenbar stark genug für zwei.

Der Nachmittag verging, Nestor fuhr jetzt langsamer. Er schien noch besorgter darüber zu sein, was hinter der nächsten Straßenbiegung auf sie warten könnte. Als sie einem schwer beladenen Hausierer begegneten, der ihnen entgegenkam, zügelte er die Tiere, um dem Mann eine kurze Frage zu stellen. »Soldaten?«

Das Blinzeln und leichte Nicken, das er zur Antwort erhielt, sagte offenbar genug. Bei der nächsten Gelegenheit lenkte Nestor den Wagen von der Straße herunter und holperte über ein zaunloses Feld zu einem Seitenweg.

»Möchte den Soldaten des Herzogs lieber nicht begegnen«, brummte er leise, als habe ihn jemand um eine Erklärung gebeten. »Dort hinten fließt irgendwo ein kleiner Bach. Vielleicht ist er seicht genug, dass wir hindurchfahren können. Auf der anderen Seite liegt das Blautempel-Land, wenn ich mich recht erinnere.«

Den Bach zu finden war kein Problem. Er schlängelte sich durch flaches, großenteils vernachlässigtes Ackerland. Eine befahrbare Furt ausfindig zu machen erwies sich schon als schwieriger. Nestor schickte Ben und Barbara los, um das Ufer stromauf und stromab zu erkunden, und die beiden hatten schließlich Erfolg. Als sie auf der anderen Seite angelangt waren, seufzte Nestor erleichtert und lenkte den Wagen so tief wie möglich in einen kleinen Hain. Er hielt erst an, als Herzog Fraktins Ufer nicht mehr zu sehen war. Dann verkündete er, dass es an der Zeit sei, ein Lager aufzuschlagen. Ben und Barbara verfielen sogleich in eine geübte Routine. Sie fütterten die Zugtiere und machten sich dann daran, Holz für ein kleines Feuer zu sammeln.

Als Mark ihnen zur Hand gehen wollte, rief Nestor ihn zu sich. »Einar, du kommst mit mir. Wir brauchen noch ein paar Frösche für den Drachen, und ich habe eine besondere Methode, sie zu fangen. Ich will sie dir zeigen.«

»Gut. Ich nehme meinen Bogen mit. Vielleicht sehen wir ein Kaninchen.«

»Zum Schießen wird es bald zu dunkel sein. Aber nimm ihn ruhig mit.«

Nestor trat an den hinteren Teil des Wagens und wühlte etwas hervor, das in Marks Augen aussah wie ein gewöhnliches Fischnetz mit ziemlich feinen Maschen. Der hölzerne Rahmen war mit Symbolen verziert, die möglicherweise magische Bedeutung hatten, obwohl derartiger Schmuck nur allzu oft keine wirkliche Kraft in sich barg. Nestor trug das Netz in der Hand, und Mark stapfte mit aufgelegtem Pfeil neben ihm zwischen den Bäumen hindurch. Sie streiften über das leicht abschüssige Gelände zurück zum Bachbett.

Unterwegs erkundigte sich Nestor: »Einar, wie heißt dein Onkel? Der Waffenmeister bei Sir Andrew? Es könnte sein, dass ich ihn kenne.«

»Sein Name ist Mark.« Zumindest zögerte er nicht bei dieser Antwort. Er hatte nicht daran gedacht, sie sich im Voraus zurechtzulegen.

»Nein. Den kenne ich nicht.« Nebeldunst quoll aus der Niederung herauf. Sie waren am Ufer des Baches angekommen, ohne ein Kaninchen oder anderes Wild aufgestöbert zu haben, und Mark schlang sich seinen Bogen über die Schulter.

»Dein Schwert«, meinte Nestor, »sah gar nicht aus, als müsse man daran besonders viel machen.« Er studierte den Bach, während er sprach, und der Klang seiner Stimme ließ nicht erkennen, was er dachte. Er sprang behutsam von einem Stein zum anderen und arbeitete sich so auf die Mitte des Baches zu. Hier legte er sein Netz in einer kräftigen Stromschnelle aus und klemmte den Holzrahmen zwischen ein paar Steinen fest, damit er nicht verrutschen konnte. Er richtete sich auf und dehnte seinen Rücken, wobei er noch immer den Wasserstrom zu studieren schien. »Sagtest du nicht, dein Onkel wolle daran arbeiten?« Mark zögerte und gab dann ein paar lahme Worte von sich.

Diesmal schien Nestor nicht sonderlich darauf zu achten, was er sagte. »Nun, vielleicht hast du dir ja auch überlegt, das Schwert auf dem Jahrmarkt zu verkaufen. Es wäre der rechte Zeitpunkt und ein guter Ort, wenn du es verkaufen willst. Unter Sir Andrews Augen sind ehrliche Geschäfte leichter zu machen als anderswo. Vielleicht triffst du sogar den einen oder anderen, der sich eine solche Klinge leisten kann.«

»Ich wüsste nicht, wie ich es verkaufen soll. Und überhaupt, ich würde es auch nicht wollen. Ich habe es von meinem Vater.« Diese Worte entsprachen der Wahrheit, und es war eine Erleichterung, sie auszusprechen.

»So ein Schwert hat doch bestimmt besondere Kräfte, abgesehen davon, dass es schön aussieht.« Nestor starrte noch immer in den Bach.

Mark schwieg.

Endlich blickte Nestor ihm ins Gesicht. »Würdest du es wohl kurz holen? Würdest du es herbringen, damit ich es mir ansehen kann?«

Mark wusste nicht, wie er sich höflich weigern konnte. Wortlos wandte er sich um und stapfte zum Wagen zurück. Wenn er dort ankäme, würde er sein Schwert packen und davonrennen können, aber früher oder später musste er jemandem vertrauen.

Er fand Ben und Barbara bei einer sichtlich verzwickten Beschäftigung. Sie hatten den Drachenkäfig aus dem Wagen gehoben und säuberten ihn, während sein Bewohner kreischte und sie mit Klauen und Zähnen zu vertreiben versuchte. Sie sahen Mark verwundert an, als er in den Wagen stieg, und noch einmal, als er mit dem eingewickelten Schwert wieder herauskletterte. Aber sie sagten kein Wort.

Im Wäldchen war es dunkler geworden, als Mark mit dem

Schwert zu Nestor zurückkam. Dieser saß auf einem Stein neben dem Bach und schien in tiefes Sinnen versunken zu sein. Aber der sehnige Mann fuhr sofort aus seinen Gedanken auf, legte das Schwert in seinen Schoß und löste vorsichtig die Schnur der Umhüllung. Das Tageslicht reichte für eine genaue Betrachtung gerade noch aus. Nestor spähte mit einem Auge an der Schneide entlang und erprobte sie dann an einem Blatt. Obwohl es nur leicht über die aufwärts gerichtete Schneide streifte, fiel das Blatt, säuberlich in zwei Hälften zerschnitten, zu Boden.

Mit der Fingerspitze fuhr Nestor über das feine Muster auf dem Griff. Dann, als habe er einen Entschluss gefasst, ließ er Mark das Schwert einen Augenblick halten und stand auf. Er zog das Netz aus dem Wasser und betrachtete die Masse der kleinen, zappelnden Geschöpfe, die er gefangen hatte. Das Netz, fand Mark, enthielt eine überraschend große Menge an Schwimm- und Kriechtieren. Vielleicht waren die magischen Symbole rings um den Rahmen doch nicht ohne Wirkung.

Nestor fuhr mit der Hand in das Netz, zog ein zappelndes Tier heraus und ließ die übrigen wieder ins Wasser fallen. »Ein Drachenjunges«, sagte er und hielt ein hilflos strampelndes graues Etwas hoch, damit Mark es sehen konnte. Das Tier hatte keine Flügel und war sehr viel kleiner als das im Käfig. »Man findet sie in vielen Bächen hier in dieser Gegend. Eine Million, zehn Millionen schlüpfen jeden Tag aus, aber nur einer davon wird so groß, dass man ihn jagen muss.«

Dann nahm er zu Marks Überraschung Stadtretter noch einmal in die Hand. Er streckte die Klinge waagerecht, mit der flachen Seite nach oben, aus und setzte den frisch geschlüpften Drachen auf die schmale Stahlfläche. Von seinem Griff befreit, zischte das kleine Ungeheuer fein und herausfordernd und peitschte mit dem winzigen Schwanz hin und her. Nestor drehte die Klinge um ihre Längsachse. Langsam kam die

Schneide herauf, aber irgendwie gelang es dem kleinen Geschöpf, sich festzuklammern. Seine Schuppen, obwohl nicht größer als die Fingernägel eines Säuglings und so dünn wie Papier, wappneten es vor der haarscharfen Schneide. Wieder zischte das Tier, als das Schwert eine halbe Drehung vollzogen hatte, so dass es wieder auf der flachen Seite ruhte.

Nestor sann über dieses Ergebnis einen Augenblick lang nach, als habe er eigentlich alles andere erwartet. Dann schleuderte er die winzige Kreatur mit einer kurzen Bewegung seines Handgelenks auf den Boden, und im nächsten Augenblick hatte er sie mit einem präzisen Schwertstreich getötet, indem er das ganze Gewicht der Waffe auf ihre Spitze konzentrierte. Nestor führte das Schwert, dachte Mark, als wäre es ihm schon seit Jahren vertraut.

»Einer weniger, der aufwachsen kann«, erklärte Nestor und wandte Mark seinen Blick zu. Ohne die Schwertspitze vom Boden zu nehmen, neigte er den Griff zu Mark hinüber und gab ihm das Schwert zurück. »Was meinst du – war dies der erste Drache, den dieses Schwert getötet hat?«

»Ich denke schon«, antwortete Mark, ohne zu wissen, was diese Frage bedeuten sollte. Er begann, die Klinge wieder einzuwickeln.

»Dein Vater hat also keine gejagt. Aber was hat er mit dem Schwert gemacht? Hat er es im Kampf benutzt?«

»Ich ...« Plötzlich hatte Mark das Gefühl, darüber reden zu müssen. Er musste irgendjemandem etwas darüber erzählen. »Mein Bruder hat damit gekämpft, einmal. Er wurde getötet.«

»Ah. Tut mir Leid. Ist wohl noch nicht lange her, wie? Dann hat das Schwert, als er es benutzte, nicht ... nicht besonders gut für ihn gearbeitet?«

»Oh, das hat es schon.« Mark musste plötzlich gegen einen neuen Tränenschwall ankämpfen. »Es hat gekämpft, wie kein anderes Schwert je gekämpft hat. Es hat Männer zerfetzt und sogar Kampfbestien – aber es konnte nicht verhindern, dass mein Bruder ebenfalls zerfetzt wurde.«

Nestor wartete ein wenig. Dann sagte er: »Du hast heute selbst versucht, es zu benutzen. Aber viel passiert ist nicht, zumindest nicht, als ich dabei war.«

»Ich spürte keine Kraft darin. Ich weiß nicht, warum.« Irgendwann war ihm der Gedanke gekommen, die Beschränkung in der Magie der Klinge könne womöglich etwas mit ihrem Namen zu tun haben. Aber darüber wollte er im Augenblick nicht reden. Er wollte über gar nichts reden.

»Schon gut«, sagte Nestor. »Wir können uns später darüber unterhalten. Aber dieses Muster auf dem Griff ... Hat dein Vater, dein Bruder oder sonst jemand dir einmal erzählt, was es darstellen soll?«

Das geht dich nichts an, dachte Mark. Aber er sagte: »Nein, Herr.«

»Nenne mich einfach Nestor. Einar, wenn wir in Sir Andrews ... Nun, ich glaube nicht, dass ich dich ermahnen muss, das Schwert verborgen zu halten, solange du nicht genau weißt, was du damit anstellen willst.«

»Nein, Herr.«

»Gut. Dann nimm es jetzt. Ich trage das Netz.«

Wieder beim Wagen förderten sie nicht nur eine ansehnliche Anzahl von Fröschen für den Drachen aus dem Netz zutage, sondern auch ein paar Fische zur Bereicherung des Abendessens aus Bohnen, Brot und Dörrfrüchten, das Barbara zubereitete. Wie sich zeigte, röstete Ben unter der Glut des Feuers dazu ein paar dicke Kartoffeln, und zum ersten Mal seit Tagen konnte Mark sich satt essen.

Nach dem Essen, als die notwendigen Aufräumarbeiten erledigt waren, holte Ben seine Laute hervor und sang noch einmal. Aus irgendwelchen Gründen wählten Nestor und Barbara beide diesen Zeitpunkt, jeweils alleine eine Tour in den Wald zu machen.

»Wird ein harter Tag morgen«, verkündete Nestor, als er zurückkehrte. Wie zur Bestätigung gähnten die anderen. Der gefangene Drache war längst wieder im Wagen, und dorthin zog sich jetzt auch der Drachenjäger zurück. Barbara folgte ihm wenig später, nachdem sie einen Blick auf Marks Stiefel geworfen und ihm versprochen hatte, sie bald zu flicken oder ihm neue zu beschaffen. Nachdem sie einiges Bettzeug herausgeworfen und sich noch einmal vergewissert hatte, dass Mark seinen Anteil davon abbekam, zog sie sich in den Wagen zurück und schloss die Klappe.

Die Regenwolken, die bedrohlich aufgezogen waren, hatten sich wieder verflüchtigt, und ein paar Sterne funkelten am Himmel. Ben und Mark bereiteten sich ihre Betten im Freien, im hohen Gras in einiger Entfernung vom Feuer. Als er sich in die zweite Decke hüllte, die Barbara ihm gegeben hatte, fühlte Mark sich behaglicher denn je, seit er sein Elternhaus verlassen hatte. Satter war er auch. Und schläfrig. Sein Schwert ruhte sicher im Wagen, und in gewisser Weise genoss er es, frei von dessen ständigen Anwesenheit an seiner Seite zu sein. Dennoch wollte sich der Schlaf nicht gleich einstellen.

Er hörte, wie Ben sich schlaflos umdrehte.

»Ben?«

»Ja?«

»Jagt dein Meister wirklich Drachen? Um sich seinen Lebensunterhalt zu verdienen?«

»O ja, und er ist sehr gut darin. Das bedeutet unser Zeichen, das auf den Wagen gemalt ist. In den Gegenden, in denen es Drachen gibt, weiß jeder, was ein solches Zeichen bedeutet. Das hier ist eigentlich keine Drachengegend. Hier gibt's nur ein paar kleine in den Bächen.«

»Ich dachte, die Einzigen, die Drachen jagen, sind …«

»Die Männer in den Schlössern? Ich glaube, Nestor war einmal ein Ritter. Er redet nicht darüber, aber manchmal benimmt er sich so. Ja, ein paar von den Hochgeborenen jagen sie, und andere tun so, als ob. Und beide Sorten heuern Berufsjäger wie Nestor an, wenn es darauf ankommt, und die helfen ihnen oder jagen selbst. Es gibt eine Menge Tricks bei der Drachenjagd.« Ben schien recht zuversichtlich zu glauben, dass er alle diese Tricks kannte.

»Und du hilfst ihm«, drängte Mark.

»Ja. Jetzt schon bei zwei Jagden. Bei der letzten Jagd konnten wir den Kleinen lebendig fangen und den Großen, hinter dem wir hergewesen waren, erlegen. Beide Male stand ich mit der Armbrust daneben, aber viel geschossen hab' ich nicht. Nestor hat sie beide zur Strecke gebracht. Sie waren nicht sehr groß, aber sie waren natürlich beide in der Beinphase. Größer als Lasttiere. Verstehst du?«

»Ja, ich denke schon.« Was Mark über Drachen wusste oder zu wissen glaubte, hatte er aus Geschichten. Wenn sie dem Ei entschlüpft waren, schwammen oder krochen die Drachen mit rudimentären Beinen etwa ein Jahr lang umher – wie der, den Nestor in seinem Netz gefangen hatte –, und in dieser Zeit wurden sie von großen Fischen und Vögeln und von kleinen Landraubtieren beträchtlich dezimiert. Die Überlebenden hörten nach und nach auf, den größten Teil ihrer Zeit im Wasser zu verbringen. Es wuchsen ihnen ansehnliche Schwingen, und sie begannen zu fliegen. So lebten sie als fliegende Raubtiere, bis sie etwa fünf Jahre alt waren. Bis dahin übertrafen sie beispielsweise Hausgeflügel beträchtlich an Größe. Sie wuchsen noch ein wenig mehr, dann waren sie, wie man annahm, zu groß zum Fliegen.

Wenn ihre Flügel nicht mehr benutzt wurden, welkten sie dahin. Ab da lebten die Drachen als kriechende, beinahe schlangenartige Kreaturen – bis dahin waren ihre Beine nicht dem Körper entsprechend mitgewachsen –, aber sie waren jetzt größer als je zuvor. In dieser Phase – man nannte sie die Schlangenphase – stritten sie mit den größten der echten Schlangen um Nahrung und Lebensraum.

Wenn sie für die nächste Phase bereit waren – Mark wusste nicht genau, wie lange es bis dahin dauerte –, wuchsen den Drachen Beine, das heißt, sie vergrößerten ihre Beine, die schließlich aussahen wie die von gewaltigen Kröten. Die Beinphase war, aus menschlicher Sicht, die Periode im Leben eines Drachen, in der er wirklich gefährlich wurde. Als Allesfresser, deren Körpergröße und Appetit unaufhörlich zunahm, durchstreiften sie das von ihnen erwählte Revier, meist Sumpfland oder ein Gelände in der Nähe eines Sumpfes. Sie plünderten Felder und Viehbestände, und hin und wieder schleppten sie sogar einen Mann, eine Frau oder ein Kind davon. Mark erinnerte sich vage, von einer letzten Phase nach der Beinphase gehört zu haben, in der die Ungeheuer so gewaltig wurden, dass ihre Beine sie nicht mehr tragen konnten. Dann wurden sie zu so genannten Riesenwürmern, die wieder hauptsächlich im Wasser lebten. Aber was diese letzte Phase betraf, so waren Marks Kenntnisse noch spärlicher als bei den anderen.

»Klar«, fügte er hinzu, denn er wollte nicht unwissend erscheinen.

»Ja, ja.« Ben gähnte laut. »Und beide Male folgte Nestor dem Drachen in ein Dickicht und tötete ihn dort mit dem Schwert.« Ben klang wider Willen beeindruckt. »Hat dein Vater auch Drachen gejagt?«

»Nein«, sagte Mark und fragte sich, weshalb alle diese Vermutung äußerten. »Warum?«

»Weiß ich nicht«, antwortete Ben. »Nur – jetzt, wo ich darüber nachdenke, fällt mir auf, dass dein Schwert große Ähnlichkeit mit dem hat, das Nestor benutzt.«

6

Herzog Fraktin schob einen blau und weiß gewirkten Gobelin beiseite und winkte seinem blau gekleideten Zauberer, ihm zu folgen, als er eine verborgene, fensterlose Kammer in seiner Burg betrat, die von einem starken Zauber beschützt wurde. Ein geisterhaftes Licht aus der Alten Welt, stetiger als jede Kerzenflamme, strahlte auf, als die beiden Männer eintraten. Es drang aus flachen Streifen eines seltsamen Materials, das an den Wänden hing. Das Licht fiel hell auf die hintere Wand der Kammer, die von einer großen Landkarte beinahe vollständig bedeckt war. Peinlich genau in verschiedenen Farben gezeichnet und mit zahllosen Namen beschrieben, zeigte die Karte den gesamten Kontinent, von dem das Reich des Herzogs nicht mehr als den zehnten Teil bedeckte. Einige Bereiche auf dieser Karte waren beinahe weiß, aber der größte Teil war mit sicherer Hand gezeichnet und ließ sowohl die Konturen der physikalischen Beschaffenheit als auch die Färbungen der politischen Einflusssphären erkennen. Diese zuverlässigen Konturen und Farben beruhten auf jahrzehntelanger Erforschung durch Generationen von Flugtieren – Reptilien, Vögeln und anderen, schwer zu klassifizierenden Arten, die aber alle halb intelligent waren.

Neben der Karte hing eine Maske aus dunklem, gestanztem Leder an einer der Seitenwände, daneben an einem Haken eine Kapuzenjacke.

Im Augenblick jedoch galt Herzog Fraktins Interesse keinem dieser Gegenstände. Stattdessen blieb er vor einem großen Tisch stehen, auf dem ein geschnitzter Holzkasten stand, so groß wie ein Sarg. Mit einer Gebärde bedeutete er dem Zauberer, dass er diese Kiste geöffnet zu sehen wünsche.

Gehorsam legte der Magier beide Hände auf den Deckel.

Sofort drang ein leises Summen und Brummen wie von zahllosen Insekten aus der Kiste. Der Zauberer murmelte daraufhin ein paar Worte. Anscheinend war es jetzt erforderlich, ein Weilchen zu warten, denn das Gespräch zwischen den beiden Männern nahm seinen Fortgang, ohne dass die Kiste schon geöffnet gewesen wäre, und auch die Hände des Zauberers ruhten noch immer reglos auf dem Deckel.

»Euer Gnaden glauben also immer noch, dass es sich bei den Angreifern um gemeine Banditen handelte? Aber solche verfügen nur selten über Kampfbestien.«

»Das stimmt«, räumte der Herzog ruhig ein. Sein Blick wanderte ohne besondere Aufmerksamkeit über die Landkarte. »Sie wagen es auch nur selten, meine Verwandten zu entführen.«

»Dann sollte man doch denken, Sire, dass es keine gemeinen Banditen waren.«

»Dieser Gedanke ist mir gekommen.«

»Agenten des Großherzogs vielleicht?«

»Basil hegt keine Zuneigung zu mir, dessen bin ich mir sicher. Natürlich kann auch er von der Existenz der Schwerter erfahren haben, und vielleicht möchte er sie jetzt in seine Gewalt bringen, so wie ich sie auch haben will ... Ha, Blaumantel, ich wünschte, ich wüsste, wie viele auf diesem Kontinent dasselbe Spiel spielen. Ich vermute, deine jüngsten Wahrsagungen zeigen immer noch, dass die magischen Klingen zumindest nicht über den gesamten Erdball verstreut sind?«

»Die Schwerter befinden sich noch alle auf diesem Kontinent, Euer Gnaden. Dessen bin ich mir ganz sicher. Aber wo genau sie sind, und in wessen Hand ...«

Die Stimmung des Herzogs verfinsterte sich, man hörte es am Klang seiner Worte. »Ja, ja. Und niemand kann sagen, wie viele inzwischen schon davon wissen. Bah. Könige und Prinzen, Königinnen und Banditen, Halunken und Abenteurer jeglicher Herkunft. Bah. Ein schöner Schlamassel.«

»Zumindest haben Euer Gnaden die Chance erhalten, an diesem Spiel teilzunehmen. Ich meine, Ihr habt erfahren, dass es stattfindet.«

»Ein Spiel, ja?« Der Herzog schnaubte. »Du weißt, ich habe wenig Verständnis für Spiele. Aber ich muss mitspielen oder ich werde verschluckt, wenn andere die Kraft der Schwerter für sich gewinnen. Und du brauchst mich nicht mehr daran zu erinnern, dass ich es deinen hellseherischen Fähigkeiten zu verdanken habe, wenn ich von der Existenz dieses Spiels weiß – so spät ich es auch erfahren habe. Ich habe dir bereits dafür gedankt. Bei den Göttern, ich möchte wissen, woher diese Leute kamen. Vom Markgrafen vielleicht? Von dem Schwert schienen sie nichts zu wissen, anscheinend interessierte es sie auch nicht, nach den Schilderungen des Zwischenfalls zu schließen, die wir erhalten haben.«

Die Hände des Zauberers streichelten über den geschnitzten Deckel der Kiste, und er hustete. Es war ein Laut, so zart und diplomatisch wie das gewohnheitsmäßige Seufzen des Herzogs. »Ich glaube nicht, dass es die Leute des Markgrafen waren, Sire. Aber könnten es nicht Agenten der Königin Yambu gewesen sein?«

Der Herzog, den zu all seinen Sorgen auch noch der Ärger plagte, fuhr plötzlich wütend auf, doch fasste er sich schnell wieder. »Habe ich dir nicht verboten, jemals wieder von dieser ... ach, lassen wir's gut sein. Du hast Recht. Wir müssen auch Yambu in Erwägung ziehen, denke ich. Aber ich glaube nicht, dass sie es war. Nein, ich glaube es nicht ...«

»Vielleicht nicht ... Aber dann müssen wir die Möglichkeit ins Auge fassen, Euer Gnaden, dass es Agenten des Dunklen Königs waren. Ich fand es auch merkwürdig, dass ein einfacher Müller diesen erhabenen Namen in den Mund nahm.«

»Dieser einarmige Jord ist vielleicht nicht das, was man unter einem einfachen Müller versteht. Aber überhaupt ist die

Unwissenheit des gemeinen Volkes, was seine Herrscher und die Angelegenheiten seiner Herrscher betrifft, längst nicht so groß, wie diese Herrscher allgemein vermuten.«

»Gleichwohl, Sire.« Der Zauberer nickte begütigend. »Wir müssen also an erster Stelle an Großherzog Basil, die Königin Yambu und an Vilkata selbst denken. Wobei wir, wie Euer Gnaden so weise bemerkten, nicht außer Acht lassen dürfen, dass es darüber hinaus weitere Möglichkeiten gibt.«

»Ja.« Aber unterdessen war die Aufmerksamkeit des Herzogs von einem Einfall abgelenkt worden, der mit der großen Karte zusammenhing. Sein Blick war zu ihr gewandert und auf einem unbezeichneten Punkt nahe der Ostgrenze seines Reiches und des Kontinents selbst hängen geblieben, dicht vor den landeinwärts gewandten Ausläufern des Küstengebirges, das den Namen Ludus-Berge trug. Genau dort musste irgendwo das Bergdorf liegen – wie hatte die Frau es gleich genannt? Treefall, so hieß es. Von dort hatte der Gott seine menschlichen Helfer bezogen, und eine Nacht und einen Tag lang hatten sie Arbeit, Verstümmelung und Tod ins Auge gesehen. Jetzt erschien es Herzog Fraktin absurd, dass ein Dorf, in dem ein so rätselhaftes, beinahe unglaubliches Ereignis stattgefunden hatte, auf seiner Karte nicht einmal verzeichnet war.

Die Frau hatte ihn gefragt – nein, sie hatte ihm mehr oder weniger gesagt, dass er, der Herzog, dort gewesen sei und mit ihr bei einer der ländlichen Bestattungsriten in der Nacht nach Jords Verstümmelung einen Wechselbalg gezeugt habe. Von diesen Riten verstand der Herzog etwas.

Eine kühne Behauptung, falls die Frau sie frei erfunden hatte. Tatsächlich konnte sich der Herzog an nichts dergleichen erinnern, und in der Regel hatte er ein gutes Gedächtnis. Ein besseres Gedächtnis für Frauen als für sonst etwas, dachte er. Natürlich wusste er nicht mehr alles, was dreizehn Jahre zuvor geschehen war. Was hatte er eigentlich zu jener Zeit getan ...?

Das insektenhafte Summen war verstummt. Der Zauberer klappte den Deckel des großen Kastens auf. Beide Männer starrten auf das herrliche Schwert, das sich offenbarte. Es ruhte auf einem Futter aus seltenem, über die Maßen prachtvollem blauen Pelz. Der Herzog hatte das Schwert nicht in einem so kostbaren Behältnis bekommen. Als es in seine Hände kam, war es, vor den Blicken Neugieriger verborgen, in den Mantel einer Tempel-Kurtisane gewickelt gewesen.

Das klare Licht von den Wandplatten aus der Alten Welt schimmerte sanft auf spiegelglattem Stahl. Der Herzog meinte ein wunderschönes, fein geflecktes Muster unter der Oberfläche des Stahls verfolgen zu können, das zentimetertief in das Metall hineinreichte, wenngleich die Klinge nirgends einen ganzen Zentimeter dick war.

Er umschlang das Heft mit beiden Händen und hob die Klinge behutsam aus dem magischen Schutz des Kastens. »Sind sie bereit, draußen auf der Terrasse?«, fragte er, ohne den Blick von dem Schwert zu wenden.

»Sie haben es zu verstehen gegeben, Euer Gnaden.«

Der Herzog hob das Schwert vor sich wie in einem Ritual und verließ, den Zauberer im Gefolge, die verborgene Kammer hinter dem Gobelin, durchquerte eine größere Kammer und dann eine weitere Tür, deren Vorhang in einer sanften Brise wehte. Die Terrasse, auf die er nun hinaustrat, lag unter freiem Himmel und war trotzdem ein geheimer Ort. Zu allen Seiten versperrten Steinmauern und in der Nähe gepflanzte, hohe Hecken die Sicht. Auf den Steinplatten unter einem grauen Himmel warteten mehrere blauweiß gekleidete Soldaten und ein anderer Mann, ein Gefangener. Dieser, ein muskulöser Mann mittleren Alters, war nur mit einem Lendenschurz bekleidet und nicht gefesselt. Dennoch war er schweißüberströmt und spähte unaufhörlich umher, als erwarte er jeden Augenblick seinen Untergang.

Der Herzog vertraute das Schwert für einen kurzen Moment seinem Zauberer an, während er selbst ein Kettenhemd überstreifte und sich einen leichten Helm auf den Kopf setzte. Dann nahm er das Schwert wieder und hielt es wie ein erfahrener Fechter, der er ja auch war.

Der Herzog wies auf den Gefangenen. »Bewaffnet ihn und tretet zurück.«

Die Soldaten wichen mit gezückten Schwertern einen oder zwei Schritte zurück. Einer warf dem Gefangenen ein langes Messer vor die Füße.

»Was soll das?«, fragte der Mann mit sich überschlagender Stimme.

»Komm, kämpfe mit mir«, befahl der Herzog. »Oder weigere dich und stirb umso langsamer. Mir ist es gleichgültig.«

Der Mann zögerte einen Augenblick und hob dann das Messer auf.

Der Herzog trat vor und griff an. Der Gefangene tat, was er konnte, um sich zu wehren, doch angesichts der Ungleichheit in Waffen und Rüstung war es nicht viel.

Eine Minute später war alles vorüber. Der Herzog wischte die lange Klinge mit eigenen Händen ab. Er winkte seinen Soldaten, sich zu entfernen. Sie nahmen den Leichnam mit.

»Ich fühle keine Kraft darin, Blaumantel. Es tötet, aber jede scharfe Klinge tötet ebenso gut. Wenn seine Kraft in einem Kampf nicht erwacht, wie kann man es dann erwecken? Wie soll man es lenken? Und was kann es?«

Der Zauberer gab ihm zu verstehen, dass er es nicht wisse.

Der Herzog trug das gesäuberte Schwert zurück in den geheimen Raum hinter dem Gobelin und legte es wieder in den magisch gesicherten Kasten. Seine Hände ruhten noch ein Weilchen auf dem schwarzen Griff, und mit den Fingerspitzen fuhr er über die weiße Verzierung. »Auf seinem Schwert war so etwas wie eine Burgmauer, sagte der Kerl.«

»Ja, das sagte er, Euer Gnaden.«

»Aber hier sehe ich keine Burgmauer. Hier ist nicht mehr und nicht weniger als das, was wir schon sahen, als die Frau uns das Schwert vor zwei Monaten brachte. Es zeigt ein Paar Würfel.«

»Jawohl, Euer Gnaden.«

»Würfel. Die Frau, die es aus dem Roten Tempel zu mir brachte, erzählte, der Soldat, der es bei ihr hinterlassen habe, sei ein Würfelspieler gewesen, der immer gewonnen habe.« Zum Verdruss des Herzogs war der Soldat tot. Wenige Atemzüge, nachdem er das Schwert aus den Händen gelegt hatte, war er erstochen worden, hatte die Kurtisane erzählt. Die Mörder, die ihm aufgelauert hatten, waren anscheinend Mitspieler gewesen, die davon überzeugt waren, er habe sie betrogen. Herzog Fraktin hatte Sir Sharfa, einen seiner engeren ritterlichen Vertrauten, mit geheimen Nachforschungen in dieser Sache betraut.

»Soll ich um die Welt würfeln, Blaumantel?«

Der Zauberer ließ diese Frage als eine rhetorische stehen, ohne sie zu beantworten. »Kein gemeiner Soldat, Euer Gnaden, kann ein solches Schwert lange mit sich herumgetragen haben. Seine Offiziere wären zweifellos darauf aufmerksam geworden, und dann ...«

»Man hätte es ihm weggenommen, ja. Aber wahrscheinlich hätte man es nicht zu mir gebracht. Sei's drum – jetzt ist es hier.« Seufzend nahm der Herzog die Hände vom Griff des Schwertes. »Sag mir, Blaumantel, ist es vielleicht so etwas wie deine Lampen? Eine Hexerei, die aus der Alten Welt übrig geblieben ist? Und die Geschichte, wie der Müller sein Schwert bekam, ist vielleicht nichts weiter als ein Fiebertraum, den er einmal hatte, als sein Arm amputiert wurde, nachdem er, sagen wir, aus Ungeschicktheit in seine eigene Säge oder zwischen seine Mühlsteine geraten war?«

»Ich bin sicher, Euer Gnaden wissen, dass diese Möglichkeit

so gut wie ausgeschlossen ist. Die Geschichte des Müllers ist uns von unabhängiger Seite bestätigt. Und wir wissen auch, dass die Technologen der Alten Welt keine Schwerter schmiedeten. Sie hatten wundersamere Arten des Tötens, die uns durch Ardnehs Veränderung noch immer verwehrt sind. Sie hatten das Gewehr, die Bombe ...«

»Oh, ich weiß, ich weiß ... aber bleib bei dem, was wirklich und was greifbar ist, und lass beiseite, was es in den Tagen der Legende gegeben haben mag ... Blaumantel, glaubst du, die Alte Welt musste sich tatsächlich den Göttern und dem Unsinn, den man Technologie nennt, unterwerfen? Ardneh war doch wirklich da, nehme ich an.«

»Es scheint fast sicher zu sein, dass es so war, Euer Gnaden. Es gab viele Götter, nicht nur Ardneh. In den alten Aufzeichnungen finden sich zahllose Hinweise. Ich habe Vulkans Namen und viele andere darin gefunden.«

Die Brust des Herzogs hob sich zu einem tiefen, diesmal ehrlichen Seufzer, und wieder schüttelte er den Kopf, als hätte er – ungeachtet seiner eigenen Erfahrungen – nur zu gern erklärt, es gebe keine Götter oder es dürfe keine geben.

Aber vor ihm lag das Schwert, ein Artefakt aus Metall und Magie, das alles übertraf, was die Menschen des gegenwärtigen Zeitalters herzustellen vermochten. Und in der Alten Welt war es auch nicht gefertigt worden. Nach allen Informationen, die er hatte, war es vor nicht mehr als dreizehn Jahren geschmiedet worden, und zwar in den beinahe menschenleeren Bergen am Ostrand seines Reiches. Aber wenn nicht von Vulkan, von wem dann?

Götter hörte oder sah man selten, aber selbst ein mächtiger Aristokrat würde kaum zu behaupten wagen, dass sie nicht existierten. Schon gar nicht, wenn sein Reich an die Ludus-Berge grenzte.

7

Als Mark erwachte, lag er auf feuchtem Boden unter einem Himmel, der nicht anders aussah als am Tag zuvor – von grauen, bedrohlichen Regenwolken bedeckt. Dennoch fühlte er sich warm, eingehüllt und wohl genährt, kurzum so behaglich, dass er einen Moment glaubte, in seinem eigenen Bett zu Hause in der Mühle zu liegen und zu träumen und gleich die Stimme seines Vaters zu hören. Die Illusion verflog, ehe sie allzu schmerzlich werden konnte. Da lag Ben, ein schnarchender Hügel auf der anderen Seite des niedergebrannten Feuers, und da stand der Wagen. Der kleine Drache in seinem Käfig hatte gereizt zu quäken angefangen. Er klang fast wie ein Säugling. Wahrscheinlich hatte er wieder Hunger.

Jetzt schwankte der Wagen leise, als die Menschen unter der Plane sich zu regen begannen, dann richtete Ben sich auf und gähnte. Kurz darauf waren alle auf den Beinen. Zum Frühstück verteilte Barbara altes Brot und Dörrobst. Kauend bewegten sich die Menschen umher, packten und machten sich reisefertig. Die Vorbereitungen verliefen rasch, aber dennoch war eine Nebelwand herangerückt, als schließlich alles bereit war. Die Sicht im Nebel war so schlecht, dass Nestor Ben die Zügel anvertraute und selbst vorausging, um den Weg zu erkunden.

»Wir sind ganz in der Nähe der Grenze«, ermahnte Nestor, bevor er vom Wagen stieg. »Ihr müsst alle die Augen offen halten.« Nestor ging etwa dreißig Schritte vor ihnen – so weit, wie man im Nebel noch halbwegs deutlich sehen konnte – und lotste sie über Seitenwege und Felder. Sie waren noch nicht lange gefahren, als sie an einer Gruppe Feldarbeiter vorbeikamen. Nach ihrer verschlissenen Kleidung zu urteilen, waren es Leibeigene, die mit ihren Werkzeugen zur Tagesarbeit hinauszogen. Als sie die Leute grüßten, antworteten diese nur mit stummem Winken oder knappem Kopfnicken, einige erwiderten den Gruß überhaupt nicht.

Kurz nach dieser Begegnung ließ Nestor anhalten und setzte sich mit den anderen zu einer Beratung zusammen. Er gab unumwunden zu, dass er sich verirrt hatte. Er hielt es für möglich, dass sie die Grenze am letzten Abend gar nicht überschritten hätten – oder aber am Morgen wieder auf Herzog Fraktins Seite hinübergewechselt waren. Die Grenze verlief in dieser Gegend im Zickzack, war allenfalls dürftig markiert und hier und da umstritten oder unklar. Aber wie sie auch verlaufen mochte, es blieb ihnen jetzt nichts weiter übrig als stur Richtung Süden zu fahren.

Die vier Menschen beim Wagen spähten durch den Nebel, der jetzt noch dicker zu werden schien. Sie taten ihr Bestes, die Sonne ausfindig zu machen, und schließlich gelangten sie zu einer gewissen Einigkeit über ihre Position.

»Dann ist dort also Osten. Jetzt müssten wir richtig sein.«

Wieder ging Nestor ein Stück vor ihnen, und Ben nahm die Zügel in die Hand. Sie überquerten ein Feld und gerieten dann holpernd in die Wagenspuren eines neuen Feldweges. Die Zeit verging. Düster zog das Land vorüber, die Sichtweite betrug bald nicht mehr als zwanzig Meter. Wie eine gespenstische Gestalt stapfte Nestor in etwa dieser Entfernung vor dem Wagen her.

Immer mehr Zeit verstrich. Plötzlich ertönte dicht über ihnen ein leises Geräusch, das rasch wieder verklang. Es hörte sich an wie das Rauschen riesiger Schwingen. Alle hoben den Blick. Wenn dort ein Schatten gewesen war, dann war er schon wieder verschwunden. In dem hellen Grau konnten sie nichts mehr entdecken. Mark wechselte einen Blick mit Barbara und Ben, und beide schienen ebenso ratlos zu sein, wie er sich selbst fühlte. Niemand sagte etwas. Mark hatte den

Eindruck gehabt, dass etwas sehr Großes vorübergeflogen sei. Aber ein solches Geräusch hatte er noch nie gehört.

Nestor, der es ebenfalls vernommen hatte, ließ noch einmal anhalten, und sie berieten sich erneut. Auch er wusste nicht, was da über sie hinweggeflogen sein mochte, aber jetzt war er willens, den Nebel zu verfluchen, den er noch kürzlich willkommen geheißen hatte. »Es ist nicht ein ungewöhnliches Wetter für diese Gegend und diese Jahreszeit. Aber wir werden schon wieder hinausgelangen, wenn wir nur einfach weiterfahren.« Jetzt aber blieb Nestor beim Wagen und nahm die Zügel wieder selbst in die Hand. Die anderen hielten unablässig Ausschau und spähten angestrengt in alle Richtungen, so gut dies in dem Nebel möglich war.

Die Straße, der sie jetzt folgten, führte zu einem kleinen Fluss hinunter. Er war seicht, aber reißend, und sie überquerten ihn an einer von Kieselsteinen übersäten Furt. Nestor fuhr ohne anzuhalten hinüber. Möglicherweise handelte es sich um denselben Wasserlauf, an dem sie die Nacht über gelagert hatten, argwöhnte Mark, und nun gerieten sie durch diese Überquerung womöglich auf das alte Territorium zurück. Aber niemand sagte ein Wort, und er vermutete, dass alle drei keine Ahnung hatten, in wessen Land sie sich nun befanden.

Langsam tasteten sie sich voran, während der Nebel dick wie eine Suppe wurde. Die Zugtiere und der kleine Drache wurden allmählich nervös. Als beunruhigte sie außer dem Nebel noch etwas anderes, dachte Mark.

Der Fluss tauchte wieder auf, zur Rechten jetzt. Die Straße selbst schlängelte sich in Mäandern voran, wie ein Bach auf flachem Land.

Plötzlich ertönte hinter dem Wagen und zur Linken deutlich das stampfende, kratzende Geräusch von Reittierhufen auf dem harten Boden. Es klang, als nähere sich mindestens ein Dutzend Tiere. Es musste sich um eine Kavalleriepatrouille handeln.

Der Drache kreischte lauthals.

»Halt, der Wagen da vorn!«

Wie aus dem Nichts war plötzlich eine Peitsche in Nestors Hand erschienen, und er ließ sie über den Rücken der Zugtiere klatschen, dass sie wie ein Baum knallte, der vom Eis zersprengt wird. Mit einem Satz sprang das Gespann voran und verfiel sogleich in rasenden Galopp. Bisher waren die Tiere an diesem Tag noch nicht ernsthaft angetrieben worden, und in ihrer Panik verfügten sie über reichlich Energie, die sie jetzt vorantrieb.

»Halt!«

Niemand achtete auf diesen Befehl. Nur einen Augenblick später flogen die ersten Pfeile, recht gut gezielt, wenn man die Umstände bedachte. Ein Schaft durchbohrte die Wagenplane über Marks Kopf, ein anderer spaltete eine der hölzernen Streben, auf denen das Segeltuch befestigt war.

»Schießt zurück!«, brüllte Nestor. Mehr brauchte er seinen menschlichen Gefährten nicht zu sagen, stattdessen konnte er seine Energie und seine Stimmkraft den Tieren zuwenden, die er jetzt mit einem Schwall von Anfeuerungen und Beschimpfungen bedachte. Die Lasttiere rannten schon jetzt, wie Mark noch nie ein Gespann hatte laufen sehen. Im Innern des Wagens herrschte unterdessen ein wüstes Durcheinander: Ben suchte nach seiner Armbrust, und Mark wühlte nach seinem Bogen und seinem Köcher. Mark sah, wie Barbara den Riemen einer Lederschleuder um einen Finger ihrer Rechten schlang und ein eiförmiges Bleigeschoss in die Hand nahm.

Als er mit dem Bogen in der Hand links vorn aus dem Wagen spähte, sah Mark, wie ein berittener Mann rasch aus dem Nebel auftauchte. Er trug einen Helm und ein Kettenhemd unter einem weißblauen Wams. Er ritt neben dem galoppierenden Gespann und hob sein Schwert, um eines der Zugtiere niederzustrecken. Mark zielte hastig und schoss einen Pfeil ab. Bei der holprigen Jagd konnte er nicht feststellen, ob er getroffen hatte, aber da sang die Sehne der Armbrust, und der Reiter stürzte kopfüber aus dem Sattel.

Der kleine Drache in seinem Käfig wurde gnadenlos umhergeschleudert und kreischte. Die entsetzten Zugtiere rasten mit höchster Geschwindigkeit durch den Nebel, als wollten sie den Flüchen entrinnen, mit denen Nestor sie vom Kutschbock aus überschüttete. Mark kam es so vor, als zischten Pfeile aus allen Richtungen heran. Die meisten durchbohrten die Plane des Wagens. Draußen schrie jemand, der Wagen solle anhalten. Ben, der gerade dabei war, seine Armbrust wieder zu spannen, wurde beinahe aus dem Wagen geschleudert, als dieser über eine Bodenwelle fuhr und einen wilden Satz machte.

Mark sah, wie Barbara sich hinauslehnte. Ihr rechter Arm drehte sich im Kreis und verschwamm zu einem Wirbel, dann flog ein Geschoss aus ihrer Schleuder. Eines der Verfolgertiere stolperte und stürzte.

Die Patrouille hatte den Wagen über eine Biegung der sich schlängelnden Straße hinweg entdeckt, doch als sie querfeldein losgaloppierte, um ihm den Weg abzuschneiden, war sie auf unwegsames Gelände geraten. Dies hatte dem Wagen einigen Vorsprung auf einem recht ebenen Stück der Straße verschafft. Aber jetzt holten die schnelleren Reiter doch wieder auf.

»Die Grenze ist ganz nah!«, brüllte Nestor seinen Gefährten zu. »Haltet durch!«

Wir wissen, dass sie nahe ist, dachte Mark. Aber in welcher Richtung? Vielleicht wusste Nestor es jetzt ja wirklich. Mark schoss einen weiteren Pfeil ab, doch wieder konnte er nicht sehen, wohin er flog. Aber einen Augenblick später zügelte einer der Verfolger sein Tier, als sei es plötzlich lahm.

Wieder gab es einen Stoß, wieder neigte sich der Wagen, stärker jetzt als je zuvor. Das war zu viel. Mark fühlte, wie der Wagen sich drehte, wie er kippte und unter schier endlosem Krachen mit der Breitseite auf die Erde stürzte. Ihm war, als sehe er den Drachenkäfig unversehrt über seinen Kopf fliegen, während er sich überschlug, zusammen mit einem Wust von Bettzeug und einem Froschkrug, dem Scharen von Fröschen entsprangen. Er schlug auf und rechnete fast damit, im nächsten Augenblick tot oder bewusstlos zu sein, doch der weiche Boden milderte seinen Aufprall.

Anscheinend ohne ernsthafte Verletzung rollte er durch Gras und Sand, der Boden unter ihm schmatzte feucht. Nicht weit neben ihm lag der Wagen auf der Seite. Zwei Räder drehten sich in der Luft, und das Gespann zerrte noch immer erfolglos am Geschirr. Unterdessen donnerte das, was von der Patrouille übrig war, rechts und links am Wagen vorbei und galoppierte in das Dickicht am Straßenrand. Mark erhaschte einen kurzen Blick auf zwei Leute. Vermutlich waren es Ben und Barbara, die zu Fuß im Unterholz verschwanden.

Der Drache kreischte immer noch. Sein Käfig lag mit dem Boden nach oben, aber unversehrt neben dem Wagen.

Auf allen vieren kroch Mark auf das Durcheinander ihrer Habe zu, die hinten aus dem Wagen gefallen war. Er wühlte und grub darin und suchte nach dem Schwert. Mit einem kleinen Triumphschrei entdeckte er schließlich Stadtretters Klinge, vergrub seine Hand in einem Berg verschütteter Kartoffeln und tastete nach dem Griff. Eben wollte er die Waffe aufheben, als er das Getrappel vieler Füße hörte, die sich hinter ihm näherten. Mark drehte sich um und sah, wie Männer in Kettenhemden in den Farben des Herzogs von ihren Reittieren sprangen und ihn umzingelten. Ein Speerträger richtete seine Waffe auf Marks Kehle. Marks Hand lag noch immer auf dem Schwert, aber er fühlte keine Kraft darin.

»Lass es fallen, Junge!« befahl ein Soldat.

– und über ihnen, aus dem Nebel, rauschten gewaltige Schwingen hernieder, und dem unaufhörlichen Heulen des Drachen im Käfig antwortete ein Kreischen aus der Höhe, das von einem zersplitternden Windmühlenflügel hätte ausgehen können –

Eine zweite nichtmenschliche Stimme fiel ein. Es war ein dröhnender Bass, der zu ebener Erde durch den Nebel hallte. Marks Knie berührten noch den Boden, und in ihnen spürte er das Stampfen riesiger Füße, die sich näherten. Eine Gestalt, größer als das Haus eines Ältesten, nahte sich schwankend auf zwei baumdicken Beinen, die beiden vorderen Gliedmaßen wie gewaltige Mistgabeln erhoben. Schneller als jedes Reittier drang der Drache auf einen Berittenen ein. Flammen schlugen aus der prachtvoll roten Höhle seines Schlundes, und der dichte Nebel ringsum strahlte und bebte im Widerschein der Feuersglut. Der Reiter – fünf Meter vom Drachen entfernt – explodierte wie ein Feuerwerkskörper. Die Lanze flog ihm aus der Hand, und sein Panzer rollte sich zusammen wie Papier in der Glut. Noch auf dreißig Meter Entfernung fühlte Mark die Hitze auf der Haut.

Ohne innezuhalten änderte der Drache die Richtung seines Ansturms. Er schnaubte und gab einen seltsamen, beinahe musikalischen Laut von sich, wie das Klingen eiserner Glocken. Wieder sprühte Feuer aus seiner Nase und seinem Rachen. Diesmal aber gelang es dem Ziel, einem anderen Reiter, der vollen Wucht des Schwalls auszuweichen. Das Reittier kreischte, als das Feuer es streifte, und sprang herum – doch in die falsche Richtung. Eine gabelförmige Klaue packte es bei einem Bein, und Tier und Reiter wirbelten durch die Luft, prallten gegen einen Baum und blieben mit zerschmetterten Gliedern liegen.

Um Mark herum schrien Männer. Er sah, wie die Leute des Herzogs und ihre Tiere in verzweifelter Flucht davonhetzten.

Wieder änderte der Drache die Richtung seines Angriffs. Jetzt kam er geradewegs auf Mark zu.

Als der Wagen umkippte, hatte Nestor sich zu retten versucht, indem er seitlich nach vorn vom Kutschbock sprang, so weit er nur konnte. Er entging einem schweren Sturz, landete auf einem Arm und einem Bein und konnte den freien Fall in einen akrobatischen Überschlag verwandeln. Als er aufkam, dankte er allen Göttern dafür, dass der Boden hier so weich war.

Weich oder nicht – etwas traf ihn seitlich am Kopf, hart genug, um ihn einen Augenblick lang benommen zu machen. Erbittert kämpfte er gegen den sinkenden Vorhang innerer Finsternis; er brach zusammen, hielt sich aber auf Händen und Knien. Verschwommen drang ihm ins Bewusstsein, dass jemand – Ben, vermutete er – an ihm vorbei und in den Schutz des nahe gelegenen Buschwerks floh. Ein Paar schlankerer, flinkerer Beine folgte – Barbara vielleicht.

Durch den dichten Nebel donnerte die Kavallerie heran. Im Morast neben Nestor, zum Teil darin versunken wie er, lag ein Holzklotz. Er schmiegte sich dagegen und versuchte mit dem Holz zu verschmelzen.

Die Kavallerie jagte lärmend vorüber, dann war sie verschwunden – vorläufig wenigstens. Nestor richtete sich auf und stolperte mühsam zum umgestürzten Wagen zurück. Er musste das Schwert an sich bringen. Was immer sonst geschehen mochte, dem Herzog würde er es nicht überlassen.

Als er bei der verstreuten Fracht des Wagens angekommen war, fand er das Schwert sofort, als habe er selbst halb betäubt noch gewusst, wo Drachentöter liegen musste. Seine Hand schloss sich um den vertrauten Griff, und das Dröhnen der zurückkehrenden Kavallerie erfüllte seine Ohren, als Nestor gebückt zum Dickicht zurückrannte. Er hoffte, auch die anderen würden irgendwie fliehen können.

Als er das Gebüsch erreicht hatte, kauerte Nestor sich auf den Boden und rührte sich nicht mehr. Noch einmal donnerte die Kavallerie durch den Nebel an ihm vorbei auf den Wagen zu. Er sprang auf und rannte weiter. Einen Augenblick später erfüllte ein grässliches Gebrüll die Luft hinter ihm. Es klang wie der Großvater aller Drachen, und gleich darauf erhob sich menschliches Geschrei.

Nestor rannte weiter. Er hielt sein drachentötendes Schwert in der Hand, aber er dachte nicht daran, umzukehren und seinen Hals zu riskieren, um seine Feinde zu retten. Jetzt, da der Drache sie in dieser großartigen Weise ablenkte, stand es günstig für eine erfolgreiche Flucht. Der panische Kampfeslärm hinter ihm hielt an. Möglicherweise konnte die Patrouille des Herzogs genug Kraft und Entschlossenheit aufbringen, um den Drachen zu vertreiben. Nestor lief weiter. Er schlug eine andere Richtung ein als die, welche er Ben und Barbara hatte nehmen sehen – später würde immer noch Zeit genug sein, seine Freunde wieder zu finden, sofern sie alle überlebt hatten.

Der Nebel ließ keine vernünftige Sicht zu. Urplötzlich tauchte das Bachufer vor Nestor auf, so dass er beinahe ins Wasser gestürzt wäre. Er hatte nicht damit gerechnet, hier auf den Wasserlauf zu stoßen, aber er war da und versperrte ihm den Weg. Vielleicht war er schon wieder im Kreis gerannt – kein Wunder, bei dieser Suppe.

Nestor stieg bedachtsam in das knietiefe Wasser und begann hindurchzuwaten. Er wollte größeren Abstand zwischen sich und den Kampf bringen. Wenn es den Soldaten gelänge, den Drachen zu töten oder zu vertreiben, würden sie vielleicht weiter nach ihm und seinen Gefährten suchen. Das Getöse ließ nach, je weiter er vordrang. Das alles war merkwürdig, denn dies war keine Gegend, in der man damit rechnen konnte, auf große Drachen zu stoßen ... ebensowenig wie ein solcher Nebel in diese Landschaft passt ...

– Schwingen, durchscheinend dünn, aber groß wie die Segel eines Bootes, stießen auf ihn herab und brachen durch niedrige, perlweiße Nebelwolken. Was im Namen aller Götter? –

Einen Moment lang konnte Nestor, der bis an die Knie im Wasser stand und nach oben starrte, sich buchstäblich nicht rühren. Was da auf ihn zukam, hatte sicher noch nie jemand gesehen. Diese unglaublichen Schwingen mussten reptilisch sein, und das bedeutete, dass die Kreatur, die sie trugen, zu irgendeiner Unterart der Drachen gehören musste. Der reptilische Kopf war klein und enthielt offenbar ein noch kleineres Gehirn – grotesk winzig für so riesige Schwingen. Rachen und Zähne waren im Vergleich zum Kopf übergroß und sahen aus, als könnten sie einem Menschen mit einem einzigen Biss tödliche Verletzungen zufügen. Der Rumpf zwischen den Flügeln war runzlig und von hart aussehenden Schuppen bedeckt, die beiden herabbaumelnden Beine bestanden aus nichts als Sehnen und Schuppen, und jetzt spreizten sich klauenartige Füße ab.

Das Ungeheuer ging direkt auf Nestor los. Nestor gab keine Handbreit Boden preis – besser gesagt, keine Handbreit Schlamm und Wasser – und stach auf die herabsinkende Silhouette ein. Mit jeder anderen Waffe hätte er seine Chancen als zweifelhaft empfunden, aber mit Drachentöter konnte er kaum verlieren.

Erst im letzten Augenblick – als es zu spät war, die Taktik zu ändern – merkte er, dass der Klang des Schwertes, den er sonst immer hörte, wenn er es benutzte, nicht ertönte. Das Gefühl der Kraft, das sonst in seinem Arm brannte, erwachte nicht.

Selbst ihres Zaubers beraubt, war die Klinge immer noch überaus scharf, und Nestors Arm war stark und sicher. Sein Hieb glitt an einer Schuppe ab, drang aber dann zwischen zwei anderen ein, genau über dem Gelenk zwischen Bein und Körper. Erst in diesem Augenblick wurde ihm klar, wie groß das Geschöpf wirklich war. Im nächsten Augenblick schnellte einer der Drachenfüße, dessen krallenbesetzte Zehen biegsam wie menschliche Finger und dicker als jedes Seil waren, herab und packte Nestor am linken Arm und an der Schulter. Der andere Fuß umkrallte den rechten Arm und presste ihn an seinen Körper, so dass Nestor den Schwertgriff losließ. Das Schwert blieb im Fleisch des Ungeheuers zwischen den Panzerschuppen stecken. Der Drache riss Nestor so heftig vom Boden hoch, dass sein Kopf gegen die schuppige Brust des Ungeheuers schlug. Der heftige Aufprall ließ erneut alles vor seinen Augen verschwimmen.

Bevor er in die Bewusstlosigkeit versank, wurde ihm klar, dass er nicht mehr im Wasser stand und nichts mehr seinen Körper berührte außer Luft und Drachenschuppen. Er fühlte den Rhythmus der großen Schwingen, dann fühlte er nichts mehr.

Als der gewaltige Laufdrache auf Mark zustürmte, drang plötzlich ein schriller Laut aus dem Schwert in seiner Rechten. In dem Gebrüll, das aus der feurigen Kehle des Untiers drang, und in dem pulsierenden Donnern seiner Schritte ging die Stimme des Schwertes beinahe unter. Aber die Kraft des Schwertes konnte man nicht nur hören, sondern auch fühlen. Mark umklammerte den Griff jetzt mit beiden Händen. Energie strömte daraus in seine Hände und Arme, eine Energie, welche die Klinge aufrichtete, dem anstürmenden Drachen entgegen. Das Schwert hielt Marks Arme emporgereckt und es ließ nicht zu, dass er sich zu Boden warf, niederkauerte oder wenigstens seitwärts auswich. Ein Gedanke durchzuckte ihn: *Dies ist das Entsetzen, das Kenn gefühlt hat.* Hilflos sah er, wie der mächtige Kopf sich zu ihm herabbeugte. Von den

Lippen, die hart und rau aussahen wie ein Kettenpanzer, und von den bebenden Nüstern troffen lodernde Funken. Das brennende Gift quoll nur spärlich hervor. Das Untier musste seine Vorräte auf die Kavallerie verschwendet haben. Mark fühlte, wie die weiche Erde unter den riesenhaften Drachenfüßen zitterte und bebte, und er sah, wie sich die gabelspitzen Vorderarme hoben, um erneut zuzuschlagen und ihn zu zerfetzen.

Der Kopf senkte sich auf Mark herunter. Es war fast, als seien diese wie Schmiedefeuer funkelnden Augen gezwungen, den Lichtblitzen zu trotzen, die jetzt aus dem Schwert sprühten, als schlage unsichtbarer Feuerstein gegen den Stahl. Das Schwert flog zur Seite, getrieben von einer schrecklichen Kraft, und Marks Arme konnten nur willenlos folgen, als seien sie wie die Arme einer Marionette an den Griff genietet.

Ein einziger Hieb schlug dem Drachen das vordere Viertel seines Unterkiefers ab. Der Drache taumelte mit schwerem Schritt zurück, dann schoss schillerndes Blut aus der Wunde. Mark fühlte, wie feine Tröpfchen, schmerzhaft wie zahllose Nadelstiche, auf seinen linken Arm unterhalb des Ärmels und auf seine Wange spritzten. Das Geräusch, das hinter dem Blut aus der Kehle des Drachen drang, war ein Geräusch, wie er es noch nie gehört hatte, weder im Wachzustand noch in einem Albtraum.

Im nächsten Augenblick stürzte der Drachen sich wieder auf ihn. Mark wollte vor der alles zermalmenden Masse zur Seite springen, doch das Schwert in seinen Händen stieß gerade und unerschütterlich zu, und seine Hände waren mit dem Griff verschweißt, so dass er nicht entkommen konnte.

Mark stürzte vor dem fallenden Untier rückwärts zu Boden. Er landete im schützenden Schlamm unter der schuppigen Masse. Durch den Morast zwängte er sich unter der drückenden Last hervor, zumindest so weit, dass er atmen konnte.

Endlich gab das Schwert seine Hände frei, und er fühlte, wie ein monströser Schauer durch den ganzen Drachenkörper lief, bevor dieser reglos in sich zusammensank.

Aus den nadelstichgroßen Brandwunden an seinem Arm war der Schmerz verflogen, aber auf seiner linken Wange brannte noch immer ein quälender Fleck. Er versuchte ihn mit Schlamm zu kühlen, während er sich nach und nach ins Freie wand. Erst allmählich begriff er, dass er nicht völlig zerfleischt worden war, sondern – im Gegenteil – kaum verletzt war. Der stürzende Rumpf hatte ihn gerade noch verfehlt. Eine der beiden vorderen Gliedmaßen des Drachen bildete einen starren Bogen über ihm, wie der gekrümmte Stamm eines alten Baumes.

Er lebte noch, und die Erkenntnis erfüllte ihn mit Staunen. Irgendwo in einem tiefen Winkel seines Geistes war er davon überzeugt gewesen, dass ein magisches Schwert seinen Benutzer stets töten müsse, auch wenn es ihm gleichzeitig den Sieg schenkte.

Der schuppige Baumstumpf über Marks Körper begann zu zucken. So gut er konnte, passte er seine Anstrengungen den unregelmäßigen Krampfanfällen an und arbeitete sich Zentimeter um Zentimeter unter der teils toten, teils sterbenden Masse hervor. Ihm selbst steckte ein Beben in allen Gliedern, und allmählich spürte er seine Schrammen, während der Schmerz der Brandwunde langsam schwand. Eine wirklich ernsthafte Verletzung konnte er nirgends an sich finden, während er sich, erst kriechend, dann humpelnd, vom Kadaver des Drachen weg zu den Büschen bewegte. Der einzige klare Gedanke in seinem Kopf war der, dass er sich entweder verstecken oder aber fortlaufen müsse, und im Augenblick war er noch zu mitgenommen, um laufen zu können.

Er setzte sich auf den morastigen Boden hinter einem Busch und begriff langsam, dass ihm zumindest vorläufig keine Gefahr mehr drohte. Der Drache hatte die Reiter verjagt, und jetzt hatte sein Schwert den Drachen getötet. Er musste zu dem Drachen zurückkehren und sich das Schwert holen.

Als er neben dem besiegten Ungeheuer stand, konnte er das Schwert nirgends sehen. Es musste noch unter der Masse begraben liegen, wo seine Hände den Griff losgelassen hatten. Vermutlich steckte es immer noch bis zum Heft im Schlamm, begraben unter der ganzen Last von mehr als einer Tonne gepanzerten Fleisches.

Bäuchlings im Schlamm wühlend, schob Mark den Arm, so tief er es vermochte, unter die tote Masse: Er konnte den Griff des Schwertes mit Mühe berühren, und er spürte noch immer ein schwaches, aber gleichmäßiges Vibrieren der Kraft. Die Klinge steckte bis zum Heft im Körper des Drachen, und obwohl er sie berührte, schien es doch unmöglich, sie herauszuziehen, ohne den Drachen zu bewegen.

Mark zerrte noch hilflos am Schwertgriff, als er dicht hinter sich Bens ruhige, aber erschöpfte Stimme hörte.

»Der größte Drache, den ich je gesehen habe ... Wo ist Nestor?«

Mark drehte den Kopf ein wenig. »Ich weiß es nicht. Hilf mir, das Schwert herauszuziehen, es steckt fest, ganz tief drin.«

»Hast du gesehen, was passiert ist? Ich nicht.« Ohne auf eine Antwort zu warten, stemmte Ben seine säulendicken Beine dicht neben dem gepanzerten Bauch des Drachen in den Boden, dann umklammerte er mit beiden Händen das eine der beiden Vorderbeine des Drachen, die anscheinend bereits erstarrten. Grunzend wuchtete er das Bein in die Höhe.

Gleichzeitig zog Mark am Griff des Schwertes und fühlte, wie es Zentimeter um Zentimeter auf ihn zuglitt. »Noch mal.«

Eine erneute, gemeinsame Anstrengung brachte den Griff so weit heraus, dass er sichtbar wurde. Als Ben ihn erblickte, beugte er sich nieder und packte ihn – der Griff bot nur für eine seiner beiden Pranken Platz. Aber das reichte völlig. Mit einem wütenden Ruck riss er die Klinge heraus. Das Schwert schnitt sich seinen Weg durch Fleisch und Schuppen, gefolgt von einem neuerlichen Blutschwall. Aber die Farbe des Blutes verblasste jetzt rasch.

Kaum hatte Ben das Schwert freibekommen, ließ er es in den Schlamm fallen und rieb sich die Finger der Hand, mit der er es herausgezogen hatte. »Ich habe es gefühlt«, murmelte er mit leisem Schrecken. Er erläuterte nicht, was er gefühlt hatte.

»Es ist gut«, sagte Mark. Er hob die Waffe auf und wischte sie mit ein paar herumliegenden Blättern ab. Seine Hände waren und blieben schwarz von Schlamm, aber das Schwert ließ sich mühelos säubern wie schon zuvor.

Plötzlich saß Mark regungslos da und starrte auf den Griff. Nicht eine zinnengekrönte Mauer war da zu sehen, sondern die weißen Umrisse eines stilisierten Drachen.

Ben sah nicht das Schwert, sondern Mark an. »Du hast dich verbrannt«, sagte er leise. »Du musst ihm nahe gekommen sein. Wo ist Nestor?«

»Ich habe ihn nicht gesehen. Ja, ich war ihm nahe. Ich war es, der das Schwert hielt. Dieses Schwert. Aber es ist nicht meines. Wo ist meines?« Mit diesen Worten stand Mark langsam vom Boden auf. Seine Stimme hatte bisher ruhig geklungen, aber jetzt drohte sie sich zu überschlagen.

Ben starrte ihn an. In der Nähe ertönte ein Geräusch, und als die beiden herumfuhren, erblickten sie Barbara. Sie sah ebenso schlammverschmiert und zerzaust aus wie ihre beiden Gefährten. In der einen Hand trug sie ihr Beil, in der anderen ihre Schleuder.

»Wo ist Nestor?«, fragte sie.

Stockend und immer noch wie betäubt von der Erkenntnis, dass sein Schwert verschwunden war, berichtete Mark, was er erlebt hatte, nachdem der Wagen umgekippt war. Sie sahen ihn an, dann schauten sie auf das Schwert. Barbara nahm ihm die Waffe aus der Hand und drückte die Spitze sanft auf eine der dicksten Schuppen am Kadaver des Drachen. Der Stahl sprühte Funken, und mit leisem Schrillen drang die Klinge ein wie in ein Stück Butter.

»Es sieht fast exakt wie mein Schwert aus«, sagte Mark. »Aber es muss Nestors sein. Wo ist meines?« Der Schock, der ihn vorübergehend gelähmt hatte, war plötzlich verflogen. Er stürzte zu dem durcheinander gewürfelten Inhalt des umgekippten Wagens, um sein Schwert zu suchen. Aber weder hier noch sonst wo in der Nähe konnte er es finden. Die beiden anderen folgten ihm und hielten Ausschau nach Nestor, doch auch dieser war nirgends zu sehen, weder lebend noch tot. Sie riefen seinen Namen, erst leise, doch dann mit wachsendem Mut. Die einzigen Leichen, die sie fanden, waren die der Soldaten, die der Laufdrache zerfleischt hatte, bevor er getötet worden war.

»Wenn er weggelaufen ist«, fragte Mark, »ob er dann mein Schwert mitgenommen hat?«

Er konnte es getan haben, entschieden sie, aber versehentlich – niemand glaubte, dass Nestor mit Bedacht Marks Waffe mitnehmen und seine zurücklassen würde.

»Aber wo ist er dann?«

»Vielleicht haben ihn die Soldaten. Ihn und das andere Schwert.«

»Sie hatten panische Angst. Sie wollten nur noch weg von hier. Die, die noch leben, werden wahrscheinlich immer noch laufen.«

Auch tote Reittiere lagen ringsum am Boden, andere waren schwer verwundet. Ben erlöste sie mit seinem Knüppel von ihren Qualen. Das Zuggespann stand immer noch vor dem umgestürzten Wagen, und es sah aus, als seien die Tiere nicht ernstlich verletzt. Mit vereinten Kräften stellten die menschlichen Überlebenden den Wagen wieder auf seine Räder und stellten erleichtert fest, dass alle vier Räder sich noch drehten.

Während Mark die fruchtlose Suche nach seinem Schwert fortsetzte, warfen die beiden anderen ihre Ausrüstung – Wertgegenstände und Plunder – wieder in den Wagen. Sie stellten den leeren Froschkrug zurück, und als Letztes folgte der umgekippte Drachenkäfig.

Barbara legte die Hand auf den Käfig und hielt inne. Der verlassene kleine Bewohner kreischte noch immer. »Glaubt ihr, die großen sind seinetwegen gekommen? Vielleicht haben sie ihn jammern gehört.«

Ben schüttelte entschieden den Kopf. »Hab' noch nie gehört, dass Drachen sich so benommen hätten. Die großen kümmern sich nicht um die kleinen. Sie fressen sie höchstens, wenn sie hungrig sind, was meistens der Fall ist.« Ben war besorgt, doch nicht wegen der Drachen. »Wenn Nestor fort ist, was tun wir dann?«

»Hier haben wir überall gesucht«, meinte Barbara. »Entweder flieht er immer noch, oder er wurde verletzt oder getötet und den Bach hinuntergeschwemmt. Etwas anderes fällt mir nicht ein.«

»Oder«, sagte Mark, der seine erfolglose Suche schließlich abgebrochen hatte und auf die beiden zukam, »die Soldaten haben ihn am Ende doch erwischt. Und mein Schwert mit ihm.« Noch einmal suchten sie zusammen nach Nestor und dem Schwert. Sie folgten sogar dem Flüsschen ein Stück stromabwärts.

Es schien keinen Zweifel daran zu geben, dass ein Leichnam, den dieser Wasserlauf davonschwemmte, an einer Untiefe oder einem Stein hängen bleiben würde, bevor er weit gekommen wäre.

Es war keine Spur von dem Mann oder der Waffe zu entdecken.

Schließlich war es Barbara, die einen Entschluss fasste. »Wenn die Soldaten ihn erwischt haben, dann ist er fort, und wenn er tot ist, ist er tot. Wenn er noch auf der Flucht ist, nun, dann können wir ihn nicht einholen, wenn wir nicht wissen, wohin er gelaufen ist. Deshalb sollten wir jetzt zusehen, dass wir selbst von hier verschwinden. Möglicherweise kommen die Soldaten mit Verstärkung zurück. Und, Einar, dein Schwert ist offensichtlich auch nicht hier. Wenn Nestor es hat und er uns wiederfindet, dann wirst du es zurückbekommen.«

»Wo fahren wir jetzt hin?« Ben klang fast wie ein Kind.

»Weiter zu Sir Andrew«, antwortete sie mit fester Stimme. »Falls Nestor uns irgendwo sucht, dann dort.«

»Aber was sollen wir sagen, wenn wir dort sind? Was sollen wir tun? Sir Andrew erwartet Nestor.«

»Wir werden sagen, er sei aufgehalten worden.« Barbara klopfte Ben kräftig und ermutigend auf die Schulter. »Und wir haben ja auch noch Nestors Schwert. Du kannst damit Drachen töten, wenn es sein muss, oder nicht? Wenn es sogar Klein Einar hier kann ...«

Ben schaute, wenn schon nicht verängstigt, so doch wenigstens zweifelnd drein. »Ich denke, darüber können wir unterwegs reden.«

8

Zwei Männer saßen im Kerker des Guten Sir Andrew. Der jüngere der beiden hockte auf einem bemalten Schemel dicht hinter dem Gitter einer geräumigen, weiß gekalkten Zelle. Der andere Mann war älter und besser gekleidet und saß auf einem ähnlichen Stuhl außerhalb der Gitterstäbe. Er las dem Gefangenen laut aus einem alten Buch vor. Zur Linken und zur Rechten lag ein halbes Dutzend anderer Zellen, allesamt leer, sauber und weiß gekalkt, alle erstaunlich hell und luftig für Räume in einem Kerkergewölbe. Obwohl dieser Teil der Burg zur Hälfte unter der Erde lag, befanden sich hoch oben in der hinteren Wand der letzten unbewohnten Zelle in der Reihe ein paar Fenster.

In etwas größerer Entfernung, in einem verzweigten, von Steinbögen überspannten Seitenkorridor, lagen weitere Zellen, die offensichtlich belegt waren, wenn auch nicht von menschlichen Wesen. Sir Andrew hatte diesen entlegenen Teil des Verlieses zu einer Art Bestiarium umwandeln lassen, in dem Vögel und andere Tiere der unterschiedlichsten Gattungen hausten, deren Anwesenheit es erfordert hatte, aus Schnüren gewebte Netze vor die ursprünglichen Eisengitter in Zellentüren und Fenstern zu spannen.

Ja, in diesem Flügel gab es mehr Fenster. Man sah es daran, dass in dieser Richtung mehr Licht in den Gang fiel. Der junge Mann, der auf dem Schemel in seiner Zelle saß, war gegenwärtig der einzige menschliche Insasse des ganzen Kerkers, und wiewohl er eigentlich dem lauschen sollte, was ihm da vorgelesen wurde, blickte er doch immer wieder in einer Art chronischer Verwunderung auf die Fenster und gewisse andere Überraschungen. Der Name des jungen Mannes war Kaparu – zumindest war dies der einzige Name, an den er sich erinnern konnte. Er war schmalgesichtig und feingliedrig, und sein Haar war glatt, dunkel und schütter. Seine Kleidung war zerlumpt, und sein wettergegerbtes Gesicht ließ erkennen, dass er noch nicht lange in dem Verlies hauste. Seine Augen waren flink, seine Hände beweglich und nervös. Hin und wieder rieb er sich die Handgelenke, wie um sich zu vergewissern, dass sie nicht gefesselt waren. Dann und wann hob er den Kopf und sah sich um, abgelenkt von den dünnen, munteren Schreien seiner Mitgefangenen, die weiter unten am Gang wohnten.

Mit dem Inneren von Gefängnissen und Verliesen war Kaparu vertraut, aber auf allen seinen Wanderungen hatte er niemals einen solchen Kerker gesehen oder von so etwas gehört. Zunächst einmal gab es Licht und Luft, die das Gewölbe in erstaunlichen Mengen erfüllten. Ja, die große Zelle am Ende der Reihe war mit richtigen Fenstern ausgestattet, mit mannshohen Schlitzen in der dicken unteren Mauer der Burg, die sich wie Tunnel zum hellen Licht des sommerlichen Nachmittags öffneten. Sie sahen so aus, als habe der letzte Gefangene, der in dieser Zelle untergebracht gewesen war, durch die Fenster hinausspazieren können. Und nicht nur Luft und Licht drangen durch die Maueröffnungen herein, sondern auch fröhliche Klänge von draußen. Auf Sir Andrews Burgwiese hatte der Jahrmarkt begonnen.

Irgendwo im Kerkergewölbe hallte das Geräusch von Wassertropfen. Doch in diesen sauberen, weißen Räumen ließ dieses Tröpfeln nicht an klamme Feuchtigkeit und zäh fließende Zeit denken, sondern eher an das Plätschern eines munteren Bächleins oder an den Wellenschlag eines Sees. Das Schloss stand auf einer bescheidenen Anhöhe, der höchsten in der unmittelbaren Umgebung, und in der Tat erstreckte sich dahinter ein ansehnlicher See, dessen Wasserspiegel nur wenig tiefer lag als das Kerkergewölbe.

Auf dem Boden der Zelle, nicht weit vom Schemel des Gefangenen, stand eine Blechschüssel mit einem großen Kanten Brot. Das Brot war erst an diesem Tag aus dem Ofen gekommen und frei von Ungeziefer. Ein kleiner Steinkrug neben der Schüssel enthielt sauberes Trinkwasser. Hin und wieder warf der Gefangene unwillkürlich einen raschen Blick auf das Brot, und jedes Mal hob sich sein linker Fuß wie in einer Reflexbewegung ein Stückchen von der Schemelsprosse, auf der er ruhte – aber in diesem außergewöhnlichen Gefängnis gab es offensichtlich keine Ratten, die unaufhörlich getreten und verjagt werden mussten.

Jedes Mal, wenn der Gefangene den Kopf wandte, um nach der Blechschüssel zu sehen, blieb sein ungläubiger Blick an der kleinen Vase mit den frischen Blumen hängen, die neben seinem Wasserkrug stand.

Der Mann, der draußen vor der Zelle saß und so geduldig aus dem alten Buch vorlas, war vor unbestimmten Zeiten einmal jung gewesen. Er war von breitschultriger Statur und fest und sicher im mittleren Alter verwurzelt, als habe er nicht die geringste Absicht, jemals wirklich alt zu werden. Seine Kleidung war kostbar in Stoff und Verarbeitung, jedoch von schlichtem Zuschnitt und über das gewöhnliche Maß hinaus verwahrlost. Wie sein Wams, so war auch sein sandgrauer Bart besudelt von den Überresten eines kürzlich verzehrten Mahles, das augenscheinlich aus üppigeren Speisen als Brot und Wasser bestanden hatte.

In mehr oder weniger regelmäßigen Abständen wendete er die Seiten des alten Buches mit kräftigen, doch wenig anmutigen Fingern und fuhr fort, mit leiser, voller Stimme zu lesen. Die Stimme verriet Gelehrtheit, und sie stockte nie, obgleich ihr Besitzer eine alte Sprache noch während des Lesens in eine neue übersetzte. Dennoch gab es hin und wieder Augenblicke des Zögerns, als wolle der Lesende sich eines jeden Wortes vergewissern, ehe er es unwiderruflich mit Klang erfüllte. Er las:

»›Und der Gott Ardneh sprach zu den Männern und Weibern der Alten Welt: Nur noch einmal will ich ausstrecken die Kraft meiner Hände, euch zu retten von den Folgen eurer eigenen Torheit, nur noch einmal und dann niemals wieder. Nur noch einmal will ich die Welt verändern, auf dass die Welt nicht zerstört werde von den Kreaturen der Höllenbombe, die ihr in eurem Hochmut und eurer Sorglosigkeit heraufbeschworen habt aus den Tiefen der Materie. Und nur noch einmal will ich die Welt mit meiner Veränderung umfangen, und die Veränderung wird dauern neunundvierzigtausendneunhundertneunundvierzig Jahre.

Und die Männer und Weiber der Alten Welt sprachen zu dem Gott Ardneh: Wir hören, was du sagst, und beugen uns. Und nach deiner Veränderung soll die Welt nicht mehr die Alte heißen, sondern die Neue. Und wir schwören und geloben dir, dass wir niemals wieder einander töten und berauben werden in der Hoffnung auf Gewinn oder Rache oder gar zum Zeitvertreib. Und nie wieder werden wir die Städte der anderen bombardieren und einäschern, nie wieder ...‹«

Hier brach der Lesende ab und betrachtete seinen Gefangenen mit strengem Blick. »Stört dich etwas, mein Guter? Mir scheint, du bist abgelenkt.«

Der Mann in der Zelle schrak sichtlich zusammen. »Ich, Sir Andrew? Nein, ich nicht. Mich stört nichts. Es sei denn ... nun, es sei denn – ich meine, es ist nur so, dass ein Mann dazu neigt, sich wohler zu fühlen, wenn er außerhalb einer Zelle sitzt anstatt darinnen.« Und auf dem Gesicht des Gefangenen, das würdevolle Fassung zum Ausdruck brachte, wann immer er es wünschte, erschien ein zögerndes Lächeln.

Das beginnende Stirnrunzeln in Sir Andrews Antlitz vertiefte sich daraufhin. »Nun, wenn du glaubst, du würdest dich draußen wohler fühlen, dann habe die Güte, deine Aufmerksamkeit nicht umherschweifen zu lassen, wenn ich dir vorlese. Deine Aussichten, die fröhliche, sonnenhelle Welt dort draußen vor den Fenstern wieder zu finden, hängen unmittelbar von deinem Benehmen hier drinnen ab, von deiner Bereitwilligkeit, vergangene Irrtümer zuzugeben, nach Besserung zu streben, Lehren anzunehmen und dich zu ändern.«

»Oh, ich gebe meine Irrtümer zu«, antwortete Kaparu hastig. »Das tue ich wirklich, Herr. Und Lehren will ich gern annehmen.«

»Nun gut. Dann wisse, dass ich dich niemals freilassen werde, niemals, so lange ich glaube, dass du zu deiner alten Gewohnheit zurückkehren und unschuldige Reisende ausrauben wirst.«

Der Gefangene saß starr und aufrecht wie ein Kind, das in einer strengen Schule getadelt worden war. Er zeigte gehorsame Aufmerksamkeit. »Sir Andrew, ich versuche, mich gut zu benehmen.« Wieder warf er einen flinken Blick durch die Zelle, diesmal so, als wolle er sich davon überzeugen, dass nirgends etwas Gegenteiliges zu sehen sei.

»Du versuchst es, wie? Dann höre aufmerksam zu.« Sir Andrew räusperte sich und wandte sich dann wieder der vergilbten Seite vor ihm zu. Während er weiterlas, schwand sein Stirnrunzeln nach und nach von seinem Gesicht, und ohne dass er es merkte, hob seine rechte Hand sich vom Buch und unterstrich alle Worte von Bedeutung mit unbestimmten, schwerfälligen Gesten.

»›... und als die Jahre der Veränderung verstrichen waren, war Orkus, der Prinz der Dämonen, zu voller Kraft herangewachsen. Und Orkus sah, dass der Gott Draffut, der Herr der Tiere und aller menschlichen Barmherzigkeit, der zur Rechten Ardnehs im Rate der Götter saß, Männer und Weiber im Namen von Ardneh von schlimmen Wunden und Krankheiten aller Art heilte. Als aber Orkus dies sah, erfasste ihn großer Ingrimm. Er ...‹«

»Verzeihung, Herr?«

»Eh?«

»Dieses Wort, Herr. ›Ingrimm‹. Es ist mir nicht recht vertraut.«

»Ah. ›Ingrimm‹ bedeutet nichts anderes als Zorn. Er war erzürnt.« Sir Andrew sprach jetzt milder als zuvor, ja, seine Stimme klang sogar milder, als sie beim Lesen geklungen hatte. Gleichzeitig zog ein Ausdruck des Wohlwollens über sein Gesicht.

Wieder wandte er sich seinem Text zu. »Wo war ich? Ja, hier ... ›In der ganzen Welt der Veränderung war nur Ardneh stark genug, um sich gegen Orkus stellen zu können. Unter dem Banner des Prinzen Duncan von den Küsteninseln sammelten sich die Männer und Frauen guten Willens von der ganzen Erde, um der Sache des Guten zu dienen und Ardneh zu helfen und Unterstützung zu geben. Unter dem Banner des Bösen Kaisers John Ominor aber sammelten sich die Männer und Frauen, die das Böse liebten, und sie kamen aus allen Ländern des Erdkreises, um ...‹«

»Herr?«

»Ja?«

»Da ist noch etwas, das ich nicht verstehe. Sagtet Ihr, dieser John Ominor sei ein Kaiser gewesen?«

»Hm, hah, ja. Jetzt hörst du zu, wie? Ja. Kaiser war in jenen Tagen – wohlgemerkt, wir sprechen von einer Zeit, die, grob gerechnet, zweitausend Jahre zurückliegt, am Ende dessen, was wir Ardnehs Veränderung nennen, als die große Schlacht zwischen Orkus und Ardneh geschlagen wurde und sie beide untergingen –, in jenen Tagen, sage ich, nannte man niemanden Kaiser, wenn er nicht eine wirkliche Macht in dieser Welt war, die größte womöglich, die es gab. Mag sein, dass man eine äußerst interessante Verbindung zwischen ihm und der Gestalt von Spott und Spaß herstellen kann, die heute ...«

»Herr?«

»Ja?«

»Mit Verlaub, Herr – sagtet Ihr soeben, Ardneh sei untergegangen?«

Sir Andrew nickte langsam. »Du hörst wahrhaftig zu. Aber ich will jetzt nicht auf alles eingehen. Der wesentliche Inhalt dieser Stelle, das, was du heute zu verstehen versuchen solltest ... doch lass mich erst zu Ende lesen. Wo war ich? Ha. ›In der ganzen Welt der Veränderung war nur Ardneh stark genug‹ – und so weiter, das hatten wir schon. Ha. ›Ein grauenvoller Kampf entspann sich zwischen den zweien. Und Orkus redete Ardneh an und sprach –‹ Ach, zum Henker, weshalb muss man uns unterbrechen?«

Der Gefangene runzelte nachdenklich die Stirn, doch dann begriff er, dass der letzte Satz nicht mehr zum Text gehört hatte. Sir Andrew hatten sich durch einige entfernte Geräusche gestört gefühlt, die nun stetig näher kamen. Das Schlurfen von Füßen und das mehrmalige, laute Aufreißen von Türen kündete das Herannahen von Menschen an. Im nächsten Augenblick erschien auf der höchsten sichtbaren Windung der sich unweit befindenden Treppe das krumme Beinpaar eines steinalten Kerkermeisters, halb verdeckt durch den Bogen des Gewölbes. Der Kerkermeister kam die Treppe herunter, bis seine ganze Gestalt zu sehen war. In der einen Hand hielt er, zitternd vor Altersschwäche, eine Fackel empor (die oben auf der dunklen Treppe sicher von größerem Nutzen gewesen war als hier unten) und beleuchtete damit die Stufen für die Person, die ihm folgte. Eine Frau – nein, eine Dame, dachte der Gefangene.

Sie war in Sir Andrews Farben Orange und Schwarz gekleidet, und der unerklärliche, aber beinahe greifbare Hauch von magischen Kräften umwehte sie. Vor nicht allzu langer Zeit musste sie eine Schönheit gewesen sein, und auch jetzt noch war sie von großer Anziehungskraft, ungeachtet der grauen Strähnen in ihrem schwarzen Haar und der Andeutung der einen oder anderen Falte an manchen Stellen in ihrem Gesicht.

Kaum war diese Dame am oberen Ende der Treppe aufgetaucht, hielt sie in ihrem Abstieg inne. »Sir Andrew«, rief sie mit einer Stimme, die klangvoll und so eindrücklich war wie ihre Erscheinung, »schenkt mir ein wenig von Eurer Zeit, jetzt gleich. Es handelt sich um eine Angelegenheit von großer Wichtigkeit.«

Leise grunzend erhob Sir Andrew sich von seinem Schemel und wandte sich dabei um, damit er die Besucherin sehen konnte. »Ist es wirklich wichtig, Yoldi?«, knurrte er und beantwortete seine Frage sogleich selbst. »Ja, natürlich, das muss es wohl.« Schon vor langer Zeit hatte er allen in seiner Burg nachdrücklich zu verstehen gegeben, dass es ihm missfiel, bei seiner Lieblingstätigkeit, der Erziehung von Gefangenen, unterbrochen zu werden.

Sir Andrew ging zur Treppe, nahm dem alten Gefängniswärter die Fackel aus der Hand und gab ihm mit einer wedelnden Handbewegung zu verstehen, dass er entlassen sei. Die Fackel hoch in der einen Hand, das kostbare Buch sicher unter dem anderen Arm haltend, geleitete er dann seine Lieblingszauberin wieder die Stufen hinauf bis zu einer Stelle, wo sie unter vier Augen miteinander reden konnten.

Als sie die erste Biegung der Treppe hinter sich gelassen hatten, warf Yoldi einen bedeutsamen Blick auf das alte Buch. »Ward Ihr dabei, gute Ergebnisse zu erzielen?«, erkundigte sie sich.

»Oh, einen guten Anfang vielleicht, denke ich. Ja, ja, ich weiß, Ihr seid davon überzeugt, dass es nicht viel nützt, wenn ich ihnen vorlese. Aber seht Ihr, sie sind dann wenigstens einmal im Leben etwas Gutem ausgesetzt – der Geschichte des Guten in der Welt, wenn Ihr so wollt.«

»Ich bezweifle, dass sie es zu schätzen wissen.«

Vor ihnen befanden sich jetzt Fenster, hohe, schmale Schlitze in der Außenmauer, die den Treppenabsatz umschloss, und Sir Andrew stieß seine Fackel in einen Sandeimer, wo sie erlosch. Dann schlenderte er auf das Licht der Fenster zu und schüttelte den Kopf, um zu zeigen, dass er mit Dame Yoldis Bemerkung nicht übereinstimmte. »Es ist wirklich furchtbar, wisst Ihr, wenn man ihre Geschichten hört. Ich glaube, viele von ihnen wissen gar nicht, dass es so etwas wie Tugend gibt. Nehmt nur den armen Burschen, der jetzt dort unten sitzt; er ist ein gutes Beispiel. Er hat mir erzählt, er sei von Dämonenanbetern aufgezogen worden ...«

»Und Ihr habt ihm geglaubt?« Die gnädige Dame Yoldi schien verärgert zu sein, sowohl angesichts der Wahrscheinlichkeit, dass die wahrheitsgetreue Antwort auf diese Frage ein Ja sein würde, als auch im Hinblick auf die beinahe zweifelsfreie Gewissheit, dass Sir Andrew dies niemals sagen würde. Der Ritter, der ihr vorausstapfte, schien sie nicht gehört zu haben. Bei dem ersten der schmalen Fenster blieb er stehen, dort, wo die Treppe ihre erste oberirdische Wende machte. Durch die Fensteröffnung konnte man an der steinernen Flanke des südlichen Wachturms vorbei auf einen Teil des kleinen Dorfes, das sich an den Fuß der Burg schmiegte, und auf den großen Gemeindeanger dahinter blicken. Auf dieser Wiese, wo die meiste Zeit des Jahres über Wolltiere grasten, nahm seit etwa einem Tag der alljährliche Jahrmarkt Gestalt an.

»Ich hätte ihm besseres Essen bringen lassen sollen, glaube ich. Etwas Grütze wenigstens, vielleicht auch ein wenig Fleisch.« Anscheinend sinnierte Sir Andrew laut über seinen Gefangenen, aber seine geistesabwesend klingende Stimme machte deutlich, dass seine Gedanken bereits zu anderen

Gefilden schweiften. »Die Ernte war in diesem Jahr überall am Rande des Sumpfes so schlecht, dass ich gar nicht wusste, ob wir überhaupt einen rechten Jahrmarkt auf die Beine bringen würden. Aber da ist er. Anscheinend wendet sich doch noch alles zum Guten.«

Dame Yoldi trat zu ihm ans Fenster, obwohl es so schmal war, dass zwei Menschen nur mit Mühe gleichzeitig hinausschauen konnten. »Eure Kornspeicher haben den schlechten Jahren viel von ihrem Schrecken genommen, seit Ihr sie erbauen ließet. Wenn wir nur nicht zwei schlechte Jahre hintereinander erleben.«

»Ja, das könnte verheerend sein. Wolltet Ihr deshalb mit mir sprechen? Wieder eine Abordnung aus einem der Dörfer? Worum geht es? Die Ernte? Drachen? Beides?«

»Es ist eine Abordnung. Aber diesmal kommt sie aus keinem der Dörfer.«

Sir Andrew wandte dem Fenster den Rücken zu. »Woher dann?«

»Sie kommt vom Herzog, und ich habe bereits ein Orakel befragt: Die Zeichen stehen für Euch heute nicht besonders günstig. Ich dachte, Ihr würdet das gern wissen, bevor Ihr diese Leute empfangt.«

»Und empfangen muss ich sie wohl, nehme ich an. Yoldi, ich weiß Eure Bemühungen – in Sachen der Magie wie auch in vieler anderer Hinsicht – unaufhörlich zu schätzen.« Sir Andrew beugte sich zu seiner Zauberin hinab und küsste sie sanft auf die Stirn. »Also gut. Ich bin gewarnt.«

Er ging zur Treppe und stieg vor der Zauberin hinauf. Die nächste Biegung lag unter ihnen, bevor er den Kopf drehte und fragte: »Was wollen sie?«

»Das haben sie nicht gesagt. Sie weigern sich, mit irgendjemandem über ihr Anliegen zu reden, ehe sie mit Euch gesprochen haben.«

»Und sie legen verdammt schlechte Manieren an den Tag, nehme ich an – wie gewöhnlich.«

»Andrew?«

Der Ritter blieb stehen. »Ja?«

»Letzte Nacht hatte ich wieder die Vision von den Schwertern. Sie waren zu einer Pyramide aufgestellt wie die Speere der Soldaten in der Wachstube, mit den Spitzen nach oben. Was es bedeutet, weiß ich noch nicht. Aber wie ich schon sagte: Die Zeichen für heute stehen nicht gut.«

»In Ordnung.« Als er an einem Fenster weiter oben angelangt war, blieb Sir Andrew erneut stehen, um Luft zu schnappen und mit besserer Sicht auf den viele Hektar großen Jahrmarktsplatz hinauszuschauen, der wie durch Zauberei vor seiner Burg aus dem Boden gewachsen war. In planlosem Durcheinander standen schmucke Pavillons, billige Behelfsbuden und die farbenfrohen Zelte berufsmäßiger Unterhaltungskünstler, alle entweder schon fertig oder noch im Aufbau begriffen. Das freundliche Wetter, das nach einigen Regentagen schließlich die Oberhand gewonnen hatte, lockte mehr Leute als sonst heraus, die meisten aus den nahe gelegenen Dörfern und Städten. Die sinkende Sonne überstrahlte Transparente und Tafeln, auf denen sich Händler von mannigfacher Art und unterschiedlicher Ehrlichkeit anpriesen, die sich anschickten mit ihren Geschäften zu beginnen oder bereits darin vertieft waren. Sir Andrews Türme beherrschten die Kreuzung zweier Landstraßen, die zu vier wichtigen Städten führten, und die Zahl derer, die ihm tributpflichtig waren, war beträchtlich. An schönen Abenden – und dieser versprach, einer davon zu werden – dauerte der Jahrmarkt beim Schein der Fackeln bis in die frühen Morgenstunden an. Die Ernte, so karg sie in diesem Jahr ausgefallen war, hatten die Bauern zum größten Teil eingefahren, und so konnten die meisten, die auf dem Land arbeiteten, ein paar Tage freimachen.

Der Burgherr spähte stirnrunzelnd aus einem Fenster. Die Buden und Tische mehrerer Glücksspielbetreiber waren ihm aufgefallen. Deren Ehrlichkeit, anders als die der meisten anderen Geschäftsleute, strebte nur zu häufig gegen Null.

»Hoh, diese Spielerbande.« Das Gesicht des Ritters zeigte Missbilligung. »Erinnert mich daran, Yoldi – ich sollte sie warnen. Wenn sie in diesem Jahr wieder beim Betrügen erwischt werden, müssen sie damit rechnen, dass ich harte Maßnahmen gegen sie ergreife.«

»Ich werde Euch morgen daran erinnern. Zweifellos aber werden sie dennoch betrügen, wie Ihr inzwischen wissen solltet. Aber können wir uns jetzt um die wichtigen Angelegenheiten kümmern?«

»Gut, gut, bringen wir es hinter uns.« Der Ritter blickte seine Zauberin beinahe streng an, als sei es ihre Schuld, dass sein Zusammentreffen mit den Abgesandten des Herzogs verzögert wurde. Mit einer knappen Handbewegung deutete er auf die Treppe, und jetzt ging sie voran. Er fragte: »Wen hat der Herzog diesmal geschickt, mich zu drangsalieren?«

»Es sind zwei. An einen werdet Ihr Euch vermutlich erinnern. Hugh von Semur. Er ist einer der Statthalter des Herzogs in den Gebieten, die an der Grenze zu ...«

»Ja, ja, ich erinnere mich an ihn. Ihr braucht mir nichts weiter zu sagen. Ein aufgeblasener kleiner Mann. Fraktin schickt immer gern zwei, vermutlich, damit sie einander bespitzeln und denunzieren können. Wer ist der andere?«

»Wieder eine von den Cousinen des Herzogs. Lady Marat.«

»Für einen Mann ohne direkte Nachkommen hat er verblüffend viele Cousins und Cousinen, fast wie – nun, wie auch immer, ich kenne sie jedenfalls nicht. Wie ist sie?«

»Sie sieht gut aus. Mehr kann ich über sie noch nicht sagen. Aber sie ist Euch nicht wohlgesonnen.«

Die beiden verließen jetzt hoch oben im Schloss das Treppenhaus, wo Sir Andrews liebster Raum für Unterredungen aller Art lag. Er trat neben Dame Yoldi und ergriff ihren Arm. »Etwas anderes hatte ich kaum erwartet. Nun, wir wollen sie hier empfangen. Bei den Trauben des Bacchus – glaubt Ihr, es ist noch etwas von diesem guten Bier da? Nein, lasst jetzt nichts herbeibringen; so war es nicht gemeint. Aber später, wenn die lieben Abgesandten des Herzogs gegangen sind.«

Bald darauf führte man die Abgesandten herein. Lady Marat war groß und schlank, und Haar und Haut waren dunkel. Wie bei Dame Yoldi war auch hier das, was einst atemberaubende Schönheit gewesen sein musste, immer noch beträchtlich – in Lady Marats Fall jedoch, dachte Sir Andrew, hatte man der Natur in den zurückliegenden Jahren sicherlich mit einem kleinen Zauber hier und dort nachgeholfen.

Hugh von Semur, der, was den gesellschaftlichen Rang anging, formell eine Stufe unter Lady Marat stand, war von untersetzter Statur und wirkte einfacher als sie, wenn er auch, wie seine Kleider bezeugten, etwas Geckenhaftes an sich hatte. Sir Andrew erinnerte sich, dass Hugh mehr als nur einen Hauch von Wichtigtuerei an den Tag zu legen pflegte, aber vermutlich versuchte er diese Eigenschaft momentan zu unterdrücken.

Die förmlichen Begrüßungsworte hatte man bald hinter sich gebracht, und pflichtschuldig wurde eine Erfrischung angeboten und abgelehnt. Lady Marat eröffnete ohne weitere Umschweife die eigentliche Unterredung. Sie bediente sich eines herablassenden Tonfalls. »Wie Ihr zweifellos vernommen haben werdet, Vetter, wurde der geliebte Anverwandte des Herzogs, Seneschall Ibn Gauthier, vor wenigen Tagen ermordet.«

»Wir haben davon gehört, ja«, gab Sir Andrew zu, doch dann stockte er, bemüht, sich eine wahrheitsgemäße Bemerkung einfallen zu lassen, die nicht allzu unhöflich klingen würde. Er neigte nicht dazu, ohne klar umrissenes Ziel und guten Grund unhöflich zu sein.

Die Lady fuhr fort. »Wir haben gute Gründe zu der Annahme, dass der Mörder sich in Eurem Reiche aufhält oder zumindest hierher unterwegs ist. Er ist ein einfacher Bürger, und sein Name lautet Mark. Sein Vater ist Jord, der Müller im Dorfe Arin am Aldan. Dieser Mark ist zwölf Jahre alt und soll groß für sein Alter sein. Er ist blond und hellhäutig, sein Gesicht ist rund und sein Verhalten das eines beispiellosen Verräters. Er trägt ein überaus wertvolles Schwert bei sich, das er dem Herzog gestohlen hat. Auf die Wiederbeschaffung des Schwertes ist eine Belohnung von hundert Goldstücken ausgesetzt, auf die Ergreifung des Mörders und Diebes die gleiche Summe.«

»Ein zwölfjähriger Knabe, sagt Ihr?« Die Furche des Unbehagens, die Sir Andrews Stirn seit Beginn der Unterredung durchzogen hatte, vertiefte sich. »Wie traurig. Nun, wir werden tun, was wir tun müssen. Sollte mir dieser Bursche aus irgendeinem Grunde unter die Augen kommen, werde ich ihn gründlich vernehmen.«

Irgendwie gelang es Lady Marat, auf Sir Andrew herabzublicken, obwohl der Stuhl, auf dem er als Gastgeber und Herrscher saß, ein wenig höher als der ihre war. »Mein lieber Vetter Andrew, ich glaube, Seine Gnaden erwartet eine etwas tatkräftigere Unterstützung von Euch. Es wird erforderlich sein, dass Ihr mit allen Mitteln und in Eurem ganzen Lande nach diesem Meuchelmörder fahndet. Und wenn er gefunden ist, habt Ihr ihn unverzüglich der Gerechtigkeit des Herzogs zu überantworten. Außerdem ist das gestohlene Schwert zu finden und zurückzugeben.«

Sir Andrew starrte sie stirnrunzelnd an. »Jetzt habt Ihr mich schon zweimal so genannt. Bin ich wirklich Euer Vetter?« Es klang, als denke er laut, und das Timbre seiner Bassstimme ließ ahnen, dass er diese Vorstellung als zutiefst beunruhigend empfand.

Dame Yoldi, die zur Rechten Sir Andrews saß, schaute ebenfalls beunruhigt drein, schien aber zugleich amüsiert. Hugh von Semur hingegen zeigte nichts weiter als Nervosität, als er hastig erklärte: »Sir Andrew, die Absicht Ihrer Durchlaucht war lediglich, in informeller Freundschaft zu Euch zu sprechen.«

»Das war es, eh? Hatte ich doch einen Moment lang hochtrabende Hoffnungen. Ich dachte schon, ich würde jetzt zu einem Mitglied der verzweigten Familie des Herzogs werden. Dann könnte ich wohl auch darauf zählen, dass er mit glühender Rachsucht jeden, der mir etwas antut, unerbittlich verfolgt – zumindest jedes Kind? Aber sagt, werdet Ihr bleiben, um Euch auf dem Jahrmarkt zu vergnügen?«

Das Gesicht der Lady Marat hatte die Farbe von dunklem Eis angenommen, und sie machte Anstalten, sich zu erheben. Aber Dame Yoldi war bereits aufgestanden. Vielleicht war ein leises Geräusch von draußen an ihr scharfes Ohr gedrungen, das die anderen überhört hatten, denn sie war ans Fenster getreten und schaute hinaus in den Sonnenuntergang.

Jetzt wandte sie sich um. »Gute Nachrichten, Sir Andrew«, verkündete sie in beinahe formellem Ton. »Ich glaube, Eure Drachenjäger sind eingetroffen.«

Aber Yoldis Augen hatten mehr gesehen, als sie mitteilte, dachte Sir Andrew.

9

Nestor, der in zwei Minuten zwei krachende Schläge gegen den Kopf erhalten hatte, verlor das Bewusstsein, aber nicht für lange. Als er wieder zu sich kam, sah er, dass er einen oder zwei Meter über der Oberfläche einer nebelverhangenen Marsch dahingetragen wurde, noch immer wehrlos gegen die Brust eines fliegenden Drachen von ungeheurer Spannweite gepresst. Seine linke Schulter und der Oberarm waren von quälenden Schmerzen erfüllt, wenngleich das Tier seinen eisernen Griff inzwischen verlagert hatte und ihn nicht mehr am verwundeten Arm gepackt hielt.

Er rechnete damit, dass der Drache ihn jeden Augenblick fallen ließ. Ein erwachsener Mann war für jedes Geschöpf, das auf natürliche Weise und nicht durch Magie flog, eine schwere Last – noch vor fünf Minuten hätte er gesagt, eine zu schwere Last. Solange ihn sein Peiniger in den Klauen hielt, konnte er nur langsam und mit großer Mühe an Höhe gewinnen, so viel stand fest. Der Nebel am Boden war jetzt so dicht, dass er Erde und Wasser einhüllte, aber die Wipfel der Bäume ragten vor ihnen aus den Schwaden, und der Flugdrache kurvte zwischen ihnen hindurch. So sehr die mächtigen Schwingen sich auch mühten, er schaffte es nicht, sich über die Bäume erheben.

Zunächst war sich Nestor sicher gewesen, das Untier würde ihn fallen lassen, aber schon im nächsten Augenblick befürchtete er, es würde es nicht tun. Als sie dann, den spürbaren Schwierigkeiten zum Trotz, dennoch an Höhe gewannen, bekam er wieder Angst, es könnte es doch tun. Aber was auch geschehen würde, er schien kaum etwas dagegen unternehmen zu können. Beide Arme waren an seinen Körper und gegen die Schuppen des Drachen gepresst. Den Kopf konnte er drehen, und wenn er ihn nach rechts wandte, sah er den Griff des Schwertes und die Hälfte der Klinge, die noch immer zwischen den rauen Schuppen am Gelenk zwischen dem Körper und dem linken Bein des Tieres steckte. Ein Rinnsal schillernden Blutes sickerte aus der Wunde. Wenn Nestor seinen rechten Arm hätte bewegen können, hätte er den Griff vielleicht zu erreichen versucht. Andererseits hätte er es womöglich bei dieser steigenden Höhe auch bleiben lassen.

Die gewaltigen Schwingen schlugen majestätisch, und langsam siegten sie im Kampf um die Höhe. Trotz der Farbe des Blutes, trotz der Schuppen und allem anderen begann sich Nestor mit schwindligem Kopf zu fragen, ob es überhaupt ein Drache war, was ihn da in seinen Klauen trug. Nachdem er sie jahrelang gejagt hatte, hatte er jede einzelne Unterart zu kennen geglaubt ... und Drachentöter hatte sich nie zu töten geweigert, wenn er einmal gegen eine dieser Bestien erhoben worden war. Konnte es sich hier vielleicht um eine Kreuzung handeln, zu einem besonderen Zweck im Privatzoo eines Potentaten gezüchtet?

Aber im Zusammenhang mit dem Schwert war da etwas, an das er sich hätte erinnern müssen ... Doch so benommen, wie Nestor war, so erfüllt vom Schmerz in seiner Schulter und vom Entsetzen über seine Situation, war er außer Stande, sinnvoll und klar zu denken. Dieses Ding kann mich nicht wirklich tragen, dachte er immer wieder, und dauernd rechnete er damit, losgelassen zu werden. Kein fliegendes Lebewesen konnte in der Lage sein, einen ausgewachsenen Mann in die Lüfte zu heben und mit ihm davonzufliegen. Nestor wusste, dass er bei weitem nicht der schwerste unter den ausgewachsenen Männern war, aber dennoch ...

Jetzt drohte das Grauen seine Sinne vollends zu überwältigen. Nestor krallte sich mit den Fingernägeln an die Schuppen der Bestie, die ihn trug. Er war sich plötzlich sicher, dass sie ihn fallen lassen würde, sobald sie in ausreichender Höhe war, wie eine Möwe, die eine Muschelschale auf den Klippen zerschellen ließ. In panischer Angst versuchte er seine Arme freizubekommen, doch das Ungeheuer achtete nicht auf seine hilflosen Anstrengungen.

Wieder schwand Nestors Bewusstsein und kehrte dann zurück. Als er diesmal die Augen aufschlug, wurden der Drache und er gerade von einer Nebelbank verschlungen, die dichter war als alle vorigen. Als sie die Nebelschwaden schließlich hinter sich ließen, sah er, dass sie nun wirklich in luftigen Höhen dahinflogen. Unten waren keine Baumwipfel mehr zu erkennen, sondern nur noch Nebel oder eine Wolke von unergründlicher Tiefe. Oben fraß ein blendend weißes Strahlen die letzten verbliebenen Nebelschleier. Das verdammte, hässliche, verwundete Ding hat es geschafft, dachte Nestor, und wider Willen empfand er eine gewisse Bewunderung ...

Als er wieder ganz bei Bewusstsein war, stellte er fest, dass sein Entführer ihn noch immer in derselben Haltung umklammert hielt. Sie flogen schnell und ruhig zwischen zwei waagerechten Wolkenschichten dahin. Die untere Schicht war so lückenlos, dass sie die Erde vollständig verbarg, aber die obere war aufgerissen, und hin und wieder sah man Flecken des blauen Himmels. Es war ein traumartiges Erlebnis und nur mit einem einzigen in Nestors Erinnerung zu vergleichen: Einmal hatte er auf einem hohen Berg gestanden und auf die Oberseite der Wolken hinabgeschaut, die ein Tal tief unter ihm ausfüllten.

Irgendwie trug die größere Höhe nun dazu bei, seine Angst vor dem Absturz zu mildern. Wieder fesselte das Schwert Nestors Blick und seinen Verstand. Als er den Kopf drehte, beobachtete er, wie sich der Griff der im Leib des Drachen eingebetteten Waffe mit jedem Flügelschlag hob und senkte. Ein paar Tropfen Blut quollen immer noch aus der Wunde. Nestor wusste von der unglaublichen Zähigkeit der Drachen, von der Unmöglichkeit, sie mit einer gewöhnlichen Waffe zu verwunden. Aber das hier ...

Immer wieder kam er darauf zurück: Ein Drache kann keinen Menschen tragen; kein fliegendes Lebewesen ist dazu groß genug. Natürlich gab es Sagen aus tiefster Vergangenheit, die von Dämonen-Greifen berichteten, auf deren Rücken die Zauberer durch die Lüfte eilten. Und Legenden aus der Alten Welt, unendlich viel älter noch als jene, erzählten von einem fliegenden Pferd ...

Der Flug zwischen den Wolkenschichten kam Nestor wie eine Ewigkeit vor, und tatsächlich mussten mehrere Stunden verstrichen sein. Allmählich wurden die Wolkenschichten dünner, und was er unter sich dahinziehen sah, musste ein Teil des Großen Sumpfes sein. Er lag aber zu tief unter ihm, um ihn noch zu ängstigen. Die Wolken über ihm waren inzwischen so dünn, dass er am Stand der Sonne ihre Flugrichtung erkennen konnte: Es ging nach Südwesten.

Schließlich tauchte unten im Sumpf eine unregelmäßig geformte kleine Insel auf, die mit großen Bäumen bestanden und von niedrigen Klippen aus Lehm oder Mergel umgrenzt war. Hier ging der Drache unvermittelt in einen sanften, abwärts gerichteten Spiralflug über. Außer der Insel konnte Nestor am Boden nichts entdecken, was Anlass für eine Landung hätte sein können, und in der Tat sank die Kreatur auf eine der flachen Lehmklippen hinunter.

Nestor schlug unsanft auf rauem Boden auf, doch er kam nicht frei. Bevor seine erstarrten Glieder auf die Möglichkeit der Flucht reagieren konnten, wurde er wieder gepackt. Ein Drachenfuß krallte sich um sein rechtes Bein, hob ihn auf und hängte ihn wie ein Stück Fleisch, das gedörrt werden sollte, in einen Baum, den rechten Knöchel schmerzhaft in eine

Astgabel fünf Meter hoch über dem Boden geklemmt. Dort hing er nun mit dem Kopf nach unten und schrie.

Seine Schreie, aus neuem Schmerz und frischer Empörung geboren, waren laut, doch sie verhallten wirkungslos. Ohne auf Nestors Gezeter zu achten, spreizte sein Peiniger die Schwingen und flatterte schwerfällig von den Klippen herab. Im Gleitflug segelte er zum Rande des Sumpfes hinunter, der fünfzehn oder zwanzig Meter tiefer lag. Dort begab er sich, vorsichtig watschelnd, zum Ufer eines Tümpels. Friedlich wie ein Wolltier streckte er seinen Hals und begann schlabbernd zu saufen, ohne sich um das Schwert zu kümmern, das noch immer aus seiner Hüfte ragte.

Würde er fressen wollen, wenn er seinen Durst gelöscht hatte? Die Vorstellung erfüllte Nestor mit Verzweiflung. Er krampfte sich zusammen, versuchte sich so weit hochzuziehen, dass er die beiden Äste, zwischen denen sein Bein gefangen war, erfassen konnte. Aber sein rechter Arm war wie sein ganzer Körper steif und zerschunden, und den linken Arm konnte er beinahe überhaupt nicht mehr bewegen. Die Finger seiner rechten Hand berührten schließlich den Ast über ihm, doch mehr schaffte er nicht, und so sank er stöhnend wieder herab. Selbst wenn es ihm unter äußerster Anstrengung gelänge, seinen Fuß freizubekommen – er würde es wahrscheinlich mit einem halsbrecherischen Sturz auf den harten Boden unter dem Baum bezahlen müssen.

Platschende Geräusche lenkten Nestors Aufmerksamkeit wieder auf den Sumpf. Der Drache hatte einen seiner klauenbesetzten Füße in den Morast getaucht. Gleich darauf zog er ihn wieder heraus und hielt jetzt eine große Schlange in den Krallen. Nestor, der wegen der verdrehten Perspektive blinzeln musste, schätzte, dass die gestreifte Schlange etwa so dick wie ein Männerbein sein mochte. Sie rollte sich zusammen, zuckte, zischte und schlug ihre Fänge erfolglos gegen die

Schuppen des Drachen. Ihr Kopf stieß auch dann noch zu, als der Drache schon ein großes Stück aus ihrer Mitte herausgebissen hatte und das Schwanzende zu Boden fiel.

Als Nestor sah, dass der Drache die Schlange anscheinend dem Menschenfleisch vorzog, fasste er ein wenig Mut. Wieder versuchte er, sich zu befreien, diesmal methodischer. Doch in diesem Fall brachte Methode nicht mehr Erfolg als blinde Hast.

Dann musste er wohl wieder ohnmächtig geworden sein, denn das Nächste, was er spürte, war, dass der Drache ihn erneut in die Höhe schleppte. Wie zuvor fühlte er sich an die Brust des Drachen gepresst, und wieder konnte er die Arme nicht bewegen. Diesmal ging der Abflug leichter vonstatten, wenn auch nicht weniger Schrecken erregend – der Drache ließ sich kopfüber vom Rand der niedrigen Klippe stürzen und gewann Fluggeschwindigkeit, indem er tief über dem Sumpf dahinglitt, so dass Nestor bis auf eine Handbreit an das schaumige Wasser herankam. Moosbehangene Bäume huschten rechts und links vorüber, und Vögel flatterten in lärmendem Erschrecken aus ihnen auf. Ein Mönchsvogel kreischte und blieb dann unter ihnen zurück.

Wieder versank Nestor in Bewusstlosigkeit. Wieder vermochte er nicht genau zu sagen, wie viel Zeit verging. Wenn die verfluchte Bestie ihn nicht den weiten Weg bis hierher geschleppt hatte, um ihn zu fressen, was hatte sie dann im Sinn? Sie trug ihn doch nicht zu einem Gargantua-Nest, um ihn an ihre Jungen zu verfüttern – nein, bei allen Göttern und dem Schatz von Benambra, das konnte nicht sein. Dass ihm eine solche Idee überhaupt in den Sinn kam – er musste den Verstand verloren haben! Drachen bauten keine Nester und fütterten auch keine Jungen ... und kein Flugdrache war groß genug, einen ausgewachsenen Mann zu tragen ...

Die Wolken im Westen röteten sich unverkennbar im Licht

der untergehenden Sonne, bevor der Flug zu Ende war. Schließlich aber wich das Wesen von seinem stetigen Südwestkurs ab und begann über einer anderen, größeren Insel mit festem Grund im Sumpf zu kreisen. Eine recht umfangreiche Fläche ungefähr in der Mitte der Insel war von Bäumen und Unterholz befreit. Mitten auf dieser Lichtung stand ein gewaltiges Bauwerk, das Nestor trotz der ungewöhnlichen Perspektive schließlich als Tempel erkannte. Es bestand entweder aus Steinen, die man – woher, wussten die Götter – in den Sumpf geschafft hatte, oder aus einem besonderen Holz, das vermutlich auf magische Weise gehärtet und vor dem Verfall geschützt worden war. Der Drache zog immer tiefere Kreise, doch Nestor konnte immer noch nicht erraten, welchem Gott oder welcher Göttin dieser Tempel – falls es sich tatsächlich um einen handelte – geweiht war. Es gab so viele, dass kaum jemand alle kannte. Das Gebäude war weitgehend verfallen und die Ruine von blühenden Ranken überwuchert.

Die größte freie Fläche war ein Hof, dessen relativ unversehrtes Steinpflaster sich vor dem erstreckte, was vermutlich einmal der Haupteingang des Tempels gewesen war. Offensichtlich wollte der Drache auf dieser Fläche landen, doch aus irgendeinem Grund näherte er sich ihr mit großer Vorsicht. Während er noch in einer Höhe von wenigen Metern darüber kreiste, erschien ein möglicher Grund für diese Vorsicht: Ein riesenhafter Laufdrache kam unter den nahen Bäumen hervor und stampfte vor Aufregung brüllend über den Hof. Der Flugdrache kreiste knapp oberhalb seiner Reichweite, und der Laufdrache erhob sich grollend auf die Hinterbeine und wedelte mit seinen baumstammdicken Vorderbeinen, als wolle er Nestors baumelnde Beine erhaschen. Einmal war ihm, als spüre er den heißen Atem des Monstrums, doch zum Glück war es außer Stande, seine Körpermassen vom Boden zu erheben.

Dann durchdrang ein lang gezogener Schrei das Getöse des Laufdrachen. Es war eine neue, andere Stimme, tief wie das Gebrüll des Läufers, aber dennoch hielt Nestor sie einen Augenblick lang für eine menschliche Stimme. Gleich darauf aber war er sicher, dass er sich geirrt hatte, und als der Schrei verklungen war, vermochte er nicht mehr mit Gewissheit zu sagen, ob überhaupt Intelligenz, menschliche oder fremdartige, darin gelegen hatte. Sein Grundton war herrisch gewesen, und die Modulation schien Nestor in der Tat über der Grenze zur Sprache zu schweben – wie etwa ein schriller Ton sich an der Grenze zum menschlichen Gehör bewegen mochte.

Vielleicht hatte der Schrei für den Laufdrachen eine Bedeutung enthalten, denn die gewaltige Bestie brach mitten im Gebrüll ab und verstummte. Mit einem Peitschenhieb des riesigen Schwanzes wandte sie sich ab und stapfte zurück in den angrenzenden Wald. Zur Rechten und zur Linken knickten kleine Bäume wie Zahnstocher.

Jetzt war der Weg für den Flugdrachen frei, rasch ließ er sich auf die Lichtung hinuntersinken. Doch dann flatterte er noch einmal angestrengt mit den Flügeln und blieb mit seiner Last in der Luft, denn unter riesigen Bäumen trat ein Wesen auf zwei Beinen hervor, das weder Drache noch Mensch war. Nestor schaute hin und wollte sich durch einen zweiten Blick versichern. Doch auch so konnte er nicht feststellen, ob er nach all seinen Leiden nicht einer Sinnestäuschung zum Opfer fiel. Das Wesen, das auf zwei Beinen unter ihm stand, war von Kopf bis Fuß in langhaariges Fell gehüllt, und diese Körperbedeckung strahlte sanft von eigener Energie, die an gerade noch wahrnehmbares Licht erinnerte. Seine Farbe war unbestimmbar. Die Gestalt war sicherlich sechs Meter groß, den ausgestreckten, menschlich geformten Arm nicht mitgerechnet, der jetzt nach Nestor griff. Das Gesicht war nicht menschlich – so viel war sicher –, doch ein Tierantlitz war es auch nicht.

Ungeachtet des sanft leuchtenden Pelzes hatte die Riesenhand, die sich mit ganz unerwarteter Behutsamkeit um Nestors Oberkörper schloss, fünf Finger, und sie glich einer Menschenhand, ebenso wie die andere Hand, die sich nun hob und vorsichtig das Schwert herauszog, das noch immer in der Hüfte des Drachen steckte. Daraufhin flog der Drache müde mit den Flügeln schlagend davon. Noch einmal stieß er den Schrei eines berstenden Windmühlenflügels aus, den Nestor schon einmal gehört hatte, als er damals – ihm schien, als sei ein ganzes Leben vergangen – mit seinem Wagen durch den Nebel gefahren war.

Das riesenhafte zweibeinige Wesen hatte das Schwert auf die Steinplatten zu seinen Füßen gelegt und hielt Nestor jetzt in seinen beiden pelzigen Händen, und ihm war, als falle er in eine neuerliche Ohnmacht ...

Aber er fiel nicht in Ohnmacht. Ein Strom von heilender Kraft floss aus diesen Händen in seinen misshandelten Körper. Eine Berührung an seiner verletzten Schulter, gefolgt von einem Druck, der qualvolle Schmerzen hätte hervorrufen müssen, sog stattdessen den vorhandenen Schmerz heraus. Eine kribbelnde Wärme verbreitete sich wohlig und erfüllte nach und nach Nestors ganzen Körper. Als er kurz darauf behutsam auf den Boden gestellt wurde, stellte er fest, dass er mühelos stehen und sich bewegen konnte. Er fühlte sich wach und kräftig, ja, beinahe ausgeruht. Schmerzen und Wunden waren spurlos verschwunden, und sogar der Durst, der Mund und Kehle seit einer Weile hatte brennen lassen, hatte sich verflüchtigt.

»Danke«, sagte er ruhig. Er sah auf und schaute seinen Retter forschend an. Der Tag neigte sich unterdessen dem Ende zu, aber der Himmel war noch hell. Das Licht des Tages, getönt vom Glanz der untergehenden Sonne, umsäumte das feinere Leuchten des Pelzes am Kopf des baumhohen Wesens, das mit verschränkten Armen wie ein riesiger Mensch vor ihm stand und auf ihn herabblickte.

»Es tut mir leid, dass du verletzt wurdest.« Die mächtige Stimme klang jetzt beinahe menschlich. »Ich wollte dir nichts tun.«

Nestor breitete die Arme aus. Impulsiv fragte er: »Bist du ein Gott?«

»Das bin ich nicht.« Die Antwort kam sofort und mit Entschiedenheit. »Was weißt du über Götter?«

»Wenig, um die Wahrheit zu sagen.« Nestor rieb sich die Schulter, die nicht mehr schmerzte. Dann fiel sein Blick auf das Schwert, das auf dem Pflaster des Hofes zu seinen Füßen lag. »Aber ich habe einmal einen gesehen. Das war vor einem Jahr, obwohl es mir – bei allen Göttern! – so vorkommt, als sei ein ganzes Leben seither vergangen. Bis zu jenem Tag hatte ich wohl nicht geglaubt, dass Götter wirklich existieren.«

»Und welcher Gott war es, dem du damals begegnet bist? Und wie geschah es?« Die mächtige Stimme klang geduldig und interessiert, bereit, über Götter zu tratschen, wenn es das war, was Nestor wollte. Das ungeheure Gesicht über den verschränkten Armen war – nicht menschlich. Nestor fand es unmöglich, einen Ausdruck darin zu erkennen.

Nestor zögerte, dachte nach und antwortete dann, so klar er konnte und nicht so, wie er einem menschlichen Frager geantwortet hätte. Er fühlte, dass er stattdessen wie ein Kind sprach, ohne berechnen zu wollen, wohin ihn seine Antworten führen würden.

»Es war Hermes, der Götterbote, dem ich begegnete. Er hatte seinen Stab bei sich und trug die geflügelten Sandalen. Ich lebte damals allein in einer kleinen Hütte, abseits von allen Menschen – und eines Morgens, im Morgengrauen, kam

Hermes an meine Tür und weckte mich. Einfach so. In einer Hand hielt er ein Schwert, wie ich nie zuvor eines gesehen hatte, und er gab es mir – einfach so. Ich würde es zu benutzen wissen, sagte er. Schon damals arbeitete ich als Drachenjäger. Er erklärte, das Schwert sei allzu lange im Besitz von Leuten gewesen, die es niemals benützen würden, weil sie zu ängstlich seien, obwohl sie eine ungefähre Ahnung von seinen Kräften hätten. Deshalb hatte Hermes es ihnen weggenommen und zu mir gebracht. Es hieß ›Schwert der Helden‹, sagte er, und werde auch Drachentöter genannt. Jeden Drachen werde es mit Leichtigkeit besiegen. Nun, schon bald hatte ich Gelegenheit, Drachentöter auf die Probe zu stellen, und ich sah, dass Hermes die Wahrheit gesagt hatte. Die Klinge durchbohrte die Schuppen von jedem Drachen, den ich aufstöberte, wie ein Stück Stoff. Sie schnitt durch ihre Knochen, als seien es Zweige, und sie fand unfehlbar den Weg zu ihren Herzen. Hermes hatte mir gesagt, Vulkan habe sie geschmiedet, und als ich gesehen hatte, was sie vermochte, glaubte ich ihm auch in diesem Punkt.«

»Und was sagte Hermes sonst noch zu dir?«

Es fiel Nestor schwer, dem Frager in die Augen zu schauen. Er starrte auf die Beine des Riesen und bemerkte, wie das Fell noch immer kaum sichtbar leuchtete, obwohl die Sonne jetzt nicht mehr schien. Die Schatten der Nacht hatten sich aus dem Sumpf erhoben, waren über den Hof gekrochen und erklommen jetzt die Fassade der riesigen Tempelruine.

»Was er sonst noch sagte? Nun, als ich dachte, er wolle sich umdrehen und mich mit dem Schwert in der Hand stehen lassen, fragte ich ihn noch einmal: ›Wieso gibst du es mir?‹ Hermes antwortete: ›Die Götter warten mit Ungeduld darauf, dass ihr großes Spiel beginnt.‹«

»Ihr ›großes Spiel‹?« Die Stimme des Riesen schallte rollend durch den Hof. »Wusstest du, was er damit meinte?«

»Nein, obwohl ich oft darüber nachgedacht habe.« Nestor zwang sich, den Kopf zu heben und seinem Gegenüber in die Augen zu sehen. »Weißt du denn, was er meinte?«

»Was die Götter mit dem meinen, was sie sagen, ist in den meisten Fällen nur zu erraten. Und das Schwert zu deinen Füßen – ist es dasselbe, das Hermes dir gab?«

»Das dachte ich, als ich den fliegenden Drachen damit zu töten versuchte. Aber jetzt, wenn ich es mir noch einmal überlege ...« Nestor bückte sich rasch und hob das Schwert auf, um den Griff im schwindenden Licht genauer zu betrachten. »Nein, es ist ein anderes, aber es ist meinem sehr ähnlich. Ein Junge, dem ich unterwegs begegnet bin, trug dieses hier. Wir wurden überfallen. Es herrschte große Verwirrung. Und inzwischen haben wahrscheinlich Herzog Fraktins Soldaten mein Schwert.« Nestor stieß einen kurzen, wütenden Laut aus.

»Erkläre mir das.« Die großen, dunklen Augen seines Befragers blickten immer noch unergründlich über den verschränkten Titanenarmen.

»Schon gut.« Nestors plötzlicher, erbitterter Zorn über den Verlust seines Schwertes half ihm, alle Schüchternheit zu überwinden. Je länger er mit dem Riesen redete, desto weniger Angst hatte er vor ihm. Nachdem er einen Augenblick lang über sein Verhalten nachgedacht hatte, kam Nestor zu dem Schluss, seine kindliche Offenheit rühre daher, dass er sich wie ein Kind ganz und gar vom Wohlwollen seines Gegenübers abhängig wusste. »Ich will es dir erklären, so gut ich kann. Aber gibt es einen Grund, weshalb du mir nicht auch die eine oder andere Frage beantworten könntest?«

»Vielleicht werde ich sie dir beantworten, vielleicht auch nicht. Was sind es für Fragen?«

Nestor dachte über diese milde Antwort nach. Sie bestärkte ihn in seiner Kühnheit, einer Eigenschaft, die ohnehin ein Leben lang zu seinen Gewohnheiten gezählt hatte und nun allmählich wieder die Oberhand gewann. »Willst du mir zuerst einmal sagen, wie du heißt? Du hast deinen Namen noch nicht genannt und auch noch nicht nach meinem gefragt.«

Nach einer kurzen Pause hallte der rollende Bass zu ihm herunter. »Deinen Namen weiß ich schon, Drachenjäger. Und wenn ich dir meinen jetzt sage, so ist es beinahe sicher, dass du ihn missverstehen wirst. Vielleicht später.«

Nestor nickte. »Als Nächstes habe ich einige Fragen über das Wesen, das mich hergebracht hat. So etwas habe ich noch nie gesehen, und ich habe einige Erfahrung. Es ist geradewegs hierher zu dir geflogen, als handele es auf deinen Befehl, als werde es von dir gelenkt. Ist es wirklich ein Drache, oder ist es ein Zaubergeschöpf? Hast du es erschaffen? Hast du es zu mir geschickt?«

»Es ist ein Drache, und ich habe ihn geschickt. Es tut mir Leid, dass du verwundet wurdest. Ich wollte dich nicht verletzen. Aber um gewisser Informationen willen nahm ich in Kauf, dass du verwundet werden könntest. Von den Drachen hatte ich Gerüchte über einen Mann gehört, der ihresgleichen mit einer neuen magischen Kraft tötet, die in einem Schwert verborgen liegt. Und andere Boten brachten mir die Nachricht von Schwertern, die angeblich von den Göttern gemacht worden sind ... Ich habe gute Gründe, mehr über diese Dinge wissen zu wollen.«

Nestor hatte das Gefühl, er könne sich möglicherweise an die Last dieses dunklen Blickes gewöhnen. Jetzt begegnete er ihm erneut. »Dann bist du also ein Freund der Drachen und sprichst mit ihnen.«

Der Gigant zögerte. »›Freund‹ ist vielleicht nicht das richtige Wort dafür. Aber in gewisser Weise spreche ich mit ihnen, und sie sprechen mit mir. Ich spreche mit allem, was lebt. Doch jetzt möchte ich, dass du mir noch ein paar Fragen beantwortest.«

»Ich will es versuchen.«

»Gut. Es gibt eine alte Prophezeiung ... Was weißt du über die Graue Horde?«

Nestor sah ihn verständnislos an. »Was könnte ich darüber wissen? Ich habe diese Worte noch nie gehört. Was bedeuten sie?«

Der Riese überlegte. »Komm mit, ich werde dir ein wenig von ihrer Bedeutung zeigen.« Damit wandte sich die turmhohe Gestalt ab und schritt auf den Tempel zu. Nestor folgte mit dem Schwert in der Hand. Ein leises Lächeln huschte über seine Züge, als er den riesigen, pelzigen Rücken vor sich sah. Der andere hatte nicht einen Augenblick lang gezögert, einem Fremden mit gezücktem Schwert den Rücken zuzukehren. Allerdings hatte Nestor einen solchen heimtückischen Anschlag nie auch nur eine Sekunde lang in Erwägung gezogen – er hätte ebenso gut versuchen können, einen Vulkan zu überfallen.

Das Portal des Tempels war so hoch, dass der Riese hindurchschreiten konnte, ohne sich zu bücken. Als er eingetreten war, betrachtete Nestor das Gebäude genauer. Es bestand in der Tat aus gehärtetem und haltbar gemachtem Holz – Spuren der Maserung waren hier und da noch sichtbar. Das Gebäude musste uralt sein. Ein großer Teil des Daches war eingestürzt, aber die Decke war in einigen Räumen noch erhalten – so auch in der hohen Kammer, in der Nestors Führer jetzt stehen blieb. Hier war es schon beinahe dunkel. Als Nestors Augen sich an die Düsternis gewöhnt hatten, schienen die phantastischen Schnitzereien, mit denen die Wände überzogen waren, wie Geister aus der Dunkelheit zu treten.

Der Riese, dessen Gestalt von seinem schwach schimmernden Pelz umrahmt wurde, war neben einem großen, offenen Becken stehen geblieben, das in den Boden eingelassen war, umgeben von einem niedrigen Rand aus dem gleichen gehärteten Holz, aus dem auch Fußboden und Wände gemacht waren. Nestor vermutete, dass es eine Wanne für rituelle Bäder oder dergleichen sei.

Das Becken war fast bis zum Rand mit einer Flüssigkeit gefüllt. Vielleicht war es einfaches Wasser, aber in dem matten Licht erschien es schwarz.

Von einem Sims an der Wand nahm sein Führer ein Gerät, welches Nestor, der Ähnliches schon ein- oder zweimal gesehen hatte, als flammenlose Laterne aus der Alten Welt erkannte, gespeist von irgendeiner Kraft der Alten Technologie. Der Riese richtete den kalten, durchdringenden Lichtstrahl in das Bassin hinunter. Etwas regte sich unter der tintenschwarzen Oberfläche, und gleich darauf zeigte sich, wie seicht das Becken war. Die Flüssigkeit, die es enthielt, reichte der kleinen, menschenähnlichen Gestalt, die sich jetzt unbeholfen darin erhob, gerade bis an die Knie. Dunkles Wasser glitzerte im Strahl der Laterne und tropfte in kleinen Rinnsalen über die graue, nackte Haut der Gestalt. Ihr haarloser, geschlechtsloser Körper erinnerte Nestor an das geschwungene Exoskelett eines Rieseninsekts. Nicht einen Augenblick hielt er es für menschlich, wenngleich die Gestalt der eines Menschen glich.

»Was ist das?«, wollte Nestor wissen. Er war einen Schritt zurückgetreten, seine Faust umklammerte den Schwertgriff fester.

»Nenne es eine Larve.« Die gewaltige Stimme seines Führers war jetzt beinahe ein Flüstern. »Das ist ein altes Wort, und es kann ›Gespenst‹ und ›Maske‹ bedeuten, aber es kann auch eine unfertige Insektenform bezeichnen. Nichts davon wäre eine ganz und gar zutreffende Beschreibung dessen, was du hier vor dir siehst, aber ich denke, jedes kommt ihm auf seine eigene Weise recht nahe.«

»Larve«, wiederholte Nestor. Zumindest der Klang dieses Wortes schien ihm irgendwie angemessen zu sein. Er beobachtete die Larve aufmerksam. Als sie sich vollends aufgerichtet hatte, stand sie bewegungslos im Becken, und die Arme hingen zu beiden Seiten schlaff herab. Als Nestor sich vorbeugte und sie genauer betrachtete, war ihm, als ob die dunklen Augen unter der glatten grauen Stirn ihn anstarrten, doch er war sich dessen nicht sicher, denn die Augen lagen im Schatten. Mund und Ohren waren winzige, gekräuselte Öffnungen, die Nase war fast nicht vorhanden, und Nasenlöcher fehlten völlig. Anscheinend brauchte dieses Ding nicht zu atmen. Nestor fand, dass es wie eine Mumie aussah. »Ist es tot?«, fragte er.

»Es hat nie gelebt. Aber überall im Großen Sumpf werden die Lebensenergien der Erde in widernatürlicher Weise dazu verwendet, Dinge wie dieses hervorzubringen. Dort draußen, unter der Oberfläche des Sumpfes, werden Tausende dieser Art geformt, gezüchtet und gehegt, von magischen Kräften, die ich nicht verstehe. Aber ich fürchte, dass sie etwas mit dem Götterspiel und mit den Schwertern zu tun haben. Und ich weiß, sie sollen einem bösen Zweck dienen.«

Wieder dieses Götterspiel. Nestor wusste nichts darüber, und so schwieg er. Seiner Ansicht nach konnte man schon am Aussehen dieser Gestalt erkennen, dass sie zu nichts Gutem taugte. Eigentlich, dachte er, glich sie weniger einer Mumie als vielmehr einer Hexenpuppe, die nur zu dem einen Zweck, einen Fluch in die Tat umzusetzen, gemacht worden war. Nur waren – zumindest soweit Nestor mit seinen begrenzten Erfahrungen über diese Dinge Bescheid wusste – solche Puppen nicht größer als ein Spielzeug, während diese hier fast so groß war wie er selbst. Als er das Ding genauer untersuchte, stellte er fest, wie plump es im Detail geformt war. Zweifellos würde es beim Gehen hinken. Die leblosen Gelenke waren nachlässig und ungenau zusammengefügt worden und beulten klobig die weiche Umhüllung aus, die weder Haut noch Schuppenpanzer noch Baumrinde war.

Der Riese streckte die Hand aus und nahm das Ding aus dem Becken. Er stellte es vor Nestor auf den gehärteten Holzboden des Tempels. Als er seine Hand zurückzog, machte die Figur eine kaum merkliche selbstständige Bewegung, gerade so viel, dass sie ihr eigenes Gleichgewicht fand. Dann war sie wieder völlig reglos. Nun konnte Nestor erkennen, dass die Augen unter der grauen Stirn gleichfalls grau waren. Sie hatten die Farbe von altem, verwittertem Holz, aber sie waren so leblos, wie Holz es niemals sein könnte. Sie waren jetzt ohne jeden Zweifel auf Nestor gerichtet und erfüllten ihn mit Unbehagen.

Jetzt erst sah Nestor mit geheimem Entsetzen, dass die Arme der Gestalt nicht in Händen endeten, sondern in Waffen: Aus dem rechten Arm spross eine hässliche Klinge, die als Folterinstrument gedacht zu sein schien, aus dem linken ein roher Widerhaken. So etwas wie Handgelenke besaß die Figur nicht, und dic Waffen waren eins mit dem chitinartigen Material des Unterarms. Die Rundungen und Winkel des kahlen Schädels ließen ihn wie einen Helm erscheinen.

Mit leisem Schauder trat Nestor einen Schritt zurück. Hätte er nicht das Schwert in der Hand gehabt, wäre er womöglich noch weiter zurückgewichen. Als er sprach, bemühte er sich, eine kühne Gelassenheit in seine Stimme zu legen, die er wahrlich nicht empfand. »Ich gebe auf, Riese, der du namenlos zu bleiben wünschst. Was ist dieses Ding? Du sagst, es sei eine Larve, aber dieses Wort ist keine Antwort auf meine Fragen. Ich schwöre bei dem Großen Wurm Yilgarn, dass ich so etwas noch nie gesehen habe.«

»Es ist eine Zelle der Grauen Horde, von der, wie ich dir schon sagte, in einer alten Prophezeiung die Rede ist. Wenn du diese Prophezeiung nicht kennst, dann kann ich sie dir jetzt kaum erläutern, glaube mir.«

»Aber du sagst, im Sumpf würden tausende davon gezüchtet. Vom wem? Und zu welchem Zweck?«

Der Riese nahm das zweibeinige Ding wie ein Spielzeug in die Hand und legte es zurück in das Becken. Er drückte es unter die Oberfläche der Flüssigkeit, die in Nestors Augen wie Sumpfwasser aussah. Keine Luftblasen stiegen auf, als die Larve untergetaucht wurde. Die riesige Gestalt mit dem leuchtenden Pelz ließ das grelle Licht verlöschen und stellte die Laterne wieder auf das Sims. Der Gigant beobachtete das Becken, bis die Oberfläche wieder so glatt wie ein schwarzer Spiegel war. Dann wandte er sich erneut an Nestor. »Komm mit mir.«

Nestor folgte seinem gewaltigen Führer aus dem Tempel hinaus. Diesmal wurde er ein paar hundert Schritte weit über die bewaldete Insel geleitet, bis er an ihrem hinteren Ende zum Rand des Sumpfes gelangte. Der Mond war aufgegangen, mehr als zur Hälfte gerundet. In seinem Licht sah Nestor, wie der pelzige Riese bis an die Hüften in das stille Wasser hinauswatete und mit den Beinen auf dem festen Grund suchend umhertastete.

Mit einer Geste bedeutete er Nestor, er solle am Ufer bleiben, doch dieser hätte sich ohnehin nicht weiter vorgewagt.

Eine ganze Minute lang suchte der Gigant herum. Dann beugte er sich plötzlich nieder, streckte seinen Arm aus, der groß genug war, einen Laufdrachen zu erwürgen, und langte tief in den Morast. Mit einem Schwall von Schlamm zog er eine neue Larve heraus. Sie war derjenigen in dem Becken im Tempel ganz ähnlich, nur dass hier die beiden Unterarme durch einen quer verlaufenden, geraden, grauen Schaft miteinander verbunden waren. Der Schaft ragte über den linken Arm hinaus und endete in einer Speerspitze.

Die Larve stieß einen seltsamen, dünnen Schrei aus, als sie aus dem Modder gerissen wurde, und ein glitzernder Wasserstrahl sprühte aus dem winzigen Mund. Dann lag sie schlaff wie eine zerbrochene Marionette in der großen, pelzigen Hand.

Der Riese schüttelte sie einmal in Nestors Richtung, als wolle er dem Menschen die Tatsache ihres Vorhandenseins besonders deutlich demonstrieren. Die Larve reagierte nicht auf das Schütteln. »Dieser Mund kann nicht atmen«, sagte der Riese. »Er kann nicht essen oder trinken, geschweige denn reden oder gar singen. Er kann nur wimmern, wie er es eben getan hat, oder heulen. Er kann nur Laute hervorbringen, die vermutlich keinem anderen Zweck dienen sollen, als in den Menschen Entsetzen hervorzurufen.«

Nestor machte eine hilflose Geste mit dem Schwert in seiner Hand. »Ich verstehe nicht.«

»Ich auch nicht. Noch nicht. Eine Zeit lang fürchtete ich, die Götter selbst, oder einige unter ihnen, riefen diese Wesen aus irgendwelchen Gründen ins Dasein, wie auch einige der Götter aus irgendwelchen Gründen entschieden haben, dass du die Macht haben sollst, Drachen zu töten. Aber bisher kann ich zwischen diesen beiden Dingen keinen Zusammenhang entdecken. Ich weiß also nicht, ob es die Götter sind, die diese Larven entstehen lassen, oder ob es ein Zauberer ist, der große Macht besitzt. Aber wer immer es tut, ich muss einen Weg finden, ihm Einhalt zu gebieten. Die Lebensenergien des Landes rings um den Sumpf werden ohne Sinn verschwendet. Schon jetzt kommt es zu Missernten im angrenzenden Ackerland, und die Menschen werden krank vor Hunger.«

Nestor betrachtete die Larve und versuchte nachzudenken. »Ich glaube, eines kann ich sagen. Ich bezweifle, dass die Götter bei diesen Geschöpfen die Hand im Spiel haben. Denn die Schwerter, die die Götter geschaffen haben, sind an sich wunderschön, ganz gleich, welchem Zweck sie dienen mögen.«

Der Riese schaute das Schwert an, und mit rollender Stimme sprach er ein paar Worte, die wie ein Zitat klangen.

»Weit über Land reist das Schwert der Wut,
Baut harte Mauern rings um das, was weich ...«

Nestor wartete, doch der Riese sprach nicht weiter. Er ließ das Schwert sinken. Unvermittelt fragte er: »Wieso leugnest du, dass du selbst ein Gott bist?«

Die mächtige Faust spannte sich. Die graue Hülse der Larve widerstand dem Druck nur einen Augenblick lang und zerplatzte dann mit einem hässlichen Geräusch. Fauliges Grau in verschwommener Form quoll aus dem Torso. Was Nestor im Schein des Mondes sehen konnte, erinnerte ihn mehr an Kot als an irgendetwas anderes. Die grauen Gliedmaßen zuckten. Der Speer schwankte einmal heftig und regte sich dann nicht mehr.

Der Riese ließ die Überreste in den Schlamm fallen, dass es klatschte. Dann wusch er sich die Hände im schwarzen Wasser des Morastes. »Ich bin viel zu klein und zu schwach, als dass ich den Menschen ein richtiger Gott sein könnte.«

Nestor war beinahe zornig. »Du bist größer als Hermes, und ich zweifelte nicht einen Augenblick an seinem göttlichen Status, als ich ihn sah. Ebenso wenig zweifle ich an dir. Ist dies ein Rätsel, mit dem du mich auf die Probe stellen willst? Denn wenn es eines ist, dann sage ich dir: Ich bin jetzt zu erschöpft und zu müde, um mich mit Rätseln zu beschäftigen.« Und zu hilfsbedürftig. Das Gefühl von Kraft und Gesundheit, das Nestor nach der Berührung des Gottes empfunden hatte, schwand zusehends dahin, Mattigkeit drohte ihn zu übermannen.

Der andere starrte ihn eine Weile schweigend an, dann watete er, immer noch schweigend, ans Ufer. Der Schlamm blieb nicht an seinem Pelz kleben, der noch immer von einer gerade noch sichtbaren Strahlung schimmerte. Der Riese wandte sich wieder dem Mittelpunkt der Insel zu, wo der Tempel stand.

Nestor folgte ihm. Er musste traben, um Schritt zu halten.

Er rief gegen den Rücken des Riesen: »Du bist doch gewiss kein Dämon?«

Ohne sich umzuwenden oder seinen Schritt zu verlangsamen, antwortete der Gigant: »Das bin ich gewiss nicht.«

Zu seiner eigenen Überraschung fing Nestor an zu rennen. Beinahe taumelnd vor Anstrengung überholte er den Riesen, blieb vor ihm stehen und starrte ihm ins Gesicht. Als der Riese seinen Weg versperrt sah, hielt er inne. Nestor war außer Atem, als sei er lange gelaufen oder habe gerade eben einen Kampf hinter sich gebracht. Er stützte sich auf sein Schwert und keuchte: »Bevor ich Hermes von Angesicht zu Angesicht gegenüberstand, glaubte ich nicht an Götter. Aber ich habe ihn gesehen und glaube an sie. Und jetzt, wo ich dich sehe – nun, du kannst mich dafür totschlagen, wenn du willst ...«

Zu seiner neuerlichen Überraschung stellte er den einen Fuß einen Schritt weit vor und beugte dann das Knie. Ihm war, als wolle sein Herz – oder sonst etwas Wesentliches in ihm – bersten, so sehr war es von Gefühlen voll, die er nicht verstand, nicht verstehen konnte.

Die Donnerstimme des Riesen antwortete: »Ich werde dich nicht totschlagen. Ich werde nie wissentlich ein menschliches Wesen töten.«

»Ob du nun zugeben willst, dass du ein Gott bist, oder nicht, ich kenne dich. Ich kenne dich aus hundert Gebeten und Geschichten. Du bist der Herr der Tiere, der Gott des Heilens – Draffut.«

10

Die hohen grauen Mauern der Burg, die dem Guten Sir Andrew gehörte, wurden noch höher, und ihre Farbe verdunkelte sich im Licht der untergehenden Sonne zu Schwarz. Mark saß auf dem Kutschbock zwischen seinen beiden Gefährten und sah die Burg langsam näher kommen. Barbara zu seiner Rechten war – ganz gegen ihre Gewohnheit – müde zusammengesunken. Links neben ihm saß Ben und hielt die Zügel in der Hand.

Jetzt, da die Straße aus dem Wald hervorgekommen war und man das Schloss sehen konnte, rührte Barbara sich und brach das Schweigen, das schon seit einer ganzen Weile andauerte. »Ich denke, wir sind so gut vorbereitet, wie wir nur sein können. Lasst uns gleich hineinfahren.«

Keiner der beiden anderen sagte etwas dazu. In seinem lädierten Käfig im hinteren, gedeckten Teil des Wagens zirpte der ebenso lädierte Drache. Ben zeigte angesichts der bevorstehenden Ankunft eine unglückliche Miene, aber er schlug widerspruchslos mit den Zügeln und schnalzte dem Gespann zu, bemüht, in den müde dahinhumpelnden Zugtieren eine Begeisterung zu wecken, die er offensichtlich selbst nicht fühlte. Irgendwann im Laufe des Tages hatte Ben vorgeschlagen, langsamer zu fahren, obwohl sie ohnehin schon Verspätung hatten, um ihre Ankunft auf Sir Andrews Jahrmarkt einen weiteren Tag hinauszuzögern, damit Nestor Gelegenheit hätte, zu ihnen zu stoßen, ehe sie dort anlangten. Aber Ben hatte seinen Einfall ohne großen Nachdruck vorgetragen, und Mark vermutete, dass weder Ben noch Barbara wirklich daran glaubten, dass Nestor überhaupt noch zu ihnen stoßen würde.

Was Mark selbst betraf, so blieb ihm kaum etwas anderes übrig, als zu glauben, dass Nestor ihnen irgendwann mit

Stadtretter in der Hand begegnen würde, denn sonst wäre sein Schwert unwiederbringlich verloren.

In den wenigen Tagen, in denen sie jetzt ohne Nestor gereist waren, hatte Barbara unbestritten die Verantwortung übernommen. Sie war, wenn überhaupt, nur wenig älter als Ben – Mark schätzte sie auf etwa siebzehn Jahre – und wahrscheinlich nicht einmal halb so schwer wie dieser. Aber Feinheiten dieser Art schienen wenig damit zu tun zu haben, wer das Kommando führte. Barbara war aufgestanden und hatte Entscheidungen gefällt, wo welche zu fällen gewesen waren. Sie hatte die kleine Gruppe und ihr Unternehmen zusammengehalten.

Bevor sie den Platz verließen, an dem der Wagen umgestürzt war, hatte sie dem frisch erlegten Laufdrachen die Ohren abgeschnitten und sie als Trophäen ihrer Jagdkünste vorn an den Wagen genagelt. Danach hatte sie Ben und Mark veranlasst, die Wagenteile, die sich gelöst hatten, wieder so gut wie möglich zu befestigen und ihr dann beim Waschen und Flicken der Plane zu helfen. Auch ihre Kleider hatte sie allesamt gewaschen und geflickt, denn die Schlacht im Schlamm war nicht spurlos an ihnen vorübergegangen. Danach sahen sie alle besser aus als bei ihrer ersten Begegnung, fand Mark.

Nach dem Kampf waren sie zuerst ein paar Stunden lang so schnell gefahren, wie sie konnten. Als sie aber an eine geschützte Stelle an einem Flussufer gekommen waren, hatte Barbara entschieden, dass sie hier eine ganze Nacht und einen Tag lang ausruhen würden. Die Tiere hatten Gelegenheit zu fressen, zu saufen und sich zu erholen bekommen, und ihre Wunden waren versorgt worden. Marks verbranntes Gesicht war mit einer Medizin bestrichen worden, die angeblich magische Kräfte besaß, und er hatte tatsächlich das Gefühl gehabt, sie helfe ihm ein wenig. An diesem Abend hatte Ben den einzigen ernsthaften Versuch unternommen, seine eigene

Position zu kräftigen, indem er mitteilte, er wolle ebenfalls im Wagen schlafen. Aber alle Zweifel hinsichtlich der Rangordnung waren rasch aus der Welt geräumt, und Ben hatte auch in dieser Nacht auf dem Erdboden geschnarcht. In einem kleinen, verborgenen Abteil unter dem Kutschbock des Wagens steckte ein geheimer Notgroschen, ein paar Münzen, die fest in ein Tuch gewickelt waren, damit sie unterwegs nicht klingeln konnten. Ben und Barbara hatten von der Existenz dieses Geldversteckes gewusst, und an jenem Ruhetag hatten sie das Geld vor Marks Augen hervorgeholt und gezählt. Ein Vermögen war es nicht. Tatsächlich war die Summe kleiner als manche, die er daheim in der Hand seines Vaters gesehen hatte. Nestors Erfolge bei der Drachenjagd hatten sich anscheinend weniger in harter Münze ausgezahlt – oder Nestor hatte den größten Teil seiner Einnahmen bereits ausgegeben oder versucht, das Geld woanders zu verstecken oder zu investieren. Ben und Barbara hatten einen kleinen Lohn erhalten, Summen, die im Voraus vereinbart gewesen waren, und sie erklärten, dass er mit keinem von ihnen jemals über Geld gesprochen habe.

Als sie die Münzen gezählt hatten, wickelte Barbara sie wieder fest ein, schob sie zurück in ihr Versteck und verschloss es sorgfältig. »Wir werden es nur anrühren, wenn es sein muss«, erklärte sie und sah die beiden anderen feierlich an. »Nestor wird es verstehen, wenn er zurückkommt.«

Ben nickte mit ernstem Gesicht. Alles in allem war es ein feierlicher Augenblick, ein Gelöbnis gegenseitigen Vertrauens in gemeinsamer Gefahr. Zumindest kam es Mark so vor. Noch ehe er sich überlegt hatte, was er tun wollte, war er dabei, Ben und Barbara seine wahre Geschichte zu erzählen. Er verschwieg nicht einmal, dass er den Seneschall getötet hatte und wie sein wirklicher Name war.

»Die Soldaten des Herzogs hatten es in Wahrheit auf mich

abgesehen«, fügte er hinzu. »Und auf mein Schwert. Vielleicht haben sie das Schwert bekommen, aber ich hoffe immer noch, dass Nestor es hat und dass er uns irgendwo finden wird. Wie auch immer – selbst wenn wir das Reich des Herzogs jetzt hinter uns gelassen haben, wird er mich weiter verfolgen. Ihr beide habt ein Recht darauf, dies zu wissen, wenn ich mit euch weiterreisen soll. Und ich weiß nicht, wohin ich mich sonst wenden kann.«

Die beiden anderen schauten einander an, aber keiner von beiden zeigte sich sonderlich überrascht von Marks Enthüllungen. Ben erweckte sogar den Anschein, als sei er irgendwie erleichtert.

»Wir haben schon über dich gesprochen, Mark«, sagte Barbara. »Wir dachten uns, dass etwas Ähnliches dahinterstecken müsse. Aber wenn du uns jetzt verließest, würde uns das nicht helfen. Wir werden jemanden brauchen, wenn wir auf dem Jahrmarkt sind, jemanden, der uns bei der Drachenschau hilft. Und wenn es uns gelingen sollte, einen Jagdauftrag zu ergattern, brauchen wir noch mehr Hilfe.«

Ben räusperte sich. »Ich weiß mit Sicherheit, dass der Herzog auch Nestor in seine Hände bringen wollte. Warum weiß ich zwar nicht, aber Nestor war deswegen sehr beunruhigt. Es machte ihn nervös, durch das Land des Herzogs zu reisen, aber wir hatten ja keine Wahl, wenn wir von Norden zu Sir Andrews Jahrmarkt gelangen wollten.«

Und nun hatten sie Sir Andrews Jahrmarkt fast erreicht. Vor ihnen, im Zwielicht nur noch undeutlich zu erkennen, lag die wichtige Straßenkreuzung, an der die Burg erbaut worden war. Jenseits dieser im Augenblick völlig verlassen daliegenden Kreuzung schlängelte sich eine Nebenstraße zur Burg und zu der großen Wiese hinauf, wo sich der Jahrmarkt wie ein dem Zwielicht entsprungenes Zauberwerk ausbreitete. Mit der herabsinkenden Dämmerung erweckten Fackeln die ganze

Umgebung zu neuem Leben. Fernes Stimmengewirr erfüllte die Luft, übertönt vom Klang miteinander wettstreitender Musikanten.

Als der Wagen sich knarrend der Kreuzung näherte, verließ Mark seinen Platz auf dem Kutschbock und versteckte sich hinten unter der Plane. Er war mit den anderen übereingekommen, dass es vernünftiger sein würde, wenn er sich so gut wie möglich unsichtbar machte, bis sie genau wussten, ob der Herzog ihn so tief im Süden tatsächlich noch suchte oder nicht. Er spürte eine Veränderung im Fortkommen der Räder, als Ben die Hauptstraße verließ. Mark lugte durch eine kleine Öffnung in der Plane nach vorn und sah, dass bereits Leute von der Jahrmarktswiese her dem Wagen entgegenliefen oder -ritten, als dieser noch ein paar hundert Meter weit entfernt auf der Nebenstraße rollte, die von der Kreuzung heraufführte.

Unter den vordersten Reitern befand sich der Marschall des Jahrmarkts, ein gut gekleideter Mann, der an den Farben seines Wamses zu erkennen war: Sir Andrews Orange und Schwarz. Schweigend winkte der Marschall dem Wagen, ihm zu folgen. Er ritt voraus und führte die Neuankömmlinge durch das rege Jahrmarktstreiben zu einem zentral gelegenen reservierten Platz. Mark hielt sich im Wagen versteckt und beobachtete den hellen Schein vorüberziehender Fackeln, die zu beiden Seiten durch die Wagenplane leuchteten. Lärm umgab den Wagen – Stimmen, Musik, Tiere und Applaus. Barbara hatte vermutet, der Jahrmarkt würde bei Einbruch der Dunkelheit geschlossen, doch sie hatte sich offensichtlich geirrt. Als der Marschall sie an den ihnen zugewiesenen Platz geführt hatte, ritt er dicht an den Wagen heran und beugte sich aus dem Sattel, um hineinzuspähen. Drinnen fuhr Mark fort mit dem, was er gerade tat: Er fütterte den gefangenen Drachen aus dem wieder aufgefüllten Froschtopf. Falls die Behörden ihn ernstlich suchten, hätte es ohnehin keinen Sinn, sich zu verstecken. Aber der Marschall starrte Mark nur einen Augenblick lang wortlos an und zog dann den Kopf zurück.

Mark hörte, wie der Beamte fragte: »Wo ist Nestor?«

Ben gab ihm die Antwort, die sie vereinbart hatten. »Wenn er nicht schon hier ist, dann wird er morgen oder übermorgen kommen. Er wollte noch um ein paar neue Tiere schachern. Zugtiere, meine ich.«

»Ja, es sieht so aus, als könntet ihr neue gebrauchen. Nun, Sir Andrew will mit ihm sprechen. Teilt es ihm mit, sobald er kommt. Es geht um einen Jagdauftrag.«

»Jawohl, Herr, wir werden es ihm sagen, sobald wir ihn sehen. Er wird bald da sein«, antwortete Barbara.

Der Marschall ritt davon und brüllte jemand anderem zu, er solle seinen Müll beiseite schaffen. Die drei Neuankömmlinge machten sich unverzüglich an die Arbeit. Sie packten aus, versorgten das Gespann und schlugen das Zelt auf, in dem sie den gefangenen Drachen ausstellen wollten. Ihr Standplatz war ein mit niedergetretenem Gras bedecktes Quadrat mit etwa zehn Meter langen Seiten. Der Wagen musste in den hinteren Teil des Quadrates manövriert werden, damit vorn Platz für das große Zelt geschaffen werden konnte. Ihre Nachbarin zur einen Seite war eine Bauchtänzerin, vor deren Pavillon alle paar Minuten eine Vorschau stattfand, die die Leute in Scharen herbeilockte. Bens Aufmerksamkeit schweifte immer wieder von seinen Aufgaben ab, und einmal versuchte er, eines der Zugtiere mit einem Frosch zu füttern. Auf der Rückseite ihres Platzes stand eine Bude, die mit bunter Bemalung einen magischen Feuerfresser anpries und vermutlich auch beherbergte. Die beiden übrigen Seiten des Quadrates grenzten an grasbewachsene Gassen, durch die der Verkehr fließen und die Kunden herankommen konnten – falls welche kamen. Schon sammelten sich auf diesen beiden Wegen interessierte Zuschauer, die sehen wollten, wie die Drachenleute sich einrichteten. Sie hatten gehofft, ihr Zelt nach Einbruch der Dunkelheit unbeobachtet aufstellen zu können, aber daraus würde nichts werden. Auch Mark konnte nicht hoffen, unbemerkt zu bleiben, daher versuchte er es gar nicht erst.

Das Zelt, in dem der Drache zur Schau gestellt werden sollte, bestand aus einem Stoff, der leichter und zugleich fester war als alle Stoffe, die Mark kannte. Farbenfroh war er mit aufgemalten Drachen und geheimnisvollen Symbolen dekoriert. Von Ben erfuhr Mark, dass das Tuch aus Karmirblur stammte, einer Gegend, die fünftausend Kilometer entfernt am anderen Ende der Welt lag.

Als sie das Zelt aufgestellt und festgezurrt und drinnen eine kleine Fackel in einen Ständer geschoben hatten, trugen die drei Schausteller den Drachenkäfig hinein, ohne ihn aufzudecken. Die Umstehenden würden von dem Tier nicht einmal den Schwanz sehen, wenn sie vorher nicht bezahlten. Zudem vereinbarten die drei, dass nach Möglichkeit wenigstens einer von ihnen ständig in oder neben dem Wagen bleiben sollte. Alle erkennbaren Wertsachen wurden aus dem Wagen entfernt. Einiges trugen sie in ihren Börsen bei sich, anderes wurde unter dem Drachenkäfig im Zelt vergraben. Nestors Schwert indessen blieb im Wagen, verborgen unter falschen Bodenbrettern, die ihrerseits mit allerlei Plunder bedeckt waren. Barbara zumindest hegte immer noch die Hoffnung, das Schwert eines Tages einsetzen zu können, selbst wenn Nestor niemals wieder zu ihnen stoßen sollte. In den vergangenen Tagen hatte Ben einige Male mit ihr über diese Frage gestritten.

Er schwieg dann immer eine Weile und wendete sich ihr schließlich mit einem hilflosen, kindlichen Gesichtsausdruck zu: »Barb, ich kann mir nicht vorstellen, wie wir ohne Nestor Drachen jagen sollen. Es war schon mit ihm schwer genug.«

Barbaras ausdrucksvolles Gesicht ließ erkennen, dass sie

ernsthaft über diesen Einwand nachdachte, wenn sie auch erst wenige Stunden zuvor darauf geantwortet hatte. »Von der Jagd an sich verstehst du am meisten, Ben. Vielleicht könnten wir ein paar andere Jäger einstellen, damit sie uns helfen?«

»Das wäre riskant. Wenn wir das tun, finden sie heraus, dass in dem Schwert ein Zauber steckt. Dann werden sie es zu stehlen versuchen.« Ben behauptete dies einfach, obwohl er selbst lange genug gebraucht hatte, um diese Tatsache herauszufinden. Aber Mark glaubte nicht, dass Ben so begriffsstutzig war, wie er auf den ersten Blick schien. Er setzte nur einen großen Teil seiner Denkzeit woanders ein – vielleicht bei Balladen und Versgesang.

Schließlich hatte Barbara nach mehreren Auseinandersetzungen oder wenigstens Debatten zumindest vorläufig nachgegeben. »Nun, wenn es nicht geht, dann geht es nicht. Wenn Nestor auf dem Jahrmarkt nicht auftaucht, werden wir uns einfach überraschter zeigen als alle anderen und uns laut fragen, was aus ihm geworden sein mag. Dann werden wir noch ein Weilchen warten, wenn der Jahrmarkt vorüber ist, und wenn Nestor dann immer noch nicht kommt, packen wir und fahren nach Süden, um einen neuen Jahrmarkt zu finden. Zumindest wird der Winter unten im Süden wärmer sein. Ich glaube ohnehin nicht, dass Sir Andrew sonderlich erpicht darauf sein wird, uns ohne Nestor als Drachenjäger anzuheuern.«

»Das glaube ich auch nicht«, stimmte Ben mit einiger Erleichterung zu. Dann fiel ihm noch etwas ein: »Wenn Sir Andrew mich zu seinem Barden macht, werdet ihr sowieso allein nach Süden fahren müssen.«

Aber er zog ein enttäuschtes Gesicht, als Barbara ihm kommentarlos und ohne zu zögern zustimmte.

Auch Mark hatte dazu nichts anzumerken. Er argwöhnte, dass Barbara das Schwert verkaufen würde, wenn Nestor nicht zurückkäme und sie keine Möglichkeit fänden, es selbst zu benutzen. Wenn dieser Augenblick käme, würde er entscheiden müssen, was er daraufhin unternehmen wolle. Das Schwert gehörte ihm nicht, aber er fühlte deutlich, dass es auf irgendeine Weise in Verbindung zu seinem eigenen Schwert stand – wohl die einzige Verbindung, die er noch besaß. Wenn Nestor überhaupt zurückkäme, dann würde er auch wissen, wie man Marks Schwert zurückerlangte, was immer er sonst planen mochte.

Möglicherweise hatte er Marks Schwert überhaupt nicht. Und wenn er es hatte, würde er es nicht zurückgeben wollen.

Von welcher Seite Mark seine Lage und seine Chancen, das Schwert zurückzugewinnen, betrachtete – zuversichtlich stimmte ihn das alles nicht.

Drei Stunden nach Ankunft der Drachenleute schien der Jahrmarkt für diese Nacht zur Ruhe zu kommen, wenn es auf dem Platz auch noch keineswegs still war. Barbara hatte die Drachenschau noch nicht geschlossen, aber der Betrieb war mittlerweile so gering, dass Ben seinen Federhut aufsetzen, die Laute ergreifen und seinen Partnern verkünden konnte, er wolle sich jetzt ein Weilchen in der Sangeskunst üben.

Marks Hilfe wurde im Zelt auch nicht mehr benötigt. Er hatte sich in den Wagen zurückgezogen, wo er etwas essen und gleichzeitig über das versteckte Schwert wachen wollte.

Der Innenraum des Wagens wirkte jetzt, da das meiste hinausgeschafft war, doppelt so groß wie sonst. Von dort, wo er saß, konnte Mark den Eingang des Zeltes sehen, das im rechten Winkel zum Wagen stand. Barbara hatte eben eine kleine Gruppe zahlender Kunden in das Zelt geführt, den Leuten den Drachen gezeigt und sie dann wieder hinausgebracht. Jetzt sprach sie gerade mit einem möglichen neuen Kunden. Er war ein rundlicher kleiner Mann und anscheinend von einiger Bedeutung, denn seine Kleidung war prächtiger als alles, was Mark gesehen hatte, seit der Seneschall, der Cousin des Herzogs, zu Tode gekommen war.

Mark kaute auf einem Stück gekochten Geflügels herum – Ben hatte an einem Stand in der Nähe ein wenig Fleisch gekauft und in den Wagen gelegt, ehe er sich zurückzog – und wälzte düstere Gedanken über sein verschwundenes Schwert, als er dicht hinter sich im Wagen ein leises Geräusch hörte. Er drehte sich um und erblickte einen fremden Mann. Der Mann stand draußen vor dem Wagen und hatte Kopf und Schultern durch die hintere Öffnung hereingeschoben. Um den Ärmel trug er eine Binde, die aussah wie das orange-schwarze Abzeichen eines Hilfsmarschalls des Jahrmarktes. Er schaute Mark geradewegs an, und etwas in seinen Augen veranlasste Mark, den Knochen fallen zu lassen und ohne zu zögern vorn aus dem Wagen zu springen. Mitten im Sprung erst begriff Mark, dass der Mann ein großes, glitzerndes Messer in der Rechten gehalten hatte.

Mark landete auf Händen und Knien im flach getretenen Gras draußen vor dem Wagen. Er überschlug sich einmal, und als er wieder auf die Beine kam, rannte er bereits. Vor dem Zelteingang holte er tief Luft, um einen durchdringenden Hilfeschrei auszustoßen. Aber der kleine Drache im Zelt heulte unaufhörlich, und vielleicht diente ihm dies als wortlose Warnung – jedenfalls schrie er nicht. Als er ins Zelt hineinblicken konnte, sah er im Schein der schwelenden Fackel, wie Barbara schlaff in den Armen eines zweiten Mannes mit Marschallabzeichen lag. Der Drachenkäfig war hintenübergekippt, und der gut gekleidete Fremde, der noch einen Augenblick zuvor unschuldig mit Barbara geplaudert hatte, grub mit seinem Dolch hastig im Boden herum, wo der Drachenkäfig gestanden hatte, wühlte wertvolle Armbrustbolzen und Rüstungsteile hervor und verstreute sie ringsum.

Mark schrie nicht. Aber die Männer im Zelt schrien, als sie

ihn erblickten, und sie drehten sich um und stürzten auf ihn zu. Er entkam ihnen mit knapper Not. Mit einem flinken Satz sprang er davon und rollte unter der grell bemalten Seitenwand der Feuerschluckerbude hindurch auf den Nachbarplatz.

In der Bude war es so finster wie in einer Stiefelspitze. Um diese Zeit wurde kein Feuer mehr geschluckt. Aber da regte sich etwas in der Finsternis, Bettlaken raschelten, erschrockenes Gemurmel erhob sich. Irgendwie bahnte sich Mark seinen Weg stolpernd und lärmend durch die Dunkelheit, und einmal blieb er irgendwo hängen und fiel der Länge nach hin. Als er die gegenüberliegende Wand erreicht hatte, schlüpfte er hinaus, wie er hereingekommen war. Draußen im Gras wartete niemand auf ihn. Für den Augenblick war er seinen Verfolgern entronnen. Aber nur für den Augenblick – er hörte sie irgendwo hinter sich brüllen und Alarm schlagen.

Hastig versuchte er, unter der Wand der nächsten Zeltkonstruktion hindurchzuschlüpfen, doch er fand diesen Weg versperrt, deshalb rannte er um das Zelt herum. Er stieß auf einen tiefen Graben, der ihm einigen Schutz zu bieten versprach. Er rutschte die Böschung hinunter und kroch unten durch knietiefes Wasser. Als er mehr oder weniger festen Boden gefunden hatte, kam er auf die Beine und folgte dem Graben um eine Biegung herum. Dann blieb er stehen, um nach seinen Verfolgern Ausschau zu halten und zu lauschen. Er hörte niemanden. Langsam dämmerte ihm, dass er schon nicht mehr wusste, wo er sich befand. Dieser Jahrmarkt war gewiss der größte von den zweien oder dreien, die Mark je gesehen hatte. Dort erhoben sich die dunklen Umrisse der Burg, die gewaltig auf der kleinen Anhöhe stand. Licht schimmerte durch einige Fenster. Aber in seiner Verwirrung hätte Mark die Burg nicht an dieser Stelle erwartet, und so konnte sie ihm jetzt auch keine Orientierungshilfe sein.

Irgendwo in der Ferne hörte er Leute etwas rufen, aber er

wusste nicht, ob diese Rufe etwas mit ihm zu tun hatten. Was sollte er jetzt anfangen? Wenn er doch nur dem Guten Sir Andrew selbst die ganze Wahrheit zu Gehör bringen könnte ... Unter lautem Geplatsche folgte Mark dem Graben einige Schritte weiter. Dann kletterte er hinaus in die tiefe Finsternis hinter einer neuen Reihe von Zelten und Buden. Vor sich sah er Lichter und hörte den Klang munterer Musik. Die Musik war besser als alles, was Ben je würde spielen können, selbst wenn er hundert Jahre lang übte. Wenn er wenigstens Ben finden und ihn warnen könnte ...

Mit dem verschwommenen Ziel, Ben zu finden, spähte Mark durch die hell erleuchteten Jahrmarktgassen, während er sich selbst so weit wie möglich im Schatten hielt. Er kroch unter einen Wagen, schob sich hinter eine Bude und suchte immer neue Stellen, die ihm freie Sicht boten. In einer Gasse hatten Possenreißer und Gaukler eine kleine Schar von Zuschauern angelockt. Gelächter und Applaus hallten zu Mark herüber. Mark versuchte, Ben in der Menschentraube zu entdecken, doch er konnte ihn nirgends sehen. Für kurze Zeit wagte er sich hinaus in die offene Gasse, doch eine orange-schwarze Armbinde vor ihm ließ ihn rasch wieder ins Dunkel schlüpfen. Er glitt durch die halb offene Hintertür einer verlassen aussehenden Bude. Doch wiederum weckte er durch sein Eindringen einen unsichtbaren Schläfer, und eine Männerstimme knurrte erschrocken und stieß trunkene, unzusammenhängende Drohungen aus.

Mark rettete sich wieder ins Freie, trabte davon und ließ die Menschen hinter sich. Er lief den halbdunklen Verkehrsweg hinunter. Heller Fackelschein leuchtete rings um die herabgelassene Zugbrücke, die jetzt nicht weit vor ihm lag. Mehrere orange-schwarz gekleidete Jacken standen dort wie zu einer Beratung beisammen. Um ihnen aus dem Weg zu gehen, bog Mark um eine Ecke, und jetzt erklang andere Musik vor ihm.

Diesmal waren es Trommeln und johlende Stimmen. Vielleicht würde die Menge dort groß genug sein, dass er sich ein Weilchen in ihr verstecken könnte. Und da, nur wenige Schritte entfernt, stand Ben, den Federhut zurückgeschoben, die Laute für den Augenblick vergessen unter dem Arm. Seine kräftige Gestalt war Teil einer kleinen Menschenmenge, die der Bauchtänzerin bei ihrer Vorstellung vor ihrem Zelt zuschaute. Ohne es zu wissen, war Mark im Kreis geflohen und jetzt wieder dort angekommen, wo seine Flucht begonnen hatte.

Er tat einen weiteren Schritt nach vorn, denn er wollte Ben warnen. Im selben Augenblick aber tauchte der rundliche Geck wieder auf. Er kam aus der Richtung des Drachenzeltes. Als er Mark sah, begann er sofort laut zu brüllen. Mark schrie auf, machte auf dem Absatz kehrt und rannte davon. Er wusste nicht, ob Ben ihn bemerkt hatte oder nicht.

Jetzt aber versperrten mehrere Männer des Marschalls die Gasse vor ihm. Augenblicklich schlug er einen rechtwinkligen Haken und hetzte unter dem breiten Transparent hindurch, das den Eingang zum »Lustigen Labyrinth« überspannte, vorbei an einem verblüfften Clownsgesicht und hinein in das trübe erleuchtete Innere. Die ausgestopfte, grobschlächtige Gestalt eines Dämons stieß aus der Düsternis auf ihn herab, und irgendwo dahinter erhob sich irrwitziges Gelächter. Das Innere dieser Bude war ein Irrgarten, der mit plumpen Spiegeln und dunklen, plötzlich aufflammenden Laternen ausgestattet war. Die verwirrend bemalten Wände waren seltsam geformt und in merkwürdigen Winkeln aneinandergefügt. Der Kopf eines echten Drachen, vor langer Zeit ausgestopft und mit Firnis bestrichen, zuckte hinter einer plötzlich sich öffnenden Klappe hervor auf Mark zu.

Mark fühlte, wie die Brandwunde in seinem Gesicht pochte. Jetzt öffnete sich unverhofft eine andere Klappe, als er sich dagegenlehnte, und verwirrt stürzte er, sich um die eigene Achse drehend, durch die dunkel klaffende Öffnung. Ein Spiegel zeigte ihm das verzerrte Abbild des rundlichen Gecken, der ihm vielleicht zwei Spiegel weit entfernt folgte. Der Mund des Mannes stand offen. Er schrie.

Ein Arm mit einer orange und schwarz gefärbten Binde stieß von irgendwo hervor, griff nach Mark und blieb dann zurück, als sich anderswo eine Klappe schloss. Die Wände selbst schrien, während sie hin und her glitten, und brüllten in wahnsinnigem Gelächter ...

Eine neue Gestalt ragte vor Mark empor, die eines großen, kräftigen Clowns im bunten Gewand der Possenreißer. Mit einer Hand streckte der Clown ihm etwas entgegen, während gleichzeitig eine andere, unsichtbare Hand an seinem bemalten Gesicht zerrte. Das Gesicht bewegte sich. Es war eine Maske, die beiseite glitt, und sie enthüllte ...

Die Maske fiel vom Gesicht des einarmigen Clowns. Das Gesicht war freundlich, groß und lächelnd. Es war von einem leichten Bart bedeckt, aber er zweifelte dennoch nicht einen Augenblick lang daran, dass er wusste, wem diese Züge gehörten.

»Vater!«

Jord nickte und lächelte. Die Form des Gegenstandes, den er Mark entgegenstreckte, war diesem halbwegs vertraut. Es war die Form eines Schwertgriffes. Aber diese Waffe steckte in einer Scheide aus verziertem Leder, die an der Schlaufe eines ledernen Gürtels hing. Marks Hände schlossen sich um den dargebotenen Griff und zogen das Schwert aus der Scheide. Sogleich versank das Gesicht seines Vaters in der Dunkelheit und war verschwunden.

»Vater?«

Jetzt spürte er Hände an seiner Taille, und geschickte Finger schnallten ihm den Gürtel um. »Mark, bringe dies zu

Sir Andrew, wenn du kannst.« Halb war es Jords Stimme, wie sie in Marks Erinnerung lebte, halb ein namenloses Flüstern.

»Vater ...«

Mark drehte sich um, das Schwert noch immer in den Händen haltend, und er versuchte den trüben Bildern zu folgen, die einander von Spiegel zu Spiegel jagten und sich immer weiter entfernten. Er sah die Gestalt eines schlanken Jahrmarktsclowns, zweiarmig und gänzlich unbekannt, die vor ihm zurückwich. Er versuchte, der Gestalt durch das trübe, irrsinnige Licht zu folgen, durch den Schein lodernder Fackeln, der in den Spiegeln, durch die Spiegel und durch das Segeltuch flackerte. Jetzt fühlte Mark, wie der Klinge in seinen Händen Kraft entströmte. Aber der Geschmack dieser Kraft war irgendwie anders als der, den er erwartet hatte. *Noch ein Schwert?* Ein geheimnisvolles, einwärts dringendes Vibrieren floss in Marks Hände ...

Er erstarrte vor Schreck, als plötzlich etwas krachend durch die dünnen Trennwände brach. Es war eine Axt – nein, ein anderes Schwert, ein ganz gewöhnliches diesmal, aber nichtsdestoweniger ein kraftvolles. Der Zauber ringsumher schien zu schwinden, wie er es zu tun pflegte, wenn Schwerter gezückt wurden. Ganz in der Nähe fiel ein Spiegel zu Boden, und mit ihm zersprang das letzte Bild des verschwindenden Clowns.

An seine Stelle trat harsche Wirklichkeit in Gestalt des rundlichen kleinen Mannes in dem geckenhaften Gewand. Er war zerzaust und zerdrückt, erhitzt und triumphierend zugleich, sein Gesicht leuchtete siegesgewiss, als er auf Mark eindrang. Sein Mund war weit aufgerissen und schief, und er schickte sich an, irgendetwas zu brüllen. Er hob seine Fackel, dass der Lichtschein auf Mark fiel – dann fuhr er zurück, als sei er in ein Messer gelaufen. Er starrte Mark an und vollführte einen unbeholfenen Kniefall, dessen Vollendung an der drangvollen Enge des Ganges scheiterte. Die Männer mit den orange-schwarzen Armbinden, die jetzt hinter ihm auftauchten, stierten Mark sichtlich verdattert an.

Ohne zu wissen warum, erkannte Mark, dass sie nicht waren, was ihre Armbinden behaupteten.

Der dicke Anführer sagte: »Euer Gnaden ... es tut mir Leid ... ich hatte ja keine Ahnung, dass Ihr ... wohin ist er geflohen?«

Mark stand regungslos da und umklammerte das schimmernde Schwert. Er spürte das ungewohnte Gewicht des Gürtels an seiner Hüfte. Er fühlte sich unfähig, irgendetwas zu tun, deshalb wartete er einfach ab, was als Nächstes geschehen würde.

»Er?«, echote er.

»Der Knabe, Euer Gnaden. Ihn suchten wir. Er war hier.«

»Lasst ihn vorerst laufen.« Die wahnwitzige Logik der Magie hatte von Mark Besitz ergriffen: Er redete von sich selbst wie im Traum.

»Ich ... Jawohl, Sire.« Der Mann vor ihm war angesichts dieses Befehls völlig ratlos, aber er hätte nicht im Traum daran gedacht, nicht zu gehorchen. »Der fliegende Kurier dürfte das andere Schwert jeden Augenblick haben, und dann wird er sich sogleich auf den Weg machen. Es sei denn, Euer Gnaden wollten Eure Pläne ändern, nun, da Ihr einmal hier seid ...«

»Das andere Schwert?«

»Das, welches man Drachentöter nennt, Sire. Sie müssen es dort irgendwo versteckt haben, in ihrem Wagen oder im Zelt. Unsere Männer werden es jeden Augenblick finden. Der Kurier steht bereit.« Der rundliche Mann schwitzte, und das nicht nur vor Anstrengung. Diese Dinge erklären zu müssen beunruhigte ihn.

Mark wandte sich von ihm ab. Ein mächtiger Zorn über diese Diebesbande begann in ihm aufzusteigen. Er hielt das neu gewonnene Schwert wie eine Fackel vor sich und sprang durch die zersplitterte Öffnung, die einen neuen Ausweg aus dem »Lustigen Labyrinth« ermöglicht hatte. Die Kraft der Klinge erfüllte seine Handgelenke mit sattem Beben, als er draußen durch die grasbewachsene Gasse lief, vorbei an Männern in orange-schwarzen Jacken, die übereinander stolperten, um ihm aus dem Weg zu gehen. Er hörte ihre unterdrückten Ausrufe.

»Seine Gnaden selbst!«

»Der Herzog!«

Mark lief in die Richtung, in der Zelt und Wagen der Drachenjäger standen. Den Wagen hatte man umgestürzt, und mehrere Männer durchwühlten das Wrack, während ganz in der Nähe ein großes, graues Geschöpf mit ausgebreiteten Flügeln auf dem Boden hockte. Bevor Mark näher herankommen konnte, erhob sich der große, geflügelte Drache in die Luft. Mark hörte seinen Schrei, den Schrei des berstenden Windmühlenflügels, und er sah, dass das Untier jetzt ein Schwert in seiner Klaue hielt und dicht an seinen Körper presste.

Wieder wurde ihm ein Schwert genommen. In diesem Augenblick vermochte Mark nichts anderes zu fühlen als Wut, und er rannte unter dem aufwärts strebenden Monstrum dahin und kreischte, es solle herunterkommen und ihm die gestohlene Waffe zurückbringen. Im bunten Schein der Jahrmarktslichter sah Mark zu seinem Erstaunen, wie sich der spitzzahnige Schädel des Drachen mitten im Fluge herabsenkte. Der lange Hals bog sich, die Augen suchten ohne große Logik nach dem Ursprung dieser Stimme. Dann hatte er Mark entdeckt, und zu dessen noch größerer Verwunderung senkte er sich wieder herab.

Die Leute, die Mark umstanden, stoben auseinander und ließen ihm und dem Drachen reichlich Raum für ihr Zusammentreffen. Im letzten Moment begriff Mark, dass die Kreatur ihn nicht angreifen wollte. Sie kam zurück, als folge sie in echtem Gehorsam seinem gebrüllten Befehl.

Er fühlte, wie das Schwert in seinen Händen singend aufwärts fuhr, und trat vor, um den Drachen zu empfangen. In seiner Wut, die durch die zuvor erlebte hilflose Angst nur noch vergrößert wurde, stieß er blindlings nach dem Flugdrachen, als dieser über die Wiese schwebte. Der Angriff überraschte den Drachen. Mark fühlte, wie sein Schwertstoß den Schuppenpanzer durchdrang. Der Drache ließ das Schwert, das er trug, fallen, und ohne nachzudenken bückte Mark sich und hob es auf.

Einen kurzen Augenblick lang berührte er beide Griffe gleichzeitig. Seine rechte Hand war noch im Stoß aufwärts gereckt, die Finger der Linken berührten das Schwert, das zu Boden gefallen war.

Einen Augenblick lang war ihm, als habe sich ein mächtiger Wind erhoben, der ihn schier von den Beinen reißen wollte. Die doppelte Berührung dauerte nicht länger als ein Herzschlag, und in dieser Frist hatte er das Gefühl, die Welt um ihn herum verändere sich oder er werde aus ihr herausgezogen ...

Der Drache stieg wieder auf, und seine Bewegung entwand Mark den Griff des Schwertes, mit dem er ihn gestochen hatte. Die Klinge steckte noch in seiner Flanke. Mark war auf die Knie gesunken und blinzelte zum Himmel, als strahle dort ein blendendes Licht. Er verlor das Schwert in der Seite des Drachen aus den Augen, denn vor seinen Augen veränderte der ganze Drache seine Gestalt, er zerfloss und formte sich neu. Erst sah Mark ein gewaltiges Huhn davonfliegen, dann war es ein riesiger Falke, und schließlich stieg die Gestalt über den Lichtschein des Jahrmarktes hinaus und verschwand im Dunkeln.

Langsam richtete sich Mark auf. Das Schwert, das der Drache vor ihm hatte fallen lassen, hielt er in der Hand. Es war Drachentöter – inzwischen, so stellte er fest, konnte er das eine vom anderen gefühlsmäßig unterscheiden, er musste sie nicht mehr anschauen.

Die Welt, die sich um ihn herum hatte verändern wollen, wollte jetzt wieder ihre alte Gestalt annehmen. Aber die rasche Veränderung war zu heftig vonstatten gegangen, und die Rückentwicklung war nun keine Augenblickssache mehr.

Der kräftige Mann, der Barbara überfallen und ihm nachgesetzt hatte, war wieder aufgetaucht. Aber er stand nur in grenzenloser Verblüffung da und starrte erst Mark an und dann hinauf in den Nachthimmel, dem verschwundenen Kurier nach.

Irgendwo in der zusammenströmenden Menschenmenge erschien Barbara. Sie taumelte, schwankte und stieß laute, unzusammenhängende Beschuldigungen aus. Der Geck drehte sich verwirrt und zerzaust zu ihr um und hob seinen Dolch. Aber noch bevor Mark sich rühren konnte, packte eine kräftige Hand den Mann von hinten bei der Schulter, wirbelte ihn herum und ließ ihn geradewegs in einen Fausthieb fliegen, an dem er wie ein Spielzeug zerbrach.

Orange und schwarz gekleidete Männer hatten Ben umzingelt. Aber jetzt stürmte von der Zugbrücke eine zweite Gruppe in den gleichen Farben heran. Diese Männer waren mit Helmen und Schilden ausgestattet und hatten ihre Schwerter gezückt. Angeführt von einem graubärtigen Edelmann stürzten sie sich mit einem Kriegsschrei auf die erste Gruppe.

Mark wusste, dass er selbst noch immer ein Schwert in den Händen hielt. Nun musste die Zeit für sein Eingreifen reif sein. Aber das Gefühl, dass sein Platz in der Welt nun ein anderer war, hielt ihn immer noch umfangen. Es war anders als alles, was er je zuvor gefühlt hatte. Ihm war, als könne er immer noch die beiden Schwerter fühlen – eines in jeder Hand.

Und dann fühlte er überhaupt nichts mehr.

11

Ja, ich bin Draffut, den die Menschen einst den Herrn der Tiere nannten. Jetzt nennen sie mich einen Gott.« Ein müder Unterton in der tiefen Stimme schien die Torheit der Menschen zu verspotten. »Steh auf, Mann. Kein menschliches Wesen soll vor mir knien.«

Rings um Nestor und den Giganten erwachten die Nachtgeschöpfe des Sumpfes aus ihren verschiedenen Tagträumen zu lärmendem Leben. Nestor erhob sich. Sein Gefühlsausbruch, mochte er nun auf einer falschen Vorstellung beruht haben oder nicht, hatte ihm Erleichterung verschafft, und er fühlte sich ruhiger. »Also gut«, sagte er. »Wie soll ich dich dann nennen?«

»Ich bin Draffut. Das ist genug. Und du bist Nestor, der Drachen tötet. Jetzt komm mit mir, denn du wirst essen und schlafen müssen.«

»Zuerst schlafen, glaube ich.« Nestor rieb sich die Augen, die Erschöpfung drohte ihn zu übermannen. Das Schwert war eine lastende Bürde für die Hand, die es hielt.

Draffut ging voran, zurück zu dem uralten Tempel. Er blieb davor stehen, hob einen zottigen Arm und deutete auf eine Stelle, wo Nestor, wie er erklärte, in Sicherheit werde ruhen können. Es war ein halb verfallener Raum über der Erde, in einem Teil des Tempels, der einmal zwei Stockwerke besessen hatte. Die Treppe in der Nähe war beinahe völlig verschwunden, aber Nestor war behände, und so fand er einen Weg, auf dem er hinaufklettern konnte. Der Ruheplatz, den er hier vorfand, war zum Himmel hin offen, aber zumindest würde er ihm Schutz vor Kriechtieren gewähren können. Nestor blickte kurz umher. Als er dann noch einmal mit Draffut sprechen wollte, sah er, dass der Riese verschwunden war.

Weder der harte Fußboden der hoch gelegenen Kammer noch mögliche Gefahren konnten Nestor daran hindern, rasch in einen tiefen Schlaf zu versinken, der sich sogleich in einen lebhaften Traum verwandelte.

In diesem Traum sah er eine phantastische Prozession, die zum Teil aus menschlichen, zum Teil aus anderen, nur verschwommen erkennbaren Wesen bestand. Die Prozession schritt durch strahlenden Sonnenschein auf den Tempel zu, und es war eine Zeit, in der das Bauwerk noch in seiner ganzen, unbeschädigten Pracht dastand. Anfangs erfüllte ihn der Traum mit angenehmen Empfindungen, doch dann kam der Augenblick, als Nestor erkannte, dass inmitten der Prozession eine Jungfrau getragen wurde, die geopfert werden sollte – und das auserwählte Opfer war Barbara.

In seinem Traum sah er, wie Barbara an ihren Fesseln zerrte und ihn zu Hilfe rief. Aber von Entsetzen ergriffen wandte Nestor sich von ihr ab. Seine Hände umklammerten den Griff seines kostbaren Schwertes, das er niemals verlieren durfte, was auch geschehen mochte, und er rannte damit in den nahen Dschungel, der den Tempel umgab. Es war ein Traumwald, der in den erstaunlichsten Farben schillerte, ganz anders als das starre Gestrüpp, das er mit wachen Augen gesehen hatte und das fast die gesamte Insel bedeckte. Aber kaum hatte Nestor den Urwald erreicht, da verwandelte sich der Griff des Schwertes in seiner Hand in etwas anderes – und noch ehe er begreifen konnte, was es war, erwachte er keuchend vor Angst.

Nachtgeschöpfe lärmten in einiger Entfernung, aber die Dunkelheit rings um ihn war recht friedlich. Dennoch keuchte er, als habe er mit jemandem gekämpft. Der halbrunde Mond hing jetzt beinahe senkrecht über seinem Kopf in einem mit Wolken gesprenkelten Himmel. Es ging auf Mitternacht zu. Die Gestalt Barbaras verharrte noch eine Weile lebhaft vor

Nestors geistigem Auge. *Hätte er bei dem umgestürzten Wagen aushalten und mit dem Schwert in der Hand für sie und die anderen kämpfen sollen?*

Unsinn. Er hatte ja nicht einmal ein Schwert in die Hand bekommen, bevor schon alle nach allen Seiten davongerannt waren und sich, so gut sie konnten, versteckt hatten. Man hätte ihn getötet, und das hätte niemandem etwas genützt.

Vielleicht ahnte er, dass er auch fortgelaufen wäre, wenn die anderen geblieben wären. Aber es war Unfug, sich solche Theorien aus den Fingern zu saugen, um sich darüber den Kopf zu zerbrechen.

Obgleich das Unbehagen des Traumes noch eine Weile anhielt, fiel Nestor bald wieder in Schlaf. Als er erwachte, war ihm, als sei überhaupt keine Zeit verstrichen, aber die Sonne stand am hellen Himmel, und Mönchsvögel erfüllten das Geäst über seinem Kopf mit lautem Kreischen.

Nestor setzte sich auf und stellte nachdenklich fest, wie gut er sich fühlte, wie ausgeruht. Er rieb sich die Schulter, die gestern – dessen war er sicher – gebrochen gewesen war. Jetzt war sie ebenso gut wie die andere.

Verschwommen erinnerte er sich an einen unangenehmen Traum, aber was er geträumt hatte, wusste er nicht mehr. Das Schwert lag neben ihm, dort, wo er es hingelegt hatte. Was hatte Draffut noch gesagt? Es hatte geklungen wie ein Zitat aus einem Gedicht ... *Weit über Land reist das Schwert der Wut, baut harte Mauern rings um das, was weich* ... Nestor hätte einiges dafür gegeben, den Rest hören zu dürfen. Neben dem Schwert lag jetzt ein Berg von frischen Früchten, die ganz gewiss nicht da gewesen waren, als er eingeschlafen war. Nestor roch an einer gelben Kugel und knabberte vorsichtig daran. Dann verschlang er sie mit plötzlichem Heißhunger. Das Schwert erwies sich als nützliches Werkzeug zum Schälen und Schneiden.

Noch bevor Nestor seinen Hunger ganz gestillt hatte, erschien Draffut baumhoch zwischen den Bäumen des Waldes. Der Riese wechselte einen recht lässigen Gruß mit Nestor und gab ihm zu verstehen, dass er ihm das Frühstück beschafft habe, wofür Nestor ihm dankte. Draffuts Pelz leuchtete zart im hellen Schein der Morgensonne, wie er das auch in der Dämmerung und in der Dunkelheit getan hatte. Er verströmte sein eigenes Licht. Draffut stand vor dem Tempel auf der Erde, und sein Gesicht war ungefähr auf gleicher Höhe mit Nestors, der dort stand, wo einmal ein zweites Stockwerk gewesen war.

An diesem Morgen fühlte Nestor nicht den Impuls, niederzuknien. Er spürte, dass seine heilige Ehrfurcht vor Draffut bereits zu etwas verblasste, was beinahe Vertraulichkeit zu nennen war, und diese Erkenntnis erfüllte ihn mit einem obskuren Gefühl des Bedauerns. Nachdem die einleitenden Floskeln gewechselt waren, fragte er: »Draffut, kannst du mir etwas von den Göttern erzählen? Und von dir selbst? Wenn du darauf bestehst, dass du nicht einer der Ihren bist, dann will ich darüber nicht streiten. Aber vielleicht kannst du verstehen, weshalb ich es glaubte.«

Draffut antwortete nachdenklich: »Ich verstehe, dass Menschen oftmals ein Bedürfnis nach Wesen verspüren, die größer sind als sie selbst. Aber ich sage noch einmal: Ich kann dir nur wenig über die Götter sagen. Nur zu oft übersteigen ihre Taten mein Verständnis. Was aber meine eigene Geschichte angeht, so ist sie sehr lang, und ich denke, dies ist nicht der rechte Augenblick, damit zu beginnen. Jetzt ist es wichtiger, dass ich mehr über dein Schwert erfahre.«

»Nun gut.« Nestor blickte hinunter auf die Klinge, mit der er Früchte halbiert hatte und die eigentlich nicht ihm gehörte. Er seufzte und schüttelte den Kopf, als er an sein Schwert dachte, das er verloren hatte. Dann erzählte er, wie der Wagen, den er gefahren hatte, verfolgt worden war und sich überschlagen hatte, was dann mit ihm geschehen war und was vermutlich aus seinen Gefährten geworden war. »Und der Laufdrache – ich nehme an, er kam ebenfalls von dir – griff Herzog Fraktins Männer in der Nähe des Wagens an. Zumindest klang es so. Ich konnte nicht bleiben, um zu sehen, wer die Schlacht gewann, denn dein Bote kam und lud mich ein, dein Gast zu sein. Möglicherweise hat der Junge jetzt mein Schwert. Vielleicht hat es auch der Herzog oder einer seiner Soldaten. Was diese Klinge hier angeht, so hat der Knabe mir erzählt, dass sie kämpfende Männer überaus wirkungsvoll zur Strecke bringt. Ich selbst habe sie nie ausprobiert.«

Draffut starrte ihn an, als sei nun ein besonders interessanter Punkt angesprochen worden. »Aber du hast in der Vergangenheit schon gegen andere Menschen gekämpft?«, fragte er. »Und hast sie getötet?«

Nestor überlegte wachsam, ehe er antwortete. »Ja«, sagte er schließlich, »wenn ich keine Möglichkeit hatte, einem solchen Kampf aus dem Weg zu gehen. Der Beruf des Soldaten allerdings ist keiner, den ich freiwillig ergreifen würde.«

»Aber er ist doch sicher nicht gefährlicher als der des Drachenjägers.«

»Vielleicht sogar weniger gefährlich, meistens wenigstens. Trotzdem würde er mir nicht gefallen.« Gleichzeitig fragte Nestor sich unwillkürlich, was wohl geschehen wäre, hätte er sich bei dem umgestürzten Wagen mit diesem Schwert in der Hand umgedreht, um gegen die Leute des Herzogs zu kämpfen. Falls er diesen Kampf durch irgendeinen Zauber überlebt hätte, wäre vermutlich danach ein Kampf gegen den Drachen unausweichlich gewesen. Magische Schwerter hin, magische Schwerter her, mit ziemlicher Sicherheit wäre er dann jetzt tot, genauso wie dieser Bruder, von dem der junge Einar – wenn das sein richtiger Name gewesen war – gesprochen hatte. Nun, er zweifelte nicht daran, dass er in irgendeinem Kampf sterben würde, irgendwann, irgendwo. Aber die Einzelheiten dieser Tatsache übten eine unwiderstehliche Faszination aus.

Draffut stand unterdessen in nachdenkliches Schweigen versunken da und erwog Nestors Antwort. Einmal griff der Riese mit zwei Fingern in den Obstberg und warf sich mehrere Früchte auf einmal in den Mund. Er zerkaute sie mit mächtigen Zähnen, die zum Fleischfressen viel besser geeignet zu sein schienen. Die bloße Tatsache des Essens verlieh Draffuts Behauptung, kein Gott zu sein, in Nestors Augen größeres Gewicht. Andererseits – wenn er darüber nachdachte, dann fiel ihm ein, dass die Götter in den Erzählungen nicht selten beim Festschmaus saßen.

Schließlich brach Nestor das Schweigen mit einer Frage: »Was hast du mit mir vor?«

Mit einem Kopfschütteln riss Draffut sich aus seinen Gedanken. »Jetzt tut es mir Leid, dass ich Drachen ausgesandt habe, dich zu mir zu bringen, und ich dich damit der Gefahr ausgesetzt habe, getötet oder verletzt zu werden. Denn offenbar kannst du mir wenig berichten, was nützlich wäre.«

»Ich würde es tun, wenn ich könnte.«

»Das glaube ich. Ich könnte dafür sorgen, dass der Flugdrache dich wieder aus dem Sumpf hinausträgt.«

»Nein, vielen Dank. Ich glaube, lieber würde ich noch zwanzig Jahre hier als dein Gast verbringen. Gibt es denn keine andere Möglichkeit?«

»Die Zahl der Möglichkeiten ist begrenzt. Trotzdem könnte ich wahrscheinlich einen Weg finden, dich aus dem Sumpf hinauszubringen: Welche Richtung wäre dir am liebsten?«

»Mit meinen Gefährten war ich unterwegs zum Reich des Guten Sir Andrew, mit dem ich einen Jagdauftrag zu besprechen hatte. Wenn es meinen Freunden gelungen sein sollte, den Drachen und den Männern des Herzogs unversehrt zu entrinnen, dann sind sie jetzt wahrscheinlich dort und suchen nach mir.«

»Und wenn sie dein eigenes Schwert noch bei sich haben ...«

»Drachentöter – oder das Schwert der Helden, wie Hermes es auch nannte. Ja, vielleicht haben sie es.«

Draffut nahm sich ein wenig Zeit zum Nachdenken, bevor er weitersprach. »Wärest du bereit, die Reise auf dem Rücken eines großen Laufdrachen zu unternehmen? Ich kann sie beeinflussen, wie du ja schon gesehen hast. Aber sie sind nicht ganz so zahm und zuverlässig wie die Flugdrachen. Ich fürchte auch, dass die Reise auf diese Weise länger dauern wird – ein paar Tage bestimmt.«

»Gibt es denn keine Boote hier im Sumpf? Leben denn überhaupt keine Menschen hier?« Nestor war sicher, dass es doch wenigstens eine Hand voll Wilde geben musste, die hier hausten. »Wenn ich wirklich keine andere Wahl habe, werde ich versuchen, mir aus einem Baumstamm selbst ein Boot zu schnitzen und eigenhändig hinauspaddeln, bevor ich mich noch einmal den Launen eines Drachen überlasse, ganz gleich, mit welchem Zauberbann du ihn vielleicht belegen kannst.«

»Ich verzaubere die Drachen nicht«, erwiderte Draffut beinahe geistesabwesend. »Ich bin kein Magier.«

»Du hast gesagt, dass du sie beeinflusst ...«

»Wenn du dir selbst ein Boot baust ... du würdest im Sumpf wohl kaum länger als ein paar Stunden überleben, allein in einem Boot, wie du es dir unter diesen Umständen bauen könntest. Unglücklicherweise habe ich nicht die nötige Zeit, dich selbst auf sicheren Boden zu geleiten. Aber ich will sehen, was ich tun kann, um dir zu helfen.«

Und wieso hast du keine Zeit?, wunderte sich Nestor. Aber er behielt diese Frage für sich. Der Riese hatte sich bereits abgewandt und schritt zielstrebig davon. Wenige Augenblicke später war Draffut hinter einer Reihe von Bäumen verschwunden. Sein Kopf erschien noch kurz über einigen kleineren Bäumen in mittlerer Entfernung. Dann versank er unvermittelt in den Baumwipfeln, als sei Draffut in den Sumpf hinausgewatet.

Sich selbst überlassen, unternahm Nestor aus reiner Neugier einen mehr oder weniger vollständigen Rundgang durch den Tempel. In einigen Räumen untersuchte er die Schnitzereien an den Wänden ein wenig genauer. Die Reliefs zeigten Männer, Frauen und unbestimmbare andere Wesen bei Tätigkeiten, die Nestor für Rituale hielt. Es war schwierig, im Einzelnen zu erkennen, was sie taten.

In dem Raum, in dem Draffut ihm das sonderbare Wesen – die »Larve« – gezeigt hatte, spähte Nestor noch einmal in das Becken. Die Wasseroberfläche war wieder spiegelglatt. Auf dem nahen Sims lag die Lampe aus der Alten Welt, aber Nestor machte keine Anstalten, sie herunterzunehmen. Es lag ihm nichts daran, die Larve noch einmal aufzuscheuchen.

Stattdessen fuhr er mit seiner Erkundung fort. Er stand in einer anderen geräumigen Kammer und betrachtete sinnend etwas, das wie eine Reihe leerer Wandschränke aussah, als er plötzlich durch ein Getöse aus seinen Gedanken gerissen wurde. Es waren schrille Schreie, ausgestoßen von einer nichtmenschlichen Stimme und anscheinend nicht weit draußen vor dem Tempel. Nestor ging mit dem Schwert in der Hand zur Tür und lugte vorsichtig hinaus.

Ein Flugdrache schwebte ganz in der Nähe über den Hof. Er war ein wenig kleiner als der, welcher ihn hierher entführt hatte. Er starrte ihn an, hielt aber seinen Abstand. Er zog ein paar Kreise, schwebte dann wieder auf der Stelle und kreischte zu ihm herunter. Fast war es – der Gedanke war phantastisch –, als versuche die Bestie ihm etwas mitzuteilen.

Der Drache lärmte immer weiter, bis Nestor ihn schließlich anredete, wie ein Mensch manchmal einen Gegenstand oder ein Tier anredet, ohne zu erwarten, verstanden zu werden. »Wenn es Draffut ist, den du suchst – er ist nicht hier. Er ist vor über einer Stunde in den Sumpf hinausgewatet, nach Südwesten. Keine Ahnung, wann er zurückkommt.«

Zu Nestors nicht geringer Überraschung – nachdem er nun jahrelang mit Drachen zu tun gehabt hatte, schätzte er, dass ihre Intelligenz etwa der von zahmem Geflügel entsprechen mochte – reagierte das Geschöpf, als habe es ihn tatsächlich verstanden. Diese Flugdrachen mussten in der Tat zu einer Art zählen, von der er noch niemals gehört hatte. Zumindest stellte dieser hier sein Getöse sogleich ein und flog davon. Ob er tatsächlich nach Südwesten flog, konnte Nestor nicht feststellen, aber er flatterte um den Tempel herum, und es war leicht möglich, dass er in diese Richtung verschwunden war. Nestor ging langsam und kopfschüttelnd in den Tempel zurück, um sich dort weiter umzusehen. So hatte er etwas zu tun, während er auf Draffut wartete. Je mehr er über seine unmittelbare Umgebung wusste, desto sicherer konnte er sich fühlen. Zu ebener Erde entdeckte er einen großen Raum, dessen Boden mit Bergen von Farnwedeln und elastischen Ranken gepolstert war. Er fragte sich, ob dies die Kammer sein mochte, in der Draffut ruhte. Niemand fand es verwunderlich, dass Götter aßen, aber mussten sie auch schlafen?

So grübelte er über Draffuts Geheimnisse, über die vielfältigen Zauberschwerter und über das, was sich hinter dem Götterspiel verbergen mochte, und gedankenversunken spazierte er wieder hinaus ins Freie, diesmal an einer Stelle, wo eine Wand eingestürzt war. Er gelangte an einen Hang, der ihn zu einer höher gelegenen Ebene des Tempels führte. Den stieg er hinauf und kletterte über ein verfallenes Stockwerk hinweg, das von schräg liegenden Platten des eingestürzten Daches übersät war. Von hier aus konnte er über die Baumwipfel der Insel – oder doch über die meisten davon – hinwegschauen, aber dahinter waren nur Bäume und Sumpf zu erkennen.

Die Vormittagssonne war am Himmel emporgeklettert, aber noch war es nicht so heiß, dass es unangenehm gewesen wäre, sich auf den flachen Trümmern des eingestürzten Daches auszustrecken und in der Sonne zu baden. Entspannung war dem Nachdenken manchmal förderlich.

Aber statt sich auf die verzwickten Fragen, die sich erhoben hatten, zu konzentrieren, verfiel Nestor in ein träges Dösen. Bilder kamen und gingen in seinem Kopf, Bilder von Draffut und den Schwertern. Dann waren es Barbara und die Götter seiner Vorstellung. Irgendwie, dachte Nestor, sollte die Welt doch zusammenpassen, und alles sollte sinnvoll ineinander wirken. Die Menschen hofften das immer. Aber nach allem, was er wusste, hatte die menschliche Rasse nie eine Garantie dafür erhalten ...

Er war fast eingeschlafen, als ein leises Geräusch seine Aufmerksamkeit erregte. Zuerst ein leises Tappen, etwa wie ein behutsamer Schritt, dann ein vorsichtiges Scharren oder Gleiten. Es wiederholte sich – tapp und scharr, tapp und scharr. Nestor lauschte, aber er hörte nichts mehr, und so versank er wieder in sein gedankenvolles Dösen.

Dann ertönte es wieder: tapp-scharr, tapp-scharr. Beinahe wie Schritte. Aber hinkende Schritte. Beinahe wie ...

Nestor sprang auf, als ein Schatten sich über ihn legte. Gerade noch rechtzeitig bekam er das Schwert zu fassen, um den ersten Hieb des plumpen, zackenbesetzten Hakens zu parieren.

12

Mark schwebte durch eine Welt der Träume, doch dann verließ er sie. Die Vision von vielen Schwertern war verschwunden, aber er wusste nicht genau, in welchem Stadium zwischen Schlafen und Wachen er sich befand.

Er schlug die Augen auf und erblickte eine gewölbte Decke aus Stein. Hastig stützte er sich auf einen Ellbogen und sah, dass er zum ersten Mal in seinem Leben in einem richtigen Schloss war. Dieser große, verschwenderische Raum konnte zu nichts anderem gehören. Er lag in einem richtigen Bett, und Sonnenlicht, das morgendlich strahlte, fiel durch das einzige, schmale Fenster in den Raum.

Auf einem Tisch in der Mitte des Raumes lag das Schwert der Helden – Mark konnte den kleinen weißen Drachen auf dem schwarzen Hintergrund des Griffes erkennen. Auf dem bloßen Holz neben der Klinge lagen die Scheide und der Gürtel, die Mark – in der vergangenen Nacht? – zusammen mit einem anderen Schwert bekommen hatte.

Scharf wie ein Schwertstreich kehrte jetzt die Erinnerung an das Gesicht seines Vaters wieder zurück, bärtig, wie Mark es nie gesehen hatte, aber dennoch unverkennbar. Das gütige Lächeln, der Ausdruck des Erkennens in den Augen. Dieses Gesicht im »Lustigen Labyrinth« war so wirklich gewesen ...

Auf einem kleinen Sofa neben dem Einzelbett schlief Barbara. Anscheinend trug sie ihre gewöhnlichen Kleider, aber man hatte ein kostbares Tuch über sie gelegt. Es sah aus, als habe sie an Marks Bett gewacht und sei dabei eingeschlafen, und als habe ein zweiter Wachender sie zugedeckt, damit sie es warm hätte. Jetzt sah Mark auch seine eigenen Kleider. Sie waren über einen Stuhl drapiert, und sehr viel schönere

Gewänder lagen daneben. War dieser Sonntagsstaat für ihn bestimmt? Noch nie hatte er so etwas getragen.

Ein vertrautes Schnarchen ließ die Luft erzittern, Mark wandte den Kopf. In der hinteren Ecke des Raumes, verloren zwischen all den Möbeln, lag Ben schnarchend auf einem Haufen bunter Kissen. Auch er war mit ungewohnten, kostbaren Gewändern zugedeckt.

Kaum hatte Mark sich aufgerichtet, da regte sich Barbara. Sie schlug die dunklen Augen auf und schaute ihn einen Moment lang verständnislos an. Dann aber war sie hellwach und lächelte. Im nächsten Augenblick hatte sie das Tuch beiseite geworfen und stand neben Marks Bett, um ihm die Hand auf die Stirn zu legen und zu fühlen, ob er Fieber habe. »Bist du gesund?«, fragte sie.

»Ich glaube ja. Was ist geschehen? Wer hat uns ins Schloss gebracht? Ich weiß noch, dass es einen Kampf gab ...«

»Und dann fielst du zu Boden. Sir Andrew ließ uns alle hereinbringen. Ben und ich haben ihm fast alles erzählt. Wir waren alle sehr besorgt um dich, aber die Zauberin meinte, du würdest dich einfach gesund schlafen. Sie heißt Dame Yoldi, und ich soll sie rufen, sobald du aufwachst. Bleib nur hier. Ich werde sie holen.«

Barbara lief rasch hinaus. Mark schlug ihre Ermahnung in den Wind und stand auf. Er begann sich anzuziehen, aber er nahm seine eigenen alten Sachen, obwohl die neuen Kleider daneben in seiner Größe zu sein schienen. Unterdessen schnarchte Ben friedlich in seiner Ecke.

Als Mark sich angezogen hatte, warf er einen kurzen Blick aus dem Fenster auf die fernen Felder und Wälder unter der aufgehenden Sonne. Dann trat er an den Tisch, auf dem das Schwert lag. Er betrachtete die Waffe, ohne sie zu berühren. Dann versuchte er sich zu erinnern und das Gefühl noch einmal nachzuempfinden, das ihn am Abend zuvor ganz offensichtlich hatte ohnmächtig werden lassen. Er konnte sich nicht entsinnen, einen Schlag auf den Kopf oder eine andere Verletzung erlitten zu haben. Er wusste nur, dass er einen Augenblick lang zwei Schwerter zugleich berührt und sich dann sehr merkwürdig gefühlt hatte. Auch jetzt schien er nicht verwundet zu sein, nur das alte, inzwischen halb verheilte Zeichen des Drachenfeuers leuchtete noch auf seiner linken Wange.

In der Tür hinter ihm erklang eine Stimme. »Du bist Mark, Sohn des Jord, der Müller in Arin am Aldan ist.«

Mark fuhr beim ersten Wort herum. Er sah sich dem Mann gegenüber, der am Abend zuvor jene mit Schwertern bewaffnete Truppe von der Zugbrücke angeführt hatte und nur Sir Andrew selbst sein konnte. Hinter dem Ritter stand eine elegant gekleidete Frau, die seine Zauberin sein musste. Mark stotterte etwas und wollte das Knie beugen.

»Nein, steh auf.« Sir Andrews Stimme klang kraftvoll, aber bisher nicht bedrohlich. Er runzelte die Stirn und hatte die Hände auf dem Rücken verschränkt. »Herzog Fraktin lässt mir sagen, er halte dich für einen Dieb und Mörder.«

»Das bin ich nicht, Herr.« Der Ton, in dem die Anklage vorgebracht wurde, schien ihn zu diesem kühnen Widerspruch zu ermutigen. Ben war in seiner Ecke inzwischen aufgewacht und versuchte, unauffällig im Hintergrund zu bleiben, obgleich er sich zu seiner vollen Größe aufgerichtet hatte. »Das habe ich mir schon gedacht«, stimmte Sir Andrew zu. »Ich weiß, dass Herzog Fraktin selbst solcher Verbrechen schuldig ist. Vielleicht noch schlimmerer ... Und die Agenten, die er hergeschickt hat, haben gestern Abend gezeigt, dass sie auch nicht besser sind. Was sie begangen haben, kommt einem kriegerischen Akt gegen mich gleich. Sie ...«

Die schöne Frau, die neben Sir Andrew stand, legte dem Ritter sanft eine Hand auf den Arm und unterbrach ihn. Als er verstummt war, wandte sie sich an Mark. »Was weißt du noch von dem, was gestern Abend geschehen ist?«

Zunächst stockend, aber dann mit wachsender Zuversicht – er sah, wie die beiden Hochgeborenen ihm geduldig zuhörten – berichtete Mark von seinen Erlebnissen auf dem Jahrmarkt, soweit er sich daran erinnern konnte. Er begann mit der Ankunft im Wagen zusammen mit Ben und Barbara und erzählte bis zu dem Augenblick, als der Drachenkurier von Herzog Fraktin davongeflogen war, während das Schwert, das Mark ihm zwischen die Schuppen gerammt hatte, noch in seinem Panzer steckte.

»Als der Drache aufflog, sah er ... anders aus. Er kam mir unwirklich vor, als sei er immer wieder ein anderes Wesen. Dann verlor ich ihn aus den Augen, und rings um mich herum kämpften die Leute. Das wisst ihr ja sicher, Herr und Madame. Und dann – ich glaube, etwas muss mich niedergeschlagen haben. Aber kurz davor fühlte ich mich ... merkwürdig.«

Die Zauberin trat auf Mark zu, blieb vor ihm stehen und sah ihn eindringlich an. Erst hatte er Angst, aber schon bald sog etwas die Angst aus seinem Herzen. Sie sagte: »Du wurdest nicht verwundet, oder?«

»Nein, Madame, ich wurde nicht verwundet. Aber ... ich hatte einfach das Gefühl, dass etwas ... mit mir geschah.«

»Daran zweifle ich nicht.« Dame Yoldi wandte ihren eindringlichen Blick ab und seufzte. Sie schaute sich um, von einem zum anderen. »Ich habe von einem Burgfenster aus zugeschaut, während die meisten der Übrigen draußen auf der Jahrmarktswiese waren. Das gestohlene Schwert barg einen Zauber, der das Wesen, das es trug, zu verändern schien. Wir alle sahen den Drachen als etwas anderes, als er sich in die Lüfte erhob – aber jeder von uns sah etwas Harmloses, etwas, das man beschützen musste. So, wie jeder dich, Mark, als jemanden sah, dem man gehorchen, dem man dienen und den man beschützen musste – solange du dieses Schwert trugst.«

Mark nickte ernst. »Als ich es hatte, nannte mich mein Verfolger plötzlich ›Euer Gnaden‹ – was ist eigentlich aus ihm geworden?«

Sir Andrew grunzte. »Hugh von Semur war unter den Toten der vergangenen Nacht.« Er warf einen kurzen Seitenblick auf Ben, der immer noch, in seine Decke eingehüllt, in der Ecke stand und sich klein zu machen versuchte. »Und meine eigenen Männer haben gut gekämpft, nachdem wir begriffen hatten, dass wir kämpfen mussten. Einige von denen, die vorgaben, Helfer meines Marschalls zu sein, konnten uns entkommen. Aber andere sind gefallen, und einer oder zwei sitzen jetzt in meinen Verliesen. Ich fürchte, sie werden einen schlechten Einfluss auf meinen ehrlichen Verbrecher ausüben.« Mark sah mit wachsender Verwirrung, wie der Ritter den Kopf schüttelte, offenbar von irgendwelchen privaten Sorgen geplagt.

Dame Yoldi fragte: »Mark, wer gab dir das andere Schwert? Das, das nun fort ist? Du hast uns eben gesagt, der Mann, von dem du es bekamst, habe wie dein Vater ausgesehen, solange er das Schwert trug. Aber wie sah er aus, als er Sichtblender in deine Hände gelegt hatte?«

»Als ich das Schwert hatte, sah ich ihn als maskierten Clown. Madame, ich verstehe nichts von diesen Zauberdingen.«

Nach einer kurzen Pause antwortete die Zauberin: »Ich nur allzu oft auch nicht.« Sie wandte sich rasch ab, aber Mark glaubte, das Funkeln einer neuerlichen, inneren Erregung in ihrem Auge zu erblicken. Wieder fasste sie den Burgherrn beim Arm. »Andrew, schickt Männer aus, die nach den Jahrmarktclowns suchen sollen. Nach den Vorkommnissen der vergangenen Nacht haben sie sich genau wie die Kaufleute und Besucher bestimmt in alle Winde zerstreut. Aber wenn wir ihn finden ...« Dame Yoldi schien für einen Augenblick in wilde private Spekulationen zu versinken.

Sir Andrew starrte sie an. Dann ging er zur Tür und rief ein paar Befehle. Gleich darauf war er wieder da. »Sie müssen verweht sein wie Spreu im Wind, da habt Ihr wohl Recht. Aber wir können es versuchen.«

»Gut.« Die Zauberin betrachtete jetzt wieder Mark, und diesmal lag etwas wie Ehrfurcht in ihrem Blick, so dass ihm recht unbehaglich zumute wurde. »Ich weiß noch nicht viel über diese Zauberschwerter, mein Junge, aber ich lerne stets dazu. Zumindest kenne ich schon die Namen von einigen. Es war Sichtblender, den du gestern Abend in den Drachen gestoßen hast, auch das Schwert der Arglist genannt. Wer es trägt, ist unkenntlich für alle seine Feinde – und vielleicht auch für seine Freunde. Der Mann, der es dir gab ... Hat er etwas gesagt?«

»Ja.« Mark errötete ob seiner Vergesslichkeit. »Er sagte, ich solle es Sir Andrew geben. Wenn ich könnte.«

»Hat er das gesagt, eh?«

»Ja, und ich wollte es auch tun, Herr. Aber dann hörte ich, dass das andere Schwert gestohlen werden sollte. Und ... und ich musste etwas tun.«

»Und da hast du etwas getan. Ja, ja, ich habe gern Leute um mich, die mitunter das Gefühl haben, es müsse etwas getan werden. Dennoch wünschte ich, wir hätten Sichtblender noch hier. Ich vermute, es ist jetzt in den Händen des Herzogs, und ich denke mit Grausen daran, was er damit anstellen kann.« Der Ritter sah Dame Yoldi an, und die Sorgenfalten in seiner Stirn waren jetzt tiefer als zuvor. »Meine eigenen Flieger sind inzwischen alle zurückgekommen, Yoldi. Sie konnten seinen Kurier nicht fangen. Sie haben ihn nicht einmal gesehen. Im Augenblick steht das Glück auf Fraktins Seite.«

»In Form von Würfelwender, ja«, bestätigte Dame Yoldi. Sie nickte müde und wandte sich wieder an Mark. »Ist es möglich, mein Junge, dass du gestern Abend einen Augenblick lang beide Schwerter gleichzeitig in deinen Händen hieltest?«

»Ja, Madame, das ist nicht nur möglich, sondern es war tatsächlich der Fall. Das war genau der Augenblick, in dem die Welt anfing ... merkwürdig zu werden.«

»Das dachte ich mir. Jetzt wird der Herzog, dessen Glück durch Würfelwender noch bestärkt wird, auch das Schwert der Arglist in seinen Händen halten. Niemand auf der Welt hat jemals zwei dieser Schwerter besessen, seit sie geschmiedet wurden ... Mark, ich habe gehört, der Schmied, der Vulkan beim Anfertigen dieser Schwerter geholfen hat, war dein Vater?«

Mark sah sich selbst als kleine, einsame Gestalt neben dem Tisch, auf dem das Schwert Drachentöter lag. »Ich weiß, dass er geholfen hat, unseres zu schmieden. Aber bevor ich von zu Hause fortging, hatte ich nie davon gehört, dass Vulkan zur gleichen Zeit auch noch andere Schwerter geschmiedet hat. Mein Vater hat nie gern darüber gesprochen, und jetzt ist er tot. Ich sah ihn am selben Tag sterben, an dem auch mein Bruder und der Cousin von Herzog Fraktin in unserem Dorf starben. Gestern Abend, als ich dachte, es sei mein Vater ...« Mark presste die Hände auf die Augen. »Aber ich weiß, dass es nichts als Zauberei war.«

Zwei Wächter, bewaffnet und mit aufmerksamen Mienen, waren in der Tür erschienen, und jetzt trat einer von ihnen ein und flüsterte Sir Andrew etwas zu.

»Bringt sie herein«, befahl der Ritter grimmig.

Bevor irgendjemand hereingeführt werden konnte, trat Dame Yoldi zu Mark an den Tisch. Mit einem kleinen, schwarzen Tuch, das man für ein Taschentuch hätte halten können, bedeckte sie den Griff des Schwertes auf dem Tisch, so dass die weiße Verzierung nicht mehr zu sehen war. Dann wich sie wieder zurück und nickte den Wachen zu.

Einen Augenblick später erschien eine Dame von dunkler, eleganter Erscheinung und mit bösartigem Gesichtsausdruck in der Tür. Der Hauch von Arroganz, der sie umgab, ließ die Soldaten neben ihr wie eine Ehrengarde wirken.

Sie funkelte die Anwesenden einen nach dem anderen an. Auf Mark verweilte ihr Blick am längsten, und ihm war, als habe etwas Unsichtbares, aber gleichwohl Greifbares und Böses ihn gestreift. Dann richtete sie ihr hoch erhobenes Kinn auf Sir Andrew und erklärte: »Ich verlange, freigelassen zu werden.«

»Höchstwahrscheinlich wird das auch bald geschehen.« Die Stimme des Ritters klang eisig, ganz anders als vorher. »Meine Untersuchung der Untaten, die Eure Agenten gestern Nacht auf dem Jahrmarkt begangen haben, ist so gut wie abgeschlossen. Wäret Ihr hier nicht in diplomatischer Mission, Weib, so säßet Ihr wahrscheinlich jetzt schon unten in meinem Kerker.«

Die Dame zog es vor, diese Bemerkung zu überhören. Gebieterisch warf sie ihr schwarzes Haar zurück. »Und wo ist Hugh von Semur?«

»Der Hund ist tot. Diplomat oder nicht – gestern Abend ist es ihm gelungen, sich ein gebrochenes Genick einzuhandeln.«

Die Dame zeigte sich betont erschrocken. »Tot! So müssen seine Mörder in meinen Gewahrsam übergeben werden, damit ich sie der Gerechtigkeit des Herzogs zuführe, ebenso wie ich ihn mit mir nehmen muss.« Sie deutete mit einem langen Fingernagel auf Mark. »Und das Schwert auf dem Tisch. Es gehört gleichfalls Seiner Gnaden.«

»Madame, ich fürchte, außer Euch selbst werdet Ihr verdammt wenig aus meinem Lande schaffen.«

Die Dame schickte sich an, im Angesicht dieser Ablehnung

Überraschung zu heucheln, doch dann zuckte sie die Achseln und besann sich eines Besseren. »Es wird Euch schlecht ergehen, Sir Andrew, wenn Ihr dem Herzog sein Eigentum verweigert und ihn an der Ausübung seiner gerechten Rache hindert. Wer soll die Sicherheit Eurer Grenzen garantieren, wenn er es nicht tut?«

»Oho! Da wir eben von Eigentum sprechen – da wäre noch der Schaden zu begleichen, den ich und einige aus meinem Volk in der vergangenen Nacht erlitten haben. Die hübsche Kutsche, die Euch hergebracht hat, meine entzückende Lady Marat, dürfte auf dem Markt einen ordentlichen Preis erbringen. Vielleicht genug, um wenigstens einen Teil der Schadensrechnung zu begleichen, die Ihr zu verantworten habt. Ich will sehen, ob ich irgendwo einen Bauernkarren und ein oder zwei Zugtiere auftreiben kann, damit Ihr und Eure Gefolgschaft nach Hause fahren könnt. Es wird vielleicht eine holprige Fahrt werden, aber ...«

Jetzt geriet sie wirklich in Weißglut. »Bauernkarren? Zum Teufel mit Euch! Wie könnt Ihr es wagen, mich, die Abgesandte des Herzogs, in dieser Weise zu behandeln? Wie könnt Ihr es wagen?«

»... ein Fußmarsch wäre doch wohl zu anstrengend für Euch.«

Die Dame musste ihre ganze Selbstbeherrschung aufbringen, um ihre Zunge zu zügeln, doch es gelang ihr mit knapper Not. Noch einmal starrte sie jeden im Raum zornig an, dann drehte sie sich zwischen den beiden Wachposten in einem Wirbel aus glitzerndem Stoff um und rauschte mit ihnen davon.

Dame Yoldi streckte die Hand aus und fuhr Mark mit den Fingern durchs Haar. Es war wie eine zärtliche Geste, aber Mark hatte das Gefühl, dass irgendetwas, von dem er nichts gewusst hatte, von ihm abgestreift wurde. Ein Spinnennetz vielleicht. Die Zauberin lächelte ihn unmerklich an, dann schloss sie die Augen. Sie hielt Marks Hand, als könne sie aus der Art, wie sie sich anfühlte, etwas erfahren.

»Der Sohn des Jord«, sagte sie, ohne die Augen zu öffnen. »Des Jord, der ein Müller war – und davor ein Schmied.«

»Ja, Madame.«

»Ja, und noch einmal ja. Aber ich frage mich, was dein Vater sonst noch war.« Dame Yoldi öffnete die Augen, und sie strahlten groß und grau und leuchtend. »Mark, auf der ganzen Welt ist – oder war – dein Vater Jord der einzige Mensch, der mehr als eines der Schwerter in seinen Händen gehabt hat. Und seit die Götter den Stahl der Klingen mit ihrer Magie erfüllt haben, hat niemand außer dir drei davon berührt. Und eine Frage, die mich seit langem peinigt, wurde gestern Nacht wenigstens teilweise beantwortet: Was würde geschehen, wenn ein Mensch oder sonst ein Wesen gleichzeitig mehr als eines der Schwerter berühren oder benutzen wollte?«

Dame Yoldi hielt inne und schaute von einem zum anderen. »Und was wäre, wenn zwei oder mehr dieser Götterschwerter einander berührten? Was, wenn sie im Kampf gegeneinander geführt würden?«

Niemand konnte ihr eine Antwort geben.

Alle dachten daran, dass Herzog Fraktin sehr bald zwei Schwerter haben würde, wenn sein Kurier nicht auf irgendeine Weise aufgehalten werden konnte.

Mark schaute in Barbaras ausdrucksvolle Augen. Er wusste, was sie dachte: In unserem alten Wagen hatten wir zwei dieser Schwerter, aber wir haben es nie versucht ...

13

Nach seiner ersten Parade, die ihm mit knapper Not das Leben rettete, sprang Nestor rasch auf die Beine und wich vor der angreifenden Larve zurück. Sie drang auf ihn ein, und er bewegte sich immer weiter rückwärts. Er sah, dass er Recht gehabt hatte: Sie hinkte. Mit vorsichtigen Schritten näherte sich Nestor der unregelmäßigen Kante des verfallenen Daches. Sieben Meter tiefer lag der gepflasterte Hof zu seiner Linken. Zu seiner Rechten erhob sich das Durcheinander der kreuz und quer liegenden Platten des eingestürzten Daches. Hier würde er wohl kaum genügend Halt finden.

Das Ding, das Nestor hinkend verfolgte, blies ihm kleine, stöhnende Schreie entgegen, die aus einem nicht vorhandenen Gesicht drangen, als leide es entsetzliche Qualen oder sei in leidenschaftlicher Liebe entbrannt. Nur die dunklen Augen bewegten sich in dem konturenlosen Kopf, aber sie blieben auf Nestor geheftet. Die Larve rückte mit erhobenen Armen gegen ihn vor, die Waffen in Kopfhöhe erhoben, bereit, einen Schwertstreich zu parieren oder erneut auf ihn einzuschlagen. Die Vorderarme waren mit dem zackenbesetzten Haken und dem Foltermesser bewaffnet und hart wie Bronze. Nestor sah die metallische Härte anschaulich illustriert: Sein erster Abwehrschlag mit der rasiermesserscharfen Klinge hatte das rechte Handgelenk des Wesens getroffen und angekratzt – aber eben nur angekratzt. Einen menschlichen Arm hätte er mit diesem Streich abgetrennt, das stand fest.

Nachdem er sich ein paar Schritte weit rückwärts am Rande des Daches entlangbewegt hatte, sah Nestor ein, dass es gefährlicher war zurückzuweichen, als sich zur Wehr zu setzen. Er war ein tüchtiger Fechter und die Klinge in seiner Hand eine ausgezeichnete Waffe, selbst wenn der Zauber, der vielleicht in ihr steckte, sich nicht zeigen mochte. Warum also war er automatisch zurückgewichen und warum ließ das Grauen noch immer seinen Magen zusammenklumpen? Das Grauen konnte nur von der eigentümlichen Natur seines Gegners herrühren, nicht von irgendwelchen Kräften, die das Ding bisher an den Tag gelegt hatte. Die Bewegungen seines Angreifers zeigten Schnelligkeit und Kraft, aber nicht wenige menschliche Gegner wären sicherlich ebenso schnell und kräftig gewesen. Und die Larve kämpfte mit einem beträchtlichen und unübersehbaren Nachteil: Sie hatte zwei Waffen, aber sie waren nicht länger als ihre Arme. Solange Nestor die Nerven behielt und nicht weiter an Boden verlor und solange er seine eigene, prachtvolle Waffe benutzte, wie sie benutzt zu werden verdiente, durfte ein solcher Angreifer ihn eigentlich nicht besiegen.

Andererseits war schon jetzt offenkundig, dass die Larve auch über gewisse Vorteile verfügte: Sie war teuflisch hartnäckig und entsetzlich widerstandsfähig. Als Nestor stehen blieb, um zurückzuschlagen, und den Rumpf des Wesens mit großer Wucht traf, hatte er das Gefühl, in gefrorenen Schlamm zu hacken. Die graue Schale zerplatzte an der Trefferstelle, und eine dunkelgraue Substanz quoll hervor. Aber die Larve ließ sich dadurch nicht beeinträchtigen. Anscheinend fühlte sie auch nichts. Sie drang weiter auf Nestor ein und schien, auch nachdem sie gesehen hatte, was das Schwert anrichten konnte, nicht auf ihre eigene Sicherheit bedacht.

Nestor schlug eine hoch angesetzte Finte und traf seinen Gegner dann am Bein. Das Hinken, das er so zutreffend vorher gesehen hatte, wurde stärker. Als Nestor probehalber einen Schritt rückwärts tat, um zu sehen, wie das Ding reagierte, folgte es ihm nun eine Spur langsamer.

Natürlich war es möglich, dass die Larve ihre Kraft zurückhielt, um den Menschen in einem kritischen Augenblick damit zu überraschen, aber Nestor glaubte nicht so recht daran. Er konnte sich nicht vorstellen, dass hinter diesem nicht vorhandenen Gesicht sonderlich viel Gerissenheit steckte. Die Larve blies ihm ihr pfeifendes, trostloses Wimmern entgegen und attackierte ihn unversöhnlich.

Wieder traf er sie, diesmal am Arm, und stoppte ihr Vordringen. Es war ein härterer Hieb, und in der sausenden Klinge lag ein großer Teil von Nestors Kraft und seinem Gewicht. Jetzt baumelte eines der Handgelenke der Larve mitsamt der dazugehörigen Waffe vom beinahe durchtrennten Unterarm. Aus dem Schnitt in der harten Schale sickerte klebriger grauer Schleim.

Nestors Zuversicht wuchs. Er fasste einen Entschluss und ging unverhofft zum Angriff über. Er traf die Larve, als ihr Gewicht auf dem offenbar schwächeren Bein ruhte. Unter der Wucht eines mächtigen Schwerthiebs, der ihre harte Brustplatte zu durchdringen drohte, taumelte sie rückwärts und kippte über den Rand des Daches. Im Fallen machte die Larve greifende Bewegungen, als wolle sie die Klinge erfassen, aber sie hatte keine Hände, mit denen sie hätte greifen können. Der eine Arm war ohnedies beinahe abgehackt, und die Waffe daran flatterte schlaff wie ein tödlicher Handschuh. Dennoch durchlebte Nestor einen Augenblick des Entsetzens, denn er befürchtete, das Schwert könne so fest in der chitinartigen Panzerung stecken, dass es seinen Händen entgleiten oder ihn mit sich reißen würde, wenn die Larve abstürzte. Aber dann rutschte die Schwertspitze heraus, als der graue Körper mit seinem ganzen Gewicht nach hinten fiel.

Weder Kunst noch Magie vermochten diesen Fall aufzuhalten, und die Steinplatten des Hofes lagen sieben Meter tiefer. Als Nestor über die Dachkante auf die reglos am Boden liegende Gestalt blickte, war der ganze graue Torso mit einem Netz feiner Risse überzogen. Immer mehr von dem dunklen

Grau, das dem Ding offensichtlich sein Leben verlieh, quoll hervor. Nestor hatte eben aufgehört zu keuchen, als das Ding sich zu rühren begann. Langsam bewegte es seine Glieder, dann richtete es sich auf. Es legte den Kopf zurück, und seine Augen suchten nach dem menschlichen Feind. Dann hinkte es mit zielstrebigen Bewegungen in den Tempel, ein Stockwerk unter Nestor, zurück. Das Ding wollte wieder zu ihm hoch.

Er schwitzte, als er dort oben auf dem verfallenen Dach stand, obwohl jetzt dichte Wolken aufgezogen waren, die die Sonne verdunkelten. Ihm war, als sei er in das Reich der Albträume eingedrungen. Aber noch pumpte die Hitze des Kampfes durch seine Adern, und bevor sie zu schierer Angst erkalten konnte, zwang er sich, nach der Treppe zu suchen, über die das Ding notgedrungen heraufkommen musste. Er würde ihm den Garaus machen müssen.

Dann standen sie einander gegenüber, Nestor oben an einer halb zerbröckelten, von Ranken überwucherten Treppe, die Larve an ihrem Fuße. Ein Mönchsvogel kreischte irgendwo. Noch immer ahmte er den Lärm ihres Kampfes nach. Ohne innezuhalten, machte die Larve sich an den Aufstieg. In ihrem methodischen Hinken zog sie einen Fuß hinter sich her, und graue Tropfen sickerten aus der rissigen Schale. Sie hob das krumme, kleine Messer, die einzige Waffe, die ihr geblieben war.

Nestor behielt sie wachsam im Auge. Er sah, wie eine feine Spitze, einer winzigen Zunge gleich, im kleinen runden Mund der Larve erschien. Er duckte sich, schnell und tief, und hörte, wie der ausgespiene Pfeil an seinem Kopf vorbeizischte. Dann sprang er auf und empfing seinen Feind auf halber Höhe der Treppe. Unaufhörlich schlug er auf das Ding ein, und ein Schwertstreich nach dem anderen trieb es die Treppe hinunter in einen Mauerwinkel, wo es zusammenbrach.

Obwohl der Gegner am Boden lag, hackte Nestor immer

weiter auf ihn ein. Als er beide Arme der Larve verstümmelt und ein Bein ganz abgeschlagen hatte, machte er sich über den Rumpf her, der schließlich wie eine graue Eiterbeule zerbrach. Nestor musste einen Brechreiz niederkämpfen: Der Gestank erinnerte an Sumpfschlamm und faulige Gase.

»Und kein Herz, bei allen Dämonen!«, murmelte er bei sich. »Nirgends in dem verdammten Ding ein Herz, das sich durchbohren ließe.« Tatsächlich war überhaupt kein inneres Organ zu erkennen – nur dickerer oder dünnerer grauer Schleim von unterschiedlicher Beschaffenheit und Färbung.

Noch immer versuchten die zerfetzten Arme des Wesens, nach Nestors Füßen zu schlagen oder seine Beine zu ergreifen. Noch immer versuchte das verbliebene graue Bein, den zerschundenen Körper aufzurichten. Nestor betete die Namen aller Dämonen herunter, die er kannte, und er schwor, dem entsetzlichen Ding den Garaus zu machen. Er prügelte darauf ein wie ein Holzhacker – wie ein Wahnsinniger ohne Plan und Verstand. Einige seiner Schläge waren jetzt so schlecht gezielt, dass das Schwert von den Pflastersteinen des Hofes abprallte.

Erst als der Kopf abgehackt war, kam das Ding vollends zur Ruhe. Damit war der Zauberbann gelöst, der die Larve mit einem Zerrbild des Lebens erfüllt hatte. Augenblicklich wurde das graue Chitin der Schale spröde. Es zerbröckelte, wenn man dagegen stieß, und die graue Substanz, die herausrann, wurde dünnflüssiger und bildete Pfützen aus Schlamm und Wasser. Und mehr war es eigentlich auch nicht.

Dicke Regentropfen fielen vom Himmel, und im nächsten Augenblick rauschten Sturzbäche zur Erde. Teile dessen, was noch eben die Larve gewesen war, lösten sich auf und versickerten zwischen den Steinplatten im Boden.

Eine Weile stand Nestor absichtlich im Regen und ließ sich abkühlen. Er hielt sein Gesicht in den prasselnden Guss, um sich zu reinigen. Der Wolkenbruch wurde immer heftiger, aber er blieb stehen und ließ auch das Schwert vom Regenwasser waschen. Seine Erfahrungen mit Drachentöter ließen ihn vermuten, dass auch diese Klinge nicht rosten würde.

Als Nestor sich halbwegs sauber fühlte, ging er zurück in den Tempel. Gleich hinter der Tür lehnte er sich an die Mauer. Regenwasser tropfte aus seinem Haar und seinen Kleidern. Er schaute dem Regen zu und lauschte seinem Rauschen. Das Ding, das er mit seinem Schwert vernichtet hatte, war jetzt nur noch ein Haufen nasser Modder, der rasch jede Form verlor und in den Boden gespült wurde.

»Draffut – Gott oder nicht, Herr der Tiere, Heiler, was immer du sein oder nicht sein magst –, es tut mir Leid, dass ich dein Spielzeug zerstört habe. Nein, das ist doppelt falsch. Es war natürlich nicht dein Spielzeug. Dein magisches Experiment oder was weiß ich. Natürlich tut es mir auch nicht wirklich Leid, denn es war ein scheußliches Ding. Wenn es sich heimtückisch heranschleicht und einen Menschen mit einem Haken und einem Schälmesser angreift, dann hat er eigentlich keine andere Wahl – was ist das?«

Es hatte geklungen wie menschliche Stimmen, wie ein kurzer Schwall eines erregten Gespräches. Nestor wartete stumm und lauschte, gleich darauf erklangen die Stimmen wieder. Sie waren hier irgendwo, nicht allzu weit entfernt. Worte konnte er nicht verstehen, aber es klang wie die Stimmen von Menschen in panischer Angst, die versuchten, still zu sein.

Was jetzt?

Wieder hörte er sie. Noch immer konnte man keine Worte verstehen. Es war eine Sprache, die er nicht kannte. Höchstwahrscheinlich waren es also ein paar Wilde aus dem Sumpf. Nestor murmelte ein kurzes Stoßgebet an die Götter, an deren Existenz er noch immer nicht vollends glauben mochte, und bat sie, ihm einen neuerlichen Kampf zu ersparen. Dann packte er sein Schwert mit festem Griff und ging durch den verfallenen Raum hinaus in den prasselnden Regen. Er würde sich ein Stück weit hinausschleichen, warten, bis er die Stimmen wieder hörte, und dann weiterschleichen.

Er kletterte um eine eingestürzte Ecke des Tempels, vorbei an einer schräg geneigten Götterstatue, von deren Nase der Regen rann, und dahinter eröffnete sich ihm ein guter Blick nach Nordosten. Dort lag ein Sumpfarm, der dichter an die Mitte der Insel heranreichte als irgendein anderer. Von der erhöhten Stelle, an der Nestor jetzt kauerte, war dieser Sumpfarm zu sehen. Nestor erblickte eine Hand voll Einbaumkanus, die eben das Ufer erreicht hatten. Das letzte wurde gerade auf die schlammige Uferbank gezogen. Ungefähr ein Dutzend Menschen mit glattem, schwarzem Haar und beinahe nackten, kupferbraunen Körpern waren bereits an Land gesprungen oder machten Anstalten, es zu tun. Krieger waren es nicht. Sie hatten nur zwei kleine Bogen und ein paar Keulen bei sich und auch sonst nicht viel. Es waren Frauen und Kinder dabei, das heißt, sie stellten sogar den größten Teil dieser Gruppe. Alles, was sie hatten, wirkte ärmlich: Es waren Kinder des Kaisers, geborene Verlierer, wenn Nestor jemals welche gesehen hatte.

Eine der Frauen deutete zurück in den Sumpf, weg von Nestor und dem Tempel, und sagte etwas zu den anderen in einer Sprache, die Nestor nicht verstand. Dann wandte sich die kleine Schar, die sich inzwischen am Ufer versammelt hatte, landeinwärts und hastete durch niedriges Gestrüpp auf den Tempel zu. Offensichtlich hatten sie Nestor noch nicht bemerkt, und er duckte sich noch ein wenig tiefer, um sich zu verbergen, bis er wusste, was als Nächstes zu tun sei.

Bevor er noch einen Plan schmieden konnte, krabbelte etwas, das aussah wie eine große, flach am Boden kriechende Eidechse, aus dem Sumpf herauf und hinter den Leuten her.

Obwohl es zum größten Teil von Büschen verdeckt war, konnte Nestor sehen, dass es sich in unbeholfener Hast in dieselbe Richtung bewegte, die die Menschen eingeschlagen hatten – aber es verfolgte sie nicht. Es holte sie ein, und sie beachteten es nicht. War es eine Art von allgemeiner Wanderung? Eine allgemeine Flucht?

Weiter hinten im Nordosten, in den Fernen des Sumpfes, nahte wieder etwas, vorläufig im Regen nur verschwommen erkennbar. Dann aber sah er, dass es noch ein Kanu war, in dem zwei kupferhäutige Männer saßen und paddelten. In der Mitte des Bootes hockten zwei Frauen, die mit flachen Händen ins Wasser schlugen, sichtlich entschlossen, alles zu tun, was in ihren Kräften stand, um die Geschwindigkeit des Bootes weiter zu vergrößern. Die Menschen an Land hielten in ihrem Marsch landeinwärts inne, wandten sich um und sahen ihnen entgegen.

Als das Boot ein wenig näher gekommen war, entdeckte Nestor plötzlich, dass etwas Graues, Waagerechtes dahinter herannahte. Einen Moment lang hielt er dieses neue Etwas für eine Art Woge, die durch die Wasser des Sumpfes heranrollte und abgestorbenes Holz auf ihrem Kamm mit sich schwemmte. Aber dann erkannte er in der vermeintlichen Woge eine beinahe geschlossene Reihe von Larven, von denen er eben erst eine vernichtet hatte. Sie marschierten, schwammen und wälzten sich durch den Sumpf heran. Hinter der vordersten, wogenden Front erschien eine zweite Linie, und als Nestor nach links und rechts blickte, konnte er von keiner das Ende sehen. Es waren Dutzende, die da auf die Insel zukamen – ja, wahrscheinlich eher Hunderte. Jetzt hörte er sie auch. Es waren tausend pfeifende Laute, die nicht Stimmen genannt werden konnten. Er hörte das Platschen von unzähligen Schritten, das leise Klappern ihrer toten Gliedmaßen, die wie ein treibender Wald in der Flut leise aneinander schlugen.

Immer mehr Vögel und anderes Getier, große und kleine Geschöpfe, flüchteten aus dem Sumpf wie vor einer Treiberkette bei der Jagd. Das nahende Grauen rückte immer näher, und Nestor konnte es trotz des Regens immer deutlicher erkennen. Er sah jetzt überall in den vorrückenden Linien der Larven die Speere, Dreschflegel, Keulen, Knüppel und Messer, in die die Arme ausliefen. Nicht zwei der emporgereckten Armpaare schienen identisch, aber bei allen handelte es sich um Waffen.

Hundert Schritte zu seiner Rechten sah Nestor einen Drachen von Menschengröße, der aus dem Morast auf eine kleine Anhöhe kletterte und sich, von der vordringenden Horde bedrängt, trotzig knurrend umdrehte. Im nächsten Augenblick war der Drache von einem halben Dutzend der Treibholzgestalten umzingelt. Er schleuderte eine zurück, dann noch eine und noch eine, aber immer mehr drangen auf ihn ein, und ihre todbringenden Arme hoben und senkten sich. Irgendwo in der Ferne brüllte ein großer Laufdrache, und Nestor fragte sich flüchtig, ob auch dieser den Kampf wählte und welchen Erfolg er dabei wohl hatte.

Die Menschen, die die Insel bereits erreicht hatten, schwenkten jetzt die Arme über den Köpfen und riefen dem letzten Kanu anfeuernd zu: Nestor hatte den Eindruck, dass die Paddler den Abstand zwischen sich und den grauenvollen Linien vergrößerten. Aber dann scharrte ihr Boot mit dem Boden über ein im Wasser verborgenes Hindernis, einen Holzklotz oder eine Schlammbank, und obgleich sie sofort ihre panischen Anstrengungen verdoppelten, kamen sie nicht mehr von der Stelle. Nestor sah, dass beide Frauen im Boot Säuglinge bei sich trugen, die sie sich mit Tüchern auf den Rücken gebunden hatten. Alle vier Erwachsenen mühten sich verzweifelt, das Boot wieder freizubekommen, und sie schienen dicht vor dem Erfolg zu stehen, als die graue Woge über sie hinwegrollte. Handlose Arme streckten sich nach ihnen aus, und man hörte Menschen schreien, als das Kanu kenterte und die Passagiere versanken. Die Schar, die das Ufer erreicht hatte, wandte sich in neu erwachter Panik von der Szene ab. Ihre angstvollen Rufe bedurften keiner Übersetzung. Sie rannten auf den Tempel zu.

Nestor zögerte nicht länger, sich ihnen zu zeigen, sondern sprang auf, damit sie ihn sehen konnten. Vor der bedrohlichen Horde, die dort auf ihn zukam, würde er nicht davonlaufen können, schon gar nicht auf einer so kleinen Insel, und den Flüchtlingen aus den Booten würde es ebenso wenig gelingen. In ihrer Einigkeit lag die einzig denkbare Möglichkeit, den Larven zu widerstehen, und natürlich nur dann, wenn Stadtretters schlafende Kräfte auf irgendeine Weise zum Leben erweckt werden konnten und sie tatsächlich so groß waren, wie Nestor nicht ohne Grund vermutete. Der Plan des Tempels, der bei seinem Erkundungsgang in seinem Kopf Gestalt angenommen hatte, zeigte ihm einen weiteren, wesentlichen Ankerpunkt für seine Hoffnung: einen bestimmten hoch gelegenen Raum, der nur zu einer Seite hin offen war. Mit drei oder vier entschlossenen Kämpfern würde er vielleicht zu halten sein. Die Leute, denen Nestor jetzt entgegenschrie und die beim Anblick des Mannes, der mit dem Schwert in der Hand plötzlich vor ihnen aufgetaucht war und ihnen den Weg versperrte, in ihrer panischen Flucht innehielten, verstanden seine Sprache vermutlich ebenso wenig wie er die ihre. Aber bereitwillig folgten sie seinen Rufen und Gebärden, bereitwillig griffen sie nach jedem Strohhalm der Hoffnung. Sie gehorchten Nestors energischem Winken und liefen auf ihn zu und an ihm vorbei. Dann ließen sie sich von ihm überholen und führen und hasteten über Schuttberge, schräg aufragende Steinblöcke und verfallene Treppen zu dem Ort, den er im Sinn hatte.

Es war einer der höchsten noch erhaltenen Räume in einem Teil des Tempels, der einst ein Turm gewesen sein musste. Den einzigen Zugang bot jetzt ein unebener, lang gezogener Geröllhang. Als Nestor die ganze Gruppe mühselig kletternd hinaufgeleitet und in der Turmkammer versammelt hatte, blieben sie zögernd stehen und sahen sich ratlos an.

Er machte eine Gebärde mit seinem Schwert und seiner leeren Hand. »Tut mir Leid, aber das ist alles, Freunde. Etwas Besseres werden wir nicht finden.«

Er sah, wie das Verständnis in den Gesichtern der Erwachsenen dämmerte und wie sogleich auch Grauen und Verzweiflung ihre Blicke verfinsterten.

Nestor wandte diesen Blicken den Rücken zu und spähte durch die klaffende Öffnung an der Seite des Raumes den Hang hinunter und nach Norden. Es war keine große Öffnung, die sie da zu verteidigen hatten – kaum größer als eine breite Tür, aber doch ein wenig mehr, als ein einzelner Mann mit einem einzelnen Schwert ausfüllen konnte. Was er von dieser hohen Warte aus sehen konnte, drohte ihm allen Mut zu nehmen: Die Reihen der Larven, die vom Norden herunter aus dem Sumpf kamen, reichten nach Westen und nach Osten über die ganze Breite der Insel und noch darüber in unbestimmte, gewaltige Fernen hinaus in den Sumpf. Es mussten Tausende sein, vielleicht gar Zehntausende.

Unter den Leuten hinter ihm rührte sich etwas. Als er sich umdrehte, sah er, wie die vier oder fünf kampffähigen Männer sich rechts und links von ihm aufstellten, sich so gut es ging mit Bögen und Knüppeln bewaffneten. Nestor sah sie an, und sie erwiderten seinen Blick. Zum Glück schien es nicht notwendig zu sein, Strategie oder Taktik zu besprechen.

Die Welle der Feinde hatte schon vor einer Weile die Insel erreicht und rollte jetzt darüber hinweg. Die grauen Gestalten waren in den Tempel geschwärmt, vielleicht in besonders großer Zahl, weil die flüchtenden Opfer in Sicht waren – jedenfalls schienen die Linien stärker als zuvor, als Nestor sie am Fuße des lang gezogenen Geröllhangs auftauchen sah. Dort hielten sie eine Weile inne, und immer neue verstärkten den stetig aufwärts gerichteten starren Blick hundert gesichtsloser Köpfe, die heraufschauten, als wüssten sie bereits, dass entschlossener Widerstand ihrer dort oben harrte. Es klang wie tausend Larvenstimmen, was da pfiff, wimmerte und schrillte wie dissonante Dudelsäcke, deren Dröhnen die ganze Welt erfüllte.

Die Reihen der Grauen Horde sammelten sich am Fuße des langen Schuttberges, bis sie stark genug waren. Dann begannen sie mit dem Aufstieg.

Die Frauen hinter Nestor, die sich mit ihren Kindern in Bedrängnis sahen, bewaffneten sich jetzt ebenfalls. Als er einmal hinter sich blickte, sah er, wie sie scharfe Steinsplitter vom Boden aufsammelten und sich bereithielten, damit zu werfen oder zu schlagen. Unwillkürlich dachte Nestor an die Besorgnis, die alle Kämpfer, er selbst eingeschlossen, angesichts ihres bevorstehenden Todes empfanden, an die Neugier, die Angst und die Ratlosigkeit, die sie bei dieser Frage verspürten, ob sie nun darüber redeten oder nicht. Diese Frauen nun hatten noch nie in ihrem Leben einen Gedanken auf Ehre, Ruhm und Mut verwandt, dennoch hielten sie sich ebenso gut wie jeder ...

Was Nestor selbst betraf, so versicherte ihn das tausendstimmige Wimmern der Larven, dass seine Zeit jetzt gekommen sei und er sich nie wieder derlei Sorgen würde machen müssen. Dicht hinter ihm begann ein Säugling zu weinen.

Im selben Moment erfüllte ein leises Beben Nestors rechte Hand. Der Schwertgriff. Spielten seine Sinne ihm einen Streich? War es Wunschdenken? Nein ...

Die graue Woge kam auf hinkenden, erbärmlichen Beinen

herauf. Ein toter Wald aus handlosen Armen ragte aus ihr heraus. Eine irrsinnige Sammlung von Waffen reckte sich ihnen entgegen, und ein grässliches Wimmern erscholl.

Nestor öffnete den Mund und schrie ihnen etwas entgegen, irgendeinen Kriegsschrei, der aus tief versunkenen, ihm selbst unbekannten Erinnerungen hervorbrach. Jetzt schossen die Bogenschützen neben ihm die erste, hilflose Pfeilsalve ab. Wirkungslos blieben die Pfeile in ihren Zielen stecken. Andere Männer murmelten etwas vor sich hin und schwangen ihre Keulen. Nestor merkte, dass er das Schwert jetzt mit beiden Händen festhielt, und er fühlte, wie die Kraft der Klinge, so natürlich wie sein eigenes Blut, durch seine Arme strömte. Die Schwertspitze hob sich in einer so geschmeidigen Bewegung, dass Nestor nicht genau wusste, ob sein eigener Wille sie hervorgebracht hatte oder ob es die Kräfte gewesen waren, die das Schwert erfüllten. Und jetzt, da die Klinge hoch in die Luft ragte, sah er, wie rings um sie herum gekräuselter Rauch aus der Luft kam und in den Stahl zu fließen schien.

Aber ihm blieb keine Zeit zum Staunen oder seine Chancen auszurechnen, denn jetzt flog ein Pfeil singend an seiner Schulter vorbei. Die wogende graue Masse der Feinde war beinahe in Reichweite.

Wieder schleuderte er ihnen einen Schrei entgegen, etwas aus lang zurückliegenden Kriegen – er wusste nicht, was. *Stadtretter,* sagte eine geheimnisvolle Stimme in seinem Kopf, und er wusste, dies war der Name des Schwertes.

Stadtretter kreischte frohlockend. Die gerade Linie seiner Klinge schnitt so sauber durch die grauen Reihen, wie sie erst kürzlich die Früchte zerteilt hatte. Sie mähte die waffenstarrenden Gliedmaßen nieder wie Gras.

14

Hier ist es, Euer Gnaden«, sagte der Leutnant in der blau-weißen Uniform. »An dieser Stelle wurden wir von der Drachenmeute angegriffen.«

Herzog Fraktin zügelte sein Reittier unter einem Baum, der noch vom Morgenregen tropfte, und in einer fließenden Bewegung glitt er aus dem Sattel. In einer weit ausladenden Gebärde seiner Arme streckte er die Rückenmuskulatur, die während des stundenlangen Rittes ein wenig steif geworden war. Dann sah er sich um.

Er fragte den Leutnant nicht, ob es ganz gewiss die richtige Stelle sei, denn diese Frage war überflüssig. Von dort, wo er jetzt stand, umgeben von einer eindrucksvollen Kompanie Berittener, sah und roch er den Kadaver eines gigantischen Laufdrachen. Die tote Bestie lag etwa vierzig Schritte entfernt zwischen den Bäumen, und jetzt, als der Herzog genauer hinsah, entdeckte er dicht neben dem toten Drachen auch einen toten Mann, und ein Stückchen weiter lag eines seiner Kavallerietiere, die totenstarren Beine in die Luft gestreckt.

Der Pesthauch, der dem Krieg folgt, dachte der Herzog und streckte sich noch einmal. Dann schlenderte er ohne Hast dichter an den Schauplatz des Gemetzels heran. Angesichts eines drohenden, ja, dicht bevorstehenden Krieges fand er es vernünftig, seine Sinne so schnell wie möglich wieder an das zu gewöhnen, was sie bald notgedrungen würden über sich ergehen lassen müssen.

Während er sich den Kadavern näherte, löste er mit der Rechten Würfelwender aus der fein verzierten Scheide an seinem Gürtel. »Und wo ist der Wagen, den ihr verfolgt habt?«, fragte er seinen Leutnant. »Sagtet ihr nicht, dass er bei der Jagd umkippte und dann die Drachen auftauchten und euch angriffen, bevor ihr Gelegenheit hattet, die Leute, die darin saßen, festzunehmen?«

»So war es, Euer Gnaden.« Die beiden Überlebenden der unglückseligen Patrouille, die den Herzog jetzt begleiteten, begannen ausführlich und hitzig zu erörtern, wo dieser verdammte Wagen gelegen hatte und immer noch liegen müsste. Der Herzog hörte ihnen mit ungeduldiger Aufmerksamkeit zu, und unterdessen ließ er selbst seinen Blick umherschweifen, doch ohne Ergebnis. Er hatte sich um den besten magischen Rat bemüht, den er hatte erhalten können, und nach allem, was er dabei erfahren hatte, war womöglich eines dieser Schwerter in dem Wagen verborgen gewesen – vielleicht sogar zwei.

Noch bevor seine Untergebenen ihren Streit beendet hatten, wurde die Aufmerksamkeit des Herzogs von einem Reiter abgelenkt, der herbeigaloppiert kam und berichtete, dass sich ein anderer Wagen auf der Straße von Südwesten her nähere. Als er kurz darauf in Sicht kam, erwies dieser Wagen sich als bescheidenes, klappriges Gefährt. Es war ein holpernder Bauernkarren, und die beiden Zugtiere waren noch hinfälliger als das Fahrzeug. Zuerst war der Herzog verwirrt, als er sah, dass ein paar seiner Leibwächter eilends zu dem Wagen galoppiert waren und ihn nun heraneskortierten.

Dann sah er, wer da mitten auf dem durchhängenden Sitz hockte, und er verstand – oder begann zu verstehen. »Mein lieber Cousin«, sagte Lady Marat, während sie die Hand ausstreckte, damit der Herzog ihr beim Absteigen helfen konnte. Ihre Stimme und ihre Haltung waren so gelassen, dass man denken konnte, die Demütigung berühre sie nicht im Geringsten. Aber ihre Worte bewiesen das Gegenteil. »Ich hoffe, Ihr gebt mir Gelegenheit zu ausgesuchten Rachemaßnahmen, und zwar am selben Tage, da die Burg, die ich gestern verlassen habe, offen vor Euch liegt.«

Fraktin neigte kaum merklich den Kopf. »Betrachtet Euern Wunsch als gewährt, liebste Cousine – solange seine Erfüllung nicht mit meinen eigenen Bedürfnissen oder mit den Erfordernissen des Krieges in Konflikt gerät. Und jetzt habt Ihr mir, wie ich vermute, sicher etwas zu berichten?«

Doch ehe er hören konnte, was die Dame zu berichten hatte, ertönte eine Trompete, und der Herzog wandte ihr für einen Augenblick den Rücken zu. Er sah, dass die Spitze seiner langen Infanteriekolonne, die im Marschtempo auf der Straße von Nordosten herankam, den Platz erreicht hatte, an dem sie standen. Herzog Fraktin erwiderte den Salut des berittenen Offiziers, der die Kolonne anführte, und kehrte dann zu seiner Unterredung mit Lady Marat zurück. Während sie weiterredeten, zogen die Fußtruppen mit schwerem Tritt an ihnen vorüber.

Der Herzog bot der Dame eine Erfrischung an, doch sie zog es vor zu warten, bis sie ihren vorläufigen Bericht erstattet hätte und damit ihrer heiß ersehnten Rache ein wenig näher gekommen wäre. Sie hatte Pläne für jeden in dieser Burg, vor allem aber für den Ritter, der ihre Kutsche gestohlen und sie mit so unverhohlener Missachtung behandelt hatte.

Herzog Fraktin lauschte ihrem Bericht aufmerksam, und so erfuhr er unter anderem, dass der Wagen des Drachenjägers in der Tat zu Sir Andrew gefahren und folglich den Drachen entronnen war.

»Aber mein Kurier entkam mit einem Schwert von Sir Andrews Burg?«, fragte er. »Seid Ihr Euch dessen sicher?«

»Ja, liebster Cousin. Dessen bin ich mir ganz sicher. Allerdings kann ich nicht sagen, welches Schwert es war.«

Nicht zum ersten Mal begann der Herzog diese Dame recht anziehend zu finden. Aber er wischte diese Gedanken beiseite, wohl wissend, dass er sich jetzt besser auf andere Dinge konzentrieren sollte. »Wo steckt dieser fliegende Kurier dann jetzt? Er hat mich nicht erreicht.«

Dafür hatte die Dame keine Erklärung. Als man den Tierführer von seinem Platz unter den Stabsoffizieren des Herzogs herbeirufen ließ, äußerte dieser die Auffassung, ein solcher Drache könne mit Leichtigkeit über weite Strecken fliegen, selbst wenn er ein- oder zweimal mit einem gewöhnlichen Schwert verwundet worden sei. Auch der Tierführer konnte sich das Verschwinden des Kuriers nicht erklären – abgesehen davon, dass Drachen, wie jeder wusste, gelegentlich unzuverlässig waren.

Jetzt wandte sich der Herzog einem anderen Mann zu, der eben aus dem Sattel gestiegen war, um sich mit ihm zu beraten. »Was sagst du jetzt zu meinem Glück, Blaumantel? Was ist mit der angeblichen Kraft des Schwertes, das ich trage?«

Der Magier spreizte die Hände in einer beschwichtigenden Geste. »Nur so viel, Euer Gnaden: Wir wissen nicht, wie Euer Glück aussähe, hättet Ihr Würfelwender nicht an Euerm Gürtel.«

»Ich finde diese Antwort ganz und gar nicht genügend, Blaumantel. Ich finde sie – was glotzt du so, du Fisch?« Diese Frage galt einem der Diener, die Lady Marat begleitet hatten. Es war der Mann, der die Zügel des Bauernkarren geführt hatte. Die letzten Tage in den Diensten der Lady waren nicht spurlos an ihm vorübergegangen, und jetzt war der Arzt des Herzogs dabei, seine Wunden zu versorgen.

Der Arzt hob bei den Worten des Herzogs den Kopf, seine Hände hielten inne. Der Mann, den der Herzog angeherrscht hatte, wollte etwas sagen, doch dann warf er einen zweiten Blick in das Gesicht seines Herrn und ließ sich mit wehenden Verbänden auf den Boden fallen. »Ich bitte tausendmal um Verzeihung, Euer Gnaden. Mir fiel ein, dass ich ... ich glaubte, Euch auf dem Jahrmarkt gesehen zu haben.«

»Was? Auf ...« Noch während er sprach, zog das Echo der Stimme eines anderen Mannes durch sein Hirn. Auch dieser hatte davon gesprochen, ihn irgendwo gesehen zu haben, wo er niemals gewesen war. »Erkläre dich, Mann!«

Der Mann sprudelte einen wirren Bericht über die Geschehnisse auf Sir Andrews Jahrmarkt hervor, und er erzählte, was sich ereignete, als er und die anderen Geheimagenten das Schwert Drachentöter in ihre Hände gebracht hatten. Er berichtete im Einzelnen, wie sie das Schwert dann verloren und der Kurierdrache sich auf unheimliche, magische Weise verändert hatte, als er sich in die Lüfte erhob.

Der Herzog nickte nachdenklich. »Aber ich? Wo, glaubst du, mich gesehen zu haben?«

»Mitten auf dem Jahrmarkt, Sire. So deutlich, wie ich Euch jetzt sehe. Jetzt weiß ich, dass es nur ein Zerrbild war, das Zauberei mir vorgaukelte. Aber ich sah Euch auf den Kurier zulaufen, als er sich zum ersten Mal in die Lüfte erhob, und ich hörte Eure Stimme, die ihm befahl, zurückzukommen. Dann sah ich, wie Ihr ihm das Schwert in die Flanke stießt.«

Der Herzog sah Lady Marat an, die bestätigend nickte. Sie erklärte: »Dies sind im Wesentlichen die Einzelheiten, die ich in meinem eigenen Bericht hinzufügen wollte.«

Als Nächstes sah der Herzog den Zauberer an, der mit geschlossenen Augen dastand. Der Blaugekleidete murmelte wie zu sich selbst: »Wir wissen, dass noch ein anderes Schwert in die Ereignisse verwickelt war und es in Sir Andrews Burg lag. Jetzt wissen wir auch, um welches es sich handelte. Es heißt Sichtblender oder Schwert der Arglist. Es ist ...«

Der Herzog hob den Arm und gebot ihm zu schweigen. »Warte.«

Im sanft tröpfelnden Himmel regte sich etwas. Der Tierführer hatte den Kopf in den Nacken gelegt und rief und gestikulierte. Jetzt sah man einen reptilischen Boten unbestimmter

Art – der Herzog war außer Stande, die feineren Unterschiede zwischen Drachenkreuzungen und anderen fliegenden Lebewesen zu erkennen –, der in spiraligen Kreisen vom Himmel niederschwebte. Schade!, dachte Herzog Fraktin, als er ihn beobachtete, diese Kreatur war zu klein. Sie konnte nicht der Kurier sein, der mit dem Schwert verschwunden war. Es war ein kleiner fliegender Kundschafter, der Bericht erstatten wollte.

Tatsächlich war er so klein, dass er auf der Hand des Tierführers sitzen konnte, als er gelandet war. Dieser trug ihn beiseite, damit der Herzog hören konnte, was der Bote zu sagen hatte, ohne dass gleich jeder der Anwesenden lauschte.

Mit heiserem Flüstern übersetzte der Tierführer dem Herzog in kurzen Abschnitten, was die Kreatur zu melden hatte. Zuerst lauschte er der unter Qualen erlernten, beinahe unverständlichen Halbsprache des Drachen, dann wandte er sich dem Herzog zu und wiederholte das Gehörte mit menschlichen Worten. »Euer Gnaden, es geht um den Drachenjäger – um den Mann, der von den Menschen Nestor genannt wird.«

»Ja, ja, ich kenne ihn. Er hat sich einmal gegen mich vergangen. Aber was hat er mit unserer augenblicklichen Lage zu tun?« Diese Frage dem Drachen zu stellen war ein langer und schwieriger Vorgang. Manchmal glaubte der Herzog, sein Tierführer, so unentbehrlich die Fertigkeiten des Mannes auch sein mochten, sei im jahrzehntelangen Umgang mit seinen Schützlingen selbst ein wenig schwachsinnig geworden.

Endlich kam die Antwort. »Dieser Nestor ist in den Großen Sumpf verschleppt worden, Sire. Von einem großen Flugdrachen – aber von keinem der unsrigen.«

»Ein erwachsener Mann, von einem Drachen davongeschleppt? Lächerlich. Und doch ... Aber was versucht er uns noch zu sagen?«

Wieder wechselten Herr und Tier gutturale Laute. »Er

sagt, die Graue Horde, Sire ... Er sagt, die Graue Horde habe sich erhoben und marschiere auf Sir Andrews Land zu.«

Stille trat ein, und man hörte nur das Tropfen des Regens unter den Bäumen und den gleichförmigen Marschtritt der vorüberziehenden herzoglichen Truppen. Schließlich wisperte der Herzog. »So hat also jemand ein großes Spiel begonnen. Aber wer hat sie geweckt?« Doch eigentlich kannte er die Antwort bereits.

Nach einem weiteren Austausch animalischer Klänge sagte der Tierführer: »Menschen, die einer Frau folgen, Sire. Einer Frau, die auf einer Kampfbestie reitet und eine menschliche Armee durch den Sumpf führt.«

Herzog Fraktin nickte langsam und entließ den Mann mit einer Geste. Dieser belohnte seinen Schützling mit einer kleinen, getrockneten Eidechse, präpariert mit einer Droge, die dem Flugdrachen einen tiefen Schlaf voller angenehmer Träume schenken würde.

Unterdessen begab sich der Herzog zurück zu seinen Offizieren und zu Lady Marat, die in der Nähe auf ihn warteten, und schickte sich an, eine große Ratsversammlung einzuberufen. Die Lage hatte sich verändert. Womit er es jetzt zu tun hatte, war nicht länger die einfache Unterwerfung einer kleineren Macht, wie es sein Plan gewesen war.

Es schien, als ob sich die Götter wieder einmal aktiv in die Angelegenheiten der Menschen einmischten.

15

Nestor hatte das Gefühl, das Schwert müsse jahrhundertelang aus voller Kraft gekreischt haben. Aber endlich hatte sich das Kreischen zu einem leisen Sirren verringert, und jetzt erstarb es allmählich ganz und wurde still. Das Leben, die Kraft, die noch immer aus dem Griff in Nestors bebende Hände floss, versiegte gleichfalls langsam.

Er keuchte vor Erschöpfung, und seine Haut war schlüpfrig von Schweiß und hier und dort auch von seinem eigenen Blut. Schwankend trat er einen Schritt vor. Der lang gestreckte Geröllhang lag immer noch vor ihm, und er stand immer noch lebendig oben. Suchend blickte er umher, ob er nicht eine Treibholzgestalt fand, die er mit seinem Schwert zerschmettern konnte. Aber keine von denen, die noch zu sehen waren, stand aufrecht.

Noch immer hörte er das tausendfache Wimmern der Larvenarmee, das allmählich in der Ferne verhallte. Die grauen Reihen hatten sich vor dem Tempel geteilt und waren vorübergezogen – aber nicht alle. Die weite, fächerförmige Fläche des Abhangs vor Nestor hatte sich mit einer neuen Geröllschicht bedeckt. Es waren die Überreste von einhundert grauen Körpern, die Stadtretter zu Klumpen aus schmelzendem Schlamm geschlagen hatte.

Die überall verstreut liegenden Gestalten rührten sich nicht mehr; überhaupt nichts regte sich auf dem ganzen Hang, außer den Regentropfen, die jetzt wieder einsetzten.

Vereinzelte Tropfen fielen auf Nestors Gesicht. Langsam drehte er sich auf der Stelle um und starrte benommen auf die nicht weniger benommenen Leute, die neben ihm gekämpft und ihm den Rücken gedeckt hatten. Er sah, dass zwei der Männer gefallen waren, die Keulen noch in den Händen, und eine Frau war zusammen mit ihrem kleinen Kind zerfleischt worden. Aber alle anderen lebten noch. Die meisten hatten sich in den Ecken zusammengekauert, und einige waren verwundet. Stadtretters kreischender Stahlwirbel hatte fast die ganze weite Eingangsöffnung versperrt.

– baut harte Mauern rings um das, was weich –

Erst jetzt wurde sich Nestor der kleinen Wunden bewusst, die er selbst hier und dort abbekommen hatte. So gut er konnte, hatte er versucht, das Schwert zur Abwehr zu benutzen und nach Möglichkeit seine eigene Haut zu schützen. Aber die magische Kraft, die das Schwert im Kampf belebte, hatte letztendlich die Oberhand behalten, und das Schwert war weniger daran interessiert gewesen, ihn zu retten, als vielmehr daran, die Feinde niederzumähen.

Ein Pfeil hing lose in Nestors Hemd, kratzte ihn, wenn er sich bewegte, und hatte eine kleine, blutende Wunde verursacht. Als er den kurzen Schaft herauslöste und fortwarf, fragte er sich, ob die Spitze wohl vergiftet gewesen sein mochte. Wenn ja, dann war es nun zu spät, sich darüber den Kopf zu zerbrechen.

Zumindest konnte er sich noch bewegen. Unter den gegebenen Umständen durfte er kaum mehr verlangen. Noch einmal schaute er die wie betäubt dasitzenden Überlebenden an, sie rührten sich nicht, sondern starrten ihn nur an. Dann kletterte er den von den Überresten der Larven übersäten Hang hinunter und einen anderen hinauf. Sein Ziel war der höchste Punkt auf dem verfallenen Tempeldach. Von dort aus würde er in alle Richtungen weit über den Sumpf hinausblicken können.

Halsbrecherisch an den schmalen Rest des Daches geklammert, sah Nestor in der Ferne die Wellen der Larvenarmee, die sich vor seiner Festung geteilt hatten und dann weitergerollt waren, nachdem sie hinter dem Tempel, Wasserwellen gleich, wieder zusammenflossen. Der Anblick erweckte ein seltsames Empfinden in ihm. Die hundert Larven, die er vernichtet hatte, erschienen plötzlich nichtig.

Noch etwas anderes sah Nestor, als er von seinem Ausguck in die Ferne spähte, und er kletterte hastig hinunter und eilte, so schnell er konnte, an den Leuten vorbei, die er und sein Schwert gerettet hatten und die sich nun vor ihm wie vor einem Gott auf den Boden warfen. Erschöpfung, Erleichterung und vielleicht auch Pfeilgift ließen ihn am ganzen Körper zittern, als Nestor in das Erdgeschoss hinunter und nach Süden aus dem Tempel hinauslief.

Kurz darauf bog Draffut, der vom Dach aus noch eine ferne, spielzeuggroße Gestalt gewesen war, von Südwesten her um die Ecke des Tempels. Der Riese bewegte sich mit gewaltigen Schritten voran, seine Beine legten ihren Weg schneller zurück, als menschliche Beine es vermocht hätten. Ein mäßig großer Flugdrachen, vielleicht genau der, den Nestor vor einer Weile angesprochen hatte, flatterte dicht neben Draffuts Kopf dahin, fast so, als wolle er ihn angreifen. Aber Draffut beachtete das fliegende Geschöpf nicht, und es ließ ihn gleichfalls in Frieden.

Die kleine Schar der Flüchtlinge war Nestor nach unten gefolgt. Draffut war ihnen offensichtlich bekannt und ein willkommener Anblick. Nestor vermutete, dass es die Hoffnung auf den Schutz des Riesen gewesen war, die sie überhaupt auf die Insel hatte fliehen lassen. Jetzt sanken sie vor Draffut auf die Knie und jammerten lange und ausführlich. Der Riese antwortete ihnen in ihrer eigenen Sprache. Mit seinen großen Händen richtete er die Knienden auf, berührte ihre Wunden und heilte sie.

Dann griff eine seiner gewaltigen Hände auch nach Nestor, und er spürte ihre belebende Kraft, wie er sie schon einmal gespürt hatte. Während seine Wunden verheilten, sagte Draffut zu ihm: »Du hast dich wacker geschlagen und mehr als gewöhnliche Kräfte gezeigt, wenn es stimmt, was diese Menschen mir erzählen.«

»Wahrscheinlich stimmt es. Ich danke dir noch einmal, Heiler-der-du-kein-Gott-bist.« Nestors Zittern war verflogen, und die kleinen Wunden waren nicht mehr zu sehen. Er fühlte sich so gesund, dass der lange Kampf, der eben erst zu Ende gegangen war, ihm so unwirklich wie ein Traum erschien. Es überraschte ihn, das flüchtige Empfinden zu verspüren, dass zusammen mit Angst und Schmerz noch etwas anderes, Wertvolles weggewischt worden war.

»Ja«, fuhr Nestor fort. »Es waren viele. Sehr viele – einschließlich deines Haustierchens, das sich vor den anderen erhob und mich zu töten versuchte. Bei diesem hat das Schwert mir nur gewöhnliche Dienste geleistet.«

Geistesabwesend hob Draffut einen Arm, und der Flugdrache landete wie ein Jagdfalke auf seiner Hand. »Meine fliegenden Kundschafter berichten, dass von Westen her eine große menschliche Armee in den Sumpf eingedrungen ist«, grollte der Riese. »Die Soldaten tragen die silberschwarze Uniform Yambus, vielleicht ist es die Königin selbst, die sie führt.«

»Oh.« Mit Entsetzen vernahm Nestor diese Neuigkeit. Er bückte sich, um das Schwert aufzuheben, das er fallen gelassen hatte, als Draffut ihn berührte. Wie jeder andere hatte auch Nestor schon von dieser Königin und ihrer Macht gehört. »Aber ihr Ziel ist nicht die Eroberung des Sumpfes, nehme ich an.«

»Nein, ich vermute, sie will das Reich des Guten Sir Andrew. Die Zauberer ihrer Armee singen ihre Bannsprüche beim Marschieren, und überall erheben sich die Larven, die sie aus der Ferne gehegt haben, aus dem Sumpf und folgen ihnen in endlosen Reihen.«

»So«, meinte Nestor, »dann wissen wir ja nun, wer für die

Larven verantwortlich ist. Und warum zieht diese Armee ausgerechnet gegen Sir Andrew? Und warum ausgerechnet jetzt?« Draffut schwenkte den Arm, und der Drache flog auf. Er hatte sich ausgeruht, und jetzt strebte er mit kräftigen Flügelschlägen seinen eigenen Angelegenheiten zu. »Mindestens zwei der Götterschwerter sind jetzt dort«, sagte Draffut. »Eine verlockende Beute, findest du nicht auch?«

Nestor warf einen Blick auf die Flüchtlinge, die dem Gespräch ehrfurchtsvoll, doch ohne viel zu verstehen, lauschten. Zu Draffut gewandt, erwiderte er: »Eines ist ganz gewiss dort, und zwar meines. Ich vermute, wenn die Königin Yambu weiß, wo es ist, und seine Bedeutung kennt, dann wird sie viel riskieren, um es an sich zu bringen. Dies gilt auch für Herzog Fraktin und hundert andere. Was sollen wir also tun? Ich würde selbst einiges auf mich nehmen, um es zurückzubekommen.«

»Du solltest zu Sir Andrew gehen und ihn warnen«, erklärte Draffut. »Und du solltest tun, was du kannst, um ihm mit dem zu helfen, was du da in der Hand hältst. Jetzt, da wir wissen, wer die Graue Horde herangezogen hat und wohin sie geführt wird, sehe ich selbst keinen Grund mehr, noch länger in diesem Sumpf zu bleiben. Nein, jetzt gibt es einen anderen Ort, zu dem ich will, und einen Teil des Weges können wir zusammen gehen.«

Noch einmal wechselte Draffut einige Worte mit den überlebenden Sumpfbewohnern. Dann erläuterte er für Nestor: »Ich habe ihnen gesagt, dass sie jetzt zu ihrem Dorf zurückkehren können. Es liegt auf einer anderen Insel, nicht weit von hier. Dort werden sie sicherer sein als hier, falls gewisse Mächte herkommen sollten, um nach meinen Anhängern zu suchen.«

»Was für Mächte könnten das sein?«

»Ich habe die Absicht«, antwortete Draffut, »einen Streit mit den Göttern zu beginnen. Zumindest mit einigen von ihnen. Bist du bereit aufzubrechen?«

Nestor hatte kein Gepäck außer dem Schwert, dies aber war, das sah er jetzt, ein unhandlicher Gegenstand, wenn man es längere Zeit mit sich herumtragen sollte. Noch größer erschien diese Schwierigkeit, als er begriff, dass er eine ganze Weile auf Draffuts Schultern reiten würde und er hin und wieder beide Hände würde frei haben müssen, um sich festzuhalten. Draffut schlug Nestor vor, zu einem bestimmten Raum des Tempels zu gehen, den er bei seinem Erkundungsgang nicht gefunden hatte: eine längst verlassene Wächterstube oder Waffenkammer. Ein großer Teil der Waffen, die dort gelegen hatten, war inzwischen verrostet oder vermodert, aber Nestor stöberte eine kupferne Scheide auf, die einigermaßen gut zu Stadtretter passte. Um den erforderlichen Gürtel anzufertigen, nahm er das Schwert und schlug ein Stück von einer zähen Ranke ab, die auf der Tempelmauer wucherte.

Die Sumpfmenschen hatten sich mit ihren Kanus bereits auf den Rückweg zu ihrer Siedlung gemacht, als Draffut mit Nestor auf dem Rücken festen Boden hinter sich ließ und in nordöstlicher Richtung in den Morast hinauswatete. Mit seinen weit ausgreifenden Schritten hatte Draffut die Paddler bald überholt. Die Leute machten ihm Platz und winkten, als er vorüberzog.

Etwa eine halbe Stunde lang schritt Draffut gleichmäßig und zügig voran, ohne dass sich etwas ereignete. Wenn irgendeines der vielfältigen großen und kleinen Lebewesen, die den Sumpf bevölkerten, in Erwägung zog, den Herrn der Tiere auf seiner Wanderung zu belästigen, so merkte Nestor zumindest nichts davon. Wasser und Schlamm reichten Draffut nie weiter als bis zur Hüfte, und Nestor konnte sich mühelos trocken halten. Hin und wieder musste er den Kopf einziehen, um nicht gegen einen Ast zu stoßen, aber mit ernsthafteren

Problemen hatte er im Augenblick nicht zu kämpfen. Er krallte sich mit beiden Händen in das leuchtende Fall seines Trägers, und allmählich machte ihm der Ritt tatsächlich Spaß. Manchmal hatte Nestor sogar den Eindruck, dass die Dornbüsche sich beiseite bogen, wenn der Riese sich näherte.

Aber die Zeit der Annehmlichkeit endete jäh, als Draffut einen Streifen trockenen, verhältnismäßig hoch gelegenen Bodens erklomm. Da nämlich sprang plötzlich eine mächtige Kampfbestie, gepanzert und mit einem Halsband in den Farben Yambus, aus einem Hinterhalt in einem Schilfgestrüpp dem Herrn der Tiere entgegen. Der Riese reagierte beinahe im selben Augenblick. Bevor Nestor sein Schwert ziehen konnte, hatte Draffut den Angreifer mitten in der Luft gefangen, als sei es ein kleines Kätzchen, mit dem er spielte. Aber dann schleuderte der Riese die Bestie heftig davon, und der wirbelnde, kreischende Körper brach krachend durch das Geäst und verschwand dreißig Meter weiter hinter den Bäumen, wo er mit lautem Platschen im Sumpf versank.

Wie zur Antwort erklang in der Ferne ein pfeifender Ruf, der wie der Schrei eines Jägers klang. Nestor hatte ähnliche Signale schon beim Einsatz von Kampfbestien gehört. Draffut blieb einen Moment lang stehen und wandte sich nach links, um über die Baumwipfel zu spähen. Dann drehte er sich rasch um und ging nach rechts weiter, schneller als vorher. Nestor schob das halb gezogene Schwert schleunigst in die Scheide zurück und klammerte sich mit beiden Händen fest.

»Yambus Vorhut«, sagte Draffut über die Schulter hinweg mit einer Stimme, die bei ihm als Flüstern galt. »Wir werden ihnen davonlaufen, wenn wir können.«

Als Nestor sich umsah, entdeckte er weitere Kampfbestien, die sie verfolgten. Er zählte drei, aber es konnten leicht mehr sein. Einige hundert Meter weiter hinten, jenseits der großen, katzenartigen Kreaturen, sah er die Vorhut einer menschlichen Armee, Berittene und Soldaten in Booten. Er rief diese Neuigkeit in Draffuts Ohr, aber der Riese ersparte sich eine Antwort. Draffut rannte jetzt beinahe. Vielleicht, dachte Nestor, war wirkliches Rennen bei seiner Größe und seinem Körperbau unmöglich. Nestors Vertrauen in Draffuts Kräfte war beträchtlich, aber gleichzeitig war ihm doch fast, als fühle er die Klauen der mächtigen Kampfbestien schon in seinem Rücken ...

Die Jagd ging weiter. Hin und wieder meldete Nestor mit einer Stimme, die so gelassen klang, wie es ihm nur möglich war, dass ihre Verfolger aufholten. Dann plötzlich blieb Draffut jäh stehen und drehte sich ruhig um. Er hatte sich entschlossen, den Feinden entgegenzutreten.

»Es hat keinen Sinn«, sagte er. »Sie sind zu schnell. Und sie sind irr vor Kampfeslust – sie werden mir nicht zuhören.« Mit einer Hand hob er Nestor von seiner Schulter und setzte ihn hoch oben in eine Astgabel. »Verteidige dich«, riet der Herr der Tiere ihm lakonisch und schickte sich an, desgleichen zu tun.

Einen Augenblick später galoppierte ein halbes Dutzend Kampfbestien auf heißer Spur aus dem Unterholz. Draffut schlug die erste zurück, packte die zweite beim Schwanz und schleuderte sie beiseite und musste sich die dritte aus dem Pelz zupfen, denn sie hatte es tatsächlich gewagt, ihn anzuspringen. Er hob sie hoch und warf sie mit Macht gegen die drei übrigen. Danach stoben alle Kampfbestien, die sich noch regen konnten, fluchtartig auseinander, und das schrille Japsen, das sie ausstießen, wollte nicht recht zu ihnen passen. Nestor hatte sein Schwert gezogen und hielt es kampfbereit in der Hand. Besondere Kräfte ließ es nicht erkennen, aber das war auch nicht notwendig – er hatte nichts zu tun. Unter den gegebenen Umständen allerdings war ihm dies ganz recht.

Draffut hatte Nestor eben von seinem Hochsitz heruntergehoben, als eine neue Gestalt erschien. Es war eine Frau mit langem, schwarzem Haar. Ihr Körper war in einen leichten Panzer aus Ebenholz und Silber gehüllt. Sie ritt auf einer grauen Kampfbestie, die so groß war, dass Nestor sie einen Augenblick lang für einen Drachen hielt, über einen trockenen Landstreifen, etwa hundert Meter weit entfernt.

Trotz des bewölkten Himmels blitzte die Rüstung der Frau, als strahle die Wüstensonne auf sie herab. Sie reckte ein Schwert empor, das in der Ferne schimmerte wie eine silbrige Nadel, und sie rief etwas zu ihnen herüber.

Ihre Stimme war durchdringend, und die Worte waren deutlich zu hören. »Weiche aus dem Weg meiner Armee, Ungetüm, oder ich werde meine Männer auf dich hetzen! Ich weiß, wo deine Schwäche liegt. Sie werden dich schon bald töten. Und wen trägst du da?«

Nestor hatte schon von Leuten gehört, die auf Kampfbestien ritten, aber gesehen hatte er es noch nicht. Während er sich wieder an Draffuts Schultern festklammerte, rief der Riese mit Donnerstimme: »Schaffe du lieber selbst deine Kampfbestien beiseite, denn sonst werde ich euch ein Heer von Drachen auf den Hals schicken, das eurem Marsch durch den Sumpf erst die rechte Würze verleihen wird.« Ohne abzuwarten, welche Wirkung seine Worte haben würden, drehte er sich um und setzte gemessenen Schritts seinen Marsch nach Norden fort.

Nichts deutete darauf hin, dass jemand sie verfolgte.

»Das war die Silberne Königin selbst. Yambu«, sagte Nestor ein wenig später zu Draffuts Ohr – eine zweifellos unnötige Bemerkung, aber der Mann war außer Stande, über dieses Erlebnis kommentarlos hinwegzugehen.

»In der Tat.« Draffuts Stimme rumpelte durch seinen Hals und seinen Kopf zu Nestor herauf. »Es gibt Elemente im Menschlichen, die mich manchmal wünschen lassen, ich könnte gegen sie kämpfen.«

Sie durchquerten Morast und Dickicht in einer Geschwindigkeit, die für ein Reittier auf offener Ebene nicht schlecht gewesen wäre. Eine Zeit lang hörte man nichts als das Stampfen und Spritzen von Draffuts Schritten, und Nestor ging manches durch den Kopf. Schließlich fragte er: »Du hast gesagt, du willst einen Streit mit den Göttern anfangen?«

»Das muss ich«, antwortete Draffut, und mehr erfuhr Nestor nicht.

Nur noch wenige Worte wurden zwischen den beiden gewechselt. Nestor genoss die Annehmlichkeiten des Reitens und sah zu, wie die Sonne am westlichen Himmel hinter den Wolken verschwand und wieder erschien. Als Draffut wieder stehen blieb, waren einige Stunden vergangen, und die rote Sonne war beinahe untergegangen. Kaum merklich hatte das Land sich verändert, der gleichförmige Sumpf lag hinter ihnen, stattdessen wechselte sich Morast mit trockenem Grund ab. Einmal sah Nestor Hirten, die aus der Ferne zu ihnen herüberstarrten. Behutsam setzte der Riese Nestor auf den trockenen Boden und sagte zu ihm: »Geh von hier aus weiter nach Norden, und du wirst Sir Andrew finden. In nördlicher Richtung ist der Boden so fest, dass du gut darauf laufen kannst, und es gibt nur wenige wilde Tiere. Mein Weg führt mich jetzt nach Osten.«

»Ich wünsche dir viel Glück«, antwortete Nestor, und als er nach Osten geschaut hatte, öffnete er den Mund, um noch etwas zu sagen, denn er hatte nicht gewusst, dass der abendliche Glanz von Vulkans Schmiedefeuer so hell war, dass man ihn so weit im Westen noch sehen konnte.

Aber Draffut war schon nicht mehr da.

16

Als Dame Yoldi zum ersten Mal mit Mark in ihren Arbeitsraum ging, fand er nicht die düstere, ungastliche Kammer vor, die er erwartet hatte. Es war ein offener, sauberer Raum, geschmückt mit Dingen aus der Natur und so hell, wie er an diesem versinkenden, wolkigen Tag, dessen Licht durch schmale Fenster hereindrang, nur sein konnte.

An einer kleinen Öllampe, die bereits brannte, entzündete die Zauberin einige Kerzen, mit denen sie die bis dahin dunklen Ecken des Zimmers beleuchtete. Zwei stellte sie auf den Tisch in der Mitte, auf dem nun Drachentöter auf einem weißen Leintuch ruhte. Nur wenig stand außer dem Tisch in diesem Raum, aber die Wände waren von Regalen bedeckt, die ein magisches Arsenal enthielten – Bücher und Flaschen, Schachteln, Gläser und Beutel. In einigen offenen Schüsseln lagen Körner und gedörrte Früchte, andere enthielten etwas, das aussah wie klares Wasser und trockene Erde.

Yoldi ließ Mark am Tisch bei dem Schwert Platz nehmen. Sie machte es ihm bequem und reichte ihm ein köstliches Getränk, das anders schmeckte als alles, was er je probiert hatte. Dann begann sie ihn ausführlich zu befragen – nach seiner Familie, nach den Götterschwertern, die er schon gesehen hatte, und danach, was er mit seinem eigenen Schwert tun wollte, wenn er es je zurückbekäme. Ihre Fragen ließen neue Ideen in Mark aufkeimen, und er begann, seine Lage in einem neuen Licht zu sehen, so dass er in dem Schwert, das jetzt vor ihm auf dem Tisch lag, etwas anderes sah als jene Waffe, die er einmal selbst in seinen beiden Händen gehalten und mit der er einen Drachen getötet hatte. Je länger er mit Yoldi sprach, desto Furcht erregender und eindrucksvoller wurde die ganze

Geschichte für ihn. Aber irgendwie wuchs seine Angst dennoch nicht.

Ein aufgeregtes Klopfen an der Tür unterbrach ihre Unterhaltung. Yoldi ging, um zu öffnen, und lauschte einen Augenblick jemandem, der draußen stand. Dann winkte sie Mark mit feierlichem Gesicht, ihr hinauszufolgen. Sie führte ihn zahllose Treppen und schließlich eine Leiter hinauf, und als sie dort oben ins Freie traten, zeigte sich, dass sie auf dem höchsten Dach der Burg angelangt waren. Es war eine ebene Fläche, nur wenige Schritte im Quadrat, durch Kupferblech vor der Witterung und vor Brandpfeilen geschützt und von einer brusthohen Steinmauer umgeben. Sir Andrews Tierführer, ein griesgrämiger junger Mann, der aussah, als wäre er gern alt, war bereits oben, und er machte sich an einem von mehreren menschengroßen Käfigen zu schaffen, die unter einem Schutzdach entlang der nördlichen Brüstung standen. In diesen Käfigen hausten die Flieger, nichtmenschliche Boten und Kundschafter, kurz bevor sie fortflogen und wenn sie von einem Flug zurückkehrten.

Als Dame Yoldi und Mark auf dem Dach erschienen, deutete der Tierführer schweigend nach Osten in die herabsinkende Nacht. Ein breiter Streifen am Horizont in dieser Richtung war von einem düsteren Glühen beleuchtet, als graue der Morgen zur falschen Zeit oder als lodere dort eine ferne Feuersbrunst. »Die Berge«, sagte Mark, als er erkannte, woher das Leuchten kam. Und dann: »Meine Heimat ...«

Dame Yoldi stand hinter ihm. Sie fasste ihn bei den Schultern. »In welcher Richtung liegt dein Dorf genau, mein Junge?« Ihre Stimme klang beinahe eifrig. »Kannst du darauf zeigen? Aber nein, das ist wohl kaum möglich. Doch es liegt irgendwo in der Nähe dieser Berge.«

»Ja.« Mark starrte, ohne den Blick zu wenden, auf die fernen Feuer und schwieg.

»Hab keine Angst.« Yoldis Tonfall klang jetzt tröstend und blieb zugleich munter, sie weigerte sich, Vulkane als Katastrophen zu betrachten. Die Berührung ihrer Hände wirkte beruhigend. »Deine Familie ist wahrscheinlich wohlauf. Ich kenne die Leute dort in den Hügeln; sie verstehen es, auf sich aufzupassen. Vielleicht ist es sogar gut für sie, weil es sie aus Herzog Fraktins Land vertreibt, sofern sie es nicht schon längst verlassen haben.« Die Zauberin wandte sich dem griesgrämigen Mann zu und fragte: »Wann kommt dein nächster Späher aus dem Osten?« Mark verstand nicht, was der Mann zur Antwort gab. Er war mit der Frage beschäftigt, was aus seinem Elternhaus werden mochte, und er sah seine Mutter und seine Schwester als taumelnde Flüchtlinge vor sich.

»Ich frage mich«, sagte Dame Yoldi sinnend und mehr zu sich selbst, »ob Sir Andrew schon davon gehört hat. Man sollte es ihm sagen, aber er redet dort unten mit dem Burschen von Yambu. Wahrscheinlich geht es nicht an, dass man ihn jetzt stört.«

Und dann sah Mark, dass tatsächlich einer der fliegenden Späher aus dem verblassenden Himmel herunterkam. Er näherte sich von Süden, nicht von Osten, aber er näherte sich dennoch mit erschöpfter Hast.

Baron Amintor, Königin Yambus Gesandter, war ein großer Mann, so groß wie Sir Andrew selbst, aber jünger als dieser. Mit seinen Muskeln und seinen Narben wirkte der Baron eher wie ein Krieger als wie ein Diplomat. Aber er besaß die glatte Zunge des Diplomaten, und Sir Andrew musste einräumen, dass an den Manieren des Mannes nichts auszusetzen war. Nur gegen den Inhalt dessen, was der Besucher zu sagen hatte, wusste Sir Andrew einiges einzuwenden.

Die beiden Männer waren allein in einem kleinen Raum nicht weit über dem Erdgeschoss der Burg und in Hörweite von Sir Andrews Waffenkammer, in der das Klingen zahlloser Hämmer auf Metall erkennen ließ, dass die Mobilmachung auf Befehl des Ritters bereits in vollem Gange war. Es war ein Klang, den sein Besucher nicht überhören sollte.

Der Baron schien allerdings nicht die geringste Notiz davon zu nehmen. »Sir Andrew, Ihr braucht nichts weiter zu tun, als mir diejenigen der Schwerter, die sich derzeit in Eurem Besitz befinden, zur Weitergabe an die Königin zu überlassen und den Armeen der Königin den ungehinderten Durchmarsch durch Euer Land zu gestatten – welchen zu verhindern Ihr ohnehin keinesfalls in der Lage sein werdet –, und unverzüglich genießt Ihr ihren Schutz hinsichtlich der Drohungen, die Herzog Fraktin in letzter Zeit gegen Euch ausgestoßen hat. Und – das darf ich vielleicht hinzufügen – hinsichtlich ähnlicher Drohungen, die von anderer Seite gegen Euch gerichtet werden mögen. Ganz gleich, von welcher Seite.« Amintor unterstrich diesen Zusatz mit einem verschlagenen, bedeutungsvollen Blick – er zwinkerte fast. Dann ließ er eine Pause eintreten.

Sir Andrew überlegte, welche spezielle Befürchtung, welchen Argwohn dieses Beinahe-Zwinkern in ihm hatte wecken sollen. Aber was es auch sein mochte, seine Fähigkeit zur Besorgnis war ohnedies ganz und gar ausgelastet, wenngleich er vertrauensvoll hoffte, dass man es ihm nicht anmerkte.

Baron Amintor fuhr fort: »Aber man kann von Ihrer Majestät natürlich nicht erwarten, dass sie die Grenzen solcher Staaten sichert, die sich unfreundlich gegen sie zeigen. Falls Ihr ihr die Schwerter, in bedauernswertem Irrtum verhaftet, vorenthalten solltet, diese Werkzeuge, die für das Streben Ihrer Majestät nach einem gerechten Frieden so notwendig sind, dann wird Ihre Majestät Euch als unfreundlich betrachten müssen, ob sie will oder nicht.« An dieser Stelle senkte der Baron seine Stimme um einen Hauch. Es schien, dass die

Vorstellung, jemand könne unfreundlich zu Yambu sein, ihn mit Entsetzen erfüllte, mochte er ein noch so abgebrühter Soldat sein.

»Ah«, bemerkte Sir Andrew. »Werkzeuge, die für das Streben nach einem gerechten Frieden notwendig sind. Das gefällt mir. Ja, das ist gut.«

»Sir Andrew, glaubt mir, Ihre Majestät ist erfüllt von dem Wunsche, Eure Unabhängigkeit so weit wie möglich zu respektieren. Aber unfreundlich und klein zugleich zu sein – das ist eigentlich nicht die Politik, die von Weisheit zeugt.«

»Weisheit, wie? Klein, was?« Kein Barde würde diese Trotzesworte je wiederholen, aber Sir Andrew fand, dass der Mann, der vor ihm stand, keine wohlgesetzte, ja, nicht einmal eine wohl durchdachte Rede verdiente. Überhaupt – er war viel zu zornig, als dass er Lust gehabt hätte, sich dergleichen auszudenken.

»Lieber Herr, Euer Reich ist vergleichsweise klein und schwach. Das ist eine Tatsache! Herzog Fraktin ist sich ihr selbstverständlich ebenso bewusst wie Ihr und ich, und der Herzog ist nicht Euer Freund. Die Menschen Eures Landes – nun, sie sind tapfer, das will ich gern glauben. Und loyal gegen Euch, die meisten jedenfalls. Aber es sind nicht allzu viele, und sie sind weit verstreut. Diese Burg ...«, und jetzt war der Baron vom Scheitel bis zur Sohle der erfahrene alte Soldat und schlug mit seiner kräftigen Faust gegen die Wand, »... ist eine prachtvolle Festung. Der Lärm aus Eurer Waffenkammer ist überaus unterhaltsam. Aber wie viele kampferprobte Männer habt Ihr bis jetzt tatsächlich mobilisiert, hier an Ort und Stelle einsatzbereit? Zweihundert? Weniger vielleicht? Nein, natürlich müsst Ihr mir das nicht verraten. Aber behaltet diese Zahl einmal im Sinn. Vergleicht sie mit den Zahlen, die in diesem Augenblick bereitstehen, Eure Grenzen aus zwei Richtungen zu überschreiten, aus dem Osten und aus dem

Westen. Ihr könnt weder die Armee der Königin daran hindern noch die des Herzogs. Und dann denkt an die Menschen in den abgelegenen Dörfern Eures Landes, die Ihr niemals werdet verteidigen können – wenigstens nicht ohne die huldvolle Hilfe Ihrer Majestät.«

Sir Andrew erhob sich unvermittelt. Er war so wütend, dass er sich selbst nicht mehr vertraute. »Verlasst mich jetzt.«

Der Baron hatte bereits gestanden. Ohne einen Einwand zu erheben, ohne zu zögern oder Angst zu zeigen, wandte er sich um und tat ein paar Schritte auf die Tür zu. Dann blieb er noch einmal stehen. »Und habt Ihr sonst noch eine Nachricht für die Königin?«

»Ich sagte, Ihr sollt mich jetzt allein lassen. Man wird Euch zeigen, wo Ihr warten könnt. Ich werde Euch demnächst sagen, was ich der Königin mitzuteilen habe.«

Kaum war Sir Andrew allein, verließ er die kleine Kammer, in der er Baron Amintor empfangen hatte, und ging in einen anderen, größeren Raum, in dem die meisten seiner alten Bücher aufbewahrt wurden. Im Schein einer Lampe nahm er einen Band in die Hände, befingerte ihn, klappte ihn auf und wieder zu. Wann würde er je wieder Zeit zum Lesen finden? Oder würde er schon bald im Kampf sterben und überhaupt nie mehr ein Buch lesen?

In nachdenkliches Schweigen versunken, spazierte er einsam hinunter in seine Kerkergewölbe. Vor der einzigen Zelle, die einen Menschen beherbergte, blieb er stehen und starrte den Gefangenen nachdenklich an. Kaparu, sein Häftling, erwiderte seinen Blick nervös. Unten in einem Nebengang waren Arbeiter damit beschäftigt, die Zellen zu öffnen, in denen Vögel und anderes Getier eingesperrt waren, und die kleinen Insassen freizulassen. Ein Krieg stand bevor, und mit dem Luxus war es vorbei, auch mit dem Traum von einem Vivarium auf dem Gelände der Burg.

Schließlich begann der Ritter zu sprechen. »Du, Kaparu, bist mein einziger menschlicher Gefangener. Hast du über die Bedeutung dessen, was ich dir neulich vorgelesen habe, nachgesonnen? Ich weiß nicht, wann es – wenn überhaupt – wieder möglich sein wird, dir etwas vorzulesen und zu versuchen, dich zu einem guten Menschen zu machen.«

»Oh – ja, wahrhaftig, ich habe darüber nachgedacht, Sire.« Kaparus Hände rutschten schweißnass über die Gitterstäbe, die er umklammert hielt. »Und – und zumindest so viel habe ich gelernt: Dass Ihr ein guter Mensch seid. Schon vorher war ich sicher, dass diejenigen, die in Euer Land einfallen wollen, keine guten Menschen sind. Deshalb würde ich – ich würde viel dafür geben, Sire, nicht in dieser Zelle sitzen zu müssen, wenn ... das heißt, falls ...«

»Wenn meine Burg von ihnen gestürmt wird, wolltest du sagen. Eine natürliche und intelligente Reaktion.«

»Oh, wenn Ihr mich freilassen würdet, Sire, wenn Ihr mich hinauslasst, dann will ich Euch wohl dankbar sein. Ich will alles tun.«

»Wenn ich dich freilasse, wirst du dann nicht wieder zum Räuber werden?«

»Aber nein, Sire, das schwöre ich Euch.«

Sir Andrew zögerte in seinem inneren Konflikt, und er fragte: »Kann ich deinem Schwur denn trauen, Kaparu? Hast du gelernt, dass man einen Schwur nicht leichtfertig bricht?«

»Ich werde den meinen nicht brechen, Sire. Was Ihr mir vorgelesen habt ... es hat mir die Augen geöffnet. Ich sehe jetzt ein, dass mein Leben bisher falsch war, ein einziger großer Fehler von Anfang an.«

Sir Andrew blickte Kaparu lange an. Dann nickte er milde und nahm den Schlüsselbund von seinem Gürtel.

Kurz darauf erfuhr der Ritter die letzten Neuigkeiten von seinen fliegenden Spähern. Er überdachte die grässliche Nachricht von der Erweckung der Grauen Horde, und dann schickte er Yambus Gesandten mit einer schroffen Antwort zurück zu seiner Königin. Eine andere Möglichkeit schien es nicht zu geben.

Danach begab Sir Andrew sich hinauf auf die höchsten Zinnen seiner Burg, wo jetzt außer ihm niemand stand, und brütend lehnte er sich gegen die Brüstung. Wohin er auch blickte, überall traf man Vorbereitungen für Krieg und Belagerung, und er hatte so vieles zu bedenken.

Plötzlich merkte er, dass sich jemand zu ihm gesellt hatte, und als er aus seinen Gedanken aufblickte, sah er Dame Yoldi neben sich. Sie hatte ihm keine dringenden Nachrichten zu bringen oder Fragen zu stellen, das entnahm er ihrer Miene, sie war in dieser Stunde seiner Not einfach zu ihm gekommen, um zu sehen, wie sie ihm vielleicht helfen konnte.

»Andrew.«

»Yoldi ... Yoldi, wenn die Macht, die in diesen Götterschwertern liegt, tatsächlich so groß ist, dass diese Übeltäter rings um uns her bereit sind, gegeneinander und gegen uns in den Krieg zu ziehen, um auch nur eines davon in ihre Hände zu bringen – wenn sie so groß ist, sage ich, wie kann ich ihnen dann guten Gewissens auch nur einen einzigen Schlüssel zu solcher Macht überlassen?«

Dame Yoldi nickte verständnisvoll, sanft und betrübt. »Mir scheint, Ihr könnt es nicht. Ihr habt Euch also schon entschieden. Oder muten Euch die Folgen einer Verweigerung noch entsetzlicher an?«

»Niemals! Bei allen Dämonen, die Ardneh jemals erschlagen oder gelähmt hat – sterben müssen wir alle irgendwann, aber wir sind nicht dazu verurteilt, uns kampflos zu ergeben! Nur die Leute in den Dörfern gehen mir nicht aus dem Sinn,

Yoldi. Ich kann nichts tun, um sie vor Fraktin oder Yambu zu beschützen.«

»Es würde den Menschen in den Dörfern zumindest ein wenig Hoffnung für die Zukunft geben – denen jedenfalls, die die Invasion überleben –, wenn Ihr Euch hier in Eurer Festung halten und vielleicht eines Tages Euer Land zurückerobern könntet.«

»Wenn ich mich hier oder anderswo halten will, muss ich zu meinem Volk sagen: ›Zieht in den Krieg.‹ Wir beide, Ihr und ich, wir wissen, was Krieg bedeutet. Viele der Jungen wissen es nicht. Aber es scheint, dass das Böse und das Grauen des Krieges so oder so über sie kommen werden, ganz gleich, wie ich mich entscheide. Eine Kapitulation wird Feinde wie diese nicht zur Umkehr bewegen, nachdem sie einmal gegen meine Grenzen gezogen sind, und sie wird nicht mildern, was sie meinem Volk antun werden; ungeachtet dessen, was sie mir jetzt vielleicht versprechen könnten. Womit ich nicht sagen will, dass ich sie um Versprechungen oder Kapitulationsbedingungen gebeten hätte. Weshalb sollte ich etwas von ihnen erbitten, was ich sowieso nicht glauben würde?«

Stille senkte sich zwischen Ritter und Zauberin, und ringsumher hörte man nichts als das ferne Klingen aus der Waffenkammer. »Ich muss wieder an meine Arbeit«, sagte Yoldi schließlich. Sie küsste den Burgherrn einmal und ging dann davon.

»Und ich muss hinunter«, sagte Sir Andrew laut zu sich selbst, »um die Verteidigungsvorbereitungen zu inspizieren.«

Wenig später schritt er auf der Außenmauer der Burg entlang, und bei einem der gewaltigen Wachttürme, die das Haupttor schützten, traf Sir Andrew auf einen seiner alten Waffenkameraden und wechselte ein paar Worte mit ihm.

»Es ist lange her, Sir Andrew, seit wir auf diesen Mauern unsere Schwerter ziehen mussten.«

»Ja, es ist lange her.«

Irgendwann hatte der Gefährte sich in einen alten Mann mit weißen Haaren und runzligem Gesicht verwandelt, und Sir Andrew, der ihn so nicht in Erinnerung hatte, konnte sich des Gefühls nicht erwehren, dass diese alte Haut eine Verkleidung sein müsse, die der andere gleich ablegen würde. Ihr Gespräch klang relativ munter und zuversichtlich, wenngleich die meisten Dinge, über die sie sprachen, von schrecklicher Art waren: Belagerung und Strategie, Erstürmung, Gegenangriff und Ausfall.

»Wir haben sie uns immerhin eine geraume Zeit vom Leibe gehalten, stimmt's nicht, Herr?«

»Aber nicht lange genug«, seufzte Sir Andrew.

Und dann stand er wieder allein auf der Mauer neben dem Haupttor. Von seinem erhöhten Standpunkt aus konnte er den dünnen, immer wieder abreißenden Strom von Proviantkarren, Soldaten und Flüchtlingen überblicken, der wie ein Rinnsal über die gewundene Straße von der Kreuzung zur Burg heraufkam.

Dort kamen ein paar Priester und Priesterinnen Ardnehs eilig und mit wehenden weißen Gewändern herauf. Eben hatten die Posten weiter unten an der Straße sie in Augenschein genommen. Sie hatten zwei Wagen bei sich, und Sir Andrew hoffte, sie würden mit Arzneien und medizinischem Gerät beladen sein. Manchmal standen Ardnehs Tempel in Kriegszeiten unversehrt zwischen zwei streitenden Armeen. Jeder Offizier und jeder Soldat hoffte, dass man ihn, sofern es Platz für ihn gäbe, bei einer Verwundung versorgen würde. Aber so würde es diesmal offensichtlich nicht sein. Ardneh stellte sich in gewisser Weise auf Sir Andrews Seite, und – die Arzneien einmal außer Acht gelassen – die Truppen würden dies als gutes Omen betrachten.

Sir Andrew schloss die Augen und legte die Hände auf die Mauerbrüstung. Er dachte daran, zu Ardneh zu beten und ihn um mehr, um unmittelbare Hilfe zu bitten – wenngleich er in einem Winkel seines Herzens wusste, besser als beinahe jeder andere auf der Welt, dass Ardneh zwar einst gelebt hatte, jetzt aber seit beinahe zweitausend Jahren tot war. Sir Andrew wusste es wohl. Und dennoch ...

Dieses Geheimnis, das Ardneh umgab, rief ihm ein anderes ins Gedächtnis, das ihn schon lange beschäftigte und das er trotz allen Forschens nicht hatte lüften können: Wenn Ardneh tot war, weshalb lebten dann alle anderen Götter und Göttinnen der Welt noch? Nach allgemeiner Auffassung lebten sie ungefähr seit der Erschaffung der Welt, Ardneh so gut wie die anderen. Aber Sir Andrew hegte schwer wiegende Zweifel an dieser Auffassung.

Eher neigte er dazu, gewissen historischen Schriften Glauben zu schenken, in denen ganz sachlich die Rede von Ardnehs Dasein und Tod war, die aber Vulkan, Hermes, Aphrodite, Mars oder einen der anderen mit keinem Wort erwähnten – mit Ausnahme von Draffut, dem Herrn der Tiere. Doch Draffut schrieb man hier geringere Bedeutung zu als Ardneh oder ihrem bösen Widersacher Orkus, dem Herrn der Dämonen.

Was immer Sir Andrew von den Göttern denken mochte, an den Dämonen zweifelte er nicht einen Augenblick lang.

Irgendwann in den langen Jahren des Studierens und Nachdenkens war tief in seinem Herzen ein schrecklicher Verdacht aufgekeimt: Dass die Wesen, die sich jetzt als Götter bezeichneten, die von den Menschen als Götter anerkannt wurden und die die Herrschaft über die Welt beanspruchten – wann immer sie sich dafür zu interessieren beliebten –, dass diese Wesen in Wahrheit Dämonen waren, die das Zeitalter Ardnehs und Orkus' überlebt hatten. Es war nur tröstlich, dass diese Theorie empfindliche Mängel aufzuweisen hatte.

Nach allen Götterstudien, die Sir Andrew angestellt hatte, gab es immer noch herzlich wenig, was er mit Gewissheit über sie sagen konnte: Dass nämlich die meisten von ihnen wirklich waren, dass sie hier und jetzt existierten und dass sie überaus mächtig waren. Die Schwerter allein legten hinreichend Zeugnis davon ab, wie mächtig Vulkan war.

Yoldi war eine ausgezeichnete Zauberin und eine tapfere dazu. Aber die Fähigkeit eines jeden Zauberers, die Mächte der Wirklichkeit ganz und gar zu erreichen und zu beherrschen, war begrenzt.

Warum im Namen aller Götter und Dämonen musste das Universum so kompliziert, verwirrt und widersprüchlich sein? Sir Andrew dachte – nicht zum ersten Mal –, dass er, hätte man ihn mit dem Entwurf betraut, das Ganze anders angelegt hätte.

Sir Andrew öffnete die Augen, schloss sie noch einmal und versuchte zu entscheiden, ob er nun wirklich zu Ardneh betete oder nicht. Plötzlich hörte er unten jemanden seinen Namen rufen. Als er hinunterschaute, sah er, dass ein Mann aus dem Verkehrsstrom, der in die Burg floss, beiseite getreten war und jetzt geradewegs unter ihm am Straßenrand stand. Der Mann war noch recht jung, allenfalls mittleren Alters, von schlanker Statur, und er wirkte weit gereist. An seiner Seite hing ein großes Schwert an einem Gürtel, der aussah wie eine Ranke oder ein Strick, und dieses Schwert zog Sir Andrews Aufmerksamkeit sofort auf sich.

Der Mann musste noch einmal rufen, bevor Sir Andrew ihn erkannte: Nestor, der Drachenjäger. »Sir Andrew? Ich bringe Euch Grüße vom Herrn der Tiere, von Draffut.«

17

Obwohl er beinahe ohne Pause und so schnell es mit seinen Riesenschritten ging, gewandert war, hatte Draffut anderthalb Tage gebraucht, um von seiner Tempelinsel in der Mitte des Sumpfes zu den Hochebenen im Osten zu gelangen. Es war wieder Nacht geworden, bevor er in denjenigen Teil von Herzog Fraktins Reich gelangte, in dem das Gelände merklich steiler anzusteigen begann. Die vulkanischen Feuer, die den östlichen Himmel schon erleuchtet hatten, als sie noch hunderte von Kilometern entfernt gewesen waren, boten aus dieser Nähe ein wahrhaft großartiges Schauspiel.

Beinahe unmittelbar nachdem er den Sumpf hinter sich gelassen hatte, war Draffut Flüchtlingen begegnet, die von den Ausbrüchen vertrieben worden waren. Es waren großenteils Menschen aus Fraktins Hochlanddörfern, wo offensichtlich eine Massenflucht eingesetzt hatte. Die Dörfler verließen ihre Häuser und ihre Äcker in Gruppen, in Familien und auch einzeln, und sie zogen ohne klares Ziel einfach nur bergab. Den meisten von ihnen war diese Gegend fremd, und sie wussten nicht mehr, wo sie sich befanden. Einige von ihnen schilderten ihm im Vorbeiziehen lauthals, was sie für Vulkans Zorn hielten – als könne Draffut nicht selber sehen, dass der Himmel vor ihm in Flammen stand.

Draffut wusste nicht genau, ob die Leute versuchten, ihn zu warnen oder ihn zu bitten, die Götter von ihrem Spiel abzubringen – oder beides. »Ich werde mit Vulkan darüber sprechen«, sagte er, wenn er überhaupt antwortete. Sorgsam vermied er es, auf die Leute zu treten. Natürlich sprachen die meisten ihn gar nicht erst an. Sie waren erstaunt und erschrocken, wenn sie ihn erblickten, und in ihrer Panik rannten sie ihm hin und wieder geradewegs vor die Füße oder trieben ihm ihr Vieh und ihre Bauernkarren über den Weg. Draffut ging ihnen rücksichtsvoll aus dem Weg und wanderte weiter nach Osten und bergan.

Vor den kleinen Einheiten der herzoglichen Armee, denen er unterwegs – schon vor den Grenzen des Landes – immer wieder begegnete, brauchte er sich nicht zu hüten. Ob beritten oder zu Fuß, immer stoben sie auseinander, wenn sie Draffut kommen sahen, als zweifelten sie nicht einen Augenblick daran, dass er ihr Todfeind sei. Unwillkürlich musste Draffut an Zeiten denken, in denen Soldaten ihm zugejubelt und ihn um seine Hilfe gebeten hatten. Aber viele Zeitalter und viele Kriege hatte es seither gegeben, und es war nicht hier, sondern auf der anderen Seite der Welt gewesen.

In einem Leben, das schon mehr als fünfzigtausend Jahre andauerte, hatte Draffut oft genug Schwärme von menschlichen Flüchtlingen und auch schon brennende Himmel wie diesen hier gesehen. Aber selten hatte die Erde unter seinen Füßen so gebebt, wie sie es jetzt tat.

Als er die verkarsteten Ausläufer des Gebirges erreicht hatte, stieg er ohne Pause weiter bergauf. Die grollenden Feuertürme loderten jetzt beinahe senkrecht über seinem Kopf, und feine Asche wehte gleichmäßig um ihn herum zu Boden. Er vermutete, dass es hier Kräfte gab, die ihn vernichten könnten, dass er nicht mehr immun gegen den Tod war, wie er es einmal gewesen sein mochte. Seine eigenen Kräfte, die er im Laufe einer Ewigkeit in sich aufgenommen hatte, schwanden – so langsam, wie er sie gewonnen hatte, aber sie schwanden. Dennoch fühlte er kaum Angst um sich selbst. Es lag in seiner Natur, dass Größeres ihn beanspruchte als die Sorge um sein eigenes Wohlergehen. Die bebende, lodernde Agonie der Berge vor dem dunkler werdenden Himmel weckte alte Erinnerungen in ihm. Eine davon war uralt ... ein anderer Berg, auf einem anderen Kontinent; er hatte sich gespalten, und der See des Lebens war ihm entströmt ... damals, in den Tagen, da Ardnehs Macht am größten gewesen war. Ardneh, den Draffut nie wirklich gekannt hatte, im Gegensatz zu der Version von der Geschichte der Welt, an die die Menschen derzeit glaubten ... Aber das war kaum noch von Bedeutung, denn Ardneh war längst tot ...

Die Frage, die jetzt zu beantworten war, lautete: Woher hatten diese neuen Kreaturen ihre Macht, diese Emporkömmlinge, die sich selbst als Götter bezeichneten? Ardneh hatte nicht einmal in den Tagen seiner größten Macht behauptet, ein Gott zu sein, und auch Orkus, der Böse, hatte es nicht getan. Und wenn Draffut zurückdachte, war ihm, als sei sogar das Wort »Gott« unter den Menschen jahrtausendelang vergessen gewesen.

Wenn er versuchte, zu weit in seine eigene Vergangenheit zurückzuschauen, dann gelangte er zu einer Epoche, an die er nur noch verschwommene Erinnerungen heraufbeschwören konnte, zusammenhanglose Szenen und bedeutungslose Eindrücke. Er wusste, dass es Erinnerungen an eine Zeit waren, in der seine Intelligenz, sein Geist und sein Körper ganz anders gewesen waren als heute. Aber an die letzten paar tausend Jahre erinnerte Draffut sich klar und deutlich. Er entsann sich noch gut der Tage, in denen Ardneh und Orkus miteinander gekämpft hatten. In jenen Tagen war keiner dieser großmäuligen, Schwerter schmiedenden Emporkömmlinge, die sich heute Götter und Göttinnen nannten, auf Erden gewandelt. Sie trugen Namen aus der fernen Vergangenheit menschlicher Mythen, aber wer waren sie? Mit welchem Recht dachten sie sich Spiele aus, bei denen die Menschheit in grauenhafte Kriege gestürzt wurde? Draffut durfte nicht länger zögern. Er musste es herausfinden.

Er hatte noch kaum begonnen, den eigentlichen Berg zu erklimmen, als sein Weg von einem trägen, breiten Lavastrom versperrt wurde. Die Luft über der Lava flirrte vor Hitze. In der Nacht und der Höllenglut auf der anderen Seite des geschmolzenen Steinflusses erkannte er zwischen wirbelnden Dünsten und kochender Luft eine zweibeinige Gestalt, für einen Menschen viel zu groß – vorausgesetzt, dass ein Mensch dort überhaupt hätte stehen können, ohne zu verbrennen. Die Gestalt war etwa so groß wie Draffut selbst, und sie starrte Draffut entgegen, wortlos wartend.

In der tosenden Hitze sah er die Gestalt nicht genau; nur ihre Umrisse konnte er erkennen. Er blieb stehen und rief einen Gruß hinüber, und er benutzte eine uralte Sprache, die Ardneh und Orkus sofort verstanden hätten. Aber es kam keine Antwort.

Draffut sammelte seine alten Kräfte, so gut er konnte, und konzentrierte sie in seiner rechten Hand. Dann beugte er sich nieder und stieß die Hand in den blubbernden, brodelnden, siedenden Lavastrom. Ohne sich davon verbrennen zu lassen, nahm er eine tropfende Hand voll des geschmolzenen Gesteins auf. Mit einer zweiten Anspannung seiner Willenskräfte erfüllte er die Hand voll Magma mit flüchtigem Leben, und das, was eben noch toter Stein gewesen war, schwebte plötzlich in der heißen, aufsteigenden Luft und zerplatzte in kleinen, lautlosen Explosionen zu lebendigen Formen, so zart wie Schmetterlinge.

Immer noch stand die Gestalt jenseits des Lavastroms regungslos und stumm da. Aber jetzt hatte sich eine zweite, ebenso große dazugesellt, und dann sah Draffut, wie noch eine erschien und noch eine. Die Götter versammelten sich, um zu sehen, was er tat, und um ihn schweigend abzuschätzen.

Aber er wollte mehr als das. Er stand aufrecht da und klopfte sich das rauchende Gestein von den Händen. Es war unmöglich festzustellen, ob die stummen Zuschauer von dem, was sie gesehen hatten, beeindruckt waren.

Mit weithin hallender Donnerstimme forderte er sie heraus. »Warum sagt ihr den Menschen nicht die Wahrheit? Fürchtet ihr euch davor?«

Eine Bewegung ging durch die Gruppe, und die Szenerie flimmerte in der Hitze. Das Grollen der Erde übertönte jeden Laut, und so konnte Draffut nicht hören, was sie untereinander sprachen. Schließlich erklang eine dröhnende Stimme, mächtiger als die eines Menschen: »Sag's ihnen doch selbst, du zottiger Hund.«

Eine zweite Stimme folgte hoch und klar; vermutlich gehörte sie einer Göttin: »Wir wissen sehr wohl, was du warst, Herr der Tiere, als du deinen menschlichen Herren in die Grotte im See des Lebens folgtest, vor fünfzigtausend Jahren oder mehr. Du brauchst dir jetzt keine Majestät anzumaßen.«

Noch eine Stimme erklang, streitsüchtig, männlich: »Ja, sag's ihnen selbst – aber werden sie glauben, was ein Hund ihnen erzählt, ein Hurensohn? Es macht nichts, dass einige von ihnen jetzt glauben, du seist ein Gott. Das können wir regeln.«

Draffut spürte, wie die Glut seines Zornes wuchs, immer weiter wuchs, bis sie heißer war als die Lava, die den Boden vor ihm in Brand setzte. Er donnerte zurück: »Ich habe ebenso viel Recht darauf, ein Gott zu sein, wie irgendeiner von euch. Mehr! Sagt doch der Menschenwelt, was ihr wirklich seid!«

Die Schar jenseits der wogenden Hitze wurde immer größer. Eine höhnische Stimme forderte ihn auf: »Sag *du* ihnen, was wir wirklich sind. Ha haaa!«

»Ich würde es ihnen sagen. Ich werde es ihnen sagen, sobald ich es weiß.«

»Ha haaa! Wir sind Götter, und das ist alles, was du wissen musst. Und es steht dem Sohn einer Hündin nicht an, die Götter herauszufordern.«

Mit einem einzigen Schritt überquerte Draffut den Lavastrom, und jetzt sah er den letzten Sprecher deutlich genug, um ihn erkennen zu können. »Du bist Vulkan. Und du wirst mir jetzt einige Antworten zu den Schwertern geben.«

Vulkans Antwort war dreist– eine obszöne Beschimpfung. Aber gleichzeitig schien er sich kaum merklich in die Gruppe zurückzuziehen. Ein Drängen und Schieben ging durch die Schar der Götter, und eine Wolke aus Rauch und Staub wehte über sie hinweg. Dann schob eine andere Gestalt Vulkan beiseite und trat vor ihn. Es war die Gestalt eines riesenhaften, muskulösen Mannes, der einen mächtigen Speer trug und dessen Kopf von einem Helm geschützt war. Scharf hob er sich von einem frischen Schwall rot glühender Lava ab, die sich eben einen Hang herunterwälzte.

»Ich ziehe jetzt nach Westen«, verkündete Mars. Diese Stimme hatte Draffut bisher noch nicht gehört. Sie klang nach Pauken und Trompeten und klirrendem Metall. »Der Krieg ruft mich. Ich sehe eine belagerte Burg und einen Menschen in der Armee der Angreifer, der mir mit kundiger Magie Opfer darbringt. Ich denke, es ist an der Zeit, dass ich die Gebete eines treuen Dieners erhöre.«

In der Gruppe hinter dem Sprecher erhob sich ein schriller Chor unterschiedlicher Bemerkungen. Draffut stellte fest, dass die einen Beifall, die anderen aber auch heitere Geringschätzung äußerten.

Mars ignorierte sie alle. Er wandte seinen schrecklichen Blick nicht von Draffut, der ihm den Weg versperrte. »Ich werde zu dieser Burg gehen und dort ein Weilchen Menschen töten, nur zum Vergnügen.«

»Nein«, versetzte Draffut schlicht. »Das wirst du nicht tun.« In diesem Augenblick warf jemand aus den hinteren Reihen der Götter mit einem brennenden Felsbrocken nach Draffut. Mit furchtbarer Langsamkeit schien der Block durch die Luft zu fliegen, und er war genau gezielt. Ihn zu fangen stellte

Draffuts Stärke auf eine harte Probe, doch irgendwoher nahm er sogar noch die Kraft, ihn zurückzuschleudern – allerdings nicht auf den unsichtbaren Werfer. Draffut schleuderte ihn stattdessen gegen Mars, gerade als dieser seinen langen Speer zum Wurf erhob. Felsblock und Speer trafen mitten in der Luft aufeinander und zerbarsten zu einer Million kreischender Splitter.

Aber schon hatte der Gott des Krieges einen neuen Speer in der Hand und schritt voran in den Kampf.

18

Dame Yoldi selbst hatte Mark mehrmals gesagt, dass sein Überleben von äußerster Wichtigkeit sei und sie ihn deswegen so lange wie möglich an ihrer Seite behalten wolle, wenn die Kämpfe begonnen hatten, denn da wäre er verhältnismäßig sicher. So kam es, dass sie nebeneinander auf dem höchsten Dach des Schlosses standen, als im matten Licht des frühen Morgens der erste Ansturm der Grauen Horde wie eine schmutzige Woge gegen die Mauern der Burg prallte.

Die Verteidiger waren auf den Angriff vorbereitet, wie sie es besser nicht hätten sein können, denn einen Überraschungsangriff hatten die Feinde nicht bewerkstelligen können. Am Tag zuvor hatte Sir Andrews Zauberin erklärt, dass Geschwindigkeit und Richtung des Larvenvormarsches von Yambus Zauberern nur annähernd gesteuert werden könnten. In den vergangenen Tagen hatte Yoldi mit einigen Gehilfen immer wieder versucht, den Zauber der Feinde zu stören und die Larven gegen die zu wenden, die sie erweckt hatten. Doch diese Bemühungen waren fehlgeschlagen, und jetzt musste Dame Yoldi ihre Aufmerksamkeit notgedrungen anderen Dingen widmen. Sie meinte, die Larven würden in jedem Fall nur ein paar Tage aktiv bleiben können. Wenn sie einmal dem Sumpf entstiegen seien, könnten sie ihrer Umgebung keinerlei Nahrung, keine Energie mehr entziehen. Dies mache es schwierig, sie zu beeinflussen, und beinahe unmöglich, sie zu vergiften, aber gleichzeitig hindere es auch ihre Herren daran, sie nach Belieben zu steuern. In den wenigen Tagen ihres Pseudolebens waren sie allerdings eine beinahe unbesiegbare Armee, immun gegen Erschöpfung und Angst.

Über eine Stunde vor ihrem ersten Ansturm gegen die Mauern der Burg hörte man ihr tausendstimmiges Heulen wie einen fernen Wind. Deshalb waren die Verteidiger gewarnt und auf dem Posten, als die Horde hundert Sturmleitern gegen die Mauern lehnte.

Es wurde heller, und Mark sah von seinem Ausguck in luftiger Höhe, wie Ben auf der Ostmauer kämpfte. Mit seiner enormen Kraft führte er eine Stange, die die Sturmleitern ebenso schnell umstürzen ließ, wie die handlosen, ungeschickten Larven sie unten aufrichten konnten. Menschen waren in der ersten Angriffswelle nicht zu entdecken.

Barbara stand auf der Mauer westlich des Haupttores und der Wachttürme. Sie gehörte zu einer Kompanie von Männern und Frauen, die mit Bogen und Schleudern bewaffnet waren. Ihre Salven prasselten wie ein Hagel in das Meer der Angreifer, aber Mark hatte nicht den Eindruck, dass sie besonderen Schaden anrichteten. Der eine oder andere Pfeil mochte wohl die Schale einer Larve durchdringen, aber das hinderte die Ungeheuer nicht daran, weiter vorzurücken, eine Leiter aufzustellen und heraufzuklettern. Ein Schleuderstein hinterließ vielleicht einen Sprung in einem Larvenpanzer, aber die getroffene Gestalt marschierte trotzdem weiter, bis ein Beingelenk so gründlich zerbrochen war, dass sie nicht weiterlaufen konnte, oder bis die Arme zu beschädigt waren, um weiterhin Leitern erklimmen zu können.

Die hundert Leitern, die die Larven bei ihrer ersten Angriffswelle mit sich führten, mussten ihre menschlichen Herren und Verbündeten hergestellt haben, überlegte Mark. Am Abend zuvor hatte er Nestor zugehört, der in allen Einzelheiten geschildert hatte, wie eine Larve aus nächster Nähe aussah und mit welcher Art des Kämpfens zu rechnen war, wenn die Graue Horde gegen die Burgmauern anstürmte.

Auch Sir Andrew hatte diesen Berichten mit größter Aufmerksamkeit gelauscht. Danach hatte der Ritter eine Weile allein dagesessen, ein Bild grimmigen Nachdenkens, und schließlich hatte er seine Befehle gegeben und seine Verteidigungsstreitkräfte verteilt, so gut es eben ging. Mark hatte beim Zuhören den Eindruck gewonnen, dass alle, die im Schloss etwas von diesen Dingen verstanden, wussten, dass die Mauern unterbemannt sein würden.

Dann forderte Sir Andrew den Drachenjäger auf, den Verteidigern von Draffut zu erzählen und davon, wie der Herr der Tiere ihrer Sache anscheinend den Vorzug gegeben und sogar angedeutet hatte, dass er sich tatkräftig auf ihre Seite stellen wolle. Dies machte alle ein wenig zuversichtlicher, obwohl Nestor wohlweislich nicht behauptete, Draffut hätte ein derartiges Versprechen abgegeben.

Später hatte Nestor seinen alten Gefährten aus dem Wagen erklärt, dass er keine andere Wahl hätte, als am Kampf teilzunehmen, nachdem er einmal entschieden habe, mitsamt dem Schwert zu Sir Andrew zu kommen. »Außerdem, wohin hätte ich mich bei meiner Flucht wenden sollen? Von hier aus führen alle Straßen letzten Endes zu Fraktin oder Yambu, mit Ausnahme derer, die in den Sumpf zurück oder nach Nordwesten gehen. Aber ich vermute, dass auch diese jetzt nicht mehr frei sind.«

Mit dem Schwert der Wut bewaffnet und in die beste Rüstung gehüllt, die Sir Andrew ihm so kurzfristig hatte anpassen lassen können, stand Nestor auf einem der mittleren Wachttürme, als der erste Angriff begann. Nach der vereinbarten Strategie sollte er dort warten, bis ihm der Nahkampf Gelegenheit gäbe, die Kräfte des Schwertes zum Einsatz zu bringen. Aber obwohl das Schwert zu sirren begann und Rauchfäden aus der Luft sog, als die erste Angriffswelle heranrollte, ergab sich eine solche Gelegenheit vorläufig nicht.

Doch die Pause zwischen der ersten und der zweiten Attacke war nur kurz. Die Graue Horde zog sich nicht vom Fuße der Mauer zurück, um sich neu zu formieren, wie menschliche Truppen es getan hätten. Stattdessen wimmelten tausende von Larven unten umeinander, unbeeindruckt von den Steinen und Pfeilen, die auf sie niederprasselten.

Und dann stürmten sie erneut mit den Leitern voran.

Inzwischen hatte man herausgefunden, dass große Steine, die man von den Mauern auf die angreifenden Larven hinunterfallen ließ, wirkungsvoller waren als Pfeile oder Schleuderkiesel und dass Feuerattacken enttäuschend wirkungslos blieben. Die morschen Holzgestalten waren ja nicht wirklich ausgetrocknet. Man hätte sie zu Asche verbrennen müssen, um sie ein für alle Mal aufzuhalten.

»Eine Bresche! Eine Bresche!«

Mark hörte den Schrei wenige Minuten, nachdem die zweite Angriffswelle mit den Leitern gegen die Mauern anrollte. Als er nach rechts auf die Westmauer hinunterblickte, sah er dort graue Männchen, deren Arme wie Windmühlenflügel wirbelten.

»Das Schwert kommt!«

»Stadtretter!«

Durch die dünnen Reihen der Verteidiger drängte sich Nestor, leicht kenntlich an seiner neuen Rüstung, und stürzte sich in den Kampf. Das schrille Kreischen der Klinge durchdrang das gespenstische Heulen der Feinde. Der Klang hallte zu Mark herauf, weckte die Erinnerung an seinen letzten Tag im Dorf, und er fühlte, wie Übelkeit in ihm aufstieg.

Dame Yoldis Hand drückte seinen Arm. »Es erwacht zur rechten Zeit. Wir haben hier eine Festung zu halten und wehrlose Menschen zu verteidigen. Die Götter können nicht ganz und gar böse sein, wenn sie eine solche Waffe geschmiedet haben.«

Das durchdringende Kreischen lähmte Marks Gedanken. Nestor hatte die Feinde erreicht, und die Klinge in seinen

Händen sauste durch die Luft, hin und her, so schnell, dass man ihr mit den Augen nicht mehr folgen konnte. Die erste der grauen Reihen ging zu Boden.

Zum ersten Mal hatte Herzog Fraktin nun Gelegenheit, Stadtretter schreien zu hören, und er zeigte sich äußerst interessiert. Aus der Ferne beobachtete er, wie ein Wirbel in der Hand eines einzelnen Mannes die Westmauer von Larven befreite. Der Herzog war beeindruckt, wenn auch nicht übermäßig überrascht.

Ebenso fasziniert beobachtete er, mit welcher Anmut die erzürnte Königin Yambu auf ihrer tänzelnden Kampfbestie den Reihen ihrer Menschenarmee vorausritt, während er selbst beinahe in der Mitte seines eigenen Heeres marschierte. Der Großteil der herzoglichen Truppen hatte sich in Halbkreisformation aufgestellt. Der rechte Flügel berührte das Seeufer dicht hinter der Burg, und der linke stand bei der Straße, die sich den Hügel hinauf auf Sir Andrews befestigtes Haupttor zuschlängelte. Einhundert Larven rannten jetzt mit einem Rammbock, der aus einem dicken Baumstamm gefertigt war, gegen das Tor an. Ihre Füße glitten und rutschten durch den Schlamm, in den sich die Leichen ihrer Vorgänger verwandelt hatten, und Steine und Feuerbrände fielen von oben auf sie herab und dezimierten ihre Reihen. Gleichzeitig schoben sich auf der Straße ungeordnete Nachschubbataillone heran, dumpf heulend und, frei von Angst oder Hoffnung, bereit, gegen die Mauern anzurennen.

Von der Straße nach Westen hin bis zum See reichten Yambus Streitkräfte. Ähnlich der Armee des Herzogs waren sie in einem groben Halbkreis aufgestellt. Wie jedem anderen auch war dem Herzog sehr wohl bewusst, dass die beiden Armeen einander wachsam und voller Unbehagen im Auge behielten, während sie gleichzeitig beobachteten, wie Yambus Hilfstruppen in den ersten Angriffswellen der Burg entgegenschwärmten.

Der Herzog wandte sich seinem blau gekleideten Zauberer zu, der ganz in der Nähe wartete, gekleidet in eine Rüstung, die überhaupt nicht zu ihm passen wollte. »Zumindest«, bemerkte Seine Gnaden, »wird ein Gutteil der Horde vor den Mauern auf der Strecke bleiben, und vor allem dem Schwert werden viele zum Opfer fallen. Wir können also hoffen, dass die meisten dieser Sumpfgespenster aus dem Weg geräumt sind, wenn wir an der Reihe sind, uns mit Yambu um die Beute zu streiten.«

»So ist es, Sire.«

»Ich bin jetzt davon überzeugt, Blaumantel, dass sie es war, die versucht hat meinen Cousin zu entführen. Offensichtlich hat sie auf irgendeine Weise von den Schwertern erfahren ... Was übrigens gibt es Neues aus dem Osten?«

Die letzte Frage galt dem ganzen Offiziersstab des Herzogs, aber niemand hatte wirkliche Neuigkeiten aus dieser Richtung zu vermelden. Nachts war der Himmel im Osten, für jedermann unübersehbar, gerötet, und tagsüber hingen Rauchwolken über dem fernen Horizont. Als der Herzog einen fliegenden Kurier mit einer Botschaft zu der kleinen Garnison bei Arin am Aldan geschickt hatte, war der Bote nach einer Weile zurückgekommen und hatte berichtet, dass er weder das Dorf noch die Garnison habe finden können; die Landschaft sei verändert und die Luft faulig und verdorben. (Die Botschaft war der Befehl gewesen, die Familie Jords, des Müllers, zu ernsthaften Verhören an den Hof des Herzogs zu bringen, nachdem mildere Methoden versagt hatten.) In der Tat sah es nun so aus, als sei die Verbindung zu den Ausläufern des Gebirges gänzlich zusammengebrochen. Vereinzelte, unzuverlässige Berichte ließen darauf schließen, dass die gesamte Zivilbevölkerung dieser Gegend auf der Flucht war und Militärpatrouillen nur noch unregelmäßig im Einsatz waren. Seufzend dachte der Herzog an die verschwundenen Untertanen, die er noch einmal hatte vernehmen wollen. Aber er hatte hier eine Schlacht zu schlagen und keine Soldaten übrig, um sie dort drüben bei Suchunternehmen von zweifelhaftem Erfolg einzusetzen.

Dennoch schien es, als sei der blau gewandete Zauberer nicht allzu betrübt darüber, dass dieses Thema zur Sprache kam. Er gab sich wie einer, der gute Nachrichten in Reserve hat, und richtig – bei der nächsten Gelegenheit rückte er damit heraus. »Sire, ich bin erfreut, Euch melden zu können, dass ich in meinem privaten Projekt ein gewisses Maß an Erfolg erzielt habe.«

»In was für einem Projekt?« Die herzogliche Stirn kräuselte sich in feinem Unmut. »Oh. Du redest von ... von dem, was du mir gestern Abend unter vier Augen erzählt hast.«

»Genauso ist es, Sire.« Der Magier verneigte sich, eine kaum sichtbare Verbeugung mit einem Hauch von Triumph. »Wir haben jetzt Grund zu der Hoffnung, dass Mars selbst uns leibhaftig zu Hilfe kommen wird. Der Erfolg unserer Rivalen bei der Erweckung der Grauen Horde wird sich daneben recht erbärmlich ausnehmen.«

»Beim Großen Wurm Yilgarn!« Herzog Fraktin war sichtlich beeindruckt. Aber plötzlich nahm er eine besorgte Miene an. »Glaubst du denn, Blaumantel, dass der, den du herbeirufst ... *der Gott* ist? *Mars?* Bist du sicher, dass er es wirklich ist?«

»Oh, ich bin ganz sicher, Sire.«

Hundert Leute oder mehr schauten sie an, selbst wenn vermutlich keiner von ihnen nahe genug stand, um ihnen zuhören zu können. Der Herzog zwang sich zu einem Lächeln. »Meinst du, es ist klug?«

Jetzt begann der Zauberer doch ein wenig enttäuscht dreinzublicken. Er hatte wahrlich etwas mehr Begeisterung von seinem Herrn erwartet. Er war fast erleichtert, als sie in ihrem Gespräch gestört wurden. Eine dichte Kette von Männern hatte einen Burschen umzingelt und brachte ihn jetzt vor den Herzog. Der Mann, so hieß es, bestehe darauf, mit dem Herzog selbst zu sprechen: Er habe noch am Tag zuvor in der belagerten Burg gewohnt und er kenne einen Weg, auf dem man mit einer Schar Bewaffneter unbemerkt in die Burg eindringen könne.

Der Mann wurde gründlich durchsucht und auf magische Kräfte hin überprüft. Dann führte man ihn vor den Herzog. »Nun? Spuck es aus, Kerl.«

Der Bursche war ärmlich gekleidet, jung und von hagerem, gehetztem Aussehen. »Mein Name ist Kaparu, Euer Gnaden. Ich habe früher als Agent für Königin Yambu gearbeitet, aber mit Vergnügen werde ich stattdessen nun für einen Prinzen arbeiten, der für seine Großzügigkeit so bekannt ist wie Ihr.«

Während des ganzen Vormittags hielten die Kämpfe ohne nennenswerte Unterbrechung an. Die kurzen Pausen, die es gab, waren nicht eine Folge von Ermattung oder einem Nachlassen der Kampfeslust auf Seiten der unmenschlichen Meute, die immer wieder versuchte, die Mauern zu erstürmen. Ständig mussten neue Leitern herbeigeschafft werden, weil die alten unter einem Hagel von Steinen, Feuerbränden oder geschmolzenem Blei verbrannten und zerbrachen. Doch wenn auch die Kämpfe hin und wieder für eine Weile verebbten – das Geheul der Horde erklang ohne Pause, und obgleich ihre Zahl sich zwangsläufig nach und nach verkleinerte, schien die Lautstärke sich nicht zu verringern.

Beim Hinuntersteigen kam Mark an der Krone der Außenmauer vorüber und er hörte, wie ein stattlicher Schwertkämpfer murmelte: »Wir haben tausende von ihnen niedergemäht, aber es kommen immer mehr.« Der Mann übertrieb nicht.

Jetzt durchquerte Mark den dicht bevölkerten Hof der Burg. Er drängte sich vorbei an hastig aufgestapelten Proviantvorräten, angebundenen Tieren und Reihen von stöhnenden Verwundeten, die hier versorgt wurden. Dame Yoldi hatte ihm erlaubt, das Dach zu verlassen, als Barbara ihn zu sich gewinkt hatte. Im Augenblick herrschte eine Pause, die ein wenig länger war als die vorigen. Yambus Zauberer hatten die Horde von den Mauern zurückgezogen, damit Feuerbrände und Steine sie nicht erreichen konnten, solange keine neuen Leitern herbeigeschafft waren. In der Burg wurden jetzt diejenigen, die die Hauptlast des Kampfes getragen hatten, abgelöst, soweit dies möglich war, damit sie essen und ausruhen konnten. Aber Mark hatte den Eindruck, dass sich im Hof hauptsächlich Flüchtlinge drängten, die nicht am Kampf teilnahmen, und jeder schien leise darüber zu murren, dass zu viele andere eingelassen worden seien. Mark hörte mehrere Leute, die anderen versicherten, Sir Andrew könne gar nicht so viele Vorräte in seiner Burg lagern, wie nötig wären, um alle Anwesenden über eine längere Belagerung hinweg am Leben zu halten.

Mark erzählte seinen alten Gefährten von diesen Gerüchten, als er zu der feuchten Steinmauer gelangt war, wo Barbara und jetzt auch Ben ihn erwarteten.

Barbara saß mit dem Rücken an die Wand gelehnt auf dem Boden, aber Ben stand, als befänden sich seine Nerven und Muskeln immer noch im Alarmzustand, zu angespannt, um sich ausruhen zu können. Er war nicht groß, aber er war auch nicht so klein, wie seine untersetzte Gestalt ihn manchmal erscheinen ließ. Der Helm und der Brustpanzer, die er irgendwo aufgetrieben hatte, passten überhaupt nicht zusammen, und er sah fast aus wie ein Clown.

Ben sah Barbara an und lachte müde. »Ich hoffe nur, wir können der Belagerung so lange wie möglich standhalten. Ich glaube, das würde uns immer noch besser gefallen als ...« Er vollendete seinen Satz nicht, sondern ließ sich stattdessen rückwärts gegen die Mauer fallen und rutschte daran herunter, bis er neben ihr saß.

Jetzt erblickte Mark auch Nestor. Das Schwert trug er nicht bei sich, wohl aber den größten Teil der neuen Rüstung, als er sich erschöpft einen Weg durch die drangvolle Enge des Hofes zu ihnen bahnte.

Nestor sagte kein Wort, bis er bei ihnen angelangt war und sich mit einem mächtigen Seufzer, in dem alle Erschöpfung des Krieges zu liegen schien, niedergelassen hatte. Er legte den Kopf in den Nacken und verharrte in dieser Stellung. Er starrte hinauf in den grauen Himmel, aus dem hin und wieder ein paar Regentropfen herabfielen. Nur ab und zu senkte er seinen Blick, um seine Gefährten anzuschauen.

»Das Kämpfen ...«, sagte er schließlich, aber es schien, als habe er nicht die Absicht, zu Ende zu sprechen.

Eine Zeit lang war es still zwischen ihnen. Mark wusste – oder spürte es zumindest –, dass es Dinge gab, die besprochen werden mussten, aber er wusste nicht, wie er beginnen sollte.

Er rechnete jeden Augenblick damit, dass der Ruf zu den Waffen wieder erklänge, doch es blieb still. Die Kampfpause wurde länger als erwartet. Aus der Ferne hörte man die immer wiederkehrenden, einschläfernden Gesänge von Yambus niederen Magiern – es hieß, dass die Königin selbst ihre beste Zauberin sei. Die Gesänge dienten dazu, die Horde auf der Stelle treten oder im Kreis marschieren zu lassen, bis eine genügende Anzahl von Leitern hergestellt und für den nächsten Angriff verteilt wäre.

... Mark fuhr erschrocken auf und stellte fest, dass er mit dem Rücken an der Wand gedöst hatte. Dame Yoldi war inmitten der rastenden Gruppe erschienen. Es war inzwischen früher Nachmittag. Sie beugte sich über Nestor und redete mit ihm. »Seid Ihr verletzt?«

»Nein, Madame. Nicht erwähnenswert. Aber müde. Und allmählich steif. Aber ich habe mich ein wenig ausruhen können. Ich werde bald bereit sein, das Schwert wieder zu ergreifen und zu benutzen, wenn die Kämpfe erneut beginnen.«

Yoldi richtete sich auf und nickte abwesend. Sie sagte: »Wer Stadtretter in den Händen hält und kämpft, um wehrlose Menschen an einem belagerten Ort zu beschützen, der kann nicht sterben, solange er kämpft, ganz gleich, wie schwer seine Wunden sein mögen. Aber wenn er schwer verwundet ist, dann wird er fallen, sobald der Kampf nachlässt.«

Nestor schwieg und starrte weiter zum Himmel hinauf. Nach einer Weile nickte er, um zu zeigen, dass er ihr zugehört hatte. Mark, dessen Blick auf den hinteren Teil des Hofes gefallen war, wo die Wagen beieinander standen, erblickte etwas, das ihn zu einem spontanen Ausruf veranlasste. »Seht nur. Unser alter Wagen.«

Die anderen nickten. »Meine Laute ist auch da«, sagte Ben. Barbara schaute ins Leere. »Ob das Geld wohl noch unter dem Sitz steckt?«

Mark war wieder eingenickt, und als er erwachte, ließ der Schreck fast sein Herz stillstehen. Der Nachmittag war verstrichen, es war spät, und lange Schatten hatten sich über alles gelegt.

»Horcht!«, forderte Nestor eindringlich.

Mark setzte sich kerzengerade auf.

Der ferne Singsang von Yambus Magiern war verstummt.

Es blieb keine Zeit mehr für Verabschiedungen und gute Wünsche. Mark beeilte sich, zu Dame Yoldi auf das Dach zurückzukehren, wie sie ihm für den Fall eines neuen Alarms befohlen hatte. Auf dem Weg zur ersten Treppe rannte Mark an Sir Andrew vorbei. Die Rüstung des Ritters war verbeult von den bisherigen Kämpfen. Er ermahnte seine Truppen mit mächtiger Stimme, aus Leibeskräften um den Sieg zu kämpfen.

Es war ein weiter Weg hinauf auf das Dach. Als Mark schließlich oben ankam, war Dame Yoldi schon da. Sie hatte die Hände in den dunkler werdenden Himmel erhoben und die Augen geschlossen. Zwei ihrer Gehilfen, ein Mann und eine Frau, stellten verschiedene Gegenstände vor ihr auf die Mauerbrüstung, magische Dinge in Flaschen und Körben, die sie zwischen zwei brennenden Kerzen ordneten.

Mark schaute hinunter und sah, wie die Larven in breiter Front gegen die Mauer anrannten und wie eine schäumende Woge auf hundert Leitern emporwallten. Es war ermutigend zu sehen, dass die Reserven der Kreaturen, die noch am Vormittag die ganze Jahrmarktswiese in unübersehbaren Scharen gefüllt hatten, inzwischen zu einem kompakten Trupp zusammengeschmolzen waren. Ihre Legionen waren zerhackt und zerschmettert worden, so dass weite Schlammflächen den Boden vor jeder Mauer, die sie angegriffen hatten, bedeckten.

Aber hinter den allmählich dünner werdenden Linien der Grauen Horde machten sich Fraktins und Yambus menschliche Armeen zum Angriff bereit. Mark war klar, dass der Ansturm der Menschen genau dann über die geschwächten, erschöpften Verteidiger hereinbrechen würde, wenn sie die letzten Larven niedergemacht hätten – falls die Larven tatsächlich restlos zerstört werden konnten. Schon jetzt aber hatten die Reihen der Verteidiger, die von Anfang an eher spärlich gewesen waren, schmerzliche Verluste erlitten.

Sir Andrews Stimme donnerte von ferne über die Mauern. »Spart eure Geschosse! Wir brauchen sie für die Menschen!« Die Bogen- und Schleuderschützen auf den Befestigungsanlagen stellten ihr Feuer ein. Mark vermutete, dass auch Barbara sich wieder zu ihrer Truppe gesellt hatte, aber entdecken konnte er sie nicht.

Die Sonne ging jetzt unter, und ihre Strahlen ragten wie Lanzen aus den dunklen Wolkenmassen, deren rote Ränder das aufflammende Glühen am östlichen Horizont zu reflektieren schienen. Auf den Mauern wurden Fackeln angezündet, die zur Beleuchtung und als Waffen verwendet wurden, und ihr flackernder Schein fiel auf die immer wieder vordringende, heraufdrängende Horde. Pfeile und Bolzen schwirrten von unten zu den Verteidigern herauf, aber es waren nicht viele, denn die Graue Horde war mit solchen Waffen nicht allzu reichlich ausgestattet.

Dame Yoldi stand noch immer wie eine Statue auf dem luftigen Dach, die Arme erhoben, die Augen geschlossen. Eine Brise ließ ihre Gewänder leise wehen. Sie schien vergessen zu haben, was dort unten vor sich ging. Offenbar versuchte sie entweder, einen Gegenschlag zu führen, oder sie wollte eine neue Bedrohung abwenden – Mark wusste nicht, was es war.

Der Angriff wurde diesmal auf breiterer Front als vorher geführt. An allen irgendwie zugänglichen Teilen der Mauer wurde mit unverminderter Heftigkeit gekämpft. Schon bald zeigten sich erste Erfolge für die Angreifer. Zweimal gleichzeitig erhob sich der Ruf nach Stadtretter, und zwar von gegenüberliegenden Stellen der Mauer.

War es wieder Nestor, die behelmte Gestalt, die Mark mit dem Schwert in der Hand aus einem der Wachttürme herauslaufen sah? Er konnte es nicht genau erkennen. Aber wer immer es war, er konnte nicht an zwei Orten zugleich kämpfen.

Wieder kreischte das Schwert der Wut, und seine Stimme übertönte das unaufhörliche, pfeifende Wimmern der Feinde. Wieder sah Mark, wie Stadtretters Klinge eine Legion von grauen Ungeheuern zu Schlamm- und Lehmklumpen zerschlug. Wieder wurde das Schwert zur wirbelnden Wand, die

die Invasoren nicht durchdringen konnten, so sehr sie es auch versuchten.

Aber Stadtretter war eben nur dort siegreich, wo er kämpfte.

Bald hörte Mark die verzweifelten Schreie der Verteidiger auf der Mauer, wo das Schwert nicht war. Dort hatte der Feind endgültig Fuß fassen können, und immer neue Verstärkungstruppen ergossen sich über die Mauer. Dame Yoldi löste sich, wie es schien, aus einer Trance, unterbrach jäh ihre Arbeit und erteilte ihren Gehilfen ein paar knappe Befehle. Dann packte sie Mark beim Arm und zerrte ihn auf die Falltür zu, die nach unten führte. Als er einen letzten Blick vom Dach hinunter auf die Kämpfe warf, sah er, wie Kampfbestien sich bereitmachten, die Sturmleitern von unten zu erklimmen.

Und jenseits dessen, was einmal die Jahrmarktswiese gewesen war, sammelten sich Yambus und Fraktins Menschenheere unter dem Klang der Fanfaren, die zum Angriff bliesen.

Die Zauberin hielt Marks Handgelenk immer noch fest umklammert, als sie die Treppe in dem Geschoss verließ, wo sich auch ihr Arbeitszimmer befand. Schon erfüllte Panik die Korridore, und Menschen rannten hierhin und dorthin und schleppten Waffen, Kinder, große und kleine Schätze, die sie irgendwie zu retten hofften. Yoldi beachtete das alles nicht. Sie hastete, ja, sie rannte fast auf ihre eigenen Gemächer zu. Dort angekommen, nahm sie ohne jede Zeremonie das Schwert Drachentöter vom Tisch, und von einem Bord an der Wand nahm sie einen Gürtel und eine Scheide.

Sie machte Anstalten, sich selbst das Schwert an die Seite zu binden, doch dann zögerte sie, ganz gegen ihre Gewohnheit, und hielt inne. Einen Augenblick später hatte sie es sich anders überlegt und schnallte Mark den Gürtel um den Leib.

»So wird es am besten sein«, murmelte sie bei sich. »Ja, es ist das Beste. Jetzt lass uns hinuntergehen.«

Wieder eilten sie durch die Gänge, und dann ging es über zahllose Treppen nach unten.

»Wenn mir jetzt etwas zustoßen sollte, mein Junge, dann musst du weiterlaufen, nach unten, so weit hinunter, wie du nur kannst, bis auf den Grund der Burg, wo die Verliese sind.«

»Warum?«

»Weil wir die Festung nicht länger halten können, und weil der letzte Fluchtweg, den es noch gibt, durch den Keller führt. Und du bist von uns allen derjenige, der unbedingt entkommen muss.«

Dagegen konnte Mark nichts einwenden, aber dennoch fragte er sich unwillkürlich, weshalb das so sein mochte.

Als sie das Erdgeschoss der Burg erreicht hatten, wogten Aufruhr und Verwirrung vom Hof zu ihnen herüber. Der Kampfeslärm war jetzt ganz nah. Laute Stimmen erhoben sich: Sir Andrew sei verwundet.

Dame Yoldi blieb wie angewurzelt stehen, und als sie sprach, klang ihre Stimme verändert. »Ich muss zu ihm, Mark. Lauf nur weiter. Durch die Kerkergewölbe und hinaus. Unsere Leute dort unten werden dir den Weg zeigen.«

Sie eilte hinaus. Mark wandte sich der Tür zu, auf die sie gezeigt hatte. Er hatte sie fast erreicht, als ein Knäuel kämpfender Soldaten ihn zu Boden stieß.

Herzog Fraktin und eine handverlesene Truppe von fünfzehn Männern folgten ihrem freiwilligen Führer Kaparu zur Burg. Der Herzog hatte sich rasch für dieses Unternehmen entschieden, als die Larven oben auf der Mauer gesiegt hatten und es so aussah, als werde die Zitadelle schon bald fallen.

Der Herzog hätte keinem seiner Untergebenen die Führung über ein solches Unternehmen anvertraut – nicht, wenn er sichergehen wollte, dass die Früchte auch tatsächlich in seine Hände gelangten. Dem Krieg hatte er schon oft ins Antlitz geschaut, und dabei war es stets um weit weniger Kostbares als diese Schwerter gegangen. Ein heimlicher, doch überaus starker Ansporn waren die Zeichen, die Würfelwender ihm gab und die er so deutete, dass die Kraft dieser Klinge zu vollem Leben erwacht sei. In dem Augenblick, als der kleine Trupp sich auf den Weg zu der belagerten Burg gemacht hatte, war ein wisperndes Vibrieren durch das Schwert des Glücks an seiner Seite gegangen – so leise, dass der Herzog sicher war, niemand außer ihm könne es hören. Er selbst vernahm es nur, wenn er die Hand auf den Griff legte, und auch dann fühlte er es mehr, als dass er es hörte. Aber das Vibrieren war gleichmäßig, es ließ Kraft ahnen. Der Herzog hatte beim Marschieren eine Hand auf den Knauf gelegt.

Die kleine Kolonne, siebzehn Männer insgesamt, hatte sich eine Stunde nach Anbruch der Dunkelheit von den herzoglichen Linien entfernt, gleich nachdem der Herzog zu der Überzeugung gelangt war, dass Kaparus Angebot einen Versuch wert sei. Wenn er es überhaupt riskieren wollte, dann musste er es rasch tun, denn er konnte nicht darauf zählen, dass die Verteidiger die Burg noch lange würden halten können, und so konnte auch Yambus Menschenheer jeden Augenblick dort einfallen.

Auf dem Weg zur Burg überquerte der Stoßtrupp des Herzogs einen von niedergetretenem Gras bewachsenen und von Gräben durchzogenen Hang, der, wie Kaparu erklärte, bis vor wenigen Tagen eine Jahrmarktswiese gewesen war. Die Gräben boten ihnen genügend Deckung. Allerdings hätten die Verteidiger in der Burg ohnehin einer so kleinen Menschengruppe im Augenblick keine Aufmerksamkeit schenken können. Fackeln, die noch immer oben auf den Mauern loderten, ließen erkennen, dass Teile der Mauerkronen von Sir Andrews Truppen gehalten wurden, aber zur Linken wie zur Rechten wurden neue Angriffe gegen diese Abschnitte vorbereitet, denn nun hatten sich Fraktins und Yambus reguläre Truppen in Bewegung gesetzt und folgten den Larven, die mit dem Sturm begonnen hatten. Aber direkt vor ihnen, wo die Anhöhe selbst zu einem Teil der Außenmauer wurde, erhob sich diese Mauer zu Schwindel erregenden Höhen. An dieser Stelle war bisher kein direkter Angriff geführt worden.

Als der Trupp das ehemalige Jahrmarktsgelände zur Hälfte überquert hatte, blieb der Herzog stehen. Noch einmal warnte er Kaparu, und dabei legte er ihm Würfelwenders Schneide an die Kehle: »Du wirst der Erste sein, der stirbt, wenn hier Verrat im Spiel ist.«

Der Bursche vernahm die Drohung ruhig und gelassen. »Von mir habt Ihr keinen Verrat zu befürchten, Euer Gnaden. Zu viel liegt mir daran, die großzügige Belohnung zu empfangen, die Ihr mir versprochen habt.«

Schweigend stieß der Herzog ihn weiter.

Als er mit seinen Männern am Rand des beinahe wasserlosen Schlossgrabens stand, sah er nur wenige Meter vor sich einige rechteckige, schwach erleuchtete Öffnungen in der Mauer. »Die Fenster«, wisperte Kaparu. »Wie ich es Euch versprochen habe. Ich sage Euch, der Alte ist ein schwachsinniger Tor. Ich frage mich, wie er seine Festung überhaupt so lange hat halten können.«

Der Herzog musste zugeben, dass die Rechtecke in der Tat aussahen wie Fenster – offen und ungeschützt. Aber ein Burgherr, der als »der Gute« bekannt war, konnte eben nicht erwarten, seine Burg bis in alle Ewigkeit zu behalten ...

Ohne Schwierigkeiten durchquerte die Truppe den schlammigen Wassergraben, und ungehindert kletterten sie an der anderen Seite hinauf. Die Wand war stark verwittert und offensichtlich seit Jahren nicht mehr ausgebessert worden. Als sie die Burgmauer selbst vor sich hatten, legte Kaparu eine Hand auf die mächtigen Steinblöcke und flüsterte einen letzten Hinweis. »Ich habe es Euch schon gesagt: Drinnen sind starke Eisengitter. Wenn wir durch die Öffnung geschlüpft sind, befinden wir uns in einer großen Kerkerzelle. Ob sie verschlossen ist oder nicht, das weiß ich nicht.«

Der Herzog nickte grimmig. »Mit Gittern werden wir fertig.« Er warf einen Blick auf die Werkzeuge, die einige seiner Männer bei sich trugen, und auf Blaumantel in seiner unpassenden Rüstung. Diese erwiderten stumm sein Nicken. Halb wider Willen hatte sich der Zauberer bereitgefunden, bei dem Unternehmen dabei zu sein. Es war eine Art Buße, denn Mars war schließlich doch nicht, wie er vorhergesagt hatte, aufgetaucht.

Mit kaum hörbarer Stimme zischte der Herzog Kaparu ins Ohr: »Solange nur niemand versucht, uns hereinzulegen ...« Der Führer Kaparu musste als Zweiter durch eines der tunnelartigen Fenster klettern, dicht gefolgt von Herzog Fraktin. Das Schwert des Glücks vibrierte leise unter dem Risiko, das sein Herr einging, und seine nadelfeine Spitze berührte den Rücken des Führers.

Als sie durch die fünf oder sechs Meter dicke Mauer nach drinnen gelangt waren, ließ der Herzog sich vom Fenstersims auf den Steinboden fallen. Rasch folgte er den beiden Männern vor ihm und machte denen Platz, die nach ihm kamen. Ja, sie waren tatsächlich in einer Zelle. Man sah die dunklen Umrisse der Gitterstäbe vor dem geisterhaften Schimmer irgendeines Lichtes, das durch einen Steinbogen oben an einer Treppe hereinfiel.

Der Herzog winkte die Männer mit dem Werkzeug und den Zauberer nach vorn, damit sie lautlos nach der Tür suchten, und er merkte, dass ihm der Schweiß ausbrach. Als der letzte Mann des Trupps durch das Fenster hereingesprungen war und die Männer sich um ihn drängten, fühlte er, wie eine unbehagliche Übelkeit in seinem Magen erwachte. Angst, so sagte er zu sich, war etwas ganz Natürliches, wenn man sich auf ein so gefährliches Unterfangen einließ. Sogar Angst, die Übelkeit verursachte ... aber diese ... diese Übelkeit – zuerst hatte er das Gefühl gehabt, sie stecke in seinen Eingeweiden, aber jetzt war es, als sitze sie weit tiefer in ihm, wenn das möglich war ... Neben dem Herzog schrie einer seiner ausgewählten Männer mit erstickter Stimme auf. Dann schien es, als kämpfe er mit sich, um einen zweiten Schrei zu unterdrücken. Ein anderer ließ seine Waffe klirrend auf den Steinboden fallen. Ein Dritter schluchzte plötzlich laut. Der Herzog hätte, erbost über den Lärm, auf sie alle eingeprügelt, aber da brodelte etwas wie Gift im Kern seines eigenen Selbst, und er konnte sich kaum noch rühren ...

Kein Gift, nein.

Der Zauberer war vermutlich der Erste, der begriff, was mit ihnen geschah, augenblicklich würgte er die ersten Worte eines machtvollen Bannspruches hervor. Aber die Worte kamen zu spät für eine wirkungsvolle Gegenwehr, und vielleicht waren sie auch zu schwach – jedenfalls brach seine Stimme und die Worte erstickten in seiner Kehle.

Das Gefühl tödlicher Übelkeit hatte jetzt alle Männer ergriffen, die sich in der großen Zelle zusammendrängten. Eine blaue Kraft, nicht überall sichtbar, hing in der schwarzen Luft vor den Fenstern und versperrte den Fluchtweg. Einige der Männer hatten sich tastend zu den Eisengittern gedrängt, und jetzt klammerten sie sich an die Gitterstäbe und rüttelten daran. Blaue Feuerzungen, eher Gebilde aus Dunkelheit als aus Licht, spielten ringsumher in der Luft, Kraftzungen, die immer deutlicher sichtbar wurden, je wacher und je hungriger ihr Besitzer wurde.

Fraktin hatte Würfelwender aus der Scheide gezogen, und die Klinge vibrierte machtvoll in seiner Hand. Für einen Augenblick gelang es ihm, sich von den dunkel leuchtenden Zungen loszureißen. Er warf sich auf den Steinboden der

Zelle, wälzte sich wie wild hin und her, nach links, nach rechts ... Er versuchte, bislang erfolgreich, dieser tastenden, zarten Berührung zu entrinnen, die so durch und durch grauenhaft war ...

Zwei Männer trugen Sir Andrew eilig auf einer Bahre die Treppe hinunter. Irgendwie war es ihnen gelungen, einem Handgemenge im ersten Stock zu entgehen, und dann hatten sie mit knapper Not die Tür vor einer heranpreschenden Kampfbestie ins Schloss geworfen und waren ins Erdgeschoss hinuntergeflüchtet. Sie hatten die Absicht, ihren Herrn in die Kellergewölbe und von dort durch einen geheimen Gang, der hier, wie in so vielen anderen Burgen, als letzter Ausweg angelegt war, falls alle Verteidigungsanstrengungen gescheitert waren, hinauszuschaffen.

Die Träger stiegen die lang gezogene Treppe zu den Kerkergewölben hinunter. Die Kampfbestie hatte ihnen deutlich genug gezeigt, dass die menschlichen Angreifer, deren Horden den Überresten der Grauen Horde auf dem Fuß folgten, bereits dabei waren, die Tore der Burg einzurammen. Oben wurde geschrien und getötet, Feuer und Panik griffen rasend um sich – aber hier unten war es noch beinahe still.

Zu jeder anderen Zeit hätte sie der Anblick des bläulichen Grauens, das die Zelle am Ende des Ganges wie ein feiner Dunst erfüllte, sicherlich entsetzt zurückweichen lassen. Jetzt aber wussten sie, dass es kein Zurück gab. Sie setzten ihre Bürde in dem schmalen Gang zwischen den Zellen auf den Boden, und einer von ihnen rannte voraus durch eine falsche Zelle, deren Geheimnis sie kannten. Er gedachte den Geheimgang, der dort begann, zu erkunden und sicherzustellen, dass der Feind ihn noch nicht entdeckt hatte. Unterdessen kauerte der zweite Träger sich neben der Bahre nieder. Mit gezücktem Messer schaute er sich wachsam um und ruhte sich aus. Er war bereit, Sir Andrew mit seinem Leben zu beschützen, doch im Augenblick zeigte das blutbeschmierte Gesicht des Mannes nichts als Entsetzen, als er auf das Gitter der Zelle am Ende des Ganges starrte.

Sir Andrew, der unter der rauen Decke, die ihn einhüllte, immer noch Teile seiner Rüstung trug, zuckte zusammen und regte sich unruhig auf seiner Trage. Als er die Augen aufschlug, sah er die letzte Zelle vor sich. Darinnen, hinter den Gitterstäben, flackerte das lautlose, blaue Grauen, es glühte auf, verblasste und erstarkte wieder, wie flimmernde, kalte Flammen. Die siebzehn Männer in der Zelle sahen aus wie Kerzendochte, die langsam verzehrt wurden, von innen nach außen.

Eine der Gestalten klammerte sich an die Gitterstäbe, und ihr Mund klaffte in einem lautlosen Schrei.

Sir Andrew erkannte das Gesicht. Seine Stimme war nur noch ein mattes Wispern. »Ah, Kaparu. Es tut mir Leid ... Leid ... aber jetzt kann ich nichts für dich tun.«

Der gepeinigte Mund der blau leuchtenden Gestalt verzerrte sich, aber noch immer drang kein Laut daraus hervor.

Die schwache Stimme des Ritters klang traurig, aber klar. »Ich habe dir gesagt, du seist mein einziger *menschlicher* Gefangener, Kaparu. Aber ich hatte noch einen anderen Gefangenen, wie du jetzt siehst ... Weder Stein noch Stahl hätten ihn in dieser Zelle halten können, aber Dame Yoldis wunderbare Kunst vermochte es ... Er war schon halb gelähmt, weißt du, als wir ihn fanden – schon lange ... Irgendein Streit mit Ardneh, vor zweitausend Jahren.«

Kaparu sah aus, als höre er zu. Seine Finger schälten sich langsam von den Gitterstäben.

»Er ist ein Dämon ... selbstverständlich.« Sir Andrew konnte kaum atmen. »Wie er heißt, haben wir nie erfahren ... und es ist unmöglich, ihn zu töten, verstehst du, wenn man nicht weiß, wo sein Leben sitzt. Aber es wäre grausam gegen die Menschheit gewesen, ihn freizulassen. Also ... dort hinein. Und ich ließ die Fenster in dieser Zelle vergrößern, weil ich dachte ... ein hoffnungsloser Übermut meinerseits – ich dachte, es könnte mir eines Tages gelingen, einen Dämon zum Guten zu bekehren. Ich dachte, wenn ich ihn auf das sonnenbestrahlte Land hinausschauen ließe, auf die Menschen, die manchmal glücklich waren unter meiner Herrschaft ... nun, es war ein törichter Gedanke. Aber ich musste jedenfalls niemals befürchten, jemand könnte durch diese Fenster in die Burg gelangen.«

Der Soldat, der vorausgelaufen war, um nachzusehen, ob Gefahr drohte, kam zurückgeeilt und sprach ein paar hastige Worte mit seinem Gefährten. Der andere, der gewartet hatte, schob sein Messer in die Scheide, und zusammen hoben sie die Bahre mit Sir Andrew wieder hoch. Ohne die schwachen, nur halb zusammenhängenden Proteste des Ritters zu beachten, trugen sie ihn davon, dorthin, wo er vielleicht Sicherheit finden würde. Der Eingang zu dem Geheimgang, der in der Zellenwand verborgen war, schloss sich hinter ihnen.

Ein paar Augenblicke lang war es nahezu still im Kerkergewölbe, und bis auf das, was sich im blauen Licht in der Zelle am Ende des Ganges bewegte, regte sich nichts. Dann plötzlich flog die Tür dieser Zelle klirrend auf. Ein Mann kam rollend und kriechend heraus. Beinahe unsichtbare blaue Zungen glitten von seinem Körper ab. Der Mann lag keuchend auf dem Boden, ein blankes Schwert in der Hand. Blaue Zungen reckten sich nach ihm, sie leckten nach ihm, doch sie zuckten vor dem Schwert zurück und verschwanden schließlich enttäuscht.

Die Tür der Zelle war nicht verschlossen gewesen. Anscheinend mit letzten Kräften hob der Mann am Boden den Arm und warf die Tür ins Schloss, und jetzt blieben die blauen Zungen endgültig in der Zelle. Dann rollte er auf die Seite. Noch immer fand er nicht die Kraft, sich aufzurichten. »Glück ...«, murmelte er. »Glück ...«

Er verlor das Bewusstsein, und das Schwert, das er umklammert hielt, entglitt seinen Fingern. Nach einer kurzen Pause bewegte sich das Schwert wie von selbst weiter und entfernte sich um ein paar Zentimeter von der leblosen Hand, die es losgelassen hatte.

Wenig später kam ein halbwüchsiger Knabe in zerrissenen Kleidern und mit einer kaum verheilten Brandnarbe im Gesicht und frischen Kratzern an Armen und Beinen die Treppe herunter in das Kerkergewölbe gesprungen. Er hatte einen Schwertgürtel um den Leib geschlungen, und in der rechten Hand hielt er ein Schwert, das viel zu groß für ihn war.

Als er den blauen Schimmer erblickte, der den Mann auf dem Boden beleuchtete, blieb er wie angewurzelt stehen. Dann stürzte er weiter und hob mit der Linken das Schwert auf, das dem Mann entglitten war. Mit einem schweren Schwert in jeder Hand stand der Junge da und starrte von einem zum anderen, und ein Ausdruck des Staunens trat in sein Gesicht. Unterdessen war der Mann wieder zu sich gekommen. Jetzt sah er, was aus seinem Schwert geworden war. Mit einem würgenden Aufschrei – es klang, als sage er etwas über eine Schlange – kam er auf die Beine und taumelte mit gezücktem Dolch auf den Jungen zu.

Erschrocken fuhr der Junge zurück, und bei dieser Bewegung hob sich das Schwert in seiner Linken unbeholfen, beinahe wie von selbst. Seine Spitze fand die haarbreite Lücke in der Rüstung des Mannes und schob sich zwischen den Ringkragen und das Kehlstück des Helms.

Das Leben spritzte heraus, schwarzes Blut im blauen Licht.

»Glück ...«, sagte Herzog Fraktin noch einmal. Dann kippte er hintenüber und sagte nichts mehr.

Mark schaute auf den Leichnam hinunter. Er sah nur, dass es der Leichnam eines Eindringlings war, gekleidet wie fünfhundert andere in Fraktins weiße und blaue Farben.

Jetzt erscholl auf der Treppe, gar nicht weit über ihm, Kampfeslärm. Bald aber verstummte er wieder, und eine Männerstimme fragte: »Gehen wir hinunter und suchen?«

Eine zweite Stimme meinte: »Nein, wir sehen uns erst hier oben um. Ich glaube, wenn der alte Fuchs ein Schlupfloch hat, dann ist es hier oben.«

Schritte entfernten sich. Dann war es wieder still in den Verliesen, nur in der Ferne tröpfelte Wasser. Als der Knabe sich umdrehte, klirrte es leise. Eine Schwertspitze strich an den Eisenstäben vorbei. Mark hatte Drachentöter in die Scheide geschoben und hielt Würfelwender in beiden Händen. Von dem Augenblick an, als er das Schwert aufgehoben hatte, war so etwas wie eine Kraft aus dem Griff in seine Hand geströmt. Das Vibrieren, das er in der Klinge fühlte, wurde stärker, das merkte er jetzt, wenn er mit der Spitze in eine bestimmte Richtung deutete.

Im letzten Überrest des blauen Lichts aus der hinteren Zelle spähte er in die andere unverschlossene Zelle, auf die Würfelwenders Spitze wies. Dann betrachtete er eingehend die Rückwand der Zelle, und einen Augenblick später hatte er die Geheimtür zum Fluchttunnel gefunden.

Als er sie geöffnet hatte, zögerte er. Er drehte sich um, und mit halb geschlossenen Augen schwenkte er Würfelwenders Spitze wie eine Kompassnadel im Kreis, auf und ab. Langsam ... auf, ab, nach rechts, nach links und wieder hoch.

Da. In dieser Richtung, fühlte er, begann die Kraft der Klinge plötzlich zu wirken, und sie zog eine unsichtbare Linie, die ihn ins Schloss hinaufführte. Langsam schwenkte jetzt das Schwert von selbst zur Seite und deutete auf die Treppe.

Einen Augenblick später hatte es ihm Ben gebracht, der in blutverklebter Rüstung die bewusstlose Barbara in den Armen trug.

Der Geheimgang war eng und gewunden, und es war stockfinster. Weder Ben noch Mark hatten etwas bei sich, was ihnen Licht hätte spenden können. Als sie die Tür zum Verlies und zu dem verblassenden Dämonenschimmer hinter sich geschlossen hatten, war der Weg vor ihnen in tintenschwarzer Finsternis versunken. Ben schleppte Barbara anscheinend mühelos, und Mark ging voraus, mit Händen und Füßen tastend und nach Hindernissen oder Abzweigungen suchend. In der Dunkelheit benutzte er Würfelwender wie einen Blindenstock; aber das Gefühl, dass eine Kraft von der Klinge ausging, war jetzt nicht mehr da. Während sie sich vorantasteten, berichtete Mark in knappen Sätzen, wie er das neue Schwert vom Boden des Verliesgewölbes aufgehoben hatte. Wenn Ben von dieser Geschichte beeindruckt war, dann reichte sein Atem nicht aus, es auszusprechen.

Einmal stolperte Mark über die Leiche eines Mannes in halber Rüstung. Offenbar hatte er durch den Tunnel fliehen wollen und war bis hierher gekommen, bevor er verblutete. Nachdem Mark sich vergewissert hatte, dass der Mann tot war, drückte er sich an ihm vorbei, und seine Füße berührten etwas Schlüpfriges, das seine Sohlen nach wenigen Schritten klebrig werden ließ. Aber das Grauen war längst zu einem Gemeinplatz geworden. Er dachte nur daran, dass er hier nicht ausrutschen und fallen durfte.

Das Geräusch von tropfendem Wasser war jetzt lauter, mehrmals wurde Marks Gesicht von fallenden Tropfen benetzt. Der Gang führte sie stetig abwärts, wenngleich der

Abstieg nirgends sonderlich steil war. Noch zweimal stolperte Mark über Gegenstände, die jemand fortgeworfen hatte, und jedes Mal erschrak er, wenn sie metallisch klirrend über den Steinboden rollten. Einmal rückten die Seitenwände des Tunnels so eng zusammen, dass es für Ben unmöglich wurde, Barbara weiter auf den Armen zu tragen, und er schob ihre reglose Gestalt durch den Engpass zu dem wartenden Mark hinüber. Als Mark sie in seinen Armen hielt, hörte er zu seiner Erleichterung, wie sie stöhnte und leise etwas murmelte. Er hatte bereits befürchtet, sie könnten eine Leiche mit sich schleppen.

So tasteten sie sich geraume Zeit blind voran. Der Gang schien kein Ende nehmen zu wollen. Eine neue Sorge begann in Mark zu keimen: Sie könnten sich in einer Höhle verirrt haben, gefangen sein in einem endlosen Labyrinth, in dem sie auf ewig im Kreis herumirrten. Er wusste, dass andere vor ihnen den Geheimgang benutzt haben mussten, aber mit Ausnahme des Toten und einiger fortgeworfener Dinge waren diese anderen jetzt vermutlich auf der anderen Seite der Welt. Wenigstens waren hinter ihnen keine Verfolger zu hören.

Mark tastete sich mit dem Schwert weiter, das er im Kerker gefunden hatte. Bevor er Barbara durch den Engpass befördern half, hatte er es auf den Boden gelegt und sich dann in pechschwarzer Finsternis an der rasiermesserscharfen Klinge entlangtasten müssen, um es wieder aufzuheben.

Irgendwann beunruhigte ihn der Gedanke, sie könnten in eine kreisförmige Falle geraten sein, so sehr, dass er stehen blieb. »Wo sind wir, Ben? Wo werden wir herauskommen?«

Notgedrungen war Ben ebenfalls stehen geblieben, und Mark hörte das Scharren seines Panzers, als er sich an die Wand lehnte – als sei er schlimmer verwundet oder matter, als Mark gedacht hatte.

»Wir müssen weiter«, grunzte Ben. Aus irgendeinem Grunde war Mark überrascht, weil das beinahe ängstliche Zögern noch immer in seiner Stimme lag, das schon darin gelegen hatte, als er mit Barbara über die Drachenjagd gestritten hatte.

»Ich weiß nicht, Ben. Wenn wir ...«

»Was sollen wir sonst tun? Zurückgehen? Komm schon. Was sagt denn dein Glücksschwert?«

»Nichts.« Aber Ben hatte natürlich Recht. Mark wandte sich ab und ging weiter voran.

Eine Zeit lang schritten sie dahin. Dann bemerkte Ben überraschend: »Ich glaube, wir gehen in westlicher Richtung.« Sofort begriff Mark, was dies bedeuten würde. »Das kann nicht sein. So weit westlich der Burg? Dann wären wir ...« Er sprach den Satz nicht laut zu Ende. *Unter dem See.* Ringsum tröpfelte Wasser. Der Boden unter ihren Füßen schien sich nicht länger bergab zu neigen, aber nirgends hatten sich Pfützen gebildet.

Wieder waren sie auf eine enge Stelle gestoßen und machten sich daran, Barbara hindurchzulavieren, als das Mädchen plötzlich lauter stöhnte als zuvor. Diesmal brachte sie schließlich einige deutliche Worte hervor. »Lasst mich herunter.«

Ihr Gang war noch ein wenig unsicher, aber ihre Begleiter sahen sie mit grenzenloser Erleichterung auf eigenen Beinen stehen und hörten, wie sie sich nach Nestor und Stadtretter erkundigte. Sie versuchte rasch, sich ein Bild von der Lage zu machen, als gedenke sie, unverzüglich wieder das Kommando zu übernehmen. Aber die meisten ihrer Fragen konnten sie nicht beantworten, und zum Befehlen war sie doch noch zu schwach.

Aber von diesem Augenblick an änderte sich die Reise.

Wie um anzukündigen, dass eine wichtige Veränderung dicht bevorstehe, bog der Gang unvermittelt und scharf nach links und gleich darauf nach rechts. Dann ging es wieder abwärts, tiefer jetzt als zuvor, bis es plötzlich wieder steil anstieg. Und jetzt sahen sie vor sich das erste richtige Licht, seit sie den Kerker hinter sich gelassen hatten. Zuerst war es so schwach, dass ein weniger lichthungriges Auge es vermutlich gar nicht entdeckt hätte, aber je weiter die drei kamen, desto heller wurde es.

Das Licht war der matte Schimmer eines bewölkten, mondlosen Nachthimmels, und es fiel durch einen gewundenen, engen Schacht herein. Mark war der Schlankste und Gelenkigste der drei, daher stieg er voran und streckte als Erster den Kopf zwischen zerklüfteten Felsen aus dem Boden. Er hörte Wellengeplätscher, beinahe zum Greifen nah. Er erkannte trotz der Finsternis, dass die Felsen, die ihn umgaben, eine kleine Insel im See bildeten, nicht mehr als fünf Meter im Durchmesser – eine von vielen, die überall verstreut aus dem See ragten. Mark sah den Schein von Fackeln und lodernden Bränden: Es waren Sir Andrews Burg und ihr Spiegelbild im Wasser, etwa einen Kilometer weit entfernt. Flammen schlugen aus den Turmfenstern, als er hinüberstarrte.

Rasch wandte er sich von diesem Anblick ab und zog sich zwischen den Felsen, die anscheinend nicht immer verhindern konnten, dass Wellen in die Öffnung schlugen, zu den beiden anderen in den Gang zurück. »Ben? Es ist alles in Ordnung. Du kannst sie heraufbringen.« Mark streckte Barbara die Hand entgegen, während Ben sie von unten heraufschob.

Dicht zusammengedrängt kauerten sie dann auf den Felsen und spähten zwischen ihnen hindurch auf den See.

»Wir müssen am Ufer sein, bevor es hell wird. Aber welche Richtung sollen wir nehmen?«

Mark hielt das Schwert des Glücks hoch. Wenn er damit in die der Burg entgegengesetzte Richtung deutete, spürte er etwas im Griff. Aber er konnte unmöglich sehen, wie weit es in dieser Richtung bis zum Ufer war.

»Ich kann nicht schwimmen«, gestand Barbara.

»Und ich kann auch nicht schwimmen, wenn ich zwei Schwerter trage«, fügte Mark hinzu.

»Vielleicht kann ich es, wenn es sein muss«, meinte Ben. »Mal sehen – vielleicht ist es ja nicht tief.«

Das Wasser reichte Ben nur bis zur Hüfte, als er hineinwatete. Stück um Stück legte er seine Rüstung ab und ließ die Teile versinken. Mark streckte das Schwert vor sich aus, und die drei Flüchtlinge wateten in die Richtung, in die es deutete. Vor ihnen lag undurchsichtige Finsternis.

Unter Wasser tat das Schwert ebenso gute Dienste wie an der Luft. Einmal versank Mark bis an die Achseln im See, aber tiefer war es nirgends. Irgendwann begann der Grund anzusteigen, und vor ihnen wurde eine Reihe von Bäumen, die am Ufer standen, verschwommen sichtbar. Der Strand war dort, wo sie an Land kamen, nicht mehr als zwei Meter breit und von Wellen überspült, so dass ihre Fußspuren bald wieder fortgewaschen sein würden.

Die schützenden Bäume standen dicht am Ufer. Gleich hinter ihren ersten Reihen bot sich ihnen eine kleine Lichtung mit weichem Gras als Rastplatz.

Aber die Ruhe dauerte nicht lange. Im nächsten Dickicht regte sich etwas, es raschelte und knackte. Mark ließ Ben nach Würfelwender greifen, während er selbst Drachentöter aus der Scheide zog.

Vorsichtig schlichen sie um ein Gebüsch herum. Eine verschwommene Silhouette, so groß wie die eines Laufdrachen, aber nicht so hoch, bewegte sich vor ihnen in der Nacht. Sie gab ein leises Quietschen von sich, ein gedämpftes Rumpeln ... das Quietschen ungeschmierter Achsen und das Rumpeln eines leeren Wagens, der mit einer zerrissenen Plane bespannt war. Die beiden Zugtiere, die vor den leeren Wagen gespannt waren, zeigten sich nervös und benahmen sich, als seien sie seit einer Weile nicht mehr versorgt worden. Der Wagen war kleiner als der, den die Drachenjäger vorher gehabt hatten. Wie ihrer war er an beiden Seiten mit Symbolen oder Mustern bemalt, aber es war zu dunkel, um sie erkennen oder gar deuten zu können. Barbara flüsterte, dass der Wagen einem anderen Jahrmarktsschausteller gehören musste und das Gespann vermutlich bei der hastigen Evakuierung neulich durchgegangen sei.

Die Zügel waren noch da. Als sie sie entwirrt hatten, zeigte sich, dass sie unbeschädigt waren. Barbara legte sich im hinteren Teil zur Ruhe, und Ben trieb die Tiere aus dem Dickicht hinaus und suchte nach einer Straße. Drachentöter lag zu seinen Füßen, neben ihm auf dem Kutschbock saß Mark und hielt Würfelwender in beiden Händen. Wieder erwachte das Schwert des Glücks zum Leben und sagte ihm, welchen Weg sie nehmen sollten.

DAS LIED DER SCHWERTER

Auf dem Weg des günstigsten Geschicks
Weiß Würfelwender dich zu leiten,
Doch Göttern zu Gefallen wird das Schwert des Glücks,
Der Schlange gleich, alsbald der Hand entgleiten.
Das Schwert der Gerechtigkeit hält die Waage
Zwischen Gut und Böse, Dunkel und Hell;
Urteilspender richtet, Auge um Auge,
Das Schicksal der Menschen, furchtbar und schnell.
Drachentöter, Drachentöter, was ist dein Bestreben?
Das Herz zu finden, das hinterm Schuppenpanzer pocht.
Drachentöter, Drachentöter, wem nimmst du das Leben?
Dem grauenvollen Riesen, gegen den ich focht.
Heulend jagt Ferntöter rund um die Erd'
und findet das Herz, das mir ein Leids getan.
Die Rache ist mein, der ich werfe das Schwert,
Doch seh' ich am End' den Triumph nicht mit an.
Der, dessen Fleisch das Schwert der Gnade trifft,
hat nicht geatmet,
Der, dessen Seele es heilt, ist gewandert durch die Nacht;
Er hat die Summe aller Schuld gezahlt im Tode,
Hat umgewandt sich, um zu sehen,
wie neues Licht ihm lacht.
Im grauen Licht des Morgens kreiste das Sinnschwert,
Und Menschen und Dämonen knieten vor ihm hin.
Im hellen Licht des Mittags kreiste das Sinnschwert,
Und Götter kamen, in den Krieg zu zieh'n.
Im matten Licht der Dämm'rung kreiste das Sinnschwert,
Und Götter und Menschen mussten in die Hölle flieh'n.
Ich breche Schwerter, zersplitt're Speere;
Niemand kann Schildbrecher widerstehen.

Durch meine Spitze quillt der Waisen Zähre,
Durch meine Klinge Witwen entstehen.
Das Schwert der Arglist fällt an den,
Der nicht im Glanz erstrahlt.
Sichtblenders Kunst: Das Aug' ist scharf,
Verborgen die Gestalt.
Kein Blut vergießt die Tyrannenschneide,
Versehrt wird man doch meist;
Seelenschneider rückt niemand zu Leibe,
Doch innerlich welkt der Geist.
Das Schwert der Belagerung hammergleich dröhnt,
Und berstend und brechend die Mauer fällt;
Der Burgherr vor Steinspalter zittert und stöhnt,
Und ächzend und donnernd der Turm zerschellt.
Weit über Land reist das Schwert der Wut,
Baut harte Mauern rings um das, was zart;
Wer Stadtretter trägt am Gürtel gut,
Verlässt sein Haus und muss auf große Fahrt.
Wegfinder weiß, wo die Straßen sind,
Sein Herr schreitet aus geschwinder.
Das Schwert der Weisheit erleichtert die Last,
Doch macht's die Gefahren nicht minder.